The Mystery Collection

STORM WINDS

女神たちの嵐 上

アイリス・ジョハンセン／酒井裕美 訳

二見文庫

女神たちの嵐

——上巻

主要登場人物

ジュリエット・ド・クレマン……………本編の主人公
カトリーヌ・ヴァサロ………………ヴァサロ農園の領主
セレスト・ド・クレマン………………ジュリエットの母。侯爵夫人
マルグリット・デュクルー……………クレマン家の子守
ジャン・マルク・アンドリアス………海運・銀行業を営む大富豪。カトリーヌの後見人
デニス・アンドリアス…………………ジャン・マルクの父親
シャルロット……………………………同　継母
フィリップ………………………………同　甥
ロベール・ダムロー……………………ジャン・マルクのパリの屋敷の使用人
マリー・アントワネット………………フランス王妃
ルイ・シャルル…………………………フランス王太子
ラウル・デュプレ………………………共和制政府の情報要員
アン・デュプレ…………………………ラウルの母親
ジョルジュ・ジャック・ダントン……革命家
フランソワ・エシャレ…………………ダントンの部下
ナナ・サルペリエ………………………扇売りの女

1

フランス、ヴェルサイユ　一七七九年七月二十五日

金色の馬に埋めこまれたエメラルドの目が、じっと彼女を見下ろしていた。わたしの望みも悲しみも、なにもかもわかってくれているみたいだわ、とジュリエットは思った。抑えがたい喜びを湛《たた》えた口元に、彼女をかばうかのように大きく広げられた金線細工の翼。ペガサスは、人けのなくなった回廊に置かれた背の高い大理石の台座の上に、すっくと立っていた。どこからかクラヴィコードの軽やかな調べと女性たちの歌声が聞こえてくる。だがジュリエットは、美しい黄金色の馬だけを一心に見つめていた。

ほんの少し前、ジュリエットは隠れ場所を求めてペガサスのもとへ走りながら、長い回廊に飾られた十七枚の鏡に映る自分の姿に、ちらりと目をとめた。なんて情けなくて間抜けな姿なの？　思わず涙が頬をつたい落ちた。

自分の情けなさを認めることも、涙を流すことも、もっとも苦手とすることだった。それなのに、子守のマルグリットはわたしが泣くのを楽しみにしている。そのことに、ジュリエットは最近になって気づいた。さんざん叩いたりつねったりしたあげく、ジュリエットが激しく泣き伏すのを目にすると、皺《しわ》だらけの老婆の顔が不思議とはりを取り戻していくように

見えた。まるで少女の流す涙が、萎《しお》れかけた老婆に水と栄養分を与えるかのように。いまに、母さんやマルグリットのような大人の女になったら、二度と誰にも自分の情けない姿や恐れている姿を見せたりはしない。ジュリエットは心のなかで誓った。

彼女は背の高い台座のうしろへ逃げこむと、震える体にしっかりとナイトガウンを巻きつけて、小さくうずくまった。激しくしゃくりあげながら、大事な茶色い陶器の壺を胸に押しつける。どうかマルグリットに見つかりませんように。彼女が探すのをあきらめますように。そしたら庭に駆けこんで、あの広い花壇のどこかにこの壺を隠そう。それならぜったいに見つからないはず。

ジュリエットは台座の陰から、きらびやかな鏡に彩られた細長い廊下と、クリスタルのシャンデリアの奥で星のようにきらめく蠟燭《ろうそく》の炎を垣間見ていた。マルグリットの手を振りきって逃げだしたのは、階下の回廊だった。けれど、召使いはそこらじゅうにいるし、少なくとも三人のスイス人衛兵が護衛にあたっている。マルグリットが彼らの手を借りれば、見つかるのは時間の問題だ。ジュリエットは台座の陰から慎重にあたりを見まわし、ほっとため息をついた。

マルグリットの姿は見えない。

「間違いなくなにかが見えたのよ、アクセル」すぐ近くで、軽やかな女の声がいくぶん苛立《いらだ》たしげに言った。「クラヴィコードのところから見上げたら、見えたのよ……なにかわからないけれど……」

ジュリエットは体を固くした。壁に背中を押しつけ、息を押し殺す。

「あなたがそうおっしゃるなら、そのとおりでしょう」男の声が愉快げに答えた。「その青い目は美しいだけでなく、鋭くていらっしゃる。おそらく侍女でもご覧になったのでは？」

「いいえ、もっと小さかったわ」

「それじゃ子犬でしょう。この宮殿には子犬がたくさんうろついているらしいですから。猟場に連れていっても役に立ちそうにないのばかりがね」

まっ白いサテンの靴が、ジュリエットの視界に入ってきた。ダイヤモンドの留め金が蠟燭の炎を受けてきらめいている。視線を上げると、同じくサテンでできた薄青色のスカートの裾《すそ》が目に入った。たっぷりとした幅で、四角くカットされたサファイアが、いくつものスミレの花の形に飾られている。

「ちらっと見えただけだけれど、間違いなく――ほら、そこになにかいるわ」

好奇心あふれる青い瞳が、陰にひそむジュリエットの姿をとらえた。女はもどかしげにサテンのスカートを持ちあげ、膝をついた。「あなたの言ったとおりだわ、アクセル。かわいらしい子犬ちゃんよ」

ジュリエットは激しい絶望感に打ちひしがれた。よりによって、宮廷に住む女性に見つかってしまうなんて。あの高級そうなガウンも流行の白いウィッグも、母親の持ち物とよく似ている。きっとこの女の人は、すぐにも母さんを呼びにいくだろう、とジュリエットは覚悟した。さあ、勇気を奮い起こさなくちゃ。彼女はいつでも走りだせるようにふくらはぎに力を込め、指の関節が白くなるほど強く、陶器の壺を握りしめた。

「小さな女の子だわ」女は手を伸ばし、ジュリエットの濡れた頬にやさしく触れた。「こんなところでなにをしているの、おちびさん《マ・ペティート》？　小さな子はとっくにベッドに入っていなくてはならない時間でしょう？」

　ジュリエットはあとずさり、壁に体を押しつけた。

「怖がらなくてもいいのよ」女はさらに近づいてくる。「わたくしにも小さな娘がいるの。マリー・テレーズはまだ一歳だけど、そのうち大きくなったら、あなたと一緒に遊べると思うわ。もし……」女ははたと口をつぐみ、ジュリエットの頬に触れた指先を見つめた。「まあ、大変！　血がついているわ、アクセル。この子、怪我をしているのよ。ハンカチをくださらないこと？」

「引っぱりだして、確かめてみましょう」男が視界に入ってきた。背が高く、きらびやかなエメラルドグリーンのコートを颯爽《さっそう》と着こなしている。彼はレースで縁取りされたしみひとつないハンカチを手渡すと、女のそばに膝をついた。

「いらっしゃい、おちびちゃん」女が手を差しだした。「なにも痛いことはしないから」

　痛いこと？　痛みなど、ジュリエットにとっては怖くもなんともなかった。慣れっこになっているし、いま直面している恐ろしい事態にくらべたらどうってことのないものだ。

「お名前はなんていうの？」女の手が、ジュリエットの額にかかる黒い巻き毛をやさしく払いのけた。あまりに温かなその感触に、ジュリエットは思わず顔をうずめたくなった。

「ジュリエット」彼女が消え入りそうな声で言った。

「すてきなお名前ね。かわいい女の子にお似合いの名前だわ」

「わたしはかわいくなんかない」

「あら、どうして？」

「鼻は上を向いているし、口は大きすぎるもの」

「いいえ、とてもかわいくてよ。お肌はぴかぴかだし、茶色いその目もすてきだわ。もう、立派な女の子ね、ジュリエットは」

「もうすぐ七歳」

「まあ、お姉さんね」女はジュリエットの唇に、ハンカチを押しあてた。「血が出ているわ。誰かにいじめられたの？」

ジュリエットは顔をそむけた。「ううん。扉にぶつかったの」

「どこの扉？」

「覚えてない」痣《あざ》や切り傷について訊かれたら、こうやってごまかすべきだということを、ジュリエットは遥かむかしに学んでいた。それにしても、この女の人はどうしてわたしにあれこれ訊いたりするのかしら？　ジュリエットの経験では、大人というものは、それが彼らにとって好都合であるなら、どんな嘘でも受け入れてしまうものなのに。

「心配しないで」女はもう一度、両手を伸ばした。「いつまでもウインドダンサーのうしろに隠れていないで、出ていらっしゃいな。抱っこさせてちょうだい。子供は大好きなのよ。

さあ、なにも怖がることはないわ」

女の腕は、中庭に立つ女神の像の腕のように、ふっくらとして白く、すらりと伸びていた。でも、ペガサスの金色の翼にはかないやしないわ、とジュリエットは思った。けれどその思いとはうらはらに、彼女はその大きく広げられた両腕に引き寄せられていった。ついさっき、女がウインドダンサーと呼んだあの像に引き寄せられたように。

彼女はそろそろと陰からにじり出てきた。

「そう、お利口さんね」女は両腕でジュリエットを抱きしめた。スミレと薔薇《ばら》、それに香水入り粉おしろいの香りがジュリエットを包みこんだ。母さんもときどきスミレの匂いがしたっけ。ジュリエットは胸が締めつけられるような思いがした。もしこのままずっと目をつぶっていたら、やさしく抱きしめてくれているこの腕が母さんのものだと思えるかもしれない。早く逃げなくちゃならないけど、その前に、ほんの少しだけその夢に浸っていたって大丈夫よね。

「まあ、なんてかわいくて、恥ずかしがり屋さんなのかしら」

ジュリエットは、自分がけっしてかわいい子供ではないことを知っていた。マルグリットにはいつも、悪魔のように強情な子だと言われている。この女の人だっていまにわたしの悪いところを見つけて、放りだすに決まっている。実の母さんにさえ、愛嬌のないいやな子だと思われているんだもの、この人だって、いまにきっとわたしの本性を見破ってしまうわ。

彫像の脇にある鏡つきの扉が勢いよく開き、笑い声と音楽がいっせいにあふれでたかと思うと、ひとりの女が回廊に姿を現した。

「陛下、陛下のお美しい声が聞こえないと寂しいですわ」

母さんだ！

ジュリエットは全身をこわばらせ、粉おしろいがはたかれた女の肩に顔をうずめた。

「すぐに行くわ、セレスト。ちょっと困ったことになっているの」

「どうなさったんですの？　わたくしでよろしければ――ジュリエット！」

「この子を知ってるの？」女は、なおも片手でジュリエットを抱えたまま立ちあがった。

「ひどく脅えているようなの」

「ジュリエットはわたくしの娘ですわ」セレスト・ド・クレマンが近づいてきた。類いまれな美しさをそなえたその口元は、不快感もあらわにきつく結ばれている。「申しわけありません、陛下。この子はいつも、お行儀が悪くて手を焼かせるんですの。子守が探しているはずですから、呼んでまいりますわ」

「わたくしがまいりましょう、陛下」ハンサムな男が立ちあがり、にっこり微笑んでお辞儀をした。「あなたのお役に立てるのでしたら喜んで」さらにつけたして言う。「いつでも、なんなりと」

「ありがとう、フェルセン伯爵」かすかに口元をゆるめると、女は大股で歩き去る男のうしろ姿を目で追った。やがて男の姿が見えなくなると、ジュリエットに目を戻して言った。

「彼女がなぜこんな態度をとったのか、理由を聞いてみないことにはね、セレスト。どうして隠れていたの、おちびさん?」

陛下? この女の人は王妃さまなの? ジュリエットはごくりと唾を呑みこんだ。「マルグリットが、絵の具を取りあげるって言ったから」

マリー・アントワネットはじっと彼女を見下ろした。「絵の具?」

ジュリエットは陶器の壺を差しだした。「大切な絵の具だもの、取りあげられたら困っちゃう」困惑と怒りがよみがえり、ふたたび涙がこみあげてきた。「ぜったいに渡さない。走って逃げて、マルグリットが見つけられないところに隠すの」

「黙りなさい」母親の声が冷淡に響いた。「これ以上わたくしに恥をかかせると許しませんよ」王妃を振り返った。「アンドラに住むわたくしの父を訪ねましたときに、父が絵筆と赤い絵の具の入ったその壺を娘にくれましたの。それ以来、この子は部屋に閉じこもって、羊皮紙の切れはしに片っぱしから絵の具を塗りたくって。こんな調子で、万一陛下の美しい壁でも汚したら大変だと思いまして、マルグリットに取りあげるよう申しつけたところなんです」

「わたし、そんなことしないわ」ジュリエットはすがるような目でマリー・アントワネットを見上げた。「すてきな絵を描きたいんだもの。絵の具を壁に塗ったりしたら、絵が描けなくなっちゃうじゃない」

マリー・アントワネットが声をあげて笑った。「それを聞いて安心したわ」

「この子ときたら、二週間前にヴェルサイユに来てからというもの、宮殿のなかをうろついては絵や彫刻を眺めてばかり」涙に濡れたセレストの青紫色の瞳が、宝石のようにきらめいた。「ほんとうにおてんば娘で困ります。きっと、夫のヘンリが亡くなって以来、わたくしの世話が行き届いていないせいなのでしょうね。女性がひとりで生きていくというのは楽じゃありませんわ」

セレストを見つめる王妃の表情がやわらいだ。「母としての苦労なら、わたくしにもわかりますよ」両手を伸ばし、セレストの手をつかむと、自分の頬に押しあてた。「あなたが暮らしやすくなるためなら、どんなことでもしますよ、セレスト」

「なんというもったいないお言葉でしょう」セレストは涙に潤んだ目でにこやかに微笑んだ。「こうして陛下のおそばに寄らせていただけるだけでも、身にあまる光栄ですのに。わたくしはフランス生まれではございません。スペイン人はヴェルサイユでは評判がよくないと聞かされておりました。ですから、こうして陛下のおそばに置いていただけるなど、想像もしておりませんでした」

どうすれば、母さんみたいに目のなかに涙をためていられるのかしら。あふれでることも、頬をつたうこともないなんて、どうしてなのかしら。ジュリエットはこれまでも何度もそうした場面を目にしては、不思議に思ってきたのだった。

「オーストリアから嫁いできたときには、わたくしも異邦人でした。わたくしたちはふたりとも、結婚を機にフランス人になったのね」マリー・アントワネットはセレストの手のひらに慈愛を込めてキスをした。「これでまた、わたくしたちの結びつきが強くなったということだわ。この宮殿も美しいあなたがいらしたおかげで、前よりずっと華やかになったんですよ、セレスト。もしあなたがノルマンディーのあのいまわしいお城を選んでいたとしたら、どれほどがっかりしたことでしょう」

ふたりの女性は心から打ち解けあったもの同士のように視線を絡ませた。やがて王妃はゆっくりとセレストの手を離した。

「さあ、それじゃ今度は、あなたのお嬢ちゃんの涙を乾かす方法を見つけましょう」彼女はもう一度膝をつき、ジュリエットの肩を抱きしめて、わざと厳しい視線を向けた。「美しいものに対するあなたの情熱は尊いと思うけれど、お母さまのおっしゃるとおりよ。絵筆を握るのは、大人の目の届くところでなくてはね。わたくしがお友達のエリザベス・ヴィジェ・ルブランを紹介するから、レッスンを受けるといいわ。彼女はとても素晴らしい芸術家だし、すてきな女性よ」

ジュリエットは信じられないというように王妃を見つめた。「絵の具を持っていてもいいの？」

「ええ、もちろん。それがなくては絵が描けないでしょう。わたくしがもっとたくさんの絵の具とカンバスをプレゼントしましょう。そしていつか、わたくしのために美しい絵をたくさん描いてちょうだい」王妃はジュリエットの巻き毛をいじくった。「でもひとつだけ、条件があるわ」

失望感のあまり、ジュリエットは吐き気がしそうになった。やっぱりそういうことなんだわ。王妃さまはわたしをからかっただけなんだ。大人たちはめったに子供にほんとうのことを言わない。王妃さまだけ違うなんてこと、あるはずがなかったのに。

「そんなに悲しそうな顔をしないで」マリー・アントワネットが小さく笑った。「わたくしのお友達になってくれると、約束してちょうだい」

ジュリエットは一瞬、言葉が出てこなかった。「あなたの……お友達？」

「難しいお願いかしら？」

「そんなことない！」心臓が激しく脈打って、ジュリエットは息ができないほどだった。絵の具、カンバス、それに友達。そんなにたくさん！　彼女はアーチ状の高い天井に向かって、舞いあがっていくような気持ちだった。が、すぐに地上に舞いおりてきて言った。「そのうちすぐに、わたしなんかと友達でいたくないと思うに決まってる」

「まあ、どうして？」

「わたしがみんなのいやがることを言うから」

「みんながいやがるとわかっていて、どうしてそういうことを言うの？」

「だって、嘘をつくのはおばかさんがすることでしょ？」ジュリエットは王妃の目をまっすぐに見つめ、絶望感のにじむ声で続けた。「でも、あなたに嫌われないように努力してみる。いい子になるって約束する」

「いいえ、ジュリエット。わたくしがあなたに望むのはただひとつだけ。正直でいてくれること」王妃の声が突然、悲しげになった。「ヴェルサイユじゃ、それがもっとも手に入りにくいものなのよ」

「あら、マルグリットがまいりましたわ」セレストがほっとしたように言った。黒いガウンを着た背の高い女の姿を、ジュリエットは脅えたまなざしで見上げた。マルグリット・デュクルーは、王妃がアクセルと呼んでいたハンサムな男に連れられていた。

セレストはジュリエットの手を取った。「娘をベッドに寝かしつけませんと。あまりにおやさしいお言葉をいただいて、今晩は興奮してなかなか寝つけませんわ、この子。ちょっと失礼いたしますね、陛下。すぐに戻ります」

「ええ、急いでね」マリー・アントワネットはジュリエットの頬をやさしくなでた。しかし、そのまなざしはすでに、うっとりとアクセルに向けられている。「寝る前に、バックギャモンでも楽しみましょう」

「まあ、すてきな考えですこと」セレストはジュリエットの手を引き、遠慮がちに少し離れたところに立っているマルグリットに近づいていった。

母がまだ怒っていることに、ジュリエットは気づいていた。でも、心に喜びがあふれるあまり、それも気にならなかった。絵の具、カンバス、それに友達!

「ほんとに役立たずね」セレストはジュリエットを引き渡しながら、マルグリットにささやいた。「せめて見かけだけでもおとなしくて礼儀正しい子に育てられないんだったら、アンドラに帰ってもらいますよ。別の人を探せばいいことなんですから」

マルグリットの尖った土色の顎《あご》がかすかに血の気を帯びた。「これでもわたしは精いっぱいやっているんです。悪いのはこの子ですよ。あなたの子供のころとはわけが違うんですから」低い声でぼそぼそと続ける。「そうそう、その絵の具です。取りあげようとしたら、狂ったように暴れだして」

「いいこと？　絵の具はそのまま持たせておきなさい。王妃がこの子に関心を示すうちはしかたがないわ。それにしたって、あなたがちゃんと仕事をしてれば、わたしがこんな恥をかくことはなかったんですよ」

「王妃さまは怒っていられるようには見えませんでしたよ。わたしはけっして――」

「言いわけは聞きたくないわ。さっさとお仕置きをすませなさい」セレストはそう命令すると、くるりときびすを返した。スミレ色のブロケードがふわりと広がった。「それから、この子を王妃に近づけないようにしてちょうだい。今夜はフェルセン伯爵が一緒にいてくださったから、ご機嫌がよろしくて助かったけれど。ずうずうしいジュリエットのせいで、王妃に取り入るチャンスがだいなしになったらたまりませんからね。ライバルがわんさといるんですから。あのめそめそしたランバル公妃ときたら、ことあるごとに王妃の同情を買おうとして」彼女はふと口を閉ざし、ジュリエットをにらみつけた。「また、そうやってわたしのことをじろじろ見る。なんのつもりなの？」

ジュリエットは視線をそらした。また、母さんを怒らせちゃった。でも、普通ならちくちくと心を疼《うず》かせるその思いも、今夜はそんなに気にならない。王妃さまは、わたしのことを醜いともいやな子だとも言わなかったんだ。

美しい顔に輝くような笑みを浮かべたかと思うと、セレストはドレスの裾を引きずりながら王妃のもとへ戻っていった。「お騒がせいたしました、陛下。娘をあんなに喜ばせていただいて、なんとお礼を申しあげたらいいでしょう」

マルグリットはジュリエットの手をきつく握って、無理やり引きずっていった。「さぞ満足だろうね、この悪魔の子めが。美しいお母さまに恥をかかせたうえに、フランス王妃にまで迷惑かけて」

「迷惑なんかかけてないわ。王妃さまはわたしのことを気に入ってくださったのよ。わたしたちは友達だもん」

「王妃さまがおまえの友達になんかなってくれるもんか」

ジュリエットは黙りこんだ。いまだに暖かくて柔らかな雲の上に浮かんでいるような気分だった。マルグリットがなんと言おうと、王妃さまはわたしの友達なんだ。その腕にわたしを抱きしめて涙をぬぐってくれた。なんてかわいい子なの、そう言ってくれた。それに絵のレッスンをさせてくれるとも言ったわ。

「その汚らしい絵の具だって、そのうち取りあげられるに決まってるよ。おまえがあんな悪さをしたあとなんだから」マルグリットの唇の両端が持ちあがり、細い曲線を描いた。「おまえなんか、贈り物をもらえる価値もない」

「そうかもしれないけど、母さんは許してくれるはずだわ。だって母さんは、王妃さまの機嫌を損ねるようなことはぜったいにしないもの」ジュリエットは飛んだり跳ねたりしながら、幾枚もの鏡が飾られた廊下を大股で歩き去るマルグリットに、懸命についていった。まるで魔法にかけられたようなまなざしで、次つぎ現れる鏡に映った自分たちの姿に見入っている。ジュリエットは、自分があまりにもちっぽけで情けない姿に映っているのに驚いた。なぜなら、いまや自分が急に大人になったような気がしていたのだ。体じゅうのどこもかしこも、母やマルグリットと同じように大きくて、どんなことでもできそうな気分だった。それなのに、その変化が鏡に映らないなんておかしいわ、とジュリエットは思った。それにしても、鏡に映るマルグリットの姿はなんと奇妙なんだろう。黒いガウンを着た細長いその姿は、いつだったかノートルダム大聖堂の柱で見た怪物像にそっくりだ。あの日、パリからヴェルサイユに戻る道すがら、大聖堂に立ち寄るように母さんが御者に申しつけたとき、息が詰まるほどうれしかったっけ。そうだわ。ヴィジェ・ルブラン夫人に教わって、まずは怪物像に似たマルグリットの絵を描くことにしよう。

「二週間もしないうちに、おまえの両腕は痣《あざ》だらけになるよ」マルグリットが満足げにつぶやいた。「お母さまの前でわたしに恥をかかせるとどうなるか、しっかりと教えてやるさ」

ジュリエットは自分の手を握っているマルグリットの手の長くてたくましい指をじっと見下ろし、ぶるっと体を震わせた。大きく息を吸いこんで、自分を呑みこもうとする恐怖をすばやく抑えつける。この指でつねられる苦しみは長くは続かない。それにそのあいだじゅう、絵の具とカンバスと、それにこれから受けるレッスンのことを考えていればいい。

最初に描く絵は怪物の姿をしたマルグリット。ぜったいにそう決めたんだから。

フランス、イル・デュ・リヨン　一七八七年六月十日

ジャン・マルク・アンドリアスは台座のまわりを大股で歩き、あらゆる角度から注意深く像を観察した。表面に宝石が散りばめられたペガサスは、文句のつけようのない美しさだった。

風になびくたてがみ、馬の足元に広がるこのうえなく精妙な金線細工の雲。どれもこれも、すばらしい職人芸だった。

「みごとな出来ばえだ、デセデーロ」アンドリアスが唸った。「まさに完璧だ」

金細工商を営んでいる彫刻家は、首を振った。「とんでもありません、ムッシュ。わたしの手には負えませんでした」

「なにを言う。この複製はどこから見てもウインドダンサーそのものじゃないか」

「宝石の特殊なカットにいたるまで、可能なかぎり本物に近づけたつもりです」デセデーロが説明する。「わざわざインドまで行って、このウインドダンサーの目にふさわしい大きさと美しさを備えたエメラルドを探しましたし、胴体は一年以上かけてつくりあげました」

「そして台座に文字を彫りこんだんだな？」

デセデーロは肩をすくめた。「できるだけ正確に再現したつもりですが、もともと判読不

可能ですから、その点はさほど重要ではないと思います」

「重要でないものなどひとつもない。父はウインドダンサーを隅ずみまで知りつくしているんだ」アンドリアスがそっけなく言った。「きみにはウインドダンサーの複製と引き換えに四百万リーブルを支払った。おれはつねに投資に見合ったものを手に入れる」

その言葉が嘘ではないことをデセデーロは知っていた。ジャン・マルク・アンドリアスはまだ二十五歳という若さでありながら、三年前に病気の父親から海運業と銀行業を営むアンドリアス帝国を引き継いで以来、政財界で確固たる地位を築いてきたのだ。頭が切れるばかりか情け容赦ないという、もっぱらの評判だった。実際につきあってみて、たしかに恐ろしく要求の厳しい人間だと実感した。だがデセデーロは少しも腹が立たなかった。それはおそらく、アンドリアスからの依頼によって彼のなかの芸術家魂が奮い立たされたからだろう。それに、父親を喜ばせたいというアンドリアスの強烈な思いにも心を動かされた。デセデーロ自身、父親をとても愛していたから、そうした深い愛情は理解できた。なによりも、ウインドダンサーの複製をつくって、病に伏す老齢の父親を喜ばせたいという熱意が泣かせるではないか。

「残念ながら、今回にかぎっては投資が成功したとは言えないでしょう、ムッシュ・アンドリアス」

「ばかなことを言うな」アンドリアスの顎の筋肉がぴくりとした。「立派に成功したじゃないか。おれたちは成功したんだ。いくら父とはいえ、このウインドダンサーとヴェルサイユにあるウインドダンサーの違いには気づくまい」

デセデーロが頭を振った。「あなたは実際にウインドダンサーを見たことが？」

「いや、ない。ヴェルサイユには行ったことがないんだ」

デセデーロは台座の上の彫像に視線を戻した。「四十二年ほど前でしたか。はじめて見たときのことをいまでもはっきりと覚えていますよ。わずか十歳のわたしは父親に連れられてヴェルサイユに行き、世界を魅了している秘蔵品の数々を見てまわったんです。鏡の間を見ました」ひと息ついた。「そしてウインドダンサーを見たんです。衝撃的な体験でした。だから一年半ほど前、あなたがわたしのスタジオにいらして、ウインドダンサーの複製をつくってくれとおっしゃったとき、どうしても断ることができなかった。ウインドダンサーの複製をつくるなんて、しょせんはだいそれた夢だったのに」

「でも、きみはそれをやりとげた」

「あなたはわかっていらっしゃらない。一度でも実際に本物をご覧になったら、一瞬にして違いがわかります。本物のウインドダンサーには……」彼は言葉を探した。「存在感がある。けっして目をそらすことができないんです。それは見る者を捉え、離さない」ゆがんだ笑みを浮かべて言いそえた。「わたしが過去四十二年も捉えられてきたようにね」

「それに父も」アンドリアスがつぶやいた。「彼は若いころに一度目にして以来、ずっとウインドダンサーを手に入れたいと思ってきた」言いながら視線をそらす。「それをようやくいま、手にするんだ。あの女になにもかも奪われてしまった父のために、せめてその夢だけは叶えてやりたいんだよ」

　デセデーロは最後の言葉をわざと無視した。もっとも、アンドリアスの言う女が誰を指すのかはじゅうぶん承知していたが。シャルロット。デニス・アンドリアスの妻にして、ジャン・マルクの継母だ。すでに五年以上も前に死亡しているが、彼女の貪欲《どんよく》さと不実な性格はいまだに人びとの口にのぼっている。

　ため息をつきながら、デセデーロは首を横に振った。「お父上が手にするのは、ウインドダンサーの複製にすぎません」

「寸分違《たが》わないじゃないか」必死さのにじむ声でアンドリアスが食いさがった。「ふたつを並べたって、父に違いがわかるはずがない。ウインドダンサーを手に入れた喜びを胸にしたまま彼は――」言いよどみ、突然、唇を噛みしめた。

「お父上の具合はよくないのですか？」デセデーロが静かに訊いた。

「ああ。医者によると、あと六カ月の命だそうだ。咳をすると血が混じるようになってね」どうにか笑顔をつくった。「だから、この時期にきみが像を完成し、イル・デュ・リヨンまで持ってきてくれてありがたいと思っている」

　デセデーロは手を伸ばし、彼の肩に触れたい衝動に突き動かされた。だが、アンドリアスがそうした慰めを快く思わない男であることはわかっていた。そこで彼はひと言だけ、答えた。「お役に立ててなによりです」

「休んでいてくれたまえ」アンドリアスは像を取りあげると、さっさとサロンの扉へ向かっていった。「さっそく書斎にいる父に見せてこよう。父は自分が大事にしているものをすべて、そこにしまっているんだ。すぐに戻ってきて、きみの意見が間違っていたことを証明してあげるよ」

「そうなるといいですけれど」デセデーロは肩をすくめた。「たしかに芸術家だけかもしれませんね、違いに気づくのは」そう言って、パトロンが指し示した背もたれの高い椅子に腰掛け、短い脚を伸ばした。「お急ぎにならなくてけっこうですよ、ムッシュ。ここには美しい作品がたくさんあって、目の保養になります。いちばん奥の壁に掛かっているのはボッティチェリですか？」

「ああ、そうだ。数年前に父が購入したんだ。彼はイタリアの巨匠の作品がことのほか気に入っていてね」アンドリアスは両腕で慎重に像を抱えながら、扉に向かった。「いま、ワインでも持ってこさせよう」

背後で扉が閉まった。デセデーロは椅子の背にもたれかかり、ボッティチェリの作品をぼんやりと眺めた。そうだな。ひどく具合が悪いということなら、あるいは老人は突然目の前に突きつけられた偽物を見破ることはできないかもしれない。とはいえ瞬時に、隅ずみまで徹底的に目を走らせることは間違いない。そのことはデセデーロも覚悟していた。なぜなら、この家に飾られたあらゆる芸術品が、デニス・アンドリアスの類いまれな鋭い感性と美に対する深い愛着を物語っている。そのような人間だからこそ、デセデーロと同じようにウインドダンサーに魂を奪われてしまったのだ。デセデーロの場合、はじめてヴェルサイユを訪れたときの記憶に霞《かすみ》がかかるようなこともときにはある。だが、そんなときも、ウインドダンサーだけはその霞のなかから、はっきりと姿を現すのだ。

彼は祈った。ジャン・マルク・アンドリアスのために。どうか、彼の父親の記憶が、視力の衰えとともにかすんでしまっていませんようにと。

ジャン・マルクは書斎の扉を開いた。たちまち、美と静寂が彼を包みこんだ。この部屋は父親にとっての安息所であり、宝物の保管場所であった。薔薇色、アイヴォリー、ベージュの三色が微妙な彩りで織りこまれたサヴォヌリーの絨毯《じゅうたん》が、磨きぬかれた寄せ木張りの床に広げられ、四季を描いたゴブラン織りのタペストリーが一方の壁一面をおおっていた。部屋のところどころには、美しく個性的な家具が鑑賞用に——ついでにくつろぎを得るために——据えられていた。紫檀《したん》と漆《うるし》のはめこみ細工をふんだんに取り入れた食器棚の上には、繊細なクリスタル製の白鳥が飾られている。そして、机。マホガニー、黒檀、それに真珠層がはめこまれた金メッキのブロンズ……それらでできた机は、この部屋でもっとも印象的な存在になったはずだった。そう、シャルロット・アンドリアスの肖像画さえなければ。豪華な額縁に入ったその肖像画は、ピレネー大理石製のマントルピースが目を惹く暖炉の上方から、すべてを圧倒するほどの威厳を放っていた。

デニス・アンドリアスはこのところ毎日のように、この部屋の寒さに不満をもらしていた。そこで六月の末だというのに、暖炉には火が入っていた。彼は暖炉の前で、深紅のブロケードが張られた巨大な肘掛け椅子に座り、スリッパを履いた両足をお揃いのフットスツールの上に載せて、本を読んでいた。

ジャン・マルクは意を決すると、部屋に足を踏み入れて扉を閉めた。「父上に贈り物を持ってきました」

父親は微笑んで顔を上げた。が、ジャン・マルクの腕に抱かれた像を見たとたん、その笑みが唇に張りついたままになった。「そのようだな」

ジャン・マルクは肘掛け椅子の脇に置かれた孔雀石《くじゃくいし》のテーブルに歩み寄ると、その上にそっと像を下ろした。父親の視線を痛いほど感じ、体じゅうの筋肉が緊張のあまり悲鳴をあげているような気がする。彼は無理やり笑顔をつくった。「なにかおっしゃってくれませんか。喜んでいただけましたでしょうか？　国王ルイを説得してこれを手放させるのは、大変な苦労だったんですから。バルドーがほぼ一年、宮殿に滞在して、チャンスをうかがっていたんですよ」

「大変な金がかかっただろう」デニス・アンドリアスは手を伸ばし、上品な指先で金線細工の翼に触れた。

父の手はむかしから繊細だった。まさに芸術家の手だ、とジャン・マルクは思った。だが、いま目の前にしたそれは透きとおっているようにも見え、浮きあがった血管が痛々しいほどにはかなさを強調している。彼は骨ばった手からあわてて目をそむけ、父親の顔に視線を移した。顔もまた痩せ細り、両頬がこけてはいるものの、その目はなお、むかしと変わらぬやさしさと好奇心を湛えていた。

「手に負えないほどの金額じゃありませんよ」ジャン・マルクは父親の向かいの椅子に腰を下ろした。「なんといっても、国王はいま現金を必要としていますからね。アメリカにおける戦争の負債を払わなくてはならなくて」

少なくともそれは嘘ではなかった。ただでさえ過度の支出に加え、アメリカの独立革命に対する援助が追い打ちをかけ、フランスはもはや破産の一歩手前でなんとか持ちこたえている状態だった。「どこに置きましょうか？　窓際の白いカララ大理石の台座の上なんてどうでしょう。ゴールドやエメラルドに日差しがあたって、生きいきとして見えますよ、きっと」

「ウインドダンサーは生きているんだよ」父親が静かに言った。「美しいものはすべて、生きているんだ、ジャン・マルク」

「それじゃ、窓際に？」

「いや」

「どこにします？」

父親の目がジャン・マルクの顔に向けられた。「こんなことをしてくれなくても、よかったんだよ」にっこりと微笑んだ。「だが、おかげでわたしの心は喜びでいっぱいだ」

「たかが数百万リーブルですよ」ジャン・マルクは明るく応じた。「父上はずっと、これをほしがっていらした」

「いや、すでに持っているよ」デニス・アンドリアスは人差し指で額のまんなかを叩いた。「ここにね。だから、こんな手の込んだ複製はいらないんだ、息子よ」

ジャン・マルクは言葉に詰まった。「複製?」

父親はもう一度、像を振り返った。「みごとな複製だ。誰がつくった? バルザーか?」

ジャン・マルクは一瞬、黙りこんだあと、かすれた声で答えた。「デセデーロです」

「なるほど。金細工を得意とする彫刻家か。それにしても、よく引き受けてくれたな」

ジャン・マルクのなかで絶望感と苛立ちが耐えがたいほどにふくらんでいった。「あなたなら違いに気づくに決まっていると彼は言いはったんですが、ほかにどうしようもなかったんです。国王には数千体の像だって買えるほどの金額を提示しました。でもバルドーの報告によれば、彼はいかなる値段だろうがウインドダンサーを売る気はないと。なんでも、これは王妃が格別に気に入っているんだとか」彼の両手は肘掛けの上で固く握られていた。「いったい、本物とどこが違うと言うんです?」

デニス・アンドリアスは首を振った。「たしかにとてもよくできた複製だよ。だがな、息子よ。ウインドダンサーには……」肩をすくめた。「魂があるんだ」

「そんなばかな! たかが像じゃないですか!」

「どう説明すればいいんだろうな。ウインドダンサーは何世紀もの時が過ぎるのを目撃し、われわれの家族が大勢この世に生まれ落ち、人生を生き……この世を去るのを見届けてきた。そのうちに、これは単なる物体ではなくなってしまったんだよ、ジャン・マルク。おそらく……夢になったんだ」

「父上を失望させてしまった」

「なにを言う」父親はかぶりを振った。「すばらしい贈り物だよ。愛のこもった贈り物だ」

「いいえ、わたしは役立たずだ。あなたがあんなにもほしがっていたものを手に入れてあげられないなんて耐えられなかったのに――」ジャン・マルクは言葉を切り、つとめて声を保とうとした。「なんとしても差しあげたかったんです。長いあいだ、あなたが憧れつづけたものを」

「おまえはくれたよ、素晴らしいものを。わからないかい?」

「わたしがあげたものなんか、失望とごまかしだけだ。父上の人生はわたしのせいで、失望とごまかしだらけなんだ」デニスがひるんだのを見て、ジャン・マルクは唇をゆがめた。

「ほら、ごらんなさい。わたしは父上を傷つけることしかできない」

「おまえはいつだって、自分に対する要求が厳しすぎる。わたしにはほんとうに誠実でいい息子だったよ」彼はジャン・マルクの目をのぞきこんだ。「それにわたしは自分の人生にも満足している。美しい芸術品に囲まれて生活できるだけの財産も手にしたし、わたしを愛するゆえに複製までつくって喜ばそうとしてくれる息子もいる」像のほうへうなずいてみせた。

「その美しい像はサロンに持っていって、引きたつような場所に飾るといい」

「ここには置きたくないと?」

デニスはゆっくりと首を振った。「あれを見ていると、美しくもはかない夢がかき乱されてしまうんだ」彼の視線が、暖炉の上方に飾られたシャルロット・アンドリアスの肖像画へ向けられた。「なぜわたしがあんなことをしたか、おまえには理解できなかっただろう？おまえには夢というものが理解できなかった」

一心に父親の姿を見つめながら、ジャン・マルクは痛みと悲しみが体じゅうを激しく駆けめぐるのを覚えていた。「ええ、わかりませんでした」

「それゆえ、おまえは傷ついた。かわいそうなことをした」彼はジャン・マルクが入ってきたときに読んでいた革綴じの本を、ふたたび開いた。「空想家と現実主義者のあいだには、つねにバランスがとれていないとならない。ま、この世のなかじゃ、夢なんかより力のほうがよっぽどあてになるのかもしれんがな」

ジャン・マルクは立ちあがり、さきほど像を置いたテーブルに歩みよった。「それでは、これは片づけさせてもらいます。もうすぐ薬の時間ですよ。忘れずに飲んでくださいね」

デニスはうなずきはしたが、すでにその視線は開いたページに向けられていた。「カトリーヌのことは頼んだぞ、ジャン・マルク」

「カトリーヌ？」

「彼女はわたしに喜びを与えてくれた。だが、まだ十三歳だ。もしものときには、ここに置いておいてはならないぞ」

ジャン・マルクはなにごとか言いかけて口を開いたものの、すぐに閉ざした。間近に迫った自分の死期を覚悟していることを、父親が言葉に出して匂わせるのははじめてだった。

「よく面倒をみてやってくれ、ジャン・マルク」

「わかりました。約束します」ジャン・マルクは力強く請けあった。

「よかった」デニスは顔を上げた。「サンチアの日記を読んでいるんだ。年寄りのロレンゾ・ヴァサロとカテリーナについてのね」

「またですか?」ジャン・マルクは像を拾いあげると、戸口へと運んでいった。「その古い日記なら、もう百回は読んだんじゃありませんか?」

「いや、それ以上だ。だがけっして飽きることがない」父親はひと息ついて、顔をほころばせた。「そう、わたしたちの祖先は夢を信じていたんだ、息子よ」

ジャン・マルクはどうにか笑みを返した。「あなたのように」そう言って扉を開けた。「マルセイユに戻るのは夕方以降にしました。夕食はテラスで召しあがります? 新鮮な空気と太陽は体にいいですから」

デニスはふたたび日記を読むのに没頭し、返事すらしなかった。

ジャン・マルクは扉を閉めてしばし立ちつくし、胸に疼く強烈な痛みと闘った。堪《こた》えたのは父親の最後の言葉ではないはずだった。なぜなら、あれは事実だからだ。彼は空想家ではなく、つねに行動の男だった。

ジャン・マルクは像の基部を支えた片手に、ぎゅっと力を込めた。ついで肩をぐっといからせる。痛みはじょじょに消散していった。そう、予想どおりに。これまで幾度も経験したように。彼は広いロビーを大股で突っきって、サロンの扉を勢いよく開けた。

デセデーロが探るような視線を向けた。「どうでした？」

「見破られたよ」ジャン・マルクは台座の上に彫像を戻した。「残りの支払いについては、マルセイユの担当者に言って、ヴェネチア支店宛の信用状を作成してもらうようにするよ」

「それには及びません」デセデーロは言った。「お約束をはたせなかったんですから」

「ばかなことを言うな。きみは投資額に見合うだけのことをやってくれた」ジャン・マルクは皮肉に満ちた笑みを浮かべた。「きみには像じゃなく、夢をつくってもらったんだから」

「なるほど」デセデーロは納得したようにうなずいた。「夢ですか……」

「おれみたいな商売人には、こんな理想主義者の夢などはまったく理解できないが、どうにも複製じゃ納得いかないらしい。こうなったら、なんとか本物のウインドダンサーを手に入れるしかない」

「しかし、どうやって？」

「基本に戻るだけだ。みずからヴェルサイユにおもむいて、ウインドダンサーを売ってくれるよう王妃を説得する方法を探しだす。どうしても、このまま父を――」それきり言葉を呑みこむと、両手をふたたびゆっくりと握りしめた。「彼にはもうあまり時間がないんだ」

「でも、けっして手放さないと決めてらっしゃる王妃を、どうやって説得するんです？」

「情報だよ」ジャン・マルクの唇がずる賢そうにゆがんだ。「彼女がもっともほしがっているものを見つけて、像と引き換えにそれを提供するのさ。宮殿の近くに宿をとり、二週間もたつころには、宮中と王妃のことにかけては国王ルイよりも詳しくなってみせる。たとえ、宮殿じゅうの侍女や召使いを買収することになっても、やってみせるさ」

デセデーロが台座に載った彫像を指さした。「それで、これは?」

ジャン・マルクはペガサスには目もくれずに、扉へ向かった。「二度と見たくない。宝石を売り払い、残りは溶かしてしまってくれ」乱暴に扉を開けた。「国王ルイにウインドダンサーを売る気にさせるには、もっとゴールドが必要になるかもしれないからな」

ばたんと扉が閉まった。

2

「そんなに甘やかしちゃって」マルグリットは薄い唇をすぼめ、ジュリエットの胸のなかで気持ちよさそうに横たわるルイ・シャルルの色白の顔を見つめた。「ヴェルサイユに連れて戻ったって、こんなに甘やかしたんじゃ、子守に感謝されるどころじゃないね」

「彼は病気なのよ」ジュリエットは、赤ん坊の温かく小さな体を抱えた両腕に、いっそう力を込めた。ほんとうはもう赤ん坊じゃないのよね、とせつない気持ちで思う。王妃の次男はすでに二歳を超えている。けれども、腕のなかの彼はいまだに小さくて柔らかく、見ているだけでいとしさがこみあげてきた。「とくべつに注意してあげなくちゃならないのよ。馬車の揺れのせいで、具合が悪くなったら大変だわ」

「冗談じゃない。フォンテンブローの医者が、王子は旅行しても大丈夫だと太鼓判を押したんだ」

「だからって、完全によくなったわけじゃないわ」ジュリエットは向かいの座席に座るマルグリットをにらみつけた。「ほんの二週間前には、命も危ないんじゃないかって王妃さまが心配なさるほどの熱を出したのよ」

「麻疹《はしか》で死ぬなんてこと、めったにありゃしないよ。あんただって前にかかったけど、ピンピンしてるじゃないか」

ルイ・シャルルが小さく動き、ジュリエットの肩口に向けてなにごとかもぐもぐとささやいた。

ジュリエットはぱっと顔を輝かせて、腕のなかをのぞきこんだ。「しーっ。いい子ね。もうすぐお母さまのところに戻れますからね。大丈夫よ」

「ほんと、これでようやくヴェルサイユに戻れるわ」マルグリットが厭味たっぷりに同意してみせた。「まったくね。王室一家がヴェルサイユに戻るっていうのに、王子と一緒にフォンテンブローに残るなんて言いはるんだから、この子は。あんたが残るなら、わたしだって一緒に残らざるをえないことぐらいわかっていただろう？　お母さまはわたしがいないと、えらく困られるっていうのに」

ジュリエットは腕のなかの小さな子をやさしく揺り動かしながら、産毛のように柔らかなその巻き毛を指に巻きつけた。マルグリットと言い争ったって無駄なだけだわ、とうんざりした思いで考えた。この女の頭のなかにあるのは、ジュリエットの母がいかに快適で安泰に過ごせるかということだけ。母のいないところでは、けっして幸せを感じられない人。病気のルイ・シャルルを心配して、王妃が気も狂わんばかりに取り乱したことなど、彼女にはどうでもいいことなのだ。マリー・アントワネットの娘のソフィーがわずか四カ月前に亡くなり、かねてから病弱だった王太子であり王位継承者でもあるルイ・ジョゼフも、ここへきて急速に体調が悪化していた。そんなとき、もっとも体が丈夫な末息子までが麻疹にかかったのだ。王妃の絶望感がどれほどか、想像がつきそうなものなのに。

「座席に下ろしなさい」とマルグリットが命令した。

ジュリエットは唇をきつく結んだ。「彼はまだよくなっていないのよ。彼の世話についてはいっさいわたしに判断を任せるって、王妃さまがおっしゃったわ」

「十四歳の気まぐれな小娘に、王子の世話なんかできるもんかね」

「彼はぜったいに下ろさない」ジュリエットは唇を引き結ぶと、マルグリットからつと視線をそむけて、窓の外を眺めた。沈黙が口論よりも効果があることを彼女は知っていた。けれど、口をきかずにいるのも、それはそれで楽なことではなかった。ありがたいことに、すでに馬車はヴェルサイユの街の近くに達し、宮殿までもさほど時間はかからないはずだった。

彼女はマルグリットを無視して、屋根に載せたトランクのなかの絵のことだけを考えようと心に決めた。そういえばあの絵、まだ木々の細かいところを描き終えていなかったんだわ。群葉の合間から射しこむ陽光が、裸の背中を浮かびあがらせるっていう構図は、どうかしら？　そうよ、おもしろいわ。そうすれば、大枝の下に横たわるように描いた人物の写実性も否定できるし。

「あんたはいつも、自分がいちばん正しいと思ってるんだから」マルグリットがぼやいた。「いまの王子と同じ年のころからずっとそうだったよ。もし王子の子守が病気じゃなかったら、王妃さまはあんたなんかにルイ・シャルルの面倒を頼んだりするもんか。彼女だってそのうち、あんたの正体に気づくに決まってる。いまは得意の絵と物怖じしないその口で関心を惹いているかもしれないけど、いまに飽きられて――ちょっとあんた、聞いてるの？」

ジュリエットは、遥か向こうの断崖を縁取るように生い茂る緑の低木林を眺めやった。

「いいえ」マルグリットの厭味な愚痴がやんで、王子を腕に抱くこの瞬間を心おきなく楽しめるといいのに。生まれてこのかた、自分のことを気にかけてくれる人間などひとりもいなかったジュリエットにすれば、数週間世話をしたせいで、ルイ・シャルルがまるで自分の子供のような気がするのだった。だが、彼の静養期間もまもなく終わろうとしている。もうあと数時間もすれば、ルイ・シャルルは本物の母親と王室の保護のもとに戻されるのだ。

突然、マルグリットの平手がジュリエットの頬に飛んだ。

ジュリエットの頭がのけぞり、ルイ・シャルルを抱えていた両腕が思わずゆるむ。

「いくつになったって、傲慢《ごうまん》な態度にはお仕置きしてやらないとね」ジュリエットの驚いた表情を目にし、マルグリットは満足げににやついた。「王妃さまは甘やかしてくれるかもしれないけどさ。わたしはあんたのお母さまから、躾《しつけ》を任されてるんだからね」

ジュリエットはルイ・シャルルをしっかりと抱えなおした。まさか叩かれるとは思ってもいなかった。ジュリエットと一緒にフォンテンブローにとどまるよう命じられて以来、マルグリットの内に蓄えられてきた怒りや苛立ちの大きさを、どうやら甘く見すぎていたらしい。

「彼を抱いているときには、二度と殴らないでちょうだい」ジュリエットは怒りのあまり震えそうになる声をつとめて抑えて言った。「床に落としでもしたら、大怪我をさせかねないわ」

「わたしに命令するっていうの？」

「万一ルイ・シャルルが怪我でもしたら、どうしてそんなことになったのか、王妃さまはお知りになりたがるでしょうね」

悪意のこもったマルグリットの視線がジュリエットの顔からふとそれた。「いつまでも王子の陰に隠れようったってそうはいかないんだから。どうしてそんなに手に負えない娘になっちまったんだか。わたしがお母さまのお世話に追われていなけりゃ、もう少しましな躾ができただろうに」

「わたしは隠れてなんか――」

突然、馬が苦しげにいないた。

馬車が傾いたかと思うと、よろめきながら急停止し、ジュリエットは床に投げだされて膝をついた。

ルイ・シャルルが目を覚まし、むずかりだした。

「どうしたっていうのさ？」マルグリットは馬車の窓から顔を突きだした。「ちょっとあんた、いったい――」

そのとたん、巨大な鎌の刃先がマルグリットの頭のすぐ脇の木壁から飛びだし、曲線を描く長い刀身が馬車の側面にぐさりと突き刺さった。

「なにが起こったの？」床にしゃがんだまま身を固くして、ジュリエットは刃先を見つめた。

叫び声や、金属同士がぶつかる音、それに馬の鳴き声も聞こえる。

次の瞬間、銃声とともに、扉の木枠が砕け散った。

「農民だ。百姓連中だよ。わんさと詰めかけてる。この馬車を狙っているんだよ」マルグリットの声が恐怖にうわずった。「わたしを殺す気なんだ。ああ、こんなことになったのも、全部あんたのせいだよ。あんたさえ残るなんて言いださなけりゃ、いまごろヴェルサイユで安心していられたのに」

「静かに!」ジュリエットは体の内に湧きあがる恐怖を押しとどめようとした。落ち着いて考えを集中させなくちゃ。馬車や城が、飢餓に苦しむ農民たちに襲われたという話は何度も聞いたことがあるけれど、スイス人衛兵に護衛された王室の馬車が襲われるなんてあるはずがない。「大丈夫よ。護衛たちが守ってくれるはずだし――」

「なにをのんきなことを! 連中は何百人もいるんだ」

ジュリエットは窓ににじりよって、自分の目で確かめた。何百人は大げさにしても、瞬時には数えきれないほどの人間が押し寄せている。あたりは混乱を極めていた。粗末な服を着た男女が大鎌やピッチフォークを振りかざし、馬の背にまたがった制服姿のスイス人衛兵に襲いかかっている。網状の甲冑《かっちゅう》を身につけた馬上の男たちは、押し寄せる人波のただなかに突進し、両側の農民に向けて次つぎに剣を打ちおろしていた。馬車を引いていた四頭の馬のうちの二頭がすでに横たわって死んでおり、地面に血が流れでていた。

黒いベルベット。

ふいに彼女の目が、ひとつの人影に引き寄せられ、そのまま釘づけになった。この血と死の混乱のさなかに、平然と立ちつくす唯一の人物。漆黒のベルベットのケープに磨きぬかれた黒の膝丈ブーツを身につけた、すらりと背の高い男が、群衆の端で馬にまたがっていた。男はなんの表情も浮かべずに、暗い目で乱闘を見つめている。

ふたたび銃弾が炸裂《さくれつ》した。今度はジュリエットが座っている座席のすぐ上の木壁だ。泣きじゃくる子供をかばいながら、彼女はあわてて頭を引っこめた。このまま馬車に閉じこもっていたら、銃弾のうちの一発がいつルイ・シャルルの体に当たらないともかぎらない。なにもせず、ただそのときを待っているわけにはいかない。行動を起こさなくては。乱闘は馬車の左側で繰り広げられている。ということは、スイス人衛兵の働きのおかげで、まだ馬車は完全に暴徒に取り囲まれてはいないということだ。絶壁の手前に密生していた低木林……。

ジュリエットは胸にしっかりとルイ・シャルルを抱え、扉に向かって腹這いで進んでいった。

「どこへ行こうっていうの？」マルグリットが声をあげた。

「断崖の手前に林があるの。なんとかあそこまで逃げてみせるわ」ジュリエットはガウンからリネンのスカーフを取りだすと、子供の口をおおうようにして結んだ。泣き声がいくらか小さくなった。「ここにいたらルイ・シャルルが危ないもの」

「正気で言ってるの？」

ジュリエットは扉をわずかに押し開いて、用心深く外のようすをうかがった。低木の植込みはわずか数フィート先に見える。しかもあたりには誰もいないようだった。

「行くんじゃない!」

「静かにして。さもなければ一緒にくる? ふたつにひとつよ」ジュリエットはルイ・シャルルの小さな体をいっそう強く抱きしめると、扉をさらに押し開いた。深く息を吸って、地面に飛びおりる。埃っぽい道を一散に突っきって、林のなかに飛びこんだ。木の枝が顔を鞭《むち》打ち、両腕を引っかいたが、かまわずに奥へ分け入っていった。

「戻ってくるんだ! わたしを置いていくなんて許さないよ!」

ジュリエットは走りながら小声で悪態をついた。叫び声と、サーベルのぶつかりあう乾いた音が奏《かな》でる不協和音。マルグリットの甲高い声はそれをも突き破って、彼女の耳にはっきりと届いた。ジュリエットに聞こえるということは、敵の連中も耳にしているということだ。

ルイ・シャルルがスカーフの下でむずかるような声を出し、ジュリエットは思わず彼の体を胸に押しつけた。かわいそうな坊や。彼にはいまのこの恐ろしい状況がなにも理解できていないんですもの。それは自分とて同じことだった。だがジュリエットは固く決心していた。断じてあの人殺したちに、この子を、そして彼女自身を傷つけさせはしないと。

「待て!」

突如、全身から血の気が引き、彼女はうしろを振り返った。

黒いベルベット!

馬の背にまたがって乱闘を眺めていた男が、下生えをかき分けてこっちへ突進してくる。

マントが巨大な鷲の翼のように、後方にはためいていた。

ジュリエットはさらに加速し、なんとか黒い服の男を引き離そうと懸命に走った。

ルイ・シャルルの頰に涙がつたいはじめた。

朽ちはてた倒木を飛び越えた瞬間、陰に転がっていた別の木に気づかず、あやうく倒れそうになった。すぐさまバランスを取り戻し、ふたたび走りだす。脇腹がさしこむように痛んだ。

「くそっ《メルド》。待ってくれ。傷つける気は……」言葉が途切れ、ついで悪態をつく声が聞こえた。振り返ると、男はジュリエットと同じように隠れていた木に足をとられ、前のめりに倒れていた。

彼女の内を強烈な満足感が突きあげた。ついでに脚の骨でも折れていればいいのよ。そうすれば――

そのとき、耳元を銃弾がかすめ、すぐ脇の木に命中した。

「子供だ。その子供を渡せ」

しわがれた声が言った。それも後方ではなく、前方から！

ぼろぼろのズボンと粗末な白いチュニックを着た頑丈な体つきの大男が、煙をあげる拳銃を手に、わずか一ヤード先に立っていた。男は弾切れになった銃を脇に放り投げると、ベルトから短剣を引き抜いた。

ジュリエットの全身が凍りついた。不気味にきらめく短剣の刃先に目が吸い寄せられる。

後退するわけにはいかない。黒い服の男が待ちかまえているのだ。なんとかほかに逃げ道を見つけなければ。

と、数フィート先に手ごろな枝が一本落ちているのが目に入った。

「わかったわ、ムッシュ。それじゃ、子供をここに下ろすから」ジュリエットは足元の地面に、そっとルイ・シャルルを置いた。

大男は満足げなうめき声をもらし、一歩、足を踏みだした。

その瞬間、ジュリエットは枝をひっつかみ、男の両脚のあいだを下から思いきり一撃した。

男は悲鳴をあげるなり股間を握りしめ、短剣をぽとりと地面に落とした。

ジュリエットは大急ぎでルイ・シャルルを抱えあげると、男の脇をすり抜けて駆けだした。

だが、わずか数秒後には、男が悪態をつきながら猛烈な勢いで追いかけてきた。どういうこと？　男の人は、あの場所を殴られたら身動きできなくなるんじゃなかったの？　実際にほんの数カ月前、あのグラモン公だって……。うろたえながらも、目の前に現れた小川を飛び越える。スカートの裾がひきずり、水浸しになった。

間髪入れず、重たいブーツが水を跳ねる音が聞こえた。

まずい、追いつかれる！

肉づきのいい手にぐっと肩をつかまれ、思わずうしろにのけぞった。

「このあま！　売女《ばいた》め！」

金属の鈍いきらめきが、ジュリエットの目の端に映った。男は彼女の背中をめがけて短剣を振りあげている。

ああ、マリアさま！　わたしは死ぬんだわ！

ところが、なにも起こらなかった。

彼女は飛びのくなり男の手を振りはらい、勢いあまって地面に倒れこんだ。

黒いベルベット！

ジュリエットは呆然と目を見開いた。黒いベルベットのマントの肩のあたりから、血が噴きだしている。この人はわたしを突き飛ばし、みずから農民の短剣を肩に受けたのだ。

引き締まった男の顔が、痛みにゆがんだ。よく見ると、彼自身の短剣は農民のたくましい胸に突き刺さっている。

大男の農民はうめき声をあげ、ばったりと地面にくずおれた。

黒いベルベットの男はよろめきながらもしばしそこに立ちつくしていたが、まもなくおぼつかない足取りで歩きだし、数フィート先のマツの木にもたれかかった。短剣が突き刺さった左肩に片手を押しつける。オリーヴ色の肌は見る間に土色を帯び、唇はかたく引き結ばれた。「マドモアゼル・ド・クレマン。失礼ながら……あなたは」声が消え入りそうになる。

「男性に……助けられるのは主義に反するとでも……思っていらっしゃる？」

ジュリエットの目が大きく見開かれた。「助けるですって？」

「わたしは護衛を増強するためにやってきたんです。馬車が襲われるという情報を入手したもので。あなたがあのまま馬車のなかにとどまっていてくだされば――」男の手のひらが苦しげに木の樹皮をまさぐり、顔は小さく痙攣《けいれん》した。「乱闘はいまごろ……終わっていたはずなんです」

「なにが起きているのかわからなかったのよ」ジュリエットはささやいた。「誰を信じていいのかも。いったい、あなたは何者？　どこから来たの？」

「ジャン・マルク……アンドリアス。宿はすぐ近くの……イン・オブ・ザ・ブラインド・オウル……」男の視線が数フィート先に寝ころぶ農民のほうへ向けられた。「間抜けなやつだ。あんなブーツを……」

まぶたが閉じられたかと思うと、木の幹からずるりと体がすべり落ち、男は気を失った。

「いいから言うとおりにして。この村のお医者さまを呼んで、熱いお湯と清潔なリネンを用意してちょうだい」

ジャン・マルクが目を開けると、ジュリエット・ド・クレマンが恰幅《かっぷく》のよい大男相手に口論しているところだった。朦朧《もうろう》とする意識のなかで、彼はその相手がムッシュ・ギエムであることを見てとった。数週間前から滞在している宿の経営者だ。

宿の主人は頑として聞き入れない。「もしこのムッシュ・アンドリアスがほんとうに王子の命を救ったんだとしたら、町医者なんかを呼んで、陛下の機嫌を損ねるようなことになったら大変だよ。王室専属の医者がくるまで待つしかないさ」

「宮殿からはかなりの距離があるのよ。もし彼が死んだら、あなたが責任を取ってくれるって言うの？」

驚いた、まだほんの子供じゃないか、とジャン・マルクはぼんやり思った。森のなかを駆けていく姿を最初に見たときには、ほっそりとしたしなやかな体つきに黒っぽい艶《つや》やかな巻き毛、それに脅えきった大きな目だけが妙に印象に残った。だがいま、宿の主人のシャツの第三ボタンにも達しない背丈を補うかのように、背筋をまっすぐに伸ばし、肩をいからせているその細い体からは、かすかに大人になりかけた少女の匂いしか感じられなかった。

「彼の血が床にしたたり落ちているのが、見えないとでも言うの？」

ジャン・マルクは体の向きを変え、はじめて自分が制服姿のふたりのスイス人衛兵に抱えられていることに気づいた。ふたりとも言い争いを耳にしてにやにやしている。「それはまた……ぞっとしない光景だな」ジャン・マルクがささやいた。「まさか……おれのことを言ったんじゃないだろうね、お嬢さん」

ジュリエットがくるりと振り返った。心からほっとしたらしく、いっきに顔がほころぶ。

「よかった、目が覚めたのね。もしこのまま……」ふと思い出したように、急にムッシュ・ギエムに向きなおった。「なぜそんなところに突っ立ったままなの？　彼はすぐにも肩から短剣を引き抜かなければならないのよ」

ムッシュ・ギエムはなだめるように言った。「悪いことは言わない。ここは王室の医者を呼ぶのがいちばんなんだ。あんたはまだ幼くてわからないだろうが——」

「いくら幼くたって、あなたが彼のことより自分の身を案じてることぐらいはわかるわ」ジュリエットは遮り、辛辣《しんらつ》な口調で言い返した。「いいから、いつまでもそんなところに、ぼさっと立ってないで。彼が失血死でもしたらどうするのよ」

ジャン・マルクが顔をしかめた。「頼むから、まだ訪れてもいないおれの死を話題にするのはやめてくれないか。どうにも……気分が悪い」

「黙って」ジュリエットはふたたび彼に視線を戻した。茶色いその目が燃えたつように見える。「しゃべったら体によくないわ。あなたもこの主人に負けず劣らず、わからずやね」

ジャン・マルクは唖然と目をみはった。

「そう、そのほうがいいわ」彼女はジャン・マルクを支えているふたりの兵士にうなずいてみせた。「彼の部屋に運んでちょうだい。わたしも宿の主人と話がついたらすぐに行くから。くれぐれもそうっとね。さもないと承知しないわよ」

兵士たちの顔から笑みが消え、少女の怒りの矛先が自分たちに向けられたことに、露骨な苛立ちを見せた。これ以上この娘に話をさせたら、おれは床に落とされかねない。そう察したジャン・マルクはあわてて訊いた。「王子は？」

「しゃべらないでって――」彼の真剣なまなざしに気づき、ジュリエットは短くうなずいた。「彼は無事よ。子守と衛兵隊長と一緒にわたしが宮殿まで送り届けたわ。そのほうが安全だと思ったから」

「よかった」ジャン・マルクの膝ががくんと折れ、ふいにまぶたが閉じた。両脇の兵士たちは急に重くなった彼の体をなかば引きずり、なかば持ちあげるようにして階段をのぼっていった。

その後の十分間は間違いなく、ジャン・マルクの人生のなかでもっとも苦しい体験と言えた。ついにベッドまでたどり着き、カバーの下に身を横たえたときは、かろうじて意識の縁にしがみついている状態だった。

「あなたは死なないわ」

目を開けると、ジュリエット・ド・クレマンが難しい顔をして見つめていた。奇妙なことにその断固たる言い方は、どんな親切な言葉よりも慰めの力に満ちている気がした。「そうだといいが。おれは――」

「だめ」すかさず彼女の指がジャン・マルクの唇を押さえた。有無を言わさぬしぐさのわりには、その触れ方がこのうえなくやさしいことに彼は気づいた。「さっき失血死って言ったのは、宿の主人を少しでも急がせようとしたからなの。彼ときたら、わたしの言うことにまるで耳を貸そうとしないんですもの。単なる子供のたわごとだと思ってるのよ」

「それは由々《ゆゆ》しき判断ミスだな」

「まあ、あなた、冗談を言うの?」瞳がものめずらしそうに輝いた。「肩に短剣を突き刺したままで冗談を言うなんて、よっぽどおかしな人なのね」

彼女の姿が、まるで猛暑の日の地平線のように揺らいで見える。「というよりも、おかしな状況におかれてしまったんだ。おれはけっして英雄なんてものが似合う柄じゃない。それなのに放りこまれた」――部屋が傾き、しだいに薄暗くなってくる――「英雄として振る舞わなけりゃならない状況に」

「自分を英雄だと思わないってこと?」ジュリエットが思案げにつぶやいた。「ふうん」

「そう思えたらいいがな。それにしてもひどく暗くなってきた。きっとおれはこのまま──」

「さあ、眠って」彼女の手がすばやくジャン・マルクの目をおおった。「わたしがずっとここにいて、誰にも手出しさせないようにするから安心して。信じてちょうだい」

信じるだって? このおれに女を信じろというのか、とジャン・マルクは朦朧とする意識のなかで思った。

だが、相手はまだ女ではなく、子供だった。それも、とびきり気が強くて勇敢な子供。刺々《とげとげ》しい話し方からは想像もつかないほどやさしい手を持つ子供。

いいだろう、と彼は思った。とりあえず、この場は信じてみよう。ジュリエット・ド・クレマンを。

彼は待ち受ける闇のなかへと沈んでいった。

つぎに目を覚ましたとき、ジュリエットはベッドの脇にひざまずいていた。「もっとゆっくり寝ていたらよかったのに」低い声で言った。「この村のお医者さまがいらしてくださってるわ」

「それじゃ、きみが……勝ったわけだね」

「当然よ。王室のお医者さまにくらべるとずいぶん気取った感じの人だけど、ばかじゃないみたい」そこで言いよどむ。「いま、短剣を引き抜く準備をしているところよ」

ジャン・マルクは体をこわばらせ、急いで部屋の奥に目を向けた。紫のブロケードのコートと念入りにカールされた白いウィッグを身につけた、小柄でまるまると太った男が暖炉のそばに立ち、いくつもの指輪が光る両手を炎にかざしている。

「きみの言うとおり、もう少し意識を失っているべきだったな。痛いのは好きじゃない」

「誰だってそうだわ。そうじゃなかったら、頭がどうかしてるのよ」ジュリエットは膝をついたまま、考えこむように顔をしかめた。「ねえ、よく聞いて。たしかに痛いとは思うけど、痛みをあまり感じないですむいい方法を知ってるの。なにか別のこと、美しいもののことを考えるのよ」

医者がスカーフを整え、暖炉に背を向けた。ジャン・マルクは覚悟を決めた。

「緊張してはだめ。よけいに痛みを感じるだけよ」ジュリエットは手を伸ばし、両手でジャン・マルクの手を包みこんだ。「美しいもののことを考えるの。そうね、たとえば――だめだわ、それは自分で決めなきゃ。あなたが美しいと思うものじゃなければ」

ジャン・マルクはゆっくりとベッドに近づいてくる医者の姿を目で追った。

「あまり有効なアドバイスとは思えないな」乾いた口調で言った。「どうせなら、この恐怖をどうにかしてくれないか。美しいものなんて、ほんのいっとき、気を紛らわせてくれるだけだ」

「そんなことない。この世のなかにはたくさん美しいものがあるわ」彼女は両手にいっそう力を込めた。「わたしはいつも、絵を描いているときの気持ちやウインドダンサーを見たときのことを思い浮かべるの」

「ウインドダンサー?」ジャン・マルクの筋肉がぴくりとし、その視線が近づいてくる医者からジュリエットの顔へ移った。

「知ってるの?」ジュリエットがぱっと顔を輝かせた。「あれは世界でもっとも美しい彫像よ。むかし、あれを見るたびに不思議に思ったのよ――」ふと口ごもり、そのまま押し黙った。

「不思議に思ったってなにを?」

「なんでもないの」

「いいから、言ってくれ」

「どうしたら、こんなに美しいものを人間がつくれるのかしらって」彼女は無邪気に説明した。「あれは美しいなんて言葉じゃ表現できないわ。もっと、そう――」

「言わなくてもわかる」ジャン・マルクの口元がゆがんだ。「夢だと言いたいんだろう?」

彼女がうなずいた。「あなた、見たことがあるのね。それなら、ウインドダンサーのことを思い浮かべればいいのよ」

ジュリエットは首を振った。「残念ながら、見たことはない」

たちまち、ジュリエットの顔が熱を失っていった。

「これはこれはムッシュ。お目覚めでしたか」医者はベッドの脇に立ち、機嫌よく微笑んでみせた。「わたしはガストン・サンルーと申します。すぐに肩の短剣を引き抜いて差しあげますよ」ぴたりとベッドに近づいた。「それでは気をしっかり持って、これから――」

「だめよ、彼の言うことに耳を貸しちゃ」ジュリエットがぴしゃりと言った。「わたしのほうを見て」

その真剣な口調に、ジャン・マルクは思わず指示に従った。彼女の茶色い目は強烈な生命力を湛え、ほっそりした顔のなかできらめいていた。上気した頰が薔薇色に輝いているものの、肌自体は透きとおるようなクリーム色で、こめかみの下の青白い血管が激しく脈打っているのまで見えるようだ。

「美しいものよ」ジュリエットが差し迫った声で言った。「これまで見たなかで、いちばん美しかったものはなに？」

「海だ」

「じゃあ、海のことを考えるの」彼女はジャン・マルクの手に自分の手首を握らせるようにした。「わたしの手をしっかり握って、海のことについて話してちょうだい。どんなふうに美しかったの？」

「嵐……猛烈な力……波が叩きつけるように船に襲いかかるんだ。灰色がかった青い水がかすかにきらめいて――」

焼き印を押されたような強烈な痛み！

「海よ」ジュリエットが彼の目を見つめながらささやいた。「海を思い浮かべて」

「もう一回で抜けますよ」医者が明るい声で告げ、短剣の柄を握る手に力を込めた。

「しーっ」ジュリエットの目はひたとジャン・マルクの目に据えられている。「もっと海のことを聞かせて」

「太陽が燦々《さんさん》と照るような穏やかな日には……まるで巨大なサファイアの上を浮かんでいるようだった」

痛みをよせつけまいとしてさらに輝きを増す彼女の瞳。

ジャン・マルクは舌の先で乾いた唇を湿らせた。「そして船が岸に向かって引き寄せられていくと……」

クリーム色のボウルに薔薇の花を浮かべたような彼女の肌。蠟燭の炎のようなその輝き。

「水は……エメラルド色に変わるんだ。きみはきっと――」

ふたたび、えぐるような痛み！

ジャン・マルクの背中が弓なりにのけぞると同時に、短剣が肩から引き抜かれた。

「終わりましたよ」医者は血のついた短剣を手にして、ベッドから離れていった。「あとはこれを片づけて、傷跡を消毒したうえで包帯を巻けばおしまいです」

ジャン・マルクは激しく胸を上下させながら横たわっていた。部屋じゅうがまわって見える。傷口から血が噴きだし、肩をつたい落ちていくのが感じられた。

「手を離してくれないと」ジュリエットが言った。

ジャン・マルクはなんのことかわからないとでもいうように彼女を見つめた。

ジュリエットは腕を引き、もぞもぞと手首を動かして彼の手から逃れようとした。「離してくれないと、お医者さまの手伝いができないわ」

　そのときになってはじめて、ジャン・マルクは自分がまだ彼女の腕を握っていることに気づいた。ゆっくりと両手を開いて離す。

　ジュリエットは体を起こしてベッドから遠ざかった。安堵《あんど》のため息をもらすと、左手首を勢いよくさすった。「よかったわね。最悪の状況は脱したわ」

「そうかな？」いざ少女の手を離してみると、彼は言いようのない寂しさに襲われた。もう一度彼女の手を取って、握っていたい。なにをばかな。女からの慰めを快く思ったことなど一度もなかったはずなのに。「それを聞いて安心した。このうえもっと痛い目に遭うんじゃ、かなわないからな。言ったとおりだろう？　おれは英雄になるようなタイプじゃないんだ」

「普通の人間なら、これほどの痛みに叫び声をあげないでいられるわけがないわ」

　かすかに口元をゆるめると、彼は目を閉じた。「そりゃ、泣き叫んでなどいられなかったよ。なにしろ……美しいものを思い浮かべるのに忙しかったからね」

　ジュリエットは椅子に腰掛けたまま背筋をのけぞらせ、硬くなった背中をほぐした。何時間も不自然な格好で座っていたために生じた凝《こ》りは、そう簡単には解消されそうにない。ほんとうは立ちあがって部屋のなかを歩きまわりたかったが、そんなことをすればベッドに横

彼は弱々しく顔をほころばせた。「それは悪かったな。きみの努力を無駄にしないためにも、せいぜい死なないように頑張るさ」

「べつにそんな意味で言ったわけじゃ——」ジュリエットは下唇を噛みしめた。「わたしって、いつも変な言い方をしてしまうの。毒蛇の舌だって、マルグリットに言われてるわ」

「マルグリット?」

「マルグリット・デュクルー。わたしの子守よ。いえ、正確にはもう、わたしのじゃないわね。彼女はわたしなんかより、母さんの世話をするほうで忙しいもの」

「それで、そのマルグリットがきみの口の悪さを非難するわけか?」

「そう」ジュリエットは顔をしかめてみせた。「おしゃべりはやめて、眠ったほうがいいわ」

「眠りたくないんだ」ジャン・マルクがジュリエットの顔を探るように見つめた。「なにかおもしろい話をしてくれないか?」

ジュリエットは驚いて見つめ返した。「おもしろい話?」

ジャン・マルクはくすくす笑ったかと思うと、すぐさま痛みに顔をゆがめた。「いや、やめておこう。今日ばかりはユーモアも、苦しみを増す効果しかなさそうだ」

「眠らないなら、いくつか訊きたいことがあるんだけど。答えてもらえるかしら? 意識を失う前にたしかあなた、攻撃の情報を得ていたって言ったわよね。いったい誰から聞いたの?」

ジャン・マルクはベッドのなかで姿勢を変え、肩への負担が軽くなるようにした。「ヴェルサイユ宮殿の官吏だ」

「宮殿の官吏がどうして知ってるの？　ヴェルサイユから遠く離れた場所で農民による襲撃があるなんて」

「なかなか興味深い質問だ。あるいはこういう質問もあるな。暴徒のうち数人の若者が、ピッチフォークではなくピストルを手にしていたのはなぜか？」彼の唇が吊りあがった。「それに、おれの肩に短剣を突き刺した男は貧乏で飢えに苦しんでいる農民のはずなのに、すこぶる栄養状態がよさそうなうえ、おれよりも上質の革のブーツを履いていたのはなぜか？」

なるほど、彼が気を失う前につぶやいた言葉の意味はこういうことだったのか、とあらためて思い返す。「それにしても、なぜその情報を国王陛下につたえるかわりに、あなたに教えたのかしら？」

「それは謎でもなんでもない。金だよ」ジャン・マルクは嘲るような笑みを浮かべた。「国王ルイならそういう忠誠心に対して、勲章や大仰な感謝の言葉で応えるだろう。ところがおれは、王室一族に関するどんな情報に対してもたっぷりの賄賂《わいろ》で応えてやると宣伝しまくった。情報提供者にしてみれば、金さえ手に入れれば楽はできるし、早馬を駆って、裏切った相手の剣からも逃れられるってわけだ」

「それでその人は、襲撃の首謀者が何者かってことは言わなかったの？」

「高位の人間、とだけ聞いた。とにかくやつが言ったのは、王子とクレマン嬢が乗った馬車がヴェルサイユに向かう途中で襲撃されるってことだけだった。そこでおれは男たちを金で雇って、偉大なる騎士よろしく、救出に向かったというわけだ」

ジュリエットは彼の顔をまじまじと見据えた。「ふざけてる場合じゃないわ。あなたは王子の命を救ったのよ」短く押し黙ってからつけたした。「それにわたしの命も」

「だとしても、それは崇高な志からじゃない」ジャン・マルクは穏やかなまなざしで彼女を見つめた。「おれは実業家だ。見返りなしには断じて行動しない。正直言って、きみが仕事を複雑にしてくれたおかげで、大いに迷惑してるんだ」

「王子を助けた見返りにはなにを期待しているの？」

「王妃の心からの感謝と厚意。少しばかり彼女に頼みたいことがあってね」

いっときジュリエットは、言葉もなく相手の顔を見つめた。「あなたって、よほど自分を冷たい人間だと思わせたいらしいけど、わたしはそうは思わないわ。痛みでどうにかなりそうなときにも、ルイ・シャルルのことを心配していたじゃないの」

「子供が殺されるのは好きじゃない」

「それに、わたしに向けて振りおろされた短剣をかわりに受けてくれた。あれが、見返りなしには行動しない男の態度だっていうの？」

ジャン・マルクはわざとらしく顔をゆがめた。「いや、あれは衝動に走ったせいで、きっちり報いを受けた男のみじめな姿だ」すかさずかぶりを振る。「おれを買いかぶるのはやめてくれ。おれは戦士でもなければ、英雄でもない」

「どう思おうと、わたしの勝手でしょう？」ジュリエットはジャン・マルクの顔を見ながら、落ち着かなげに眉をひそめた。「でも、あなたという人間がよくわからないわ。なにを考えているのかわからない」

「いやにこだわるな」

ジュリエットはうなずいた。「こんなこと、めったにないの。たいていの人間ならなにを考えているかすぐわかるわ。わたしにとってうわべじゃない真の姿を見極めることって、とても大切なことなのよ」

「どうして？」

「だってわたし、偉大な芸術家になるんですもの」あっさり宣言する。

ジャン・マルクは笑いだしたものの、ひるむようすもないジュリエットの澄んだ目に見つめられて笑いをおさめた。「そういえば、最初に目が覚めたとき、絵がどうのこうのって言ってたな。芸術家になるつもりなのかい？」

「いまだって芸術家だわ。いつかは偉大な芸術家になるつもりよ。一生懸命に勉強して絵を描いて、いまにきっとダ・ヴィンチやデル・サルトのようになってみせる」

「たいした自信だな」

ふいに、大きく顔がほころんだ。「それって、わたしに謙虚さが欠けてるってことかしら。芸術家はね、謙遜なんて身につけちゃいけないのよ。さもないと才能が枯れてしまうの。男の人って、女なんかにろくな絵は描けないと思っているところがあるでしょう。でもそれは——どうしてそんな目でわたしを見るの？」

「きみはいくつなのかなと思ってね」

ジュリエットは不機嫌そうな顔で答えた。「十四だけど。それがどうかした？」

「大いに問題だな」彼は目をつぶった。

「どういうこと？」

「ようやく眠れるような気がしてきたよ。きみも自分の部屋に行くといい」

ジュリエットは動かなかった。

ジャン・マルクがふたたび目を開けた。「行けと言っただろう。明日の朝、宮殿に出発するなら、そのほうがいい」

得体の知れない痛みが、彼女の胸をえぐった。「わたしがいないほうがいいの？」

「ああ」ジャン・マルクがぞんざいな口調で言う。「きみにここにいてもらう必要はない」

ジュリエットはぐっと下顎に力を込めた。「いいえ、必要だわ。自分を見てごらんなさいよ。赤ん坊のように弱っていて、おかしなことばかり口走ってるじゃないの。放っておけるわけがないわ。だいたい、命を救ってもらったのにその恩返しもしないうちに死なせられると思うの？　わたしは母さんとは違う。助けてもらっておいて、お返しもしないなんてことはできないわよ」

ジャン・マルクは目を細めてジュリエットの顔を見つめた。「お母さん？」

彼女は腹立たしげに首を振った。「いやだ、そんなことを言うつもりなかったのに。母さんは関係ないわ」ぐっと顎を持ちあげた。「あなたはわたしの命を救ってくれた。だから、わたしもなにか恩返しをしないとならないの。王妃さまには、もうつたえてあるのよ。あなたはここで養生して、傷が治ったらヴェルサイユに行く。そして、王妃さまから直接感謝の言葉を受けるつもりだって」

「ここに残れば、いまに後悔することになる。おれは聞きわけのいい患者じゃない。病人であること自体、気にくわないんだ」

「わたしは気むずかしい患者が気にくわないわ。そのうちきっと、あなたと同じように機嫌が悪くなるでしょうね。そんなわたしに看病してもらいたくないなら、早くよくなることね」

意に反し、ジャン・マルクの口元がかすかにゆるんだ。「きみの言うことにも一理あるな」そして唐突に屈服した。「好きなだけいるがいい。怪我を負ってまで助けた娘が手厚い看護をしてくれるというのに、断るわけにはいかない」

「手厚いかどうかはわからないけど、ぜったいにあなたを死なせないわ」ジュリエットは椅子のなかで、背筋をしゃんと伸ばした。「当然のことだけど、お世話しているあいだは自由に絵を描かせてもらうわね。窓際のそこの隅にイーゼルを立てることにするわ。あそこなら日差しの加減もちょうどいいし」にっこりと微笑んだ。「わたしたち、うまくやっていけそうね。とにかく、正気に戻ってくれてよかったわ」

「さっきも言っただろう？　おれは騎士道精神を発揮して、自分の欲望を抑えるような人間じゃないと」ジャン・マルクは体をずらして楽な姿勢を探すと、大儀そうに目を閉じた。

「いつかきっと、おれの言うとおりここを立ち去ったほうがよかったと思うに違いないぞ」

「いつかですって？」ジュリエットはかぶりを振った。「二週間もしたら、あなたは回復して元気になるわ。そしたら、わたしたちはお別れ。いつかなんて遠い未来、あるわけがないじゃないの」

「それはそうだな。どうも頭がはっきりしていないようだ。熱が出てきたのかもしれない」

「あら、大変」ジュリエットは心配そうに眉根を寄せ、手を伸ばして彼の額に触れた。ほっとため息をつく。「大丈夫。まだ熱はないわ」

「そうか」彼が目を閉じたまま笑みを、それもどことなく奇妙な笑みを浮かべたようにジュリエットには見えた。

「いまはまだ」ジャン・マルクがつぶやいた。「でもいつかきっと……」


夕方遅くになって、ジャン・マルクの熱が上がりはじめた。

ジュリエットは冷たい水で彼の体を冷やし、ベッドの上でのたうちまわったあげくに床に転落することのないよう、必死で押さえつけた。

夜中になると熱は引いたものの、かわって猛烈な悪寒が彼を襲った。ひきつけでも起こしたかのようにわなわなと体を震わせる姿は、発熱以上にジュリエットを不安にさせた。

「こういうのは――好き――じゃない」ジャン・マルクはかたかた音をたてまいと、懸命に歯を食いしばった。「つくづく身にしみるよ。自分の愚かさが――」口をつぐみ、ぶるっと激しく体を震わせた。「もう一枚——毛布をくれないか」

「もう三枚も掛けてるわ」ジュリエットはふいになにかを決心し、立ちあがった。「少し向こうにずれてちょうだい」

「なんだと?」ジャン・マルクはうつろなまなざしで彼女を見上げた。

ジュリエットはベッドカバーを引きおろすとジャン・マルクの脇に体を横たえ、両腕で彼の体を引き寄せた。「体の力を抜いて」彼が体を固くしたのを感じて、苛立たしげに言う。「大丈夫よ、なにもしないから。ただ温めてあげたいだけ。ルイ・シャルルが夜中に寒がったときに、よくこうしてあげたのよ」

「おれは二歳の赤ん坊じゃない」

「いいえ、泣き虫の子供のように弱ってるわ。どこが違うって言うの?」

「ここにもまた、違いを並べたてるのが好きな人間がひとりか」

「じゃあ、その話はもういいわ。それより、少しは寒気がおさまった?」

「ああ、ずっといい」

「よかった」実際、体の震えはだいぶおさまってきていた。「眠るまで、こうして抱いていてあげるわ」手を伸ばし、ルイ・シャルルにするようにやさしく彼の髪をなでつけたかと思うと、ジュリエットははたと手を止めた。「少しもリラックスしていないじゃないの。石のように硬くなっているのがわかるんだから」

「なんだか妙なんだ。おそらく慣れてないせいだろう。単に〝気持ちを落ち着かせてくれる〟ためだけに、女性がベッドにもぐりこんでくることに」

「たしかにこの状況は普通じゃないけど」ジュリエットは片肘をついて体を起こし、いかめしい目つきで彼を見下ろした。「わたしのことを女だと思ってはだめ。そんなふうに考えるからリラックスできないのよ」

ジャン・マルクは口元をひきつらせた。「それじゃおっしゃるとおり、きみが女であることを忘れるよう努力しますか。分厚い毛布か、温かな煉瓦のかたまりとでも思うかな」

ジュリエットはうなずいて、ふたたび彼の隣りに身を横たえた。「それがいいわ」

「あるいはいやな臭いのする羊皮の敷物とか」

「わたしは臭くないわよ」彼女は顔をしかめた。

「それじゃ、長い距離を走ってきて汗びっしょりの馬だ」

「また、熱が出てきたんじゃないの?」

「いや、イメージをふくらませているだけだ。きみが隣りにいてくれて、ずっと楽になった」

「あなたって、変わったものをおもしろがるのね」

「きみのほうこそ、変わった女性――いや、変わった羊皮の敷物だ」

「やっぱり熱があるんだわ」

「そうかもしれない」

しかし額に触れてみると、もはやそれほどの熱さはなく、体の震えもほとんど止まっている。

「さあ、お休みなさい」ジュリエットはささやいた。「わたしはここにいるわ。安心して」

しばらくすると、彼の体から力が抜け、息づかいもゆっくりしたものに変わっているのをジュリエットは感じた。

ようやくジャン・マルクは、深い眠りに落ちていった。

3

「いいかげんに筆を置けよ。たまにはここへ来て、一緒にトランプでもしないか」

ジュリエットはジャン・マルクには目もくれずに、イーゼルに立てかけたカンバスのなかの緑の木々に、黄色い絵の具を重ねていった。「なんですって?」

「トランプでフェローでもやらないかと言ったんだ」

彼女は部屋の向かいのベッドに横たわるジャン・マルクを、ちらりと振り返った。「忙しいのよ」

「もう四時間もそう言いつづけてる」ジャン・マルクは不機嫌そうな口調で反論した。「そしておれが権利を主張しなかったら、これからもずっとそのイーゼルの前に座りつづける」

「権利って?」

「その貴重な絵の具とカンバスのおかげで無視されつづけ、退屈で苛立ってる患者の権利さ」

「わかったから、もう少し待って」

ふたたび絵に向かいながら、ジュリエットは自分の背中に向けられた視線を痛いほど意識した。

「どういうものなのか、説明してくれ」ジャン・マルクが唐突に言った。

「なにが？」

「絵を描くことだよ。筆を動かすきみの顔をずっと眺めてきた。その表情がふだんとはまるで違った」

ジュリエットはどきりとし、たちまち集中力を失って落ち着かない気持ちになった。たしかに彼はあのベッドに横たわって毎日何時間もジュリエットの姿を眺めてきたが、こんなことを言うのははじめてだった。彼女にとって芸術はきわめて個人的な情熱の対象であり、没頭しているときの自分の感情を観察されていたと知ると、自分自身が丸裸にされたような奇妙な感覚を覚えた。「絵を描くことは……楽しいわ」

ジャン・マルクは静かに笑い声をたてた。「その言い方が適当だとは思えないな。きみの顔は、まるで天国への階段をのぼる天使のように喜びに輝いていた」

ジュリエットはまっすぐ前を向いたままで答えた。「罰《ばち》あたりなことを言うのね。天使がどう感じるかなんて、知るはずもないくせに」

「でも、きみならわかるだろう」自尊心をくすぐるように言う。「教えてくれ」

ジュリエットはすぐには答えなかった。絵を描く作業についての自分の気持ちを言葉にしようとは、これまで一度も思ったことがなかった。けれどいま、その気持ちを彼にわかってもらいたいと思っている。「まるで月の明かりや陽光に包まれて……美しい虹に乾杯し、世界じゅうのあらゆる色に酔いしれるような気分と言えばいいかしら。うまくいくときもあるし、あまりに感情が研《と》ぎ澄まされて苦しくなるときもあるの」一心に絵を見つめているせいで、彼がどういう反応をしているかはわからなかった。「それに、なにひとつうまくいかなくて苦しいときもあるわ」

「気晴らしにしちゃ、おそろしくつらい作業に聞こえるな。それでも、やる価値があると？」

ジュリエットは勢いこんでうなずいた。「もちろんよ。それだけの甲斐があるわ」

「それが、きみにとっての〝美しいもの〟なのか？」ジャン・マルクがやさしく尋ねた。

ジュリエットはようやく振り返り、その表情に少しもばかにしたところがないのを見てとると、あらためてうなずいた。「美しいものをつくりあげようとする闘いよ」

ジャン・マルクの色黒で引き締まった顔が明るく輝く。ジュリエットは引きこまれるようにその顔を見つめた。豊かな黒髪はひどく乱れ、白いリネンのシャツは腰のあたりまではだけて、包帯ばかりか、胸のあたりに生えそろう黒々とした毛もかすかに見える。そうした乱れた格好にもかかわらず、彼はどことなく優雅な雰囲気を漂わせていた。ああ、彼の絵を描いてみたい。傷が快方に向かいはじめて以来、幾度となくそのことを頼んでいるのだが、そのつど快い返事はもらえなかった。

「それじゃ、そのつらい作業からきみを救ってあげるとしよう」ジャン・マルクが言った。

「さあ、こっちへ来て、一緒にフェローを楽しむんだ」

「少し待って。ここだけ仕上げちゃうから――」

「いますぐだ」

「わたしに遊んでもらえるなんて、ありがたいと思いなさいな。このところのあなたは甘やかされて、すっかりわがままになっちゃったのね。もっとも、怪我する前も、ちやほやされすぎていたのかもしれないけど」

「ちやほや？」ジャン・マルクは体を起こし、ヘッドボードによりかかった。「おれは王妃のお気に入りじゃない。しがないブルジョアの実業家がちやほやされるわけがない」

「わたしも王妃さまのお気に入りじゃないわ。たしかに親切にはしてくれるけど、あの方が気に入ってるのは母さんよ」ジュリエットは言った。「それにムッシュ・ギエムから聞いたけど、あなたほどのお金持ちは貴族といえどもフランスに数人しかいないんですってね」

「噂話に耳を貸しちゃいけないよ」

「どうして？　だってあなたは、自分のことはなにも話してくれないじゃないの。まるでヴェルサイユの鏡の間みたい。鏡には映るけれど、なにひとつほんとうの姿は見せようとしない」

「そして、そのおれの隠された魂を暴くことが、芸術家としてのきみの使命だと？」

「また、ばかにするつもりね」彼女はくるりと背中を向けた。「でも、そのとおりよ。すでに少しだけれど、あなたの正体をつかんだわ」

「ほう」ジャン・マルクの顔から笑みが消えた。「ぜひとも、その内容を聞かせてもらいたいものだな」

「ちやほやされすぎて、わがまま」

「それは違うと言っただろう」

「他人に弱みを見せたがらない」

「それが特別なことかい？」

「いいえ、わたしも同じよ。あともうひとつ。自分で言うほど冷たい人間じゃない」

「それは前にも聞いた」ジャン・マルクの口元がゆがんだ。「おれに関してそんな考えを抱いてると、危ない目に遭うかもしれないぞ」

ジュリエットは首を振った。「あなた、昨日ムッシュ・ギエムに、このあたりの農民たちの窮状について尋ねたんですってね。それで、彼らで分けるようにってゴールドの入ったお財布を渡したんでしょ」

ジャン・マルクは肩をすくめた。「馬車を襲った連中のなかには、歩くのがやっとの骸骨のような人たちがいた。そんな連中があれほどの暴挙に走ったのが少々不思議な気がしてね」

ジュリエットはふたたびジャン・マルクの性格分析にとりかかった。「それから、痛みには耐えられるけど退屈には耐えられない」

「その点なら、おれも認めるよ。さあ、早くこっちへ来て、トランプをやろう」

彼の笑顔はこのうえなく魅力的だった。冷徹な雰囲気がたちどころに消えて、類いまれな美しさに顔全体が輝くようだ。ジュリエットはどうにか目をそむけると、カンバスに向きあった。「せっかく絵を描けるってときに、どうしてあなたの遊び相手をしなくちゃならないの？」

「おれが望んでるからさ。それにきみはやさしいし、なんでも言うことを聞いてくれる」

「なんでも聞くと思ったら大間違い――」彼の黒い眉がいたずらっぽく持ちあがったのを見て、ジュリエットは口を閉ざした。「お医者さまが言っていらしたわ。明日になれば、少しは起きあがれるでしょうって。もうすぐ、わたしの助けもいらなくなるわね」

「そしてきみは、ヴェルサイユに戻る」

彼女はきっぱりとうなずいた。「二度とあなたに会わなくてすむと思ったら、さぞかしせいせいするでしょう。あなたときたら、わたしをばかにするし、絵を描くのを邪魔するし、からかってはおもしろがってばかり――」

「ここに残ると決めたのはきみだぞ」ジャン・マルクが言い返した。「おれは扱いにくい患者になると警告したはずだ」

「その言葉に耳を貸すべきだったわ」

「それはそれは。おれのせいで、大変な思いをさせて悪かったな。年がら年じゅう、気が休まる暇がなくて」

いやな人。そんなこと、わたしが思っていないのを知っているくせに。ジュリエットは憤慨しながら思った。こっちは彼の堅固できらびやかな仮面の下をほんの少しのぞくのがやっとだというのに、彼のほうはいとも簡単に心を読みとおしている。辛辣な言葉のやりとりや心地よい沈黙をジュリエットが楽しんでいるのを、ジャン・マルクはじゅうぶん承知していた。彼と一緒に過ごすことで、いっぷう変わった刺激と興奮を感じているのを。彼が自分をどう扱うか、ジュリエットは予想がつかなかった。幼い子供のように扱ったかと思えば、まるで歳の差など忘れたかのように、大人の女性に対するような話し方をする。いつしか、絵を描くことと同じぐらい、ジャン・マルクと話をする機会を心待ちにするようになっていた。いずれ言い負かされるのがわかっていながら、その力の前に屈服する瞬間が待ち遠しい。そしていま、彼はわざとじらすような言い方をしておもしろがっていた。ふいにジュリエットは、彼を驚かしてみたくなった。「あなたについて、ほかにも知ってることがあるわ」少しためらってから、いっきに吐きだした。「食事の給仕をしてくれるメイドと姦通《かんつう》したんでしょ」

彼の顔がさっとこわばった。「ジャーメインのことか?」

「さあ、名前は知らないけど。ローマ神話の女神みたいな胸をしてる人よ」

ジャン・マルクはしばし押し黙った。「貴婦人はそんなこと言うもんじゃないぞ、ジュリエット。しかも紳士相手に」

「わかってるわよ」筆の先で白い絵の具をすくい取りながら、その手がかすかに震えている。「そんなことより、話をはぐらかさないでちょうだい。どうなの?」

「どうして、そんなことを思う?」

「だって彼女のあなたを見る目つき、食べちゃいたいって感じだもの」

「こっちを見るんだ、ジュリエット」

「忙しいのよ」

「いいから、見ろ」

ジュリエットはおそるおそる振り返り、彼の表情を目にして短く息を呑んだ。

「してない」ジャン・マルクは静かに、だがきっぱりと宣言した。「わかったなら、いつまでもつまらないことを言うんじゃない。ジャーメインとおれがやったことを正確に知りたいっていうなら、話は別だがな」

ジュリエットの頬がまっ赤に染めあがった。「そうじゃないかなって思っただけよ。べつに説明はいらないわ」

「説明？　なんなら、手取り足取り教えてやってもかまわないぞ」

ジュリエットはあわてて目をそらした。「また、からかうのね」

「おれが？」

「そうよ」彼女は青い空に白の絵の具を塗り重ねながら、懸命に別の話題を探した。「わたしといるのが退屈なら、マルグリットに言って世話をしてもらってもいいのよ」

「そんな残酷なことがよく言えたもんだな。あの陰気な顔をした意地悪婆さんにそばにいられることを想像してみてくれよ。まるでカラスがくちばしで虫を漁《あさ》ってるみたいな格好で、宿のなかを歩きまわってる。あの人でも笑うことがあるのか？」

ふたたびからかうような響きを帯びた口調を耳にして、ジュリエットはほっと息をついた。

「母さんの前ではね。あの人は母さんが生まれて以来ずっと面倒を見てきたから、母さんのことをすごく愛してるの。宮殿にいるときも、わたしはめったに彼女の姿を見なかったわ」なおも用心深く視線をそらしたままで話しつづける。「マルグリットはここにいたくないのよ。でも、わたしがあなたの世話をするあいだ、手伝いが必要だろうって王妃さまが。それで彼女が付き添いとして送りこまれたってわけ」

「妥当な処置だな。だが、無駄骨だった。子供にしちゃ、きみはしっかりしてる」

ジュリエットはその意見を黙って受け流した。もっとも彼女自身は、自分のことを子供だと思っていたのがいつのことだったか、もはや思い出せずにいたが――それに、ついさっきは、彼にしたってわたしを子供扱いしてなかったはずだわ。「王妃さまはつねに慎重さを重んじていらっしゃるのよ」

ジャン・マルクが眉を吊りあげた。

「ほんとうよ」ジュリエットは言いはった。「いいかげんなパンフレット書きの言うことを信じちゃだめよ。あの方はやさしくて、すばらしい母親――」

「おそろしく贅沢でわがままだ」

「お金のことをわかっていないだけなのよ」

「それなら勉強すべきだな。自分の国が破産の危機に瀕《ひん》しているというのに、おとぎ話にでも出てきそうなヴェルサイユの美しい庭で田舎娘のまねごとをして遊んでいる」

「みずから、飢えた人たちの救済のために寄付をなさったのよ」ジュリエットは絵筆を置いて、彼に向きなおった。「あなたはあの方を知らないのよ。このわたしにだって、絵の具をくださったり絵の先生を紹介してくださったり、すごく親切な方なんだから」

「このへんでやめとこう」ジャン・マルクは紅潮した彼女の顔をじっと見つめた。「きみの大切な王妃さまについてこれ以上なにか言ったら、もう片方の肩に短剣を突き刺されそうな気がしてきたよ」

「ヴェルサイユに行ったら、自分の目で確かめてみるといいんだわ」ジュリエットはむきになってたたみかけた。「世間で言われてるような方じゃないのよ」

「きみに対してはそうかもしれない」彼女が口を開きかけたのを見て、ジャン・マルクは片手を挙げて制した。「わかったよ。お目通りが許されたら、自分で判断してみるさ」

ジュリエットはなおも納得しかねて、彼をにらみつけた。「あの方はなにもわかってらっしゃらないのよ。花の咲き乱れたお庭に棲みついた蝶々《ちょうちょう》のような方なんだわ。蝶々なら、なにもわかっていなくても――」

「蝶々に、ヨーロッパでもっとも偉大な国の王妃をつとめてもらうわけにはいかない」ジャン・マルクが穏やかに言った。

「でも、その蝶々に頼みごとをするのはかまわないってわけね。結局、ほかの人たちと変わらないのね、あなたも。あの方からなにを取りあげようっていうの？　貴族の特権？　それとも大きなお屋敷？」

「ウインドダンサーだ」

ジュリエットが目をみはる。「譲ってもらえるわけがないわよ。ウインドダンサーなんて」

「やってみるさ」彼は話題を変えにかかった。「ところで、マルグリットをおれに押しつけるって話は勘弁してくれよ。じつはパリにいるいとこに連絡して、明日にでもこっちにくるようにつたえておいたんだ。カトリーヌ・ヴァサロというんだが、彼女なら、退屈しきっているかわいそうな怪我人の気持ちをわかってくれる」

ジュリエットは気勢をそがれて訊いた。「いとこ?」

彼がうなずいた。「正確にはもう少し遠い関係だが、父が彼女の後見人になっていてね。甥のフィリップに付き添われてマルセイユのおれの屋敷を出発し、すでにパリに到着しているはずだ。昨日、そういう連絡が入った」からかうような笑みを浮かべる。「カトリーヌはほんとうにやさしくて思いやりのある子なんだ。きみと違ってね」

ジュリエットの脳裏に、例のメイドに似た背の高いなまめかしい女性の姿が浮かんだ。ご丁寧にも、頭上には燦然《さんぜん》と光輪が輝いている。とたんに、自分でも戸惑うほどの嫉妬に胸を貫かれた。カトリーヌが天使のように高潔な女性だからって、それがわたしになんの関係があるのよ。動揺を押し隠し、顎を突きだして言った。「それじゃ、あなたの世話はその親切なカトリーヌに任せて、わたしはすぐにもヴェルサイユに帰ることにするわ」

「それはだめだ。完全に回復するまで、おれの世話をすると約束したじゃないか。カトリーヌは繊細な神経の持ち主だからな。ここではあまり役に立ちそうにもない」一転、穏やかな口調で訊いた。「きみを必要としている患者を、まさか見捨てたりはしないだろう?」

ジャン・マルクは例によって輝くばかりの笑顔を向けた。ここ数日間、ジュリエットが待ち望み、ほれぼれと見つめつづけた笑顔だ。頑《かたく》なな思いがたちどころに消え去る。ジュリエットはあわてて目を閉じ、まつげの奥に瞳を封じこめた。「ええ、見捨てないわ。あなたがわたしを必要とするなら」

「もちろんだとも。さあ、ここへ来て一緒にフェローでも楽しもう」

ジュリエットは躊躇《ちゅうちょ》した。病後のルイ・シャルルの世話を途中であきらめざるをえなかったことを思い出すと、かならず襲ってくるあの思い。自分自身に対する情けなさと、彼を独占できなくなってしまったという寂しさが、いままた彼女を捉えていた。ジャン・マルクはこの数日間、つねに彼女ひとりの腕のなかにいる存在だった。それなのにいま、彼をも手放さなくてはならないなんて。そんなのあんまりだわ——いやだ、なにをばかなことを言っているのかしら。これ以上、彼につきあわなくていいことを喜ぶべきじゃないの。ひとりでいるほうが性に合っているし、そうなれば邪魔されずに思いきり絵を描くこともできる。

だけど、最後の晩ぐらい、ほんの少しだけ相手をして彼を喜ばせてあげても悪くはないわよね。そうよ、今夜だけはまだ、わたしが面倒を見てあげないとならないんだもの。

ジュリエットはいそいそとベッドに近づいていった。「夕食まで一、二回なら相手をしてあげるわ」ベッド脇の椅子に腰掛け、テーブルに置かれたトランプの山を拾いあげる。「言っておくけど、あなたに頼まれたからじゃないわよ。絵を描くのに飽きて、トランプをやりたくなったからよ」

探るような鋭いまなざしが彼女の顔をかすめたかと思うと、ジャン・マルクの唇に妙にやわらかな笑みが浮かんだ。「わかってるとも、お嬢さん《マ・ペティート》。じゅうぶんわかってるさ」

なんてこと！　胸が苦しくて息ができないわ！

カトリーヌ・ヴァサロは馬車の椅子に深く腰掛けてクッションにもたれかかり、なんとか大きく息を吸いこもうとした。なんてばかなことをしたのかしら。やっぱり、やめるように言うべきだったんだわ。でも、フィリップがいつも話題にしているあの女性たちのように、女らしくて上品な体つきに見せたかったんですもの。だけど――

「どこか具合が悪いのかい、カトリーヌ？」フィリップ・アンドリアスがやさしく声をかけた。「ジャン・マルクのことなら心配はいらないよ。危険な状態だったけど、もうすっかり回復したそうだから」

ああ、わたしったら、ジャン・マルクのことを心配すべきときに、自分のおしゃれにばかり気を取られていたなんて。カトリーヌは無理やり笑顔をつくった。「ええ、わかってるわ。ジャン・マルクは……不死身ですもの。彼を打ち負かせる人なんているはずないわ」

フィリップの目がいらずらっぽくきらめいた。「なるほど。それできみは彼のそばを通るときはいつも、陶磁器の皿のように目をまんまるに見開いて、つま先立ちで歩いているわけか」

「彼の前だと、なんとなくびくびくしてしまうの」言ってから、彼女は急いでつけくわえた。「彼が気を遣ってくれないという意味じゃないのよ。彼ほど親切な人はいないわ」

「おやおや、このぼくは失格だと？　それはあんまりだよ、マドモアゼル・カトリーヌ」

「いえ……そんなつもりじゃなくて——」頭をのけぞらせて大笑いするフィリップを見て、カトリーヌは口をつぐんだ。彼はからかっていたのだ。そんなことにも気づかなかったなんて。とたんに恥ずかしさでいっぱいになった。彼を前にするといつも、おかしな振る舞いばかりしてしまう。おもしろがられるだけの存在だとしても当然だわ。だって、いったいどう振る舞えばいいというの？　いつだったかデニス叔父さまの本で見た、古代ギリシャの神々のように美しい彼を前にして。けれどフィリップは、けっして近づきがたい神ではなかった。典型的なハンサムというべきその顔にはたいていは気さくな笑みが浮かび、青い瞳にはユーモアがあふれている。

いつにもまして今日の彼はエレガントだわ、とカトリーヌは思った。スカイブルーのシルクのモーニングコートとゴールドのブロケード織りのベストが、上背のあるたくましい体つきを引きたてている。膝下に達する黒のサテンのズボンがぴっちりと太腿をおおい、その下の白いシルクのストッキングがふくらはぎの豊かな筋肉を強調していた。

「鞄のなかから扇を取ってこようか？　少し顔色が悪いよ」

カトリーヌは体を起こした。「ちょっと動揺しているだけよ。ジャン・マルクの怪我のことが心配で……」こんな嘘をついて、神さまになんて言いわけしたらいいのかしら、と彼女は憂鬱《ゆううつ》な気分で考えた。

フィリップがうなずいた。「心労が重なったからね。長旅の末にマルセイユに着いたとたん、ジャン・マルクの怪我を聞かされたんだから」

「ええ」カトリーヌは短く押し黙り、窓の外に視線を泳がせた。「それに、デニス叔父さまのそばを離れるのがつらかったわ」

「どうして？」

「彼はいまにも死にそうなのよ、フィリップ。みんなはわたしがそのことに気づいてないと思ってるけど。叔父さまは死ぬんだわ」彼女はフィリップを振り返った。「そうでしょう？」

「ばかなことを。彼は――」フィリップは言いよどんで、うなずいた。「ああ。彼はもう長くはないとジャン・マルクから聞いている」

「デニス叔父さまはいつだってわたしにやさしかった」目に涙をためてカトリーヌはささやいた。「最期の瞬間までそばにいたかったのに、叔父さまはそれを望んではいなかったみたいなの。だから、彼に学校に行くように言われたときも、なにも知らないふりをしたわ。どう行動すべきかを判断するのって、ときとしてとても難しいわね、フィリップ」

フィリップがカトリーヌの手にそっと手を伸ばす。「きみはよくやってるよ。いくつになっても、死に直面するのはやさしいことじゃない」

温かいものが体の隅ずみまで広がっていくのをカトリーヌは感じた。フィリップにやさしく手を握られただけで、たちまち心が澄みわたっていくような気がする。

「もうすぐ宿に着く」フィリップは上体を起こして椅子の背にもたれた。「ジャン・マルクの傷がたいしたことないと自分の目で確かめれば、きみも気分が晴れるだろう」

もちろん、そうだわ、と彼女は思った。大好きなジャン・マルクが回復した姿を見れば安心するに決まっている。

しかし心の隅では、この旅がいつまでも続き、フィリップのきらめくような笑顔にこのまずっと包まれていられればいいのに、と願わずにはいられなかった。

「到着したわ」ジュリエットは窓際に立ち、たったいま宿の玄関に到着したばかりの馬車を見下ろして言った。が、御者の手を借りて馬車から降り立った女性を見て、顔をしかめた。上質なガウンを身にまとった、いかにもはかなげな少女。「いいえ、違うかもしれないわ」ジャン・マルクはおぼつかない足取りで窓に近づき、フィリップがカトリーヌの腕を取って導いているようすを眺めやった。「カトリーヌだよ」そう言うと、すぐに手近な椅子に座りこんだ。「どうした、驚いた顔をして?」

「想像していた人と違うんですもの」肉感的な天使ではなく、彼女自身とあまり歳の違わない、美しくもかよわげな少女。ジュリエットは心の内に湧きあがる安堵感を押し隠し、ジャン・マルクを振り返った。今朝この部屋に入ったときは、すっかり身支度を整えた彼を目にして、めまいのするような衝撃を覚えた。引き締まったたくましい体に気品あふれる着こなし。包帯は上質なリネンの白いシャツの下に隠れ、もはや誰の助けも借りずに自由に身動きできるように見えた。だがいま、ぐったりと椅子にもたれる彼は疲れたようすで、顔色もさえない。ジュリエットはふたたびほっと胸をなでおろした。まだ彼を失ってはいない。もうしばらくは、この腕のなかにいるということだわ。「あまり無理をしてはだめよ。少し横になって休んだほうがいいわ」

「ああ、あとでそうするよ。下におりて、彼らを出迎えてくれないか」

「わたしのお客さまじゃないわ、あなたのでしょ」彼女はイーゼルに歩みよって、絵筆を手に取った。「ムッシュ・ギエムが連れてきてくれるわよ」

「ジュリエット……」ジャン・マルクはいくぶん顔をほころばせつつ、首を振った。「いつまでも、絵や憎まれ口を盾に隠れてはいられないんだぞ」

「どういう意味かしら、それ。わたしはべつに――」

「ジャン・マルク、どうしたっていうんだ、そんな無茶をして?」勢いよく扉を開き、フィリップ・アンドリアスがカトリーヌを伴って部屋に入ってきた。「乱闘に参加するなんて、きみらしくないじゃないか。得意なのは論戦のはずだろう?」

「とんだ失態だ。二度とやらないさ」ジャン・マルクはそっけなく言い、カトリーヌに目を向けて顔を曇らせた。「どうした、カトリーヌ? 顔色がよくないぞ」

「具合が悪いのはあなたのほうでしょう、ジャン・マルク」言いながら彼女は傍《かたわ》らの絵に目をとめたが、すぐにいとこの顔に視線を移した。「ほんとうによくなったの?」

「ほらもう、このとおりだ。マドモアゼル・ジュリエット・ド・クレマンを紹介しよう。おれの救世主であり苦痛の種――カトリーヌ！　支えてやれ、フィリップ！」

カトリーヌはよろめきながらもなんとか持ちこたえ、フィリップの腕にしがみついた。「大丈夫よ。たぶん暑さのせいね」あえぐように浅い呼吸を繰り返す。「座らせてもらえれば……」

「どうしてすぐに言わないんだ？　具合が悪いなら悪いと？」ジャン・マルクが詰めよった。カトリーヌはおののいたように目をみはり、ジャン・マルクを見つめた。「怒ってるのね。あなたを怒らせるつもりなんてなかったのに。ごめんなさい――」

「怒っちゃいない」けれどその声は、懸命に苛立ちをこらえているように聞こえた。「気分が悪いのか？」

「いいえ……ええ、少しだけ」カトリーヌは紫色の唇の合間から、かろうじて言葉を吐きだした。「ごめんなさい、ジャン・マルク」

「きみが悪いんじゃない。医者を呼ぼう」

「いいえ、大丈夫。すぐによくなるわ」カトリーヌの目に涙があふれだす。「やっぱりやめればよかった――」口ごもり、ふたたび体が揺れた。「ジャン・マルク、わたし……」

「コルセットよ」

ジュリエットのきっぱりとした口調にジャン・マルクが振り返った。「なんだって？」

ジュリエットは彼を無視し、あきれたような目つきでカトリーヌをにらんだ。「どうして言わないのよ、息ができないって？」

カトリーヌの透きとおるような肌が、ひときわ赤みを増した。「お願い、大丈夫だから……」続く言葉はむなしく肺に呑みこまれた。

「もう、しょうがないわね」ジュリエットはくるりとフィリップに向きなおった。「短剣を貸して」

「なんだって?」

「短剣よ」もう一度言うが早いか、絵の具だらけの手をさっと伸ばす。「紐をほどいている時間はないわ。放っておいたら、あなたの足元にお魚のようにばったり倒れるわよ」

「それは好ましくない光景だ」ジャン・マルクが明るく応じた。「コルセットがきつすぎると、きみは言うわけだな?」

ジュリエットはもどかしげな視線を返した。「見ればわかるでしょう? ほとんど息ができてないじゃない」

フィリップがくすくす笑いだすと、カトリーヌの頬はいよいよ深紅に燃えあがった。

ジャン・マルクはカトリーヌに向きなおった。「そうなのか――」彼女の頬を涙がつたいはじめたのを見て、口をつぐむ。「まったく。どうして言わなかった?」

カトリーヌは打ちひしがれた顔でジャン・マルクを見上げた。「そんな品のないこと、できないわ。こういうことは人前で言ってはいけないって家庭教師のクレアに言われているもの。怖かったのよ、もしあなたに――」それきり言葉が途切れた。泣いたせいで、なんとか保っていた呼吸も奪われてしまったのだ。

「ナイフを貸して」ジュリエットの指がせっつくように動いた。今度はフィリップも、宝石のついた礼装用短剣を鞘《さや》から引き抜き、彼女の手に握らせた。

ジュリエットは短剣をベッドの上に放るやカトリーヌの背後にまわり、桃色のブロケードのガウンを脱がしにかかった。「こんなことをされて黙ってるなんて、なんておばかさんなの、あなた？　どうしていやだって言わなかったの？」

「ほんの短い時間だったんですもの」カトリーヌがあえぎながら弁解した。「女性はみんな、魅力的に見せるために苦しい思いに耐えなくちゃならないって、クレアが」

「しーっ」ジュリエットが命じた。「黙って」カトリーヌの肩ごしにジャン・マルクに向かって言う。「クレアはとんでもない女性だから辞めさせたほうがいいって、お父さまに言っておくのね。彼女はおとなしくて、とても自分の口からは言えそうにないから」

ガウンのボタンがついに外れると、すぐさまジュリエットはその下のコルセットの紐に取りかかった。

突然カトリーヌが体をこわばらせ、すばやく振り向いてジュリエットに向きあった。「いやよ」

「ばかなことを言わないで。このままじゃ――」

「フィリップには出ていってもらって。こんなはしたない格好を見せるなんて礼儀に反するわ」

ジュリエットは驚いて彼女を見つめた。「礼儀ですって？　すぐにもこの紐をほどかなかったら、首を絞められたニワトリのようにあえぐあなたの姿を見せることになるのよ」

カトリーヌは譲らなかった。「彼に失礼だわ」

「フィリップ、席を外してくれ。十五分たったら戻ってくればいい」ジャン・マルクが早口で言った。

フィリップはうなずき、心得顔でにっこり微笑んでから部屋を立ち去った。

ジュリエットは明らかに悪態と思われるような言葉を小声でつぶやきながら、ベッドから短剣を拾いあげると、コルセットの紐に刃先を押しあてた。ほどなく最後の紐が切断され、コルセットが弾けるように開いた。「さあ、終わったわ」

カトリーヌは息を震わせて大きく吸いこんだ。「メルシー」

「わたしにお礼はいいわ。それよりも、最初からこんなになるまで締めつけるべきじゃなかったのよ。これからは締められそうになったら、自分で阻止するのよ。あなた、いくつ?」

「十三よ」

「わたしは十四だけど、コルセットなんて七歳のときからつけてないわよ。是が非でも締めつけようとするマルグリットをあきらめさせるのに半年もかかったけどね。社交界のしきたりかなにか知らないけど、そんなことのために息ができなくなるなんて、ばかげてるわ」ジャン・マルクを振り返り、問いただした。「もちろん、彼女の味方をしてくれるわよね？」

「できるかぎりのことはする。ただし、おれは留守がちだし、親父は病人だ」ジャン・マルクは謎めいた笑みを浮かべた。「とは言っても、カトリーヌがいま、ともに闘ってくれる戦士を必要としているのはよくわかった。なにか手を考えよう」

「クレアはふだんはとても親切なのよ」カトリーヌが困惑げに訴えた。「わたしの愚かさのせいで、彼女を苦しめたくはないわ。わたしが自分で、きつすぎるって言えばよかったのよ」

「彼女にはわかっていたはずよ」カトリーヌのガウンを締めなおそうとして、ジュリエットは声をあげた。「あら、どうしましょう《ボン・デュー》！」

「どうしたの？」カトリーヌが心配そうに首をまわし、背中をうかがった。

「ガウンが締まらないわ」ジュリエットが苛立たしげに言う。「閉じることさえできないのよ」

「コルセットで締めつけたうえに着ていたからだわ」カトリーヌは観念したようにため息をもらした。「もう一度コルセットを締めるしかないわね」

ジュリエットは首を振った。「ムッシュ・ギエムに頼んで、部屋を用意してもらうわ。馬車からトランクが運ばれてくるまで、そこで休んでいればいいのよ」カトリーヌの背を押して戸口に向かいながら、ジャン・マルクを振り返った。「ちゃんと休んでないとだめよ。あなたまで呼吸困難に陥るなんてごめんですからね」

「おっしゃるとおりに」ジャン・マルクがちゃかすように答えた。

彼の口調を無視して、ジュリエットはカトリーヌに目を戻した。「まだ顔色がよくないわ。深く息を吸って」

ほどなく、ジュリエットはカトリーヌを連れて部屋を立ち去った。

「彼女の具合はどう?」数分後、ジャン・マルクの部屋に戻ってきたフィリップの美しい顔には、掛け値なしに心配そうな色が浮かんでいた。「かわいそうなことをした。ぼくたちが気づいてやるべきだったんだよ」青い瞳がふいにきらめいた。「ぼくたちはそれぞれ、手持ちのコルセットの紐ならほどいたことがあるんだから」

「おまえの場合は手持ちにかぎらないだろう」ジャン・マルクがさらりと指摘した。「おまえには分別というものがない。いかなる太腿でも、迎え入れてくれるかぎりは喜んで飛びつく」

「それは違う」フィリップは大きく顔をほころばせた。「太腿はあくまですらりと形がよく、その肌は透きとおるようでいい匂いがしないとならない。それ以外に偏見はないけどね」さらにひと言、つけくわえる。「太腿は最高だ」

そして女たちのほうもフィリップが好きだ、とジャン・マルクは心中でつぶやいた。老いも若きも、すべからく女性という生きものはフィリップの女好きをたちどころに感知するらしい。しかも彼女たちはそれに対して、寛大にも脚ばかりか心まで開いて応えようとするのだ。

「頼んでおいた契約書、パリのオフィスから持ってきてくれたか?」

「馬車のなかのスーツケースに入ってるよ」フィリップは顔をしかめた。「短剣で刺されて伏せってるっていうのに仕事の心配をするなんて、きみらしいな。フランス一の金持ちにでもなるつもりかい？」

「いや」ジャン・マルクは微笑んだ。「ヨーロッパ一の金持ちだよ」

フィリップが笑い声をあげた。「きみならやれるさ。それじゃぼくは、しがないその親戚で満足しますか。そのほうが人生を楽しむ時間がたっぷり手に入るしね」ふいに彼の目が、部屋の隅のイーゼルに立てかけられた絵をとらえた。「変わった絵だね。ぼくの好みじゃないけど。ぼくはもっと美しくて、見ていて癒《いや》されるような絵が好きなんだ。この絵は見る者を考えさせる。疲れさせるよ」

ジャン・マルクはからかうようなまなざしを向けた。「考えるか。たしかにもっとも避けるべき行為だな」

フィリップが満足げにうなずいた。「貴重なエネルギーは、もっと人生において大切なことのために取っておくべきだよ」

ジャン・マルクはジュリエットの絵を眺めやった。たしかに見ていて慰められるような絵ではなかった。裕福な身なりの数人の男女が林間の湿地をぶらぶらと歩いている。だが田園風景以外には、貴族好みの芸術家に多く見られる、瑞々《みずみず》しい情趣がまるで感じられなかった。強烈な日差しがオークの木の枝に降り注いでいる。完璧な形をした葉もあれば、ごつごつとゆがんだ葉もあり、緑の群葉の下に隠れた骸骨のような幹が、陽光に照らされて浮かびあがって見える。さらに木の下に集う廷臣たちの顔にその光があたるにいたって、残酷とも思える効果がもたらされる。日陰にいる彼らの顔は微笑んで穏やかでさえあるのに、陽光を浴びた顔はもはや仮面が引き剝がされ、不機嫌さや退屈さ、残虐さまでもが浮き彫りになっているのだ。だが、その容赦のない視点にもかかわらず、この絵はある種の飾らない美しさをそなえていた。ジュリエットの筆は、生きているものすべてに太陽の光を注ぎこみ、ありのままでこそ純粋に輝く彼らの姿を描ききっていた。

「女性の描く絵をきみが眺めるなんて、めずらしいな。ましてやこんな変わった絵を」フィリップが言った。「彼女は……なかなか興味深いね」

「だが、おまえには若すぎる」ジャン・マルクが間髪入れずに釘を刺し、フィリップの顔に視線を戻した。

「ぼくはそこまで落ちぶれちゃいないよ」フィリップは憤然と反論した。「彼女はまだ胸もふくらんでいない。少なくとも、花が開くまでは待つさ」

ジャン・マルクが含み笑いをもらした。「あの娘の場合は、相当鋭い棘のある花になるぞ」

「なおさら摘みがいがあるってものだ。でも、扱いにくい女性が好きなのはきみのほうだろう？　あのマルセイユの口やかましい女にしたって、きみはみごとに手なずけてるじゃないか。ぼくにはまねできないよ、とてもじゃないが」

ジャン・マルクはなにごとか回想するような目をして微笑んだ。「挑戦することは苦でもなんでもない。レオニーは落としがいのある女だ」なぜ自分があした女とばかりベッドをともにするのか、その理由をフィリップが承知していることに思いいたり、ジャン・マルクはふと顔をこわばらせた。

「たしかにうっとりするほどの美人だけど、ぼくはとてもその気にはなれないよ。きみももう少し――」フィリップははたと言いよどんだ。「それにしても、ヴェルサイユ宮殿のご婦人方がどんなものか、一度試してみたいものだな」

「彼女たちはおれたちのようなブルジョアなんか眼中にないさ。おまえには貴族の女の寝室なんかより、ヴァサロの〝花の館〟のほうがよっぽど似合ってるぞ。貴族の女なんか相手にしたら、食い潰されるのがおちだ」

「そうかな。それはそれで楽しそうだけど」フィリップの顔から笑みが消え、その角張った白い前歯が神経質そうに下唇に食いこんだ。「知らなかったよ、ジャン・マルク。きみがあの小屋のことに気づいていたなんて。あれはほんのお遊びなんだ。ヴァサロの運営にはなんの障害にもなっていない」

「わかってるよ。おまえはカトリーヌが継ぐべきあの土地をちゃんと切り盛りしてくれている。そうでなきゃ、もっと前に注意していたさ」

「それじゃ、なぜいまになってそのことを?」

「娘を奪われて怒った親父たちが、おれのところへ文句を言いにこないともかぎらないからな」

「奪われた?」フィリップは憤慨した口調で言った。「ぼくは誘いはするが、強姦《ごうかん》はしてない。いやがる女を無理やり小屋へ引っぱりこむようなことはしてないよ」

「その言葉を忘れないでくれよ。それならもう、なにも言うことはない」

「きみを困らせるようなことはけっしてしないさ、ジャン・マルク」フィリップは真剣なまなざしを向けた。「あんな仕事を与えてもらえて、ほんとうに幸せだと思ってるよ。ヴァサロの生活がとても気に入っているんだ」

「ヴァサロもおまえのことを気に入っている」ジャン・マルクはにやりとした。「少なくともヴァサロの女性たちはな。ま、今回のことは、一度きちんとおまえと話をしておいたほうがいいと思っただけのことだ」

フィリップはジャン・マルクの顔をうかがうようにして訊いた。「ヴァサロを離れてカトリーヌに付き添ってくるように言ったのは、このためだったのか?」

「おまえならカトリーヌの護衛にうってつけだし、おまえの顔を見ればおれも元気になると思ったからさ」

「それに、楽しみと仕事はきっちり切り離せって警告したかったんだろう?」フィリップの顔にゆっくりと笑みが広がった。「それで、三つの目的をみごと達成できたってわけかい?」

「そういうことだ」

「世のなかを自分の思いどおりに動かそうって腹だろうが、こんな手のこんだ策ばかり弄していやにならないか?」

「ときにはね。だが、たいていはそれに見合うだけのものが手に入る」

「ぼくはごめんだね」フィリップは顔をしかめてみせた。「だからこそ、きみはヨーロッパじゅうの富をかき集めるのに忙しくて、ぼくはきみの支配下で慎ましく労働にいそしんでるってわけだ」

「カトリーヌの支配下だよ。ヴァサロはアンドリアス家ではなく、彼女のものだ」

「ほう。きみがその違いを意識しているとは思わなかったよ」

「ヴァサロの相続人を守るのが、アンドリアス家の伝統だ」

「よく言うよ。伝統なんか重んじてもいないくせに」フィリップが穏やかに言った。「そもそも、きみには大切なものがあるのかなって気がするよ、ジャン・マルク」

「教えようか？」ジャン・マルクが冷やかすように言う。「フランスのリーブルにイギリスのポンド、それにイタリアのフロリン。最近じゃ、ロシアのルーブルも気になりだした」

「ほかには？」

ジャン・マルクは一瞬黙って、思案した。「家族だ。アンドリアス家の幸福をなによりも大切に考えている」

「それと、お父上？」

ジャン・マルクは表情を変えずに言った。「彼は家族の一員だろう？」熱のない視線をフィリップに向けた。「甘ったるい感傷なんか、おれに期待するな。おれはそういう男じゃない」

「でも、友情なら受け入れるだろう？　ぼくを友達と呼んでくれてるじゃないか」

ジャン・マルクは両肩をすくめ、すぐさま顔をゆがめた。つかのまにしろ、彼は自分の傷が回復に程遠い状態であることを忘れていた。

「それにしても、これほどの魅力的な男を目の前にしておいて」フィリップがさらに言う。「よくも愛情を感じられずにいられるもんだよな。憧れとまでは言わないにしても、尊敬とか、一緒にいて楽しいとか――」

「わかった、わかった」ジャン・マルクは片手を挙げて押しとどめた。「少なくとも、一緒にいて楽しい男であることは認めるよ。その魅力をあますところなく発揮して、王妃をまるめこんでくれれば、おれは万々歳だ」

「そんな無駄な努力をする気にはなれないね。国王の妻を寝取った男は、さらし首になるんだぞ。それより、王妃は男より女を好むっていう噂《うわさ》はほんとうなのかい？」

「なぜ、おれに訊く？」

「きみのことだ。あのきらびやかな宮殿の隅ずみまで、それこそ馬小屋の馬番にいたるまであらゆる人間のことを洗いざらい調べつくしたんだろう？　敵のことをじゅうぶん調べもしないで冒険に打ってでるなんてまねを、きみがするわけがない」

「敵？」ジャン・マルクは小声で訊き返した。「相手は王妃だぞ。そしておれは彼女の忠実なるしもべだ」

フィリップはせせら笑った。

「おれを信用していないいな？　わざわざ賄賂《わいろ》を払ってまで、王妃の寝室の秘密を探るようなことはしていないさ。そんなことをしてもたいした収穫はないからな。だが、彼女がきわめて熱烈な手紙とおそろしく豪華な贈り物をしたという情報ならつかんでる。ランバル公妃やヨランダ・ポリニャックやセレスト・ド・クレマンを相手にな」

「ド・クレマン？」フィリップの目が見開かれ、さきほどの絵のほうへ向けられた。「ということはあの娘は――」

「彼女はセレスト・ド・クレマンの娘だ。母親の侯爵夫人は金持ちのスペイン人商人の娘でね。落ちぶれた貴族の後妻に入ったんだ。ところが彼の息子、すなわち跡継ぎは、美しいセレストとその娘が気に入らなかった。そこで父親が死んだのをいいことに、継母に馬車と上質のガウンをたっぷりと渡し、彼女たち親子にさよならを告げたというわけだ」

「それじゃ、あの松明《たいまつ》のような小娘も母親の趣味にしたがって育てられたということかい？そういえばサッフォーの娘たちも――」

「ばかを言うな！」あまりに激しい口調にフィリップばかりかジャン・マルク自身も驚いた。どういうわけか彼は、自分自身が侮辱されたような気がしていた。すぐさま落ち着きを取り戻し、取りつくろうように言う。「セレスト・ド・クレマンが変わった嗜好《しこう》の持ち主だとは言ってない。彼女は数年前に宮殿に入って以来、次つぎと金持ちで気前のいい男たちの情婦になってきた。おれが見るところ、彼女の情熱はものに向けられているよ。肉体の喜びではなくて」

「ジャン・マルク・アンドリアスのように？」

「たしかにド・クレマン侯爵夫人とは似たもの同士かもしれないが、おれは身を売ってまで目的のものを手に入れようとはしないさ。おれは相手の感情じゃなく、状況を操るのが好きなんだ」

「とは言っても、気に入った相手なら両方操ろうとするだろう?」

「そろそろ契約書を取ってきてくれ、フィリップ」

フィリップはしかめっ面をしながらも、出口に向かった。「わかった、取ってくるよ。ところで宿に着いたとき、いかにもそそられる体つきのメイドを見かけたんだ。きみの回復を待つあいだ、彼女をベッドに誘いこんだとしても文句はないだろうね?」

「せいぜい慎重に、カトリーヌの目につかないようにやることだな。彼女の名前はジャーメインだ」

フィリップは扉を開けた。「もう試してみたってわけか?」

「ここに到着してすぐにな。なかなかいい。情熱的だしな。だが、うんざりするほど従順だ」ジャン・マルクの口元がゆがんだ。「もっとも、体がこうなって以来試してないが」

「ぼくは従順なのは嫌いじゃない」フィリップはにやりとして、扉を閉じかけた。「それに、情熱的なのは大いに望むところだ」

ジュリエットはカトリーヌの部屋の扉を閉め、打ちひしがれた少女に向きなおった。「そこに座って」部屋の奥の椅子を指し示し、カトリーヌの紅潮した顔をのぞきこむ。「だいぶ顔色がよくなってきたわね」

カトリーヌは言われたとおりに座った。「顔が燃えてるみたいに感じるわ。あまりに恥ずかしくて」

「どうして?」ジュリエットはベッドにどすんと腰を下ろした。「コルセットの紐をきつく締めさせるなんて、ばかなことをしたから?」

「それもあるけど、ジャン・マルクとフィリップに変な子だと思われたわ」

「もうすんだことよ」ジュリエットはあぐらをかくと、小首をかしげて相手を観察した。

「あなた、ジャン・マルクにもフィリップ・アンドリアスにもあまり似てないわね」

「親戚といったって、とても遠いのよ」

「でも美男子ぞろいの家系よね。彼ってほんとうに美しいわ。いつか絵に描いてみたい」

「フィリップね?」カトリーヌが目を輝かせてうなずいた。「ほんとうにそう。あんなハンサムな男の人、見たことがないわ。お粉をはたいてないときの髪の毛なんて、日差しを浴びてきらきら輝いて。それにとてもやさしいのよ。ジャン・マルクみたいに苛々したり厳しい言い方をすることはけっしてないの。このあいだイル・デュ・リヨンに来たときも、香水をつけたすてきな手袋をヴァサロから持ってきてくれたわ」

ジュリエットは首を振った。「フィリップじゃないわ。わたしが言ってるのはジャン・マルクよ」

「ジャン・マルク?」カトリーヌはまさかと言うように彼女を見つめた。「フィリップのほうがずっとすてきじゃない。どうしてジャン・マルクの絵なんか描きたいの?」

描きたいと思わないほうがどうかしてるわ。黒いベルベットのマントを着た姿は謎めいているし、皮肉っぽいけど理知的だし、ウィットにも富んでいる。それに、ときおり垣間見せるやさしさ。めったに見せないだけによけいに尊いような気がする。そういえばわたし、同じ部屋にいたというのに、フィリップ・アンドリアスの顔はほとんど見ていなかったわ。ジュリエットは懸命に彼の顔を思い出そうとした。「たしかにフィリップは整った顔をしてるわね」

「ジャン・マルクよりもずっとハンサムよ」

「それで、そのイル・デュ・リヨンはどこにあるの？」話題を変えたくて、ジュリエットは訊いた。

「リヨン湾よ。マルセイユの海岸から沖合に入ったところ」

「そこがあなたのお家？」

「いいえ、わたしの家はヴァサロにあるの。グラースの近く」カトリーヌの声にいくぶん誇らしげな色がにじんだ。「たぶんヴァサロのことは聞いたことがあると思うけど。花を育てて香水をつくってるのよ。ヴァサロは香水で有名だってフィリップが言ってたわ」

「さあ、聞いたことがないわ」ジュリエットはちらりとカトリーヌを見やって、顔をしかめてみせた。「しかたのないことなのよ。宮殿に住む人は女でも男でも外の世界の話はほとんどしないの。おたがいのことばかり噂しあってるのよ」

「ヴェルサイユって世界じゅうでいちばん美しいところなんですってね」カトリーヌが穏や

かに言った。「そんなすてきなところに住んでいるなんて、うらやましいわ」

「グラースにお家があるんだったら、イル・デュ・リヨンにはどなたが住んでるの？」

「両親はわたしが四歳のときに天然痘で亡くなったの。それでジャン・マルクのお父さまがわたしを引き取ってくださって、それ以来イル・デュ・リヨンで彼とジャン・マルクと一緒に住んでいるのよ。でもそれも、わたしが自分でヴァサロを管理できるようになるまでという約束なの。イル・デュ・リヨンにはね、ヴァサロの領主邸なんかよりもずっと豪華な素晴らしいお城があるのよ」ふと、ジュリエットの気分を損ねたかもしれないと思いいたり、カトリーヌはあわててつけくわえた。「もちろん、ヴェルサイユのあなたのお家のほうが、そのお城やヴァサロより何倍もすてきに決まっているけど」

「お家？」ジュリエットはふいにこみあげた喪失感に自分でも驚いた。そういえば、ひとつの場所に住みつづけるってどんな感じなんだろう？　王妃さまの気まぐれにつきあって、パリやヴェルサイユやフォンテンブロー、そのほか多くの王宮を行ったり来たりするのではなく、一カ所に暮らすことって。

「あそこはわたしの家じゃないわ。宮殿のなかの小さな部屋に住んでるのよ」ジュリエットは肩をすくめた。「だからって、べつに困ることもないけど。わたしには絵があるから」

「ジャン・マルクの部屋に入ったときに気がついたわ、あなたの絵。とても素晴らしいわ。あなたって頭がいいのね」

「そうよ」

カトリーヌが突然、笑いだした。「そうよだなんて言うものじゃないわ。若いうちは自分の才能に謙虚でいなくちゃだめだって、クレアがいつも言っていてよ」

「でもさっき、そのクレアがおばかさんだってことが証明されたじゃないの」ジュリエットの目がきらめいた。「彼女の言うことをまともに受け取っちゃだめだって、学んだはずじゃなかった？」

カトリーヌの目が脅えたように大きく見開かれた。「彼女の言うことには従わないほうがいいと思う？」

「決まってるわ。彼女の言うことなんて――」カトリーヌに見つめられ、ジュリエットは言いよどんだ。この少女のはかなさは、王妃の飾り棚に飾られた中国製の花瓶を思い起こさせた。もし、その家庭教師のクレアがマルグリットのような人だとしたら……ジュリエットは言葉を選んで言った。「大切なことにかぎっては、彼女の言いなりになるべきじゃないと思うわ」わざと眉根を寄せてみせる。「少なくともコルセットの紐のことは、二度と従っちゃだめよ」

「わたしがしっかりしないからいけなかったのね。彼女はわたしを苦しめようなんて思ってなかったのに」

「そうかしら？」ジュリエットは疑り深く聞こえないように注意して言った。たぶんクレアはマルグリットのような意地悪な女じゃないのだろう。それにしたって、あまり頭がよくないのは明らかだ。「それなら、つらいときはちゃんと言って、彼女によくわかってもらうようにするべきだわ。わかった？」

「わたしだってばかじゃないわ」カトリーヌは毅然《きぜん》たる口調で言い返した。「コルセットがきつすぎるって自分から言うべきだったことは、わかってるの」

「それじゃ、どうしてそうしなかったの？」

カトリーヌの透きとおるような肌の奥に、鮮やかな緋色《ひいろ》の液体が流れこんだように見えた。

「だって、フィリップが……」

ジュリエットが噴きだした。「あなた、あのハンサムな見栄っぱり男に夢中なのね」

カトリーヌは猛然と食ってかかった。「彼は見栄っぱりなんかじゃないわ。やさしくて男らしくて――」

ジュリエットは片手を挙げ、次つぎとあふれでる情熱的な言葉を制した。「侮辱するつもりはなかったのよ。わたしっていつも、こういう言い方をしちゃうの。それで、彼とはもう寝たの？」

カトリーヌは当惑げに眉をひそめた。「どういうこと？」

ジュリエットはじれったそうに手を打ち振った。「彼とベッドをともにしたかってことよ」

カトリーヌの表情が固まった。「情交したかっていうこと？」

彼女がひどく衝撃を受けていることを、ジュリエットは見てとった。「それじゃ、彼は誘ってこなかったの？」

「もちろんよ。彼はけっして……」カトリーヌはごくんと唾を呑みこんでから、続けた。

「彼は紳士だもの。紳士がそんなことをするわけがないわ。たとえわたしが大人の女性だったとしたって、彼はぜったいにそんなこと――」

「あなた、本気で言ってるの？」カトリーヌは力強く首を縦に振り、ついでおそるおそる尋ねた。「ひょっとしてあなたは――」言いかけて急に質問の内容にたじろいだらしく、口を閉ざした。「まさか、そんなことないわよね」

ジュリエットはうなずいた。「わたしも男の人と交わったことはないわ。これからもするつもりはないし」ふいに大きく顔をほころばせた。「二、三カ月前の晩にね、グラモン公がわたしのベッドに潜りこんできたのよ。だから急所を思いきり蹴飛ばしてやったの。そしたら、あわてて逃げだして中庭に隠れちゃったわ」

「たぶんその人、あなたのことがいとしくてしかたがなかったのよ」

ジュリエットはあきれて目をみはった。「彼が少女好きだってことは宮廷じゅうで知れわたってるのよ」

「やっぱりそうだわ」カトリーヌは勝ち誇ったように言った。「愛情深いだけだったのね」

「あなた、なにもわかってないのね。彼の趣味は……」彼女があまりに世間知らずなことに同情すら覚えながらも、ジュリエットはなぜか愉快な気分になって笑いだした。

「怖かったら、子守を呼べばよかったのよ。そうすれば、なにも怖くはないって説明してくれたはずでしょ」

「マルグリットはこないわ」

「どうして？」

「だって、公爵はわたしの母さんの擁護者だもの。マルグリットが彼に盾突くことはありえないわ」

「あなたのお母さまの擁護者？」

「ようするに愛人よ」ジュリエットは吐き捨てるように言った。「相手に情交を許して、かわりに宝石やお金を受け取るの。あなた、ほんとうになにも知らないの？」

カトリーヌはしゃんと背筋を伸ばすと、顎を突きだした。「間違ってるのはあなたのほうよ。高貴な方たちがそんなことをするはずがないわ。貴族の男女がそんなこと！　お母さまがお元気でいらっしゃるなんて、とても幸せなことじゃないの。そのお母さまを中傷するようなこと、言うべきじゃないわ」

「中傷ですって？　母さんは公爵をわたしのベッドに送りこんだのよ。彼が自分でそう言ったんだから」

「それじゃ、やっぱりわたしが正しかったんじゃない。公爵は単に――」

「愛情深いだけだった？」ジュリエットは、カトリーヌのきつく結んだ唇といかめしい顔つきを啞然《あぜん》として眺めた。そして、突然笑いだした。「気に入ったわ、あなた」

カトリーヌが目をまるくして訊いた。「ほんとう？」

ジュリエットはうなずいた。「世間知らずだけど、ばかじゃないし、自分の意見を曲げない強さも持ってる」

「ありがとう」カトリーヌは自信なげに応じた。「あなたもとてもおもしろい人だと思うわ」

「でも、好きじゃないんでしょ」ジュリエットは顔をしかめてみせた。「いいのよ、慣れてるから。どうせわたしは人に好かれるタイプじゃないの」目をそらして訊いた。「イル・デュ・リヨンにはたくさん友達がいるんでしょ？」

「使用人の子供たちとは遊んじゃだめだってクレアが言うの。でも、ほかには遊び相手なんていないし」

「わたしも宮殿には友達なんかひとりもいないわ。でも気にしてない。だって、ばかばっかりなんですもの」ジュリエットはふたたびカトリーヌを振り返った。「ヴェルサイユには長くいるつもり？」

カトリーヌは首を振った。「ジャン・マルクが王妃さまとの謁見《えっけん》を終えたら、すぐにもパリにある彼の家に戻るつもりよ」

ジュリエットは胸に突きあげる失望感を無視しようとつとめた。わたしには絵があるんだもの、友達なんかいなくたって平気よ、そう自分に言い聞かせる。それに、うわべの高貴さや見せかけの美徳の裏に隠された醜い真実を見抜けない友達なんて、いてもしかたがないわ。もし彼女がそばにいたら、いつも言い争いをしなくちゃならないじゃない。

「あなた、王妃さまのことはよく知っていて？」カトリーヌが尋ねた。「噂のように美しい人なのかしら？」

「それはもう、うっとりするほどよ。笑い声だってすてきなんだから」

「王妃さまのことが好きなのね？」

ジュリエットの顔つきが見るまにやわらいだ。「ええ、大好き。わたしに絵の具をくださったり、素晴らしい教師に教えてもらえるようにしてくれたのよ。それに、プチ・トリアノンのビリヤードルームに、わたしが描いた湖の絵を飾ってくださったわ」

カトリーヌが感心しきった声を出した。「なんて素晴らしいの！　大変な名誉だわ」

「そうでもないのよ。だって、あまり気に入ってない絵だったんですもの。黄昏《たそがれ》どきの湖を描いたんだけど、それがすごく……」ジュリエットは顔をゆがめて、言いたした。「きれいなのよ」

カトリーヌがくすくす笑った。「きれいな絵は好きじゃないの？」

「きれいっていうのは……深みがないような気がするの。美しいのは意味があるし、醜さもそれなりに意味があるけど。きれいっていうのは……」そこでカトリーヌをにらみつける。

「なにがおかしいのよ？」

カトリーヌは笑いをおさめて言った。「ごめんなさい。ただ、あなたってちょっと変わってるなと思って。どんなことにもとても真剣なんですもの」

「あなたはそうじゃないの？」

「あなたほどにはね。あなたとは少し考えが違うみたい。わたしはきれいなものが好きだし、醜いものは嫌いだわ」

「それは間違ってるわよ。醜いものを嫌うなんて。醜いものだってちゃんとした見方をすれば、すごくおもしろく見えてくるものよ。たとえば以前わたし、年寄りで太った伯爵の絵を描いたことがあるの。カエルみたいに醜い顔をしてたわ。でもね、すべての皺がそれぞれの物語を語っているような感じがしたの。だからわたし——」口を閉ざし、廊下に響く足音に耳を澄ませた。「召使いがトランクを運んできたんだわ。見てくるわね」立ちあがり、戸口に向かいながら、ふと眉をひそめた。「あなた、ひとりで休んでいたいんじゃなくて？」

カトリーヌは首を振った。「わたしは疲れてないわ」

ジュリエットの顔が急に生きいきとした。「それじゃ暗くなる前に、一緒に散歩しましょうよ。いいものを見せてあげる。宿の裏の草原に背中の曲がった馬がいるの。それはそれは醜いんだけど、美しい馬より何倍もおもしろいわよ」言いながら扉を開けた。「ガウンを着替えたら、すぐに談話室に来て」肩ごしに振り返り、またもや不安げな顔になる。「もし、一緒に来たかったらの話だけど」

晴れやかな笑みを浮かべ、カトリーヌは立ちあがった。「もちろんよ。喜んでご一緒するわ」

4

「ちょっとお邪魔していいかしら、ジャン・マルク?」カトリーヌは戸口に立ち、神経質そうにノブをいじりまわした。「お仕事で忙しいのはわかってるけれど、手間はとらせないわ。お訊きしたいことがあるの」

ジャン・マルクは苛立たしさを慎重に押し隠し、目前の書類を脇に押しやった。「いつヴェルサイユに発つのか、気にしているのかい?　あと二、三日もすればおれも旅行できるぐらいまで回復するだろう。どうした、宿の生活に飽きたのか?」

「いいえ、ここの生活はとても快適だわ」カトリーヌは扉を閉めて室内に入ってくると、ベッド脇の椅子の端に軽く腰を下ろし、両手を膝の上で握りしめた。「ジュリエットと一緒にいるのは……新鮮だし」

ジャン・マルクが含み笑いをした。「新鮮というのは、ジュリエットを表現するのにぴったりの言葉だな。まる二日間、ほとんど一緒に過ごしているだけあって、なかなか鋭い観察だ」

「わたしは彼女が好きよ、ジャン・マルク」カトリーヌは両手を揉みあわせた。「その彼女

「があんな目に遭ってるなんて——」一瞬、言いよどんだ。「彼女はいつも長袖のガウンを着ていることに気がついていらした？」

ジャン・マルクの顔から笑みが消え失せた。「どういう意味だ？」

「マルグリットよ」カトリーヌはジャン・マルクの目をまっすぐに見据えた。「なぜ彼女はジュリエットを傷つけるのかしら？　わたしは幼いころから一度だってクレアにお仕置きなんてされたことがないのに」ふたたび口をつぐんでから、ひと息で言った。「ジュリエットの腕が痣だらけなの」

ジャン・マルクは息を呑んだ。「間違いないのか？」

「彼女の腕を見たのよ。痛々しい痣がたくさんあるのを見て、わたし、気分が悪くなってしまって……」カトリーヌは首を振った。「なにがあったのって訊いたら、肩をすくめて言うの。マルグリットは無理やりここに来させられてから、ひどく機嫌が悪いんだって」

突如、全身を駆けめぐった怒りの激しさに、ジャン・マルクは自分自身で驚いていた。たしかにマルグリットがここにいるのをいやがっているとは聞いたが、とりたててその問題に注意を払おうとはしなかった。例によって冗談を言い、簡単に退けてしまった。なぜあのとき、ジュリエットは言わなかったのだ？　あの腹黒い女になにをされているのかを。

「わたし、どうしたらいいのかわからなくて」カトリーヌが小声で言った。「わたしにできることはなにもないから忘れてってジュリエットは言うんだけど。でも、それじゃよくないわ。ねえ、ジャン・マルク。彼女を助けてもらえないかしら？」

「もちろんだとも」すぐにもあの鬼婆の骨ばった首をへし折ってやる。怒りにまかせて思ったものの、もちろんそんなことは不可能だった。「心配するな。なにか手を考える」

「すぐに？」

「ああ、今夜のうちに」

「ありがとう、ジャン・マルク」カトリーヌは立ちあがると、小走りで扉に向かった。「面倒なことをお願いしてごめんなさい。もうお仕事の邪魔はしないわ。でもわたし、どうしても……」

彼女の背後でぱたりと扉が閉まった。

カトリーヌにとってここへくるのは簡単ではなかっただろう。ジャン・マルクはぼんやりと扉を見つめながら考えた。そもそも恥ずかしがり屋で物静かな子だし、どういうわけか、彼のことを怖がっている。もしかしたら、ここ二、三日ジュリエットと過ごすうちに、彼女の大胆さが移ったのかもしれない。

いや、あるいはジュリエットが虐待されているという事実に恐ろしくなり、彼女を助けるためになにもしないでいることに耐えがたくなったのかもしれない。

美しいものを思い浮かべて。

どうりで、痛みと闘う手段を熟知しているはずだ。間違いなくジュリエットは、人生の大半において幾度となくそれを体験してきたのだ。

彼はベッドカバーの上で固く拳を握りながら、カトリーヌの言葉を思い起こした。

〝痛々しい痣がたくさん……〟

〝わたし、気分が悪くなってしまって……〟

「ずいぶんよくなってるわ」ジュリエットは新しい包帯を巻き終えると、手を貸してリネンのシャツを着せ、ボタンをとめてやった。「もうすぐ旅行もできるようになるわね」

「明後日にはな」ジャン・マルクが表情を変えずに言った。「明朝、きみとマルグリットをヴェルサイユに送り届けるよう馬車の手配を整えておいた」

ボタンにかかっていたジュリエットの指がはたと止まった。「明日？」彼女は首を振った。「せめて来週じゃないと。まだじゅうぶんによくなっていないし――」

「明日、発つんだ」ジャン・マルクの唇がきつく引き結ばれた。「そうすりゃあの親切なマルグリットも、きみにちょっかいを出してないで、めでたく母上のもとへ帰れる」

ジュリエットはしかめ面をした。「カトリーヌが言ったのね？ よけいなことはしないでって言ったのに。痣なんてなんでもないし――」

「おれにはそうは思えない」ジャン・マルクは鋭い口調で遮った。「おれのためにきみにつらい思いをさせるわけにはいかない。いったいきみは――」言いかけて口をつぐんだ。「とにかく明日、発つんだ」

ジュリエットはシャツから手を離し、不思議そうに彼の顔をうかがった。「どうして怒ってるの？ あなたが怒ることないじゃないの」

ジャン・マルクは一瞬答えに詰まりはしたが、表情はいささかも変えなかった。「おやすみ、ジュリエット。さよならは言わないよ。どうせまたヴェルサイユで会えるだろう」

「そうね」ジュリエットは熱のない口調で応じた。終わったんだわ、これで。カトリーヌと一緒に過ごした日々も、ジャン・マルクとの刺激的なおしゃべりの時間も。彼女はどうにか笑顔をつくった。「そんなふうに回復を急ぐのは愚かなことだと言っても、どうせ聞く耳を持たないでしょう？」

「ああ」

「それじゃ、時間の無駄だからやめておくわ」ジュリエットはくるりときびすを返した。

ジャン・マルクがすばやく彼女の手をつかむ。「ちょっと待て」いつものちゃかすような表情は消え失せ、驚くほど真剣な顔がそこにあった。「まだ礼を言ってない」

ジュリエットは目をぱちくりさせた。「そんなこと必要ないわ。わたしはあなたのためにやったわけじゃないんだから。借りがあったから、それを返したかっただけ。どうしてわたしが――」ガウンの袖をまくりあげられ、ぎくりと体をこわばらせた。なめらかな肌をおおう紫と黄色のまだらな痣があらわになった。「ただの痣よ、たいしたことないわ。わたしってすぐに痣ができる体質らしいの」彼女は手首に浮かぶ、薄くなりかけた黄色い痣を指さした。「見える？　これはあなたがつけたのよ。お医者さまが短剣を抜くとき、わたしにしがみついて」

ジャン・マルクは当惑しきった顔つきで訊いた。「おれが？」

「自分ではそんなつもりなかったでしょうけど。言ったでしょ、わたしって触られただけで痣が残る体質なのよ」彼女はつとめて平静な声を保とうとした。「だから、完全に回復していないのに、あわててヴェルサイユに行く理由もないってこと」

「いや、理由はある」彼はジュリエットの腕に目を据えたまま、かすれ声で言った。「きみほどの美しい肌は見たことがないといつも思っていた。クリーム色の肌が薔薇色に染まりあがって……生きいきと輝いている。それがこんな虐待を受けるなんて耐えられない。こんな痣を目にするのは……」声が尻つぼみになったかと思うと、ジュリエットの腕をねじり、腕の内側の柔らかな部分に刻まれた痣をまじまじと観察した。おもむろにその腕を持ちあげ、もっとも鮮やかな痣の上に唇を押しつける。

ジュリエットは衝撃のあまり身動きもできず、自分の腕におおいかぶさる彼の黒い髪を呆然と眺めた。突如、ベッド脇のテーブルに置かれた獣脂《じゅうし》蠟燭の臭いが鼻をつき、ジャン・マルクの頬骨の上で揺らぐ光と影、そして静まり返った部屋に響く自分自身の息づかいだけが意識を占領した。ジャン・マルクの唇は温かく、彼女の肌にぴったりとやさしく押しつけられていた。疼《うず》くような奇妙な感覚が、腕から全身へと広がっていく。

ジャン・マルクが顔を上げ、ずる賢そうな笑みを浮かべてジュリエットの表情を確かめた。

「わかったか？　このままここにとどまれば、このおれが悪魔のマルグリットより危険な存在になるときがくるかもしれないぞ」そう言うと腕を離し、ヘッドボードによりかかった。

「おやすみ、おちびさん《ボン・ニュイ》」

ジュリエットは立ち去りがたい気持ちに捉われた。もう一度、彼のたくましく美しい手で触れてほしい。もっと話をしていたい……。

いやだわ。いったいなにを話そうというの。ジャン・マルクは一刻も早くわたしを追い払いたいだけ。こっちだって頭を下げてまでここにいたいとは思わないわ。

ジュリエットはくるりと背中を向けた。黒いガウンの裾がふわりと翻《ひるがえ》る。「ほんとはこんなところにいつまでもいたくなかったのよ。あなたの世話は面倒だし、カトリーヌなんてなんにも知らないおばかさんだもの。ほんとになにも知らないんだから！」イーゼルから絵をつかみとると、大股で扉に向かった。「王妃さまはいま、田舎家にいらっしゃるってグリットが言ってたわ。あそこだと、宮殿の取り巻きからも解放されてのんびりできるんですって。たぶん、あなたともそこでお会いになると思うわ」扉を開きながら、ちらりと彼を振り返った。その目はいまにも流れ落ちそうな涙できらめいている。「でも、あの方に会っても無駄だと思うわよ。彼女はけっしてウインドダンサーを手放さないもの」

ジュリエットは背筋を起こし、首を長く伸ばして、王妃の田舎家へ続く橋の上に立っていた。ほどなく、ジャン・マルク、カトリーヌ、フィリップの三人が姿を現した。

ジュリエットの姿を目にするや、ジャン・マルクは激しい喜びと深い後悔の入りまじった複雑な感情を覚えた。三日前の晩に別れを告げて以来、つとめてこの少女のことを考えまいとしてきた。いま、その姿は、不意打ちのように彼に衝撃を与えた。

「ジュリエット！」カトリーヌが走り寄った。「二度と会えないんじゃないかと心配していたのよ。あなたったら、さよならも言わずに出発してしまうんですもの」

「ここでまた会えるとわかってたからよ」ジュリエットが微笑みかけた。「わたしの立ち会いなしで王妃さまに会わせるわけにはいかないもの」カトリーヌの頭ごしに、挑むようなまなざしをジャン・マルクに送る。「それにジャン・マルクのことだから、うまいことを言って、あなたたちふたりも引きずりこむに決まってると思ったし」

フィリップが笑い声をたてた。「きみは彼の如才なさを少しも買ってないんだな。こう見えてもジャン・マルクは、必要なときには、ものすごい外交手腕を発揮するんだよ」

「そうは言っても、彼は自分のやり方を曲げないだろうし、王妃さまもまた同じよ。せっかく懸命に看病して救った命ですもの。それをみすみす捨て去るのを許すわけにはいかないでしょ。さあ、こっちへ来て。王妃さまはテラスでお待ちよ」ジュリエットは身を翻すと、鏡のようにきらめく湖に架かったアーチ形の風変わりな橋を渡り、手入れの行き届いた芝生の上を、王妃の待つ田舎家へと案内していった。

はじめて見る田舎家は、回廊でつながれたふたつの建物からなっており、回廊には外部の螺旋《らせん》階段から入れるようになっていた。プチ・トリアノンと呼ばれるこぢんまりした宮殿からそう遠くない場所に膨大な費用をかけてつくられたこの村里のことは、ジャン・マルクもさまざまに聞き知ってはいた。そしていま、目前に広がる村里はまさしく思い描いていたとおり、牧歌的な風情を醸《かも》した、おとぎ話にでも出てきそうな美しい田舎風の村だった。ここでは動物でさえもかぐわしく、乳を搾《しぼ》るのにもセーブル磁器の容器が使われていた。ピンクのリボンを首に結んだまっ白な子羊が、スリッパを履いたマリー・アントワネットの足元に伏し、茶色と白の斑《まだら》の乳牛がテラスから数ヤード離れた場所で草を食《は》んでいた。王妃の前には黄色のシルクのクッションがいくつも並べ置かれ、その上ではルイ・シャルルが健やかな寝息をたてて眠っている。

ジャン・マルクは一瞬、気圧《けお》されたように足を止めたが、すぐに気を取りなおして歩きだした。田舎家に関する予想は的中したものの、マリー・アントワネット自身についてはそうはいかなかった。紫檀のテーブルのそばに腰掛けているその女性は、飾り気のない白いモスリンのガウンに白いシルクの飾り帯といういでたちで、既婚婦人らしい落ち着きが感じられた。唯一贅沢な印象を与えるものといえば、白い羽飾りのついた大きな麦わら帽子ぐらいのものだ。淡い茶色の髪にも粉をはたかれたあとはなく、ただし流行りのスタイルにきっちりとまとめられている。

ジュリエットが近づいていき、膝を曲げてお辞儀をすると、彼女はからかうような笑みを浮かべた。「ようやく命の恩人を紹介してくれる気になったのね、ジュリエット」

「こちらがムッシュ・ジャン・マルク・アンドリアスです、陛下」ジュリエットはクッションの山の脇に腰を下ろすなりルイ・シャルルの顔をのぞきこみ、たちまちがっかりした顔つきになった。「あら、お昼寝しているのね。せっかく一緒に遊ぼうと思ったのに」

王妃は愉快げにかぶりを振った。「あなたときたら、どうしてそんなに赤ん坊が好きなのかしらね。同い年ぐらいの子供には目もくれないくせに」

「ちっちゃな子は残酷なことを言ったりしたりしないんですもの。そのうち憎らしいことも言うようになるんでしょうけど。ほんとうにかわいい」ジュリエットは幼い男の子の柔らかな髪をそっとなでた。「それにルイ・シャルルもわたしのことが好きなんですわ」

王妃はジュリエットの頭ごしにジャン・マルクに目を向けた。「ボンジュール、ムッシュ・アンドリアス。ヴェルサイユにようこそ。あなたのような勇敢な男性なら、いつでも大歓迎ですわ。あなたには大きな借りができてしまいましたわね」

ジャン・マルクが深々とお辞儀をした。「わざわざお時間を割いていただき、ありがたく存じます。このたびはお役に立てて光栄です」

「これで堂々と見返りを期待できるわけですものね。なにかわたくしに頼みごとがあると、ジュリエットから聞いていますよ」マリー・アントワネットは手を伸ばし、ピンクのリボンを結んだ足元の子羊の頭をやさしく叩いた。「夫ではなく、わたくしにお願いとは、いったいなんですの？」

ジャン・マルクはためらったあげく、ひと息に言った。「ウインドダンサーです。あれをお譲り願いたいと思っております」

王妃の目が見開かれた。「ご冗談をおっしゃってるの？　ウインドダンサーは三百年近くもフランス王室が所有してきたものですよ」

「アンドリアス家はもっと長いあいだ、所有しておりました」

「王室の所有権に文句をつけようとおっしゃるの?」

ジャン・マルクは首を振った。「あの像は一五〇七年にロレンゾ・ヴァサロからルイ八世の手に渡り、さらにさかのぼれば、リオネッロ・アンドリアスからヴァサロの手に渡ったものです。それをいま、ぜひわが一族の手に取り戻したいと思っております。わたくしの父はことのほか古い時代の芸術作品を好み、いつの日かウインドダンサーを買い戻すという厚かましい願いを、つねに抱きつづけてまいりました。かつて一度、国王陛下のお父上に購入の旨を申しあげたところ、断られたとか。そこで今回わたくしが、父の分もお願いにあがりました」ひと息ついて、言いそえる。「今回がまたとない機会だと判断させていただきましたもので」

王妃の口元が引き締まった。「あなたのご一族は、これ以上宝など必要ないじゃありませんの。アンドリアス家は造船所や葡萄園の経営でクロイソスほどの富を手にしているそうですわね。加えてあなたご自身も、金貸しや銀行業に手を広げたおかげで、ご一族の資産を三倍にも増やされたとか」

ジャン・マルクは軽く頭を垂れてお辞儀してみせた。「陛下にそこまでお見知りおきいただき、恐縮でございます」

「わたくしは無知な女ではありませんよ。夫はなにかにつけて、わたくしの判断やアドバイスを求めてくるぐらいですから」彼女は不機嫌そうな顔つきになった。「断っておきますが、ウインドダンサーを譲るつもりはありません。わたくしはあの像をいたく気に入っていますし、あれが王室に幸運をもたらすものだと信じています」

「幸運を?」

マリー・アントワネットは思い入れ深くうなずいた。「夫の父は死ぬ直前に、あの像をデュバリー夫人のもとへ贈ったんですよ。ずいぶんひどい話だと思いませんこと?」

「恐れながら、人間はいつか死ぬものです。たとえ国王といえども不死身ではいられません」

「あの女に渡すなど、とんでもないことですよ」彼女は顔をしかめた。「義父の死と同時に取りあげて、修道院に追放してやりました」

「そのお話は聞き存じております」

「べつにあなたがたがおもしろがるような話ではないでしょう」

「失礼ながら、陛下。正直申しあげて、ジャンヌ・デュバリーが修道院に入るというのは、いささか滑稽に思われました。おそらく陛下も、修道院は彼女の住居としてふさわしくないというお考えにいたったのでございましょう。ほんの短期間苦痛のときを味わわせただけで、すぐに解放なさったのですから」

「わたくしは冷酷な人間ではありません」

「もちろん、陛下は慈愛と高貴に満ちたお方です」

「とにかく、ようやくそれでわたくしもほっと胸をなでおろしました」彼女は機嫌を直して言った。「あの像があれば王室にふたたび幸運が舞いこむことはわかっていましたし、まさにそのとおりになったのです。ウインドダンサーを取り戻してからわずか数年後に、わたくしが身ごもっていることがわかったのですよ」

ジャン・マルクはかろうじて驚きの声を抑えこんだ。国王ルイが性的に問題を抱え、そのため手術まで受けなくてはならなかったということは、すでに周知の事実だった。それなのに王妃は、自分たちの幸せな性生活も愛する息子の誕生も、すべてウインドダンサーのおかげだと信じているかのような口ぶりだった。

「失礼ながら、それはウインドダンサーを取り戻したからではなく、そのほかのさまざまな状況が――」

「いいえ、そうではありません」マリー・アントワネットが鋭く遮った。「ですから、わたくしは二度とあの像を手放すつもりはありません」無理やり笑みを浮かべた。「とはいっても、あれだけのことをしてくださったあなたを、手ぶらで返すわけにもいきませんわね。貴族の特権などはいかがかしら？　貴族になれば税金を払わずにすみますでしょ。今回の報酬としては悪くないと思いますけれど。あなたがたブルジョアジーはいつも、正当な関税の支払いを逃れようと大騒ぎしているじゃありませんの」

「ご親切なお言葉、痛み入ります」

「それじゃ、特権を受け入れるというのね」王妃は満足げに言った。「お話は決まったわね」

ジャン・マルクは申しわけなさそうに首を振った。「わたくしは無教養な男ですので、身分の高い方々に囲まれてはいささか居心地が悪くなりましょう」

マリー・アントワネットは目を細めて彼の顔を見据えた。「わたくしの申し出が不服だとおっしゃるの？」

「とんでもございません。ただ、わたくしはいまの立場でじゅうぶんなのです」

「ようするに、ただの傲慢な成りあがり者で――」

突然、ジュリエットが片手を動かし、と同時にルイ・シャルルがクッションのベッドのなかで身じろぎした。なにやらもぞもぞと小さな声でつぶやいている。

王妃の表情が瞬くまにやわらぎ、身を乗りだすと息子の顔をのぞいた。「よしよし。なんなの、ルイ・シャルル？　いったいどうしたのかしら、ジュリエット？」

「陛下の声の調子にびっくりして目を覚ましたんだと思います」ジュリエットはうつむいたまま、幼子をレースのキルトでくるんでやった。

「静かにお眠りなさい《ドゥスモン》、いい子ね」マリー・アントワネットの表情は、息子への愛しさに満ちて輝くばかりだった。「なにも心配することはないのよ」ルイ・シャルルがふたたび眠りに落ちると、王妃はジャン・マルクに目を戻した。「特権は受け入れないとおっしゃるのね？」

「もう一度だけ、お話を聞いてください」ジャン・マルクは全身を縛りつける緊張感を押し隠して言った。「王室は目下、戦債の支払いのための財源確保を急務とし、巨額の融資先を探していらっしゃるとお聞きしています。そこでわたくしが必要なだけその資金を融資し、さらに取引を円滑にするために、百万リーブルほど資金提供させていただきます」彼の声がいちだん低くなった。「どうかお考えなおし願えませんでしょうか、陛下」

「願う？　嘆願するなんて、あなたらしくない言葉ですわね。よほどこのウインドダンサーがほしいと見えますわ」

「父が病気でして、状態が思わしくないのです」

「たしかに気前のいい申し出ではありますけど」彼女は考え深げにジャン・マルクを見つめたが、すぐにかぶりを振った。「やはり、あの像は手放せません」

「二百万リーブルでは？」

王妃は眉をひそめた。「その話は終わったんです。わたくしは足元を見て値段を釣りあげる商人とは違いますよ」

ジャン・マルクの失望ぶりは見るも哀れなほどで、しばらくは口を開くことさえできなかった。たしかにやりすぎであることは彼自身も承知していたが、抑えがたい欲求についわれを忘れたのだ。「それでは陛下のおぼしめしのとおりに。父はさぞかしがっかりすることでしょう」息をついてから言った。「もしまだわたくしに褒美をお与えくださる気持ちでいらっしゃるなら、あらためてお願いしたいことがございます」カトリーヌを振り返って、近づくように手招きした。「こちらはわたくしの親族の娘で、カトリーヌ・ヴァサロと申します」

カトリーヌが前に進みでて深々とお辞儀をすると、マリー・アントワネットの顔がたちまちほころんだ。王妃はカトリーヌの大きな青い瞳を食い入るように見つめ、ついで、きっちりと編みこんで飾り冠のなかにおさめられた薄茶色の髪へ視線を移した。「まあ、なんてかわいらしい娘さんでしょう。この子をヴェルサイユにおきたいとおっしゃるの?」

ジャン・マルクは首を振った。「陛下はパリ郊外にあるレン修道院にご関心をお持ちでいらっしゃるとうかがいました。そこでは貴族の若い娘たちが、普通では考えられないほど優れた教育を受けているとか。できることならカトリーヌを受け入れていただけるよう、陛下から修道院長へお口添え願えませんでしょうか?」

「でも、あなたはさっき、ご自分が貴族の出ではないとわざわざ宣言なさったばかりじゃないの。この子もそうなんじゃなくて?」

ジャン・マルクはうなずいた。「たしかにそうですが、彼女はいずれヴァサロ家の長となりますもので、そのための準備をしなくてはなりません。女性が家長をつとめる場合、教育がないと非常につらい思いをするでしょうから」

「この子が家長に?」王妃は好奇心をそそられたようだった。「いったい、どうして?」

「フランス王室にウインドダンサーを贈った例のロレンゾ・ヴァサロは、グラースに居を構え、花を育てて香水の商いを行っておりました。商売は繁盛しましたが彼は結婚せず、死ぬ間際に、友人リオネッロ・アンドリアスの娘カテリーナ・アンドリアスにヴァサロを遺したのです。ただし、ひとつの条件を設けて。すなわち、ヴァサロ家の資産は長女から長女へと引き継がれなくてはならない。そして、その子供はたとえ結婚してもヴァサロの姓を名乗らなくてはならず、カテリーナか、それに似かよった名前でなくてはならないと」

「なんてすてきなお話なんでしょう!」マリー・アントワネットの青い瞳は感動のあまり涙

で潤んだ。「その気の毒な男の方は、アンドリアス家の娘のことを深く愛していらっしゃったのね」

ジャン・マルクは小さく肩をすくめた。「おそらくそうでしょう。しかし実際には、遺産を引き継ぐ女性はあらゆる方面から脅かされます。ですから、知恵と同時に知識による防御も必要になるのです」

「そうでしょうね。わたくしもフランスに嫁いできたときにはほとんど教養がありませんでしたから、つらい思いをしましたわ。わたくしがあの修道院に目をかけているのは、そのためですの」はたと彼女は顔をしかめた。「でも、わたくしが話しているのは貴族の場合ですよ」

ジャン・マルクはすばやく一歩踏みだすと、マントの下からゴールドの容器を取りだした。

「陛下がスミレの香りがお好きであることはよく存じております。ヴァサロでもっとも優れた調香師に命じて、陛下がお喜びになりそうな香りをつくらせてまいりました」彼女に箱を手渡すなり、さっとあとずさった。「つまらないものですが、忠誠を誓う贈り物です」

王妃は感情を映さない彼の顔を疑わしげに眺めてから、容器を開いた。「つまらないですって?」一転して輝くような笑顔になった。その視線の先には目もくらむような美しいクリスタルの瓶があった。しかも栓には、涙の形にカットされた巨大なルビーが使われている。

「香水の贈り物、たいへん感心しましたわ、ムッシュ」

「カトリーヌからの贈り物です」ジャン・マルクが訂正した。「容器はわたくしからですが、香り自体はヴァサロからの贈り物です」

「カトリーヌ……」王妃はカトリーヌに視線を移した。「修道院に行きたいの、あなた？」

「はい、陛下」カトリーヌはおずおずと答えた。「もちろん、イル・デュ・リヨンを離れるのは怖い気もしますが、わたしには学ぶべきことがたくさんあるとジャン・マルクが言いますので」

「なるほどね」マリー・アントワネットはルビーの栓を持ちあげると、体をかがめ、足元の白い子羊の耳のうしろになすりつけた。「それで、あなたのご親類のおっしゃることはいつも正しくて？」

「ジャン・マルクはわたしにとってなにが最良のことであるかを知っています」

乾いた笑みが王妃の顔に広がった。「たしかにこの子には教育が必要なようね。修道院長に言って、彼女を修道院に入れさせましょう」

「ご親切、痛みいります、陛下」ジャン・マルクが大げさに頭を垂れてみせた。「どうお礼を申しあげてよいのか、言葉も見つかりません」

「はいはい、わかりました。もう下がっていいわ」彼女はルビーの栓を掲げ、陽光を受けていくつもの面が炎のようにきらめくようすをうっとりと眺めた。「美しいと思わないこと、ジュリエット？」

「素晴らしいですわ」ジュリエットが小さな声で答えた。

ジャン・マルクはもう一度お辞儀をしてから、テラスを横切って戻っていった。取引に失敗したという苦い思いが胸のなかで疼いた。

くそっ《メルデ》。今回はぜったいに失敗は許されなかったのに。

数ヤードほど歩いたところで、フィリップとカトリーヌが追いついてきた。

「残念だったな、ジャン・マルク」フィリップがまじめな口調で言った。「さぞがっかりしてるだろう」

ジャン・マルクは無理やり笑顔をつくった。「ウインドダンサーは必要ないんだと親父は言っていた。やはり彼には、夢で満足してもらうしかなさそうだな」

「夢？」

「いや、気にしないでくれ」

「それにしても彼女にあげたあの宝石。王室が支払わなくちゃならない戦債の半分ぐらいの額にはなるんじゃないか？　彼女はあれを国王に渡すかな？」

「あれの価値に気づくかどうかも怪しいもんだよ。単なるおもちゃとしか思っちゃいない」

ジャン・マルクは皮肉っぽく微笑んでみせた。「あの子羊や乳牛のようにな」

「教えてやることだってできたのに」

「その気になればな。だが、お断りだ。アンドリアス家はつねに自分の面倒は自分で見てきた。ブルボン家にもそうしてもらうさ」

「それは少し、冷たいんじゃないのか？」

「生き残るために闘うことがか？　ほかの家系が次つぎに滅んでいくなかで、おれたち一族

世界を支配しているのは王じゃなく、銀行家なんだぞ」

のいずれの側にもつかず、自分たちが築いたものを維持することだけに尽くしてきたからだ。

が何世紀ものあいだ戦争や政治的争いを生き抜いてきたのはなぜだと思う？　交戦中の派閥

「それできみは銀行家になった」

「そのとおり。税金を免れることはできないが、貴族や聖職者からたっぷり利息を取り立てれば、その分ぐらい簡単に帳消しにできる。きわめて公正なやり方だと判断したんだ。まさかおまえ、そういう連中に同情――」

「待って！」

ジュリエット・ド・クレマンがこちらに向かって駆けてくる。黒い巻き毛の束が紅潮した顔にあたって跳ねていた。彼女は三人のところまでやってくると、ジャン・マルクと真正面に向きあった。「カトリーヌを修道院に行かせてはだめよ。いじめられるわ」

「善良なシスターたちにか？」

「いいえ、ほかの生徒たちによ」ジュリエットはじれったそうに片手を打ち振った。「彼女はブルジョアジーよ。その彼女が自分たちと同じように扱われることを、ほかの生徒たちが快く思うはずがないでしょう？　まるでヴェルサイユの召使いや給仕役のような扱いを受けるわ。わたしがされているように残酷なやり方で――」彼女ははっと口をつぐみ、あわてて言葉を継いだ。「とにかくわかった？　彼女は闘い方を知らないわ。コルセットの紐をゆるめるようにさえ言えないんだもの」

カトリーヌの頬が赤く染まった。「意地悪するなんて、考えられないけれど。どうして、そんなことをしなくちゃならないの？」

「言ったでしょ。あなたは彼女たちの仲間じゃないからよ。それが立派な理由になるの」

「あなたは貴族だけど、わたしに親切だわ」

「だって、わたしも彼女たちの仲間じゃないもの。母さんはスペイン人で、王妃さまからも愛されてる。誰もがそんな母さんを妬《ねた》んで、わたしのことはばかにしているの。隙さえあれば傷つけようとしてくるけど、わたしはそんなこと許さないわ」彼女はくるりとジャン・マルクに向きなおった。「彼女に話してあげて。わかってないみたいだから」

「きみはよくわかってるってわけか」ジャン・マルクは目を細め、ジュリエットの真剣な顔をじっと見つめた。「ところでさっき、あの気の毒な男の子をつねっただろう？　王妃が怒りの天罰をおれに下そうとしたときに？」

「まさか。ルイ・シャルルをつねるわけがないわ。あんなかわいい子を。ちょっとつついただけよ」ジュリエットは眉をひそめた。「あなたってどうしてあんなにばかなことばかり言うの、ジャン・マルク？　もう少しで連行されて、罰するよう国王に告げ口されるところだったわよ。彼はいい人だけど、王妃さまの言うことにはたいがい従っちゃうんだから」ふたたび本題に戻った。「とにかく、カトリーヌは修道院でいやな思いをすることになるわ。ぜったいに行かせちゃだめよ」

「きみの意見も考慮することにしよう。たしかに一理あるからな。カトリーヌは闘い方を身につけていないというのも事実だ」

カトリーヌがジュリエットにやさしく微笑みかけた。「心配してくれてありがとう」

「どういたしまして《ド・リャン》」ジュリエットは短くためらった末に、カトリーヌを見つめて言った。「よく聞いて。もし修道院に行くことになっても、彼女たちの好意を真に受けちゃだめよ。最初に一発くらわしておけば、あとは放っておいてくれるわ」

カトリーヌは顔をしかめて首を振った。

「ほら、ごらんなさい！」ジュリエットはジャン・マルクに食ってかかった。「彼女にはわかりっこないのよ！」勢いよく身を翻すと、大股で去っていく。

「ジュリエット！」

彼女は肩ごしにちらっとジャン・マルクを振り返った。

「さよなら《アデュー》も言わないで行ってしまうのか？」彼が静かな口調で訊いた。

「お別れを言うのは好きじゃないの」ジュリエットの目がいくぶんきらめいて見える。「言いたいことは言ったから」

彼女は王妃の田舎家めざして駆けていった。

ジャン・マルクは彼女の姿が見えなくなるまで、そのうしろ姿を見送っていた。やがてきびすを返すと、ふたたび歩きだした。

「彼女はここでの生活が楽しくないのね」カトリーヌが言った。

彼は足を止め、カトリーヌの顔をのぞきこんだ。「彼女がそう言ったのか？」

「いいえ」カトリーヌは言いにくそうにした。「でも、ご自分のお母さまや宮殿の方々について、おかしなことを言ってばかり。あの豪華な宮殿での生活って、よほど大変なんだわ」

艶やかな額に皺が走った。「それにあのマルグリットは彼女に意地悪をするっていうし」

ジャン・マルクの表情が険しくなった。「ああ、あの女は許せない。それにしても、彼女のことがずいぶん気に入ってるようだな？」

涙をこらえるように、カトリーヌはまばたきした。「ええ、そうよ。ジュリエットみたいな人にははじめて会ったわ。このまま二度と会えないなんて悲しくて。自分じゃ認めないけど、彼女はきっとここで寂しい思いをしているのよ。ねえ、ジャン・マルク。どうにかして彼女を助けてあげられないかしら？」

「そうだな」彼は不敵な笑みを浮かべながら、すでに心の内で決心していた。あの少女を自分の手の届かないところにおくことこそ、彼女のためになるのだと。「何度打ちのめされようが運命と闘いつづけるのがおれのやり方だからな」

三人は黙って歩きつづけ、そのうちに思い出したようにジャン・マルクが訊いた。「そういえばフィリップ、香水の瓶はヴァサロからいくつか持ってきたんだったな？」

三日後、ジャン・マルク・アンドリアスは王妃に使いを送り、その日の午後にもう一度謁見したい旨を申し出た。彼が王妃のもとを立ち去ったあと、マリー・アントワネットの傍らのテーブルには、新たに美しいシルバーの香水瓶が置かれていた。栓として使われている豪勢なサファイアが王妃のきらめく青い瞳によく映えると、誰もが口々に誉めそやした。

翌日ジュリエット・ド・クレマンは、レン修道院に入って、フランス王妃に仕える貴族の娘としてふさわしい教養を身につけるようにと、言い渡された。

ジュリエット・ド・クレマンがレン修道院に旅立ってから八カ月後、パリのロワイヤル広場にあるジャン・マルクの屋敷に、ひとりの浮浪児が不格好に包まれた荷物を届けにやってきた。メッセージらしきものは添えられていなかったが、包装を解くやジャン・マルクの顔に楽しげな笑みが広がった。

ウインドダンサーを描いた絵だった。

レン修道院　一七八九年一月七日

カトリーヌよ！

カトリーヌにちがいないわ。

馬車は低い音を響かせつつ丘をのぼり、修道院の北門に全速力で向かってきた。二頭の黒い馬は筋肉を極限まで緊張させ、鼻孔をひくひくと震わせている。彼らが吐きだす息が巻き毛のように立ちのぼり、雪片と一緒になってあたりを白く染めあげていた。すでに馬車のランタンには火が灯され、小さなふたつの瞬きが、雪に閉ざされた薄暮のなかにきらめいて見える。

ジュリエットはグレーのマントをきつく体に巻きつけると、柱の陰から身を起こし、建物から張りでたアーケードのなかを落ち着きなく歩きまわった。足先が言うことをきかずに、何度も体が大きく揺れる。手足ばかりか全身が凍え、もはやほとんど感覚を失っていた。けれど、延々と待っていた時間はまもなく終わり、カトリーヌとともに部屋に戻って、骨まで凍らせるこの寒さともさよならできるのだ。中庭に足を踏みだすや、たちまち渦巻くように舞い踊る雪に呑みこまれ、湿った大粒の雪片が頬や黒い巻き毛を打ち叩いた。

馬車は開いた門を通って近づいてきた。雪におおわれた丸石を馬の蹄《ひづめ》が叩き、鈍い音を響かせている。

やっぱり、カトリーヌだわ!

まるまると着ぶくれしたマント姿の従者と御者の姿も見えてきた。三週間前、ジャン・マルクと一緒にクリスマスを過ごすカトリーヌを迎えにやってきて、パリの彼の屋敷へと連れ去ってしまった男たちだ。

思わず駆けだしたジュリエットは、凍った石の上で足を滑らせた。従者が御者台から下りるより早く扉に手をかけ、勢いよく引き開く。「遅かったじゃないの。お昼には戻るって言ってたのに。シスターたちから——」別の乗客がいるのに気づいて、ぎょっと口を閉ざした。

ジャン・マルク・アンドリアスがカトリーヌの向かいの席に座っていた。彼に会うのは、二年前のヴェルサイユでのあの日以来だったが、少しも変わっていないように見えた。相手をちゃかすように見つめる黒い瞳が、宝石の散りばめられたトレド剣の刀身のようにきらめいている。

「ひさしぶりだな、ジュリエット」ジャン・マルクは微笑み、うなずいてみせた。「わざわざ出迎えにきてくれるとはうれしいね」黄褐色の毛皮の膝掛けを払いのけると、カトリーヌに手を貸して、同じく重たい毛皮の下から彼女を解放してやった。「いや、もう少しあらたまった口のきき方をすべきかな。こんな立派なレディになったんじゃ、マドモアゼル・ド・クレマンと呼ぶべきだな」

「ふざけないで。わたしは二年前となにも変わってないわ」ジュリエットはカトリーヌに目を向けた。「遅かったわね。今朝パリを出発するって言ってたのに」

「ジャン・マルクが今朝どうしても抜けられない用事があったの。彼は修道院長にお話があるらしくて、それで――」

「どうして彼が院長に会うの？」胸に不安が押し寄せ、ジュリエットはあわててジャン・マルクを振り返った。「カトリーヌを連れて帰るの？」

ジャン・マルクは彼女をじっと見つめた。「きみにとってそれが、そんなに重要な問題なのか？」

ジュリエットはまつげを伏せ、たちまち瞳をおおい隠した。「シスターたちが言ってるわ、カトリーヌはもっとも優れた生徒だって。もし彼女がここを去って、勉強を途中でやめることになったら残念だもの」

「それできみは？　きみも優秀な生徒なのか？」

「カトリーヌほどじゃないわ」

「あなたは勉強に身を入れないからよ」カトリーヌが怒ったような顔で言った。「絵を描くときの参考にするとか言って、シスターたちを観察してばかりいないで、彼女たちのおっしゃることをよく聞いていれば、もっとよくなるはずよ」

「聞いてるわよ」ジュリエットはにやりとした。「ときどきはね」笑みはすぐに消散し、彼女は少しあとずさって、馬車から降りるジャン・マルクを見守った。「イル・デュ・リヨンに彼女を連れていってしまうの？」

「イル・デュ・リヨンの屋敷を閉めることにしたんだ。父が死んでから、いまのままじゃ不便なだけだということがわかってね」ジャン・マルクはカトリーヌに手を貸して、馬車から降ろしてやった。「いまじゃおれも、マルセイユかパリにいることが多いんだ」

「それじゃ、カトリーヌはどこに――」

「あなたをからかってるだけよ」カトリーヌが遮って言った。「ジャン・マルクに言われてるの。わたしは十八歳になるまでここにいて……」

安堵感がジュリエットを包みこんだ。「よかったわ」ジャン・マルクの視線を感じ、彼女は急いでつけたした。「もちろん、カトリーヌのためにだけど」

「もちろん、そうだろう」ジャン・マルクが穏やかに繰り返した。

「髪が濡れちゃうわよ」ジュリエットはカトリーヌに近づくと、彼女のマントのフードをそっと引きあげ、髪をおおってやった。「夕食は食べたの？　ちょうどいま、みんなは食堂でいただいているところよ。いまからなら、まだ間に合うわ」

「パリを出る前に、たっぷり食べてきたわ」カトリーヌが微笑んだ。「あなたこそ、夕食も食べずに、中庭に出てるなんてどうしたの？　わかったわ、また絵を描いていてお食事のことを忘れたのね」

　ジュリエットはうなずいた。「だってお腹が空いてなかったんですもの」

「そんなに夢中で絵を描いていたわりには、われわれが到着したとき、いやにタイミングよく中庭に出てきたもんだな」ジャン・マルクがからかうような笑みを浮かべた。「ひょっとして、きみはカトリーヌを待っていたんじゃないのかい？」

「まさか」ジュリエットは顎を突きだし、挑むような視線を向けた。「こんな寒さのなかで待っているほど、わたしはばかじゃないわ。たまたま通りかかったときに、馬車が近づいてくるのが見えたのよ」

「それはまた運のいいことだ」ジャン・マルクは従者に身振りで示した。「フルーツの入った籠を下ろしてくれ。このマドモアゼルはお腹は空いてないとおっしゃるが、林檎か洋梨ぐらいならあとで食べられるだろうから」

「そうね」ジュリエットはカトリーヌに向きなおった。「さあ、彼にお別れを言って、なかに入りましょう。このままじゃ凍えちゃうわ」

　カトリーヌはうなずくと、ジャン・マルクに向かっておずおずと言った。「クリスマスを一緒に過ごしてくださってありがとう、ジャン・マルク。とても楽しかったわ」

「きみを喜ばすのは簡単だな。実際はあまりかまってやれなかったのに。ここ数年のおれは後見人としては失格だ。心遣いが欠けている」

「まあ、そんな。あなたはいつだってわたしを気にかけてくださってるわ。お仕事が忙しいのはわかっていたことですもの」カトリーヌのやさしい微笑みは偽りのなさを感じさせた。

「それに、ここで生活できてとても幸せだと思ってるのよ」

「つらいことがあっても、きみはそう言うに決まってる」ジャン・マルクは麦藁《むぎわら》で編んだ大きな蓋《ふた》つきの籠を、従者の手から取りあげた。「いずれにせよ、修道院長と話をすれば安心できる。おれの行き届かない点に文句を言われるにせよ、きみがほんとうに満足しているかどうかは判断できるからな」

「カトリーヌは嘘つきじゃないわ」ジュリエットが猛然と反論した。「嘘をつくぐらいなら、なにも言わないような人よ」

「彼女を悪く言ってるつもりはない」ジャン・マルクはものめずらしそうな表情を浮かべ、ジュリエットの怒りに燃えた目を見つめた。「それに、彼女がここでの生活に満足しているなら、それはきみの影響が大ってことだ」籠をカトリーヌに手渡した。「しばらくパリにいるようだったら、イースターにまた迎えをよこすよ。さあ、走っていきなさい。ジュリエットの言うとおり、ひどい寒さだ」

「オウ・ルヴォアール、ジャン・マルク」カトリーヌは身を翻すと、中庭を突っきってアーケードへと走っていった。途中、振り返って叫ぶ。「急いで、ジュリエット。話したいことがたくさんあるの。このあいだの晩餐のときね、ジャン・マルクはわたしにホステス役をまかせてくれたのよ。すてきなブルーのサテンのガウンまで買ってくれて」

「いま、行くわ」ジュリエットは彼女のあとを追おうとした。

「待ってくれ」

ジャン・マルクに腕をとられ、ジュリエットは全身を緊張させた。「カトリーヌが待ってるわ」

「時間は取らせない」降りしきる雪のせいで、カトリーヌのところからふたりの姿は見えないはずだった。星の形をした雪片がジャン・マルクの豊かな黒髪にはりつき、黒いマントをきらめかせている。彼はじっとジュリエットを見つめた。「あいかわらず、きみは好奇心を刺激してくれる。偶然通りかかったなんて話、おれは信じてない」

彼女は舌先で唇を湿らせた。「あら、そう？」

「きみは午後じゅうずっと、そこに立ってカトリーヌが帰ってくるのを待ってたんだ」たくましい両手がジュリエットの腕をすべりおり、ほっそりした手を握りしめた。彼は唇を強く引き結んだ。「氷のように冷たくなってるじゃないか。手袋はどうした？　どうしてこんな無茶をする？」

彼の温かな手にきつく握られ、ジュリエットの手首や腕に得体の知れない熱さがさざ波のように広がった。温められたらほっとするはずなのに、この気持ちはどこか……違う。彼女は懸命に腕を引っこめようとした。「寒くないんだもの。わたしは……雪が大好きなの。絵に描くために観察してるのよ」

「ジュリエット」カトリーヌが、渦巻く雪のカーテンの向こうから叫んだ。

「行かなくちゃ」

「もう少しだけ」ジャン・マルクの手にひときわ力がこもった。「きみも、ここの生活に満足しているのか?」

「どこだって住めば都よ。だってわたし――」釣りこまれそうな彼の視線に出会い、彼女は思わずうなずいた。「ええ、満足してるわ」

「素直になるのは難しいか?」ジャン・マルクの浅黒い顔が突然ほころんだ。「そうだろうな。でも幸せというものは、手にしたことを認めたからって、かならずしも逃げ去ってしまうわけじゃない」

「そう思う?」ジュリエットは無理に笑顔をつくった。「もちろん、そうよね。わかってるわ」

「ここに来て以来、一度も王妃から連絡がないとカトリーヌから聞いたが」

「そんなこと、はじめから期待してないわ」ジュリエットは早口に言った。「あの方はいつだってお忙しいし――」

「それに蝶々は気まぐれでいらっしゃる」彼はかすかに微笑んで言った。

「あの方に忘れられたって、どうってことないわ。なにも期待してなかったもの」彼女はふたたび手を引っぱり、今度はジャン・マルクも引きとめなかった。少しあとずさりながら言いそえる。「修道院での生活は楽しいし、わたしをここに送るよう王妃さまを説得してくれたこと、あなたには感謝しているわ」

ジャン・マルクは豊かな眉を吊りあげてみせた。「まさかきみまで、おれの親切を誉めたたえるようなまねはしないだろうね？」

「あなたはわたしにカトリーヌを守ってほしかったんでしょ？　わかってるのよ」

「ほう？」

彼女はまじめな顔でうなずいた。「大丈夫。あなたの期待どおり、ちゃんとやってるわ」

「それじゃ、カトリーヌもおれも幸せだ。ところで、きみを修道院に送ったのには別の理由があったことに気づいていたかい？」

ジュリエットは目をそらした。「いいえ」

「それがなんだか、知りたいとは思わないか？」

「行かなくちゃ」言いながらも彼女は、自分の内に湧きあがる立ち去りがたい気持ちに気づいていた。いつまでもここに立って彼を見つめ、そのたくましい顔をときおりかすめる表情の意味をあれこれ想像していたい。彼の浅黒い顔はじっとなにかに集中しているように見え、すらりと伸びた肢体は微動だにしない。本来なら近寄りがたい冷酷さを感じさせるようなその姿も、彼女には内に秘めた情熱の表れに見えてならなかった。吹きつける雪がその激しさを溶かしてくれるといいのに、とジュリエットはほんの少し期待した。

「教えてやろう」ジャン・マルクはさらに近づいてきた。「実業家というものはときには待つことも必要なんだ。自分の投資が成熟し、やがて収穫を刈りとれるようになるのを」

「でも、わたしはカトリーヌを守っているって言ったはずでしょう。あなたはすでに収穫を刈りとってるじゃないの」

彼はさっきジュリエットがカトリーヌにしてやったように、マントのフードをやさしく持ちあげて髪をおおってやった。「なるほど」彼女の目をじっとのぞきこむ。「きみはいくつになった、ジュリエット?」

ジュリエットは突然息ぐるしさを覚え、ごくりと唾を呑みこんで、喉の奥のつかえるような違和感をやわらげた。「もうすぐ十六歳よ」

ジャン・マルクはなおも少し彼女を見つめたあとで、唐突に顔をそむけた。「さあ、もう行って温まるんだ。おれも院長を探して、忠実な後見人として礼を尽くしておかないとな」そして、いくぶんぶっきらぼうな口調でつけくわえた。「カトリーヌが持っていったフルーツ、ちゃんと食べるんだぞ。彼女のために凍えさせたばかりか、飢えさせたとあっちゃ困るからな」

「言ったでしょ、わたしはここで待ってなんか――」彼が肩ごしに振り返ったのを見てジュリエットは口ごもり、やがて無邪気に言った。「彼女は友達だもの。会えなくて寂しかったのよ」

「ようやく、本音をしゃべったな」ジャン・マルクの唇の端が持ちあがった。「これで安心した。きみはいつまで、その刺々しい口調の陰に隠れているつもりなのかと気をもんでいたんだ。これは思ったよりも長く待つ必要はないかもしれないな」

ジュリエットはなんのことかわからずに彼を見つめた。だがつぎの瞬間には、彼の姿は吹きすさぶ雪の向こうに消えていた。凍った玉石を踏みつけながら中庭を戻っていくブーツの音だけが、ジュリエットの耳に届いていた。彼女はふいに空っぽな気持ちに襲われた。まるで自分自身の一部が彼とともに奪い去られてしまったかのように。

なんておかしなことを考えるの？ ジュリエットは自分自身に腹立つ思いがした。なにも奪い去られてなんかないわ。ジャン・マルク・アンドリアスは、周囲のあらゆるものを染めあげてしまうほどの強力な個性の持ち主だもの。彼が立ち去って、いくぶん気が抜けたような気分に陥っただけのことよ。

「ジュリエット。早くしないと凍えちゃうわよ」カトリーヌがいよいよ心配そうに大声をあげた。

ジュリエットははっとわれに返ると、カトリーヌのもとへ駆けだした。アーケードの下に走りこむや勢いよく頭を振り、さっきジャン・マルクが引きあげてくれたフードをわざと払いのける。すぐさまカトリーヌと連れだって通路を進み、生徒の部屋の並ぶ古い石造りの建物に向かった。「さあ、ディナーパーティーの話を聞かせてちょうだい。あなたがホステス役をつとめたんでしょ？　お客さまはどんな方々だったの？」

ジャン・マルクは馬車の窓から外を眺めやった。もはや雪はブリザードに近い降り方へと変わっていた。やはり無理にパリに帰ろうとせず、院長の勧めに応じて修道院に泊めてもらったほうがよかったのだろう。

だが今夜だけは、あの質素な部屋の硬いベッドに寝るのは耐えがたいような気がした。それよりも一刻も早く、目下の恋人であるジャンヌ・ルイーズの待つロワイヤル広場の屋敷に帰りたかった。彼女はいつものように挑戦的な物腰で彼を迎え入れ、夜が深まるにつれて、その挑戦は降伏と欲望に呑みこまれていくだろう。挑戦は彼にとって、降伏と同じようにつねに重要な意味を持っていた。だが、今夜はとくに、これまで経験したことのないほど強烈で官能的な肉体同士のぶつかりあいを欲していた。

降りしきる雪をぼんやり見つめながら、彼は思い浮かべた。あと数時間もすれば手に入れることのできるジャンヌ・ルイーズのあふれんばかりの美しさではなく、ジュリエット・ド・クレマンの無垢《むく》な魅力を。カトリーヌを修道院に送り届ける道中も、ひさしぶりにあの少女に会うことを思い、たしかに心はときめいていた。だが実際に再会して感じたのは、もはや衝撃としか言いようのないものだった。醜悪な灰色の制服におおい隠されてはいても、すらりとしたその体はいまにも花開こうとする女の香りを放っていた。

中庭で向き合っていたときのジュリエットの姿を思い出すだけで、彼は心が疼くのを感じた。奔放で喧嘩腰で、それでいていじらしいほど傷つきやすい。頬は寒さのせいでプラムのような鮮やかな赤色に染まり、その目は何者をもってしてもけっして奪いとることのできない意志の力で燃えたつように見える。これまで彼は、あの少女にかかわる自分の複雑な感情や行動について、深く考えないようにしてきた。結局はいまもまた、同じようにやりすごそうとしている。あの少女がなぜ自分を苛立たせると同時に惹きつけるのか、その理由を知りたくないのだ。

だが少なくとも、もっとも愚かな行為だけは思いとどまることができた。ジュリエットに見つめられたあのとき、ほんの一瞬だが、このまま彼女をパリに連れて帰りたいという衝動に駆られた。

おそらくそれは、それほどばかげた考えではなかったのだろう。彼女にはお金がなく、一方自分は惜しみなくそれを与えることができる。カトリーヌによれば、ジュリエットの母親も王妃も、彼女がヴェルサイユを離れて以来、彼女の存在を忘れきっている。それに彼女は自分で思っている以上に脆《もろ》い部分をそなえているから、二年前のあのとき、ふたりのあいだに芽生えたつながりを、濃密な男女関係へ発展させるのも不可能ではないかもしれない。女を虜《とりこ》にする彼のテクニックをもってすれば、間違いなく、このうえなく上質の愛人、そして刺激的な挑戦に仕立てることができるだろう。ジャン・マルクは将来の成熟したジュリエットの姿が見えるような気がした。しかも、その開花の時期がまもなく訪れようとしている。

まもなく。

なにをばかなことを。おれは修道院から純真な少女を連れだすほど節操のない男じゃない。

ジャン・マルクは自己嫌悪にかられた。このさきふたりがどうなるにしろ、彼女がおれに太刀打ちできるだけの強さを身につけるまで待たなくてはならない。そのときまでは、ジャンヌ・ルイーズが与えてくれる挑戦で満足するしかないだろう。

だが、彼はいま、これまで感じたことのない奇妙な感覚を意識していた。ジャンヌ・ルイーズから奪いとる勝利など、なんの満足も与えてくれはしない、と。

5

レン修道院　一七九二年九月二日

「ジュリエットの居場所を訊いているんじゃありませんよ、カトリーヌ」シスター・マリー・マグダレンはカトリーヌの訴えかけるような視線を避けて、礼拝堂のほうを向いた。「ただ、彼女には正午の鐘が鳴る前には流し場にいてもらいたいだけなんです。さもないと罰が二倍になるんですよ。わかるでしょう？」

「彼女はけっして、朝のお祈りをさぼるつもりはなかったんです」カトリーヌはおずおずと説明した。「ただ、絵を描いていると、時間のたつのを忘れてしまうんです」

「それじゃ、思い出すことを学んでもらわないとならないわね。たしかに神さまは彼女に偉大なる才能をお与えになったけれど、そのことに対する感謝の気持ちを礼拝や謙虚さというかたちで表すことが大切なのですから」

謙虚さ？　ジュリエットが？　もしいま、その親友のことでこんなに苛々させられていなかったら、彼女は大声で笑いだしたことだろう。「ジュリエットはいつも、自分の才能を磨こうと一生懸命なんです。それもひとつの礼拝の形ではないんでしょうか、シスター？」

シスター・マリー・マグダレンは皺だらけの顔をほころばせ、肩ごしに彼女を振り返った。

「その誠実さがあなたのいいところですよ、カトリーヌ」灰色の鋭い目が、一瞬きらめいたように見えた。「ジュリエットの居所を尋ねてその誠実さを試さないであげたのを、ありがたく思うことね。そうしたらあなたも、お友達と一緒に流し場にひざまずいて、床をこすり洗いすることになったでしょうから」肩をすくめた。「もっとも罰を与えたところで、彼女がなにかを学んでくれるとは思ってませんけどね。なんたってこの五年間で、ブラシ片手に祈りながら、修道院の端から端まで磨いて歩いたんですから」

「でもジュリエットはけっして不満は口にしません」カトリーヌが言いはった。「彼女は喜んで神さまに仕えています。ですからきっと――」

「たしかに彼女は嬉々として罰を受けているようね」院長はおかしそうに認めた。「でも、あなたも気づいているんでしょう？　彼女の絵のなかの石壁や床がいやに実物そっくりに描かれていること。たぶん彼女はひざまずきながら、構造や材質を観察しているんだわ。祈っているんじゃなくて」

そのことならカトリーヌもとうに気づいてはいたが、ほかに気づく人間がいないことを祈っていたのだ。彼女は弱々しく微笑んだ。「知識の獲得は祝福されるべきものだと、シスターは前におっしゃられましたわ」

「屁理屈を言うんじゃありません。あなただって、ジュリエットがどうしようもない生徒だということはわかっているはずです。どのみち鐘が鳴ればわかることですよ！」院長はきびすを返すと、礼拝堂のなかへ消えていった。

カトリーヌは南側の庭に向かって駆けていき、門を通り抜けた。控えめな悪態の言葉が次つぎと口をつく。今朝、夜明け前に修道院から抜けだすジュリエットの姿を見かけたとき、お祈りの時間までには戻ってくるようにとあれほど念を押したのに。もっとも、頑固な彼女が耳を貸すはずがなかったんだわ。彼女はわたしたちふたりが院長ににらまれることなど、なんとも思っていないのだから。

露に濡れた雑草が上靴を湿らせ、灰色の制服の裾のあたりが黒ずんできた。カトリーヌは菜園を走り抜け、さらに丘をのぼって、修道院と墓地とを隔てる石垣へと向かった。

伸び放題にはびこった雑草に長いスカートの裾を取られそうになりながら、墓地の裏手にある古い地下聖堂の列を目指して一心に駆けていく。五年前にはじめて修道院を訪れたときはこのあたりには雑草など一本もなく、墓地にしてもつねにきちんと手入れされていた。ありあまるほどの資金で大勢の人間を雇って、修理に手もかけさせていた。ところがバスティーユ牢獄の襲撃以来、すべてが変わってしまった。王妃がパリのチュイルリー宮殿において実質上の捕虜生活を送るようになってからというもの、彼女からの寄付は途絶え、修道女たちは毎日の食卓を整えるにも、建物に最小限の修理をほどこすにも、生徒の両親からの寄付に頼らなくてはならなくなった。

地下聖堂に近づくにつれ、カトリーヌはいつものように胃のあたりがきゅっと縮みあがるような気がしてきた。今日こそはジュリエットに、そろそろ自制と規律を学ぶべきときだと意見してあげなくては。いつまでも自分の思いどおりに振る舞える人間などいやしない。もはや院長の我慢も限界に達しているのだと。

大理石でできたその聖堂は、ずらりと並んだ地下聖堂の列のいちばん端にあった。ときを経て色褪《あ》せ、そこここが薄汚れた灰色に変色している。扉の上方では大天使ガブリエルの像が翼を広げ、まるで焦点の定まらないその目がじっと自分を威嚇しているように、カトリーヌには思えた。彼女は錆《さび》ついた鉄の扉の前で立ちどまって息を整え、いよいよ納骨所へ入る覚悟を決めた。こんなところに来たくはなかったのに。ジュリエットのせいで！　すでに差し錠は引き抜かれ、扉がほんの少しだけ開いていた。だが扉は恐ろしく重く、カトリーヌの力では自分が通れるだけの隙間をつくるのにも時間がかかった。

「閉めてもいいわよ」ジュリエットは、イーゼルに立てかけた絵から顔を上げようともしなかった。「影をつけてるところだから、明かりはなくても大丈夫。蠟燭だけでじゅうぶんよ」

「重たくって、それどころじゃないわ」カトリーヌはひとつ身震いしておそるおそる足を踏みだし、穏やかな顔のシスター・ベルナデットの肖像が彫りこまれた、大理石の石棺の正面へ歩いていった。あろうことか、ジュリエットの言っていた蠟燭が、シスターの組みあわされた手のあいだに差しこまれ、彫りこまれた高貴な顔に柔らかな光を注いでいる。「こんなところに、よく何時間もいられるものね」

「気に入ってるのよ」

「でも、ここはお墓じゃないの」

「そんなことは関係ないわ」ジュリエットは絵筆の先の茶色い絵の具に、ほんの少し黄色を加えた。「静かだし、ここならシスターに見つかる心配もないでしょ」

「シスター・マリー・マグダレンにばれたら、聖所侵犯って言われるわ。亡くなった人は安らかに眠らせておいてあげるべきよ」

「そうとはかぎらないわ」ジュリエットは振り返ってにやりとした。「安らかなんて、退屈なだけよ」大理石でできた修道女のなめらかな頬を軽く叩いた。「シスター・ベルナデットとわたしは理解しあってるの。百年ものあいだひとりぼっちで放っておかれたんだもの。わたしがくるようになって、彼女も喜んでるわ。亡くなったとき、彼女はまだ十八歳だったのよ」

「まあ」カトリーヌは突如うろたえて、石棺に描かれた肖像に見入った。これまで地下聖堂といえばその不気味な雰囲気ばかりに気をとられ、そこに葬られている女性の人生のことなど考えたこともなかった。人生がはじまったばかりだというのに天国へ旅立たなくてはならなかったなんて、なんという悲劇だろう。

ジュリエットは顔をしかめた。「あなたには話すべきじゃなかったわね。これからはここにくるたびに、目をうるうるさせていまにも泣きそうな顔をするわ。これまでみたいに目を見開いて震えている姿のほうが、ずっとおもしろいのに」

「わたしは怖がってなんかいないわ」カトリーヌは憤慨したように言い、懸命に涙をこらえた。「たとえそうだとしても、そんなふうにからかうなんて意地悪よ。わたしったら、どうしてわざわざこんなところまで来たのかしら。院長にこの場所を告げ口してあげればよかったわ。そしたらあなたもいつまでも隠れていられないし——」

ジュリエットはカンバスに視線を戻して訊いた。「わたしが朝のお祈りをさぼったこと、ばれちゃったの？」

「あたりまえでしょう」カトリーヌが不機嫌そうに答えた。「生徒が大勢いたときとはわけが違うのよ。いまじゃ三十六人にまで減ってしまったんですもの。朝課や夕拝にしろ食事にしろ、ひとり欠けただけでもすぐにわかるわ。シスター・マチルダなんか、あなたの姿が見えないとかならず院長に報告しているのよ」

「彼女はわたしのことが好きじゃないのよ」ジュリエットは短く押し黙り、修道院を描いた自分の絵を見るともなしに眺めた。「三十六人か。先週は四十二人だったのに。そのうちに誰もいなくなるわ」

カトリーヌがうなずいた。「朝課が終わってすぐ、セシール・ド・モンタールのお父さまがいらしたの。いまもまだ荷づくりしたり、お父さまが乗っていらした四頭立ての大きな馬車に運びこんだりしているわ。彼女のご家族はパリを離れて、スイスへ向かわれるんですって」

ジュリエットは彼女のほうを見ずに、小さな声で言った。「ジャン・マルクがなぜあなたに迎えをよこさないのか、不思議に思ってるのよ。立法議会が修道院を閉鎖したという知らせは、シスターから届いているはずなのに。たぶん、すでに誰かをよこしてはいるのね。マルセイユはすごく遠いからしかたがないわ。そのうち迎えが到着するわよ」

カトリーヌは眉をひそめた。ジュリエットの話し方はどこかよそよそしい。「そんなはずないわ。ジャン・マルクはあと一年間はわたしをここに置いておくつもりなんですもの」

「状況は変わったのよ。なにもかも変わってしまったの」ジュリエットは急に喧嘩腰になって言った。「そのあきれるほどの世間知らず、どうにかしなさいって言ったはずでしょ」

「そういう失礼な口のきき方もやめなさいって言ったはずよ」すかさず噛みつこうとするジュリエットを、カトリーヌは手を挙げて制した。「正直であれば失礼にはあたらない、なんていう理屈は通らないわ。何度もそれで騙《だま》されてきたけど、もうその手には乗らないから」

観念したような笑みが、ジュリエットの口元に浮かんだ。「わたしたちは永遠にここにいるわけにはいかないのよ。そのことをわかっていないから、世間知らずだって言うのよ」

「もちろん、永遠にいられないことぐらいわかってるわ。でも、あと一年ぐらいなら大丈夫でしょう? シスターたちから授業は受けられなくても、ここに置いてもらうことはできるはずよ。わたしは貴族じゃないんですもの、外国へ逃げなくちゃならない理由なんかないわ」カトリーヌはつと目をそらして、さらに続けた。「あなただって、お母さまはいま、お金持ちの商人のお世話になっているって言ったじゃない。それならお母さまはパリにいれば安全だし、あなたのことも連れ戻そうとはなさらないわ、きっと」

「そりゃそうよ。母さんは自分に娘がいることも忘れてるわ」

「そんな……まさか」カトリーヌは苦しげに目を見開いた。「たしかに迎えをよこさないかもしれないけど、それはそのほうがいいと判断なさってるからよ……いろいろ状況を考えて」

ジュリエットはかぶりを振った。「そんなふうにいまにも泣きそうな顔をしないでちょうだい。わたしは少しも気にしてないんだから。むしろ、ここから連れだされずにすんで喜んでるのよ。わたしはここが気に入ってるの」蠟燭を吹き消した。「さあ、外に出ましょう。今日は絵もおしまい。あなたの膝ががくがく鳴る音がうるさくて、集中力も途切れちゃったわ」

「怖がってないと言ったでしょう」カトリーヌは急ぎ足で扉へ向かい、外に足を踏みだすなりほっと息をついた。「でも戻ったほうがいいわ。お昼の鐘が鳴るまでに報告に行かなかったら、罰を二倍にするって院長が言ってたわよ」

「まだ時間はあるわ」ジュリエットは彼女に続いて地下聖堂から出ると、ずっしりとした扉を閉めて差し錠をかけた。地面に腰を下ろし、聖堂の壁に心地よさそうにもたれかかる。「あなたも座りなさいな」顎を上げ、目を閉じて、降り注ぐ陽光を顔全体で受け止めている。「力を蓄えておかないとね。これから、どれだけの石を磨かされるかわかったものじゃないんだから」

「院長に言って、わたしも手伝うようにするわ」

「どうしてそんなこと?」ジュリエットはなおも目を閉じたまま、微笑んだ。「わたしは口のきき方がなってないし、聖所を侵犯するし、あなたに迷惑ばかりかけてるじゃない」

このようすじゃ当分動きそうにないわね、とカトリーヌは覚悟を決めた。あきらめて、ジユリエットの向かいに腰を下ろす。「結局、いくらあなたに言われても、世間知らずのおばかさんは治らないってことよ」

ジュリエットがまじめな顔つきになった。「どうしてって訊いてるのよ」

「去年の冬、わたしがひどい咳で苦しんでいたとき、あなたは幾晩も寝ずに看病してくれたわ」

「それとこれとは話が別よ。誰だってあなたには手を貸したくなるわ」

「いいえ、違わないわ。あなたって、どうしてそんなふうに冷淡なふりをするの？　あの気の毒な農家の女性が夫から逃げてきて、修道院で出産したときだって、必死に匿《かくま》ったじゃない。そして体調が回復するまで、ひとりで赤ちゃんの面倒を見ていたわ」

「赤ん坊が好きなのよ」

「それじゃ、赤ん坊のお母さんのことは？　あなたはほぼ一年かけて彼女に読み書きを教えたわ。おかげで彼女は、パリでそれなりの仕事に就くことができた」

「だって、ヨランダをあのまま乱暴者の亭主のもとへ返すわけにはいかなかったんですもの。そんなことをしたら、彼女は一週間もしないうちに殴り殺されて、赤ちゃんは餓死したかもしれない。そしたらわたしは、あのばか亭主をピッチフォークで突き刺さないではいられなくなって、しまいにはシスターたちにここから追いだされてしまう」彼女の目がふいにいたずらっぽくきらめいた。「ようするに、わたしは自分のことしか考えていないの。わかったでしょ、カトリーヌ。あなたみたいな聖人にはなれないのよ」

カトリーヌは頬がかっと熱くなるのを感じた。これほど投げやりなジュリエットを見るのははじめてのような気がして、混乱したまま彼女を見つめた。「わたしは正しいことをしようとしているだけ。あなたが思っているような聖人なんかじゃないわ」

「似たようなものよ」ジュリエットは鼻に皺を寄せた。「いいじゃない、聖人でも。だって、あなたはちっとも退屈な人じゃないもの」顔をそむけ、遠方におぼろに浮かんで見える修道院にじっと視線を据えた。「あなたがいなくなると寂しくなるわ」

「言ったでしょう、わたしは――」

「あなたっていつも、ものごとをいいほうに考えるのよね。ここ数年のわたしたちは幸運だったのよ。少なくともわたしはそう。ここにいられて楽しかったもの」ジュリエットは膝の上で重ねた、絵の具だらけの両手に目を落とした。「最初にここへ来たとき、とてもこんなところじゃ生活できないと思ったわ。がんじがらめの規則、ひざまずいてのお祈り、石磨き」

カトリーヌが小さく笑った。「規則なんてどれも守らなかったくせに。お祈りだって石磨きだって、罰でやらされてただけでしょ?」

ジュリエットは聞いていないようだった。「しばらくたってシスターたちのあら探しをしてやろうと決めたの。でも、見つからなかった。彼女たちは……善人なのよ。あのシスター・マチルダでさえ、わたしを嫌っていることに気づいていない。わたしの魂の救いのために罰していると思ってるのよ」

「あのシスター、きっとあなたのことが好きなのよ。彼女にはわたしだって、しょっちゅう怒られるわ」

ジュリエットは首を振った。「彼女はほかのシスターにくらべて、若いし頭が切れるわ。わたしがどれほど自己中心的な人間か、ちゃんと見抜いてるはずよ」

カトリーヌはもはや返すべき言葉が見つからなかった。これまで一度たりともなにかに頼ろうとしなかったジュリエットが、いまは彼女になにかを期待している。だが、それがなんなのか、カトリーヌにはさっぱり見当がつかなかった。

ジュリエットがくすくす笑った。「ほらね。言い返す言葉がないじゃない」

「あなたはその気になりさえすれば、驚くほどやさしくなれる人よ。ただ、ときどき絵に夢中になりすぎて、ほかの人のことを忘れてしまうことがあるんだわ」

「逆にあなたは、他人の気持ちを考えすぎる。それは危険な生き方よ。他人なんか締めだして、自分ひとりで生きたほうがずっと安全なのよ」

「でも、あなたはわたしを締めだしてないわ」

「できることなら、そうしたわよ。でも、あなたがそうはさせなかった」ジュリエットは膝の上で組んだ指をぎゅっと握りあわせた。「彼女のことは締めだしたわ」

「彼女って？」

「王妃さまよ」ジュリエットは消え入りそうな声で答えた。「彼女のことは締めだして、考えないように決めたの。この修道院にくるまでは、どこにいても幸せなんて感じたことがなかった。でも、わたしにだって幸せになる権利はあるわよね？　わたしはここでシスターたちと一緒に生活したい。すばらしい絵を描いて、あなたがあまりにもいい子になりすぎたときにはからかったりもしたい。ここを離れて、彼女を助けに行かなくちゃならないなんて、考えたくもないわ」

「シスターの話だと、立法議会が王妃さまやそのほかの王室の方たちを、タンプル塔に送ったのは、彼らを守るためだって」

「無理やりヴェルサイユから追い立てて、チュイルリーに向かわせたときだって、彼らはそう言ってたわ。でも、あのときはまだよかった。監獄じゃなくて、別の宮殿に移るだけだったんだから。それにくらべてタンプル塔のなかはひどく暗くて不気味なんですって」

「でも、修道院を離れたからって、あなたになにができるというの？」カトリーヌはさらに言った。「それに塔での暮らしはたしかに快適じゃないかもしれないけど、少なくとも危険ではないはずよ」

「わたしは利己的かもしれないけど、自分に嘘はつかないの」

「だけど、誰も傷つけられることはないってシスターが言ってたし――」

「この話はもうやめましょう。とにかくわたしは決めたの。ジャン・マルクがあなたを迎えにくるまでは、わたしもここにいるって」修道院のローズピンク色の石垣に視線を戻すと、いくぶん彼女の顔から緊張の色が抜けた。「ここはほんとうに静かね。清らかな静寂さとでもいえばいいかしら。ここにくるまで、静寂さを絵に描くことができるなんて思ってもみなかったわ」

カトリーヌはその言葉の意味に思いあたった。ジュリエットの最近の絵からは、夜明けの礼拝堂の静けさにも似た、黙したような静穏さが感じられた。

「あなたにプレゼントがあるの」

「プレゼント？」

ジュリエットは灰色のガウンのポケットをがさごそと手探りし、絵の具染みのついたリネンのハンカチの包みを彼女に手渡した。「わたしはあなたのことを忘れはしないけど、たぶんあなたには、わたしを思い出すためのものが必要だと思ったから。あなたはフィリップと結婚して、子供を十人も産んで、それから――」

「ばかなことを言わないで。フィリップとは、ここに来て以来、三回ぐらいしか会ってないのよ。彼はわたしのことなんか、ほんの子供としか思ってないわ」

「あなたは後継者なんだもの。彼だってそのうち気が変わるわ」言ってしまってすぐ、ジュリエットは下唇を噛みしめた。「また口がすべっちゃった。ほんとにどうしようもないわね。でもフィリップは美しいだけじゃなく立派な人よ。あなたと結婚したっておかしくないでしょ」

「あなたも結婚するわ。シスター以外の女性はたいてい結婚するんですもの」

「わたしは結婚なんかしないわ。だいたい、わたしと結婚したがるような人がいると思う？わたしはきれいでもないし、持参金もない」ジュリエットは挑戦的な調子で顎を持ちあげた。

「それに男の人の持ちものになるなんてまっぴらよ。単なる妻として生きるよりも、ポンパドゥール夫人やデュバリー夫人の生き方のほうが、ずっと魅力的に思えるわ」ふいににやりとした。「わたしは男の人の奴隷になんかならないわよ。ヴィジェ・ルブラン夫人みたいな有名な画家になるの。いえ、もっと有名な画家になってみせるわ」

ようやくカトリーヌは、ハンカチの結び目を解きおえた。「あなたの言うことは鵜呑みにしないことにしているの」言いながらハンカチをそっと開く。「あなたったらわたしをからかって――」中身を目にするなり、思わず息を呑んだ。丸い形をしたゴールド。表面にはライラックの枝が一本、美しく刻まれていた。そのネックレスには、カトリーヌも見覚えがあった。ジュリエットが持っている宝石類といえばひとつだけだったし、過去に何度か見せてもらったことがあったのだ。「これは受け取れないわ。八歳の誕生日に王妃さまがくださったものなんでしょう？」

ジュリエットの表情が険しくなった。「わたしは感傷にひたるタイプじゃないの。それに王妃さまはわたしのことなんか、とっくに忘れてるわ。あの方が愛しているのはいつだって母さんだった。わたしのことは、哀れだと思って気にかけてくれただけよ」話を打ち切ろうとするように肩をすくめ、カトリーヌの顔を熱っぽく見つめた。「それより開けてみて」

「まあ、ロケットなの？　ただのネックレスかと思ってたわ。開け口がどこなのかまるでわからないし……」いじっているうちにロケットが勢いよく開いた。なかにある肖像画を目にして、カトリーヌが目をみはる。「これ、わたしだわ。なんて……美しいの」

「たしかにわれながら、よく描けたと思うわ。細密肖像画なんかこれまで一度も描いたことがなかったんだけど、すごくおもしろくて——」ジュリエットはあきれかえったような顔でカトリーヌをかえりみた。「またはじまった。まさか泣く気じゃないでしょうね?」

「だって」顔を上げるなり、カトリーヌの頰を涙がつたった。「涙が自然に出てきちゃうんですもの」

「細密肖像画の描き方を勉強したくて描いてみただけなんだから。こんなふうにおいおい泣かれるとわかってたら、あげなかったわよ」

「いやよ、返すものですか」カトリーヌは長く繊細な鎖に頭を通すと、ロケットを胸に据えた。「ぜったいに手放さないわ。そしてわたしがお婆さんになったら、孫たちに話して聞かせるの。これはわたしのいちばん大切なお友達が描いてくれたのよって」皺くちゃになったリネンのハンカチで頰をぬぐう。「どうして実物よりもずっと美しく描かれているのって訊かれたら」——ふっと口をつぐんでジュリエットのまなざしを受けとめ——「こう答えるわ。そのお友達は少し変わっていて、わたしが彼女を愛しているのと同じぐらいわたしのことを愛してくれているのに、こうして絵に描くほかにそれを表す方法を知らなかったのよって」

ジュリエットは驚いて彼女を見つめ返したが、すぐにロケットに目を移した。「そんな大げさなものじゃないわよ。でも……あなたが喜んでくれて嬉しいわ」勢いよく立ちあがった。「さあ、もう戻らなくちゃ。きっとシスター・マリー・マグダレンが……」おしまいのほうまで聞きとる間もなく、ジュリエットの姿はすでに、一面にはびこった背の高い草に埋もれていた。小さな墓石を飛び越え、墓地を囲う石垣の門へと走っていく。

そのうしろ姿を見送りながら、カトリーヌもゆっくりと立ちあがった。胸元で光るゴールドのロケットに、慈しむように手のひらを押しあててみる。ロケットは温かかった。それはジュリエットのポケットのなかの温かさ、彼女の肌のぬくもりそのものだった。この不格好に結ばれた絵の具染みのついたハンカチを、いったいどれほど長いあいだ持ち歩いていたのだろう？　思いやりのある態度をとりながら、あくまでも自分は利己的な人間だと主張するジュリエット。生死にかかわる問題に対しては誰よりも勇敢に立ち向かうのに、少しでも感傷的な匂いを嗅ぎとると、脅えたリスのようにあわてて逃げだしてしまうジュリエット。カトリーヌはいとしさで喉が締めつけられるような思いがした。ジュリエットの大嫌いな涙を懸命に押しとどめ、片手で口元をおおうと、すでに門に達したジュリエットに向かって叫んだ。「シスターに会いに行く前に、手を洗うのを忘れないで」

ジュリエットは振り返り、承諾のしるしに手を振った。ぼさぼさに乱れた黒い巻き毛に日差しがあたってきらめいている。彼女はスカートを翻しながら菜園を突っきり、修道院へと消えていった。

カトリーヌも彼女のあとを追って走りだし、十字架のあいだを慎重にすり抜けていった。ちょうど墓地の門に達したとき、モンタール伯爵の乗った大きな四輪の箱馬車が、娘の荷物を積んで南庭の門を出ていくのが見えた。御者が鞭《むち》を入れ、馬をけしかけている。これからセシール・ド・モンタールは、パリを経由してスイスに向かうのだ。

たしかに変化が訪れていた。カトリーヌは地下聖堂の扉を開けたときのような寒々とした思いが体を駆け抜けるのを感じた。自分たちの生活を根こそぎ破壊しつつある脅威の正体がなんなのかは、正確にはわからない。ただ、革命のはじまりを告げるバスティーユの陥落以来、恐ろしいほどの変化がフランス全土をおおいだしたのは事実だった。暴動と飢餓、農民の反乱、大虐殺。そして抑圧された聖職者、国王や貴族から立法議会への権力の移行、オーストリアおよびプロイセンに対する宣戦布告。

シスターたちによれば、革命はそうした多くの原因が絡みあって生じたものだが、根底には飢餓が横たわっているのだという。飢えに苦しむ農民たちのパンを求める飢餓、貴族と同等の権力を求めるブルジョアたちの飢餓、国王からさらなる権力を譲り受けようとする貴族たちの飢餓、そして、独立戦争で勝利をおさめたアメリカ国民と同じように、自由を手にしようとする理想主義者たちの飢餓。

彼ら全員の願い、とくに貧しい農民たちの願いが叶えばいいのに、とカトリーヌは思わずにいられなかった。けれどこの修道院にいるかぎり、彼らの苦しみがいまひとつぴんとこないのも事実だった。彼女にすれば、この騒ぎがおさまってふたたび平穏な日々が戻ってくることこそ、もっとも望ましいことだった。

カトリーヌは修道院を囲む堅牢な高い塀に向かって走りながら、全身の血管が疼くような感覚を覚えた。朝の冷たい風が髪の毛を逆立て、頬を突き刺した。なにも心配することはないのよ。太陽は輝いているし、わたしもジュリエットも若くて力に満ちている。そして永遠に親友のままなんですもの。

鐘が鳴っている！

ジュリエットは自室の暗闇のなかで目を覚ました。まっ暗というのは、どう考えてもおかしかった。いつもなら、朝課にまにあうように、夜が明ける少し前に起こされるのに。

続いて聞こえた悲鳴に、いよいよただならぬ事態を確信した。

恐怖に満ちた鋭い悲鳴が、静寂な闇を打ち震わせる。まさか火事？

ジュリエットは頭を振って眠気を払いのけると、すばやくベッドから降りたった。火というのはいつだって危険なものだ。それが流し場の巨大な暖炉でくすぶりつづける残り火にしても、消し忘れられた礼拝堂の蠟燭にしても。

飾り気のないシーダー製のテーブルに置かれた、銅の容器のなかの蠟燭に火を点け、ガウンを羽織った。あわてているせいで指が思うように言うことをきかない。

「ジュリエット！」カトリーヌが戸口に立っていた。薄茶色の長い髪が肩の上で絡みあい、目は恐怖に見開かれている。「鐘が……叫び声も聞こえたわ。なにが起きたの？」

「わからないわ」ジュリエットは上靴に両足を押しこむと、蠟燭をつかんだ。「とにかく急ぐのよ。火事だったら、ここにいたら生きたまま丸焦げにされちゃうわ」

「どうして火事だって――」

「いいから、考えるのはあと」ジュリエットはカトリーヌの手をつかんで、廊下に引っぱりだした。狭い通路は着み身着のままで部屋から飛びだしてきた少女たちで、身動きも取れない状態だった。

「これじゃ、中庭にはたどり着けないわね。こっちよ」ジュリエットは方向転換するや、少女たちを押しのけて反対方向へ向かい、アーチ形の小さなオークの扉を目指した。「学習室よ。あそこなら窓があるわ」

カトリーヌもあとを追って廊下を走り、人けのない部屋に飛びこんだ。ふたりは細長いライティングテーブルを避けながら、奥まったところにある窓へ駆けよった。ジュリエットが差し錠を引き抜き、木製の鎧戸を勢いよく開け放つ。「やっぱり火事よ。ほら、見てごらんなさ――」

松明《たいまつ》。そこにいたのは、松明を手にした男たちだった。剣を振りかざした男たち。縞《しま》の入った粗末なズボンにリネンのシャツをはためかせた男たち。奇妙な赤いウールの帽子をかぶった男もいる。一見したところ、数百人はいるように思われた。飛びかう叫び声、笑い声、罵倒する声。

そして悲鳴が響きわたった。

「なんてこと」ジュリエットがささやくように言った。「シスター・マチルダが……」

まるでぼろきれのように、シスターが丸石の上に横たわっていた。笑い声をあげるふたりの男たちによって無理やり両脚を押し開かれ、赤いウールの帽子をかぶった三人めの男がそのあいだを乱暴に突いている。

「助けなくちゃ」カトリーヌは窓の下枠によじのぼろうとした。「早くここを出て、彼女たちを助けるのよ」

同じような身の毛もよだつ光景が、中庭のあちこちで繰り広げられていた。シスターたちはそれぞれの部屋から引きずりだされ、服を剝ぎとられて、丸石の上に押し倒されていた。

「助けるのは無理よ」ジュリエットは窓枠の上から、カトリーヌを引きおろした。「あんなに大勢の男を相手に戦うなんて無理に決まってる。それより、廊下にいるみんなに中庭に出ないように言わなくちゃ」きびすを返し、廊下に駆け戻ろうとした。

カトリーヌが彼女の腕をつかんだ。「待って」声を落として言う。「もう遅いわ」

少女たちはすでに中庭に到達していた。立ちすくんだまま、脅えきった目で目前の光景を見つめている。

男たちのひとりが笑いながら叫んだ。「新鮮な肉の到着だぞ。年寄りのカラスなんか放っておけ」

「こりゃ、食べごろの若鶏ばかりだぜ」

まもなく、新たな悲鳴が中庭に響きわたった。

「どうして?」カトリーヌが訊いた。「どうしてこんなことをするの? どうして彼女たちを傷つけるの?」

「あいつらは、さかりのついたけだものだからよ」ジュリエットはつぶやきながら、これからどうするべきか、さかんに考えをめぐらした。「北庭を通ることはできないし、ここに隠れているわけにもいかない。やつらはいまに、ここにも探しにやってくるわ」

「ヘンリエッタ・バルヴォアだわ」カトリーヌは中庭の恐ろしい光景から目を離せずにいた。

「あのふたりの男たち、どうしてあんなひどいことを。彼女はまだ十歳なのよ」

「そんなもの見たくないわ。あなたもやめるのよ」ジュリエットはカトリーヌを窓から引き離すと、乱暴に鎧戸《よろいど》を閉めた。蠟燭を吹き消し、窓の下枠の上に置く。「彼女たちを助けることはできないけど、わたしたちふたりならなんとか逃げられるかもしれないわ」

「彼女は十歳なのよ」カトリーヌはのろのろと繰り返した。

ジュリエットは彼女の肩をつかんで揺り動かした。「もし外へ出ていって助けようとすれば、わたしたちも同じ目に遭うのよ。そうなりたいの？」

「そんな……だけど――」

「それじゃ言うとおりにして。あなたをあんな目に遭わせやしないわ」ジュリエットは鎧戸を通して聞こえてくる音を懸命に無視しようとした。悲鳴は恐ろしかったが、それ以上に耐えがたいのがすすり泣くような声だった。誰かが泣きながら母親を呼び求めている。幼いヘンリエッタだろうか？「とにかく隠れる場所を探さなくちゃ」

「どうやって？隠れる場所なんかどこにも……」

ジュリエットはカトリーヌの手を握って廊下に出ると、北庭を目指して走りだした。

カトリーヌが懸命に抵抗する。「あっちはだめよ。さっきあなたがそう言ったばかりじゃ――」

「北庭に行くんじゃないわ。アーケードを通って鐘楼に向かうのよ。あそこまでなら数ヤードだし、裏口からなら南庭に出られるわ」

「でももし……南庭も同じようなことになってたら？」

「そのときはそのときよ。とにかく、ここにいるよりはましだわ」

北庭に続く扉は開け放たれたままになっていた。ついにそこに達すると、ジュリエットはカトリーヌを片側に引き寄せ、壁に体を押しつけて陰に隠れた。

カトリーヌは震えていた。「見つかったらどうするの？　怖いわ、ジュリエット」

「わたしだって怖いわ」ジュリエットはおそるおそる北庭をのぞいた。アーケードに人の姿は見えない。少女たちは全員、引きずりだされ、いまもなお蛮行のかぎりをつくされているのだ。

「鐘楼まで大急ぎで走って、石柱の陰に隠れるのよ。わたしもすぐにあとから追いかけるから。もしわたしが捕まっても、足を止めちゃだめよ。あなたには助けることはできないんだし、ふたりとも捕まったら……」ジュリエットは、狂ったように首を打ち振るカトリーヌをにらみつけた。「いいから言うとおりにするのよ。約束して」

「あなたが傷つけられるのを放っておけないわ」カトリーヌは激しく体を震わせながらも、断固たる口調で反論した。「ぜったいに止めに入る」

「わからずやね、あなたも」ジュリエットは怒ったように言った。「それじゃ、もしあなたがあいつらに捕まったら、わたしにも自分を犠牲にして助けだせって言うの？」

「まさか、そんな。だけどわたし——」

「それなら黙って言うことをきいて。もしはぐれちゃったら、ふたりとも自分が助かることだけを考えるのよ」

カトリーヌは黙っていた。

「わたしはぜったいに、あんな連中にやられたりしない」ジュリエットは請けあった。「かならず逃げてみせるわ。さあ、もう時間がないのよ。わかったわね？」

カトリーヌはなおも躊躇《ちゅうちょ》していたが、やがて観念したようにうなずいた。

「よかった」ジュリエットは元気づけるかのようにカトリーヌの手を握りしめた。「南庭を通り抜けたら、まっすぐ墓地を目指すのよ」

「墓地ですって？」

ジュリエットはうなずいた。「シスター・ベルナデットに匿《かくま》ってもらうのよ。この騒ぎがおさまって、やつらが立ち去るまで」

「立ち去るかしら」カトリーヌは身震いすると、叫び声を聞くまいと両手で耳をおおった。

「永遠に続くような気がするわ」

「立ち去るわよ。そのうち飽きるわ。男なんてそんなものだって、前に母さんが——」言いかけて、ジュリエットはふと口をつぐんだ。いいえ、ここで起きていることはヴェルサイユの寝室で起きていたこととはわけが違う。シルクで飾られたあの芳《かぐわ》しい部屋では、男も女も少なくとも相手を思いやるふりをしていた。だがここにあるのは、熱に浮かされたような暴力と残忍さだけなのだ。「鐘楼の扉は開けたままにしておいて。南庭に出る前は慎重に外のようすをうかがうのよ。それからお墓でわたしを待つ。わかった?」

カトリーヌはうなずいた。

「さあ、行って!」

カトリーヌは脱兎《だっと》のごとく扉から走りでて、壁づたいに駆けていった。

ジュリエットは全身を緊張させて待った。どこかから叫び声があがらないか、北庭の騒ぎを抜けだした男が彼女を追って走りださないか?

カトリーヌは鐘楼の戸口に達すると、勢いよく扉を開き、なかへ呑みこまれていった。

ジュリエットは自分を捉えていた恐れが、いくぶんやわらいだ気がした。けれど、まだ油断はできない。遅ればせながらやってくる追っ手もいないことを確かめると、ようやく彼女は駆けだした。鐘楼までの数ヤードを走り抜け、石段を三段駆けあがってなかに飛びこむや、うしろ手にばたんと扉を閉めた。暗闇が彼女を包みこんだ。

ジュリエットは激しく胸をあえがせながら、真鍮《しんちゆう》飾りのついたオーク材の扉にほっともたれかかった。暗闇に目が慣れるにつれ、剝きだしの木でできた長い螺旋《らせん》階段が、数ヤード先にじょじょに姿を現してきた。それは鐘塔へと続いているはずだった。階段の奥のほうからは、開いた戸口を通じて月明かりが差しこんでいる。カトリーヌは南庭に人がいないことを確認して、第二段階へ進んだにちがいない。ジュリエットは体を起こすと、はやる心を抑えて出口に向かいかけた。

「まさか、立ち去ろうってんじゃないだろうな？」

ジュリエットはびくりと体をこわばらせた。

螺旋階段の下の暗がりから、小柄でほっそりとした人影が起きあがった。片手には剣、もう一方の手にはとぐろ巻きにしたロープを握っている。「このおれがわざわざ辛抱強く待ってたってのに」

いまや、その人影が出口のほうへ剣を打ち振っているのが、ジュリエットの目にもはっきりと見てとれた。「おまえの友達はえらく急いでいたもんで、鐘塔から駆けおりて捕まえようと思ったがまにあわなかった。ま、どのみちそう遠くまで行かないうちに、誰かに捕まっちまうだろうがな。走り去るところをちらっと見たら、なかなかどうしてかわいい娘だった。こりゃ逃す手はないと思いなおした矢先、おまえが走りこんできたってわけさ」

ジュリエットは剣に目を据えたまま、一歩あとずさった。もう少しで逃げだせるところだったのに。ああ、神さま、こんなところで死なせないでください。

「ふん。少しばかり痩せちゃいるが、おまえもそう悪くはない。それじゃ、まずはおれから自己紹介といくか。ラウル・デュプレだ。で、おまえの名前はなんだ、おちびちゃん？」男は足を踏みだし、彼女の顔をのぞきこんだ。

ジュリエットは答えなかった。

「どうした？　中庭の騒ぎのなかにおっぽりだしてほしいのか？」

「冗談でしょう。もちろんお断りよ」

「そいつは賢明だ。いまごろ、善良なるシスターもおまえの仲間の生徒たちもさぞやつらい思いをしてることだろう。気の毒なこった。だが、愛国心あふれるあの連中をパリまで連れていって使命を果たさせるには、美しい貴族の娘相手にちいっとばかし欲望を発散させておいてやらないとな」

「シスターのことだってレイプしてるくせに」

「マルセイユの人間はあまり教会が好きじゃないもんでね」デュプレは首を振った。「あの乱痴気騒ぎにはさすがのおれも興奮した。だが、おれは二級品には興味ねえんだ。だから鐘を鳴らしたのさ」含み笑いをもらす。「そうすりゃ、おれ好みのとびきり新鮮な処女が手に入ると読んだんだ。ところがおまえの仲間たちは中庭に飛びだすと同時に見つかっちまって、おれの楽しみは残らず連中に横取りされるところだった」剣の先端をジュリエットの喉元に押しつけた。「怖いのか？　ひと言もしゃべらないじゃないか」

ジュリエットはごくんと唾を呑みこんだ。「怖いに決まってるでしょう。こんなときに平気でいられるほどばかじゃないわ」

「たしかにおまえはばかじゃない。そうでなきゃ、ほかのやつらと同じように逃げまわって、結局はあいつらの手に落ちたはずだ。なかなか楽しめそうだぜ、おまえは」

「わたしなんか相手にしても、ちっとも楽しくないわよ」

「そう謙遜するな」男はとぐろ巻きにしたロープを差しだした。「だが、いまは時間がない。裁判の準備を監督しなくちゃならないんでな。こいつで輪をつくって、そこに手首を入れろ」

ジュリエットは動かなかった。

「言うとおりにしないとどうなるか、説明してやろうか？　選択肢はふたつ。この剣がおまえの喉に突き刺さるか、中庭に引きずりだされてマルセイユの男たちの手に渡されるか。おれとしちゃ、どっちも気が進まない。縛りあげてここに置いておきたいのさ。そして用事が終わったら戻ってきて、おまえの熱い抱擁を受けるって寸法だ。さあ、どうする？」

ジュリエットはすばやく状況を判断した。デュプレは自分だけの楽しみのために、わたしをここに隠しておきたいと思っている。彼がいないあいだに、ロープをほどいて逃げだせる可能性がないわけではない。それにいったん外に出て狂乱に加わったら、案外わたしのことを忘れてしまわないともかぎらない。彼女はロープを受け取ると、輪をつくり、そのなかに手首を通した。

「やけにものわかりがいいじゃないか」デュプレはロープを引っぱって輪をきつく締め、ジュリエットの胴体に巻きつけた。「ま、そうしなけりゃ、ほかの連中と同じように中庭におっぽりだされるわけだからな。さあ、こっちへくるんだ」剣を鞘《さや》におさめると、階段の下の暗がりへ追い立てていく。さらに五段めのあたりに三回ほどロープを巻きつけてから、きつく結んだ。

「これでいいだろう。ここに立って、おれが戻ってくるまで待ってるんだぞ」デュプレは身を乗りだして彼女の頰を軽く叩き、ついでなでまわした。「なんて柔らかい肌だ。いいか、叫び声をあげるんじゃないぞ。さもないと中庭の乱暴な男たちが飛んでくる。そうなっちゃ、おたがいにまずいだろう？」

ジュリエットは押し黙ったまま、ひそかに手首のロープの締まり具合を確かめてみた。

「まずいに決まってるさ」デュプレは妙に気取った歩き方で、北庭に続く扉へ向かった。扉が開くと同時に松明の明かりが射しこみ、はじめてはっきりと男の姿が浮かびあがった。痩せこけた逆三角形の顔とわずかに吊りあがった薄茶色の目は、猫を思い起こさせた。体つきも猫そっくりで、小柄で引き締まった肢体は、骨ばったという表現がぴったりなほど強靭《きょうじん》そうに見える。中庭の男たちのような粗末なだぶだぶのズボンと安っぽいシャツではなく、ゴールドのブロケードで縁取られたエレガントな淡いブルーのコートに、濃いブルーの半ズボンを身につけていた。

「オウ・ルヴォアール、おちびちゃん。快楽をむさぼってる連中の目を覚まし、そろそろ仕事に戻さないとな。裁判の準備が整ったらすぐに戻ってくる」

ばたんと扉をうしろ手に閉めた。

裁判。デュプレがその言葉を口にしたのは、二度めだった。ジュリエットはその言葉を頭から払いのけると、当面の自分の窮地に意識を集中させた。ロープは見るからに太くて切れそうにないし、結び目もきつくてとてもほどけない。

ジュリエットは身をかがめ、階段に巻きつけられたロープの輪っかの部分を嚙み切りにかかった。

南庭にも男たちがいる！

カトリーヌは庭のなかほどで足を止めると、背の高い貯水タンクの陰に身を隠した。南庭に人がいないと思ったのは間違いだったのだ。北庭に続く通路のほうから、女性のむせび泣く声と男たちの笑い声が聞こえてくる。

絶望感に打たれつつ、門のほうにすばやく目を走らせた。いまとなっては、門までは一〇〇マイルもあるような気がした。仰向けに倒れた裸の女性に群がっているのは、どうやら四、五人の男のようだった。だが、そのうちのひとりでも門を振り返れば、一巻の終わりだ。

絶えまなく吐きだされる嘆願やすすり泣きや祈りの声から、それがシスターのひとりであることがわかった。シスター・テレーズ？　それともシスター・エレーヌだろうか？　気の毒な女性をこのまま放っておくなんて、恐ろしい罪を犯すことになるわ。

思わず一歩、カトリーヌは足を踏みだした。だが、ためらった。たしかにわたしには自分の命を危険にさらす権利はある。でもジュリエットの命は？　もしわたしが危険な目に遭っているとわかったら、ジュリエットは理屈などすべてかなぐり捨てて、助けに走るだろう。ジュリエットは向こうみずなうえ、自分で思っている以上に勇敢でもある。さあ、どうする？　自分とジュリエットか、あるいは、目の前でけだものたちに犯されている哀れな女性か？

カトリーヌは貯水タンクの脇に膝をつくと、女性のすすり泣きも男たちの淫《みだ》らな言葉も耳に入れまいとした。とにかくいまはここにじっとして、男たちが満足して立ち去るのを待つしかない。

きつく目を伏せ、声を出さずに唇だけ動かして祈りを唱えた。愛するイエスさま、どうかわたしたちを悪の手から救ってください……。

そういえばジュリエットは？ やはり男たちの気配に気づいて、鐘楼のなかで彼らが立ち去るのを待っているのかしら。

シスター・ベルナデットのところへ行くのよ、とジュリエットは言った。そうよ、あのお墓のなかならきっと安全だわ。命の危険にさらされてるときに、死者を怖がってなんかいられないもの。カトリーヌは両腕で体を抱えこみ、全身をきしませるほどの震えをどうにか抑えようとした。

お願いよ、早く来て、ジュリエット。とても心細いの。

聖母マリアさま、どうか彼らに見つかりませんように。

ジュリエットが無事でありますように。

あのかわいそうな女性たちを苦しみから救ってくださいますように。

「おい、そこでなにをしている？」

カトリーヌは喉から心臓が飛びだしそうになった。

「なんてざまだ。中庭から女を連れだすなと言っただろうが。収穫は等しく全員で分けあうのが決まりだろう」

男のなかのひとりが大げさに笑った。「こいつは分けあうほどのものじゃないさ。よれよれの老いぼれカラスだ」

「それでも、戦利品にはちがいない」

カトリーヌはまるみを帯びた貯水タンクの陰から、そろそろと顔を出した。ふたつの人影が男たちのほうへ近づいていくのが見える。誰であろうと、少なくともそれなりに権威ある立場の人間には違いなさそうだった。

「さあ、いますぐその女を中庭に連れて戻るんだ」

不満がましい声がささやかれたものの、男たちはやがてひとりずつ、四肢を広げてぐったりと横たわる修道女の体から離れていった。「起きろ、売女《ばいた》めが」

「動かねえぜ」耳ざわりな含み笑いがもれた。「ほらな。仲間のところにゃ戻りたくないってよ。おれたちのことが気に入ったんだ」

「いいから運べ」

さらなるぼやき声があがるなか、全裸の女性はもっとも屈強そうな男にかつぎあげられ、暗闇で待つふたりの男のもとへ運ばれていった。「細かいことを言うなよ。女ならいくらでもいるじゃねえか」

「規則は規則だ」

カトリーヌは体をこわばらせたまま、祈るような気持ちで立ち去る人影を見つめた。男たちの姿は暗闇に呑みこまれ、そのうち足音も聞こえなくなった。

彼女は意を決して立ちあがり、開いた門をめざして一散に駆けだした。

たちまち、叫び声が轟いた。

どうしよう。見つかったんだわ！

丸石を踏みつけるいくつもの足音が響く。

ああ、神さま。どうか捕まりませんように。

カトリーヌは猛烈な勢いで菜園を突っきっていった。

いつのまにか後方の足音が聞こえなくなっていた。丸石ではなく柔らかな土の上を走っているのかしら？ あるいはわたしのことはあきらめてくれたのかもしれない。

心臓の鼓動はもはや爆発寸前まで高まっていた。

こめかみの血管もどくどくと脈打っている。

カトリーヌは並んだ墓のあいだをすり抜けるように走っていった。十字架にこびりついた苔《こけ》がまるでしたたり落ちる血のように見える。

シスター・ベルナデット。どうか、あなたのところにたどり着かせて。

またしても後方でなにかが聞こえた気がした。笑い声？ だが、恐ろしくて振り返ることすらできない。

もしかしたら風だったのかもしれない。

そうよ、風に決まってるわ。

大天使ガブリエルの大理石の翼が、月明かりにきらめいているのが見えた。シスター・ベルナデットのお墓だわ！　カトリーヌははやる心を抑えて差し錠を抜き取ると、地下聖堂に飛びこみ、うしろ手にばたんと扉を閉めた。

内側に鍵はなかった。

当然だ。死人に鍵は必要ない。

カトリーヌはそろそろとあとずさった。

と、腰のあたりを大理石の墓石にしたたかに打ちつけた。

痛みを無視し、ジュリエットのイーゼルの脇に小さく縮こまる。たちまち闇が迫り、ようやくほっと息をついた。

上気した頰をひんやりした大理石に押しあて、扉のほうを一心に見つめる。

どうか、わたしを守って、シスター・ベルナデット。あなたは亡くなったとき、まだ十八歳だった。あなたもどんなにか、死にたくないと思ったことでしょう。

お願い、守って。どうか、あの男たちの手に渡さないで。

そのとき、地下聖堂の扉が勢いよく開いた。

6

「こりゃ、たまげた《サクレ・ブル》。もう少しでロープを嚙み切るところだったじゃねえか。なかなか性根のすわった娘だな、おまえは」ラウル・デュプレは手にしたランタンを掲げてにやりとすると、ロープを剣で切断した。「おれが戻るのがもう二、三分遅けりゃ、逃げだせたかもな。だが、人生なんて〝かもしれない〟の連続さ。そうだろう？」

　ジュリエットは失望感が顔に現れるのを、あわてて押しとどめた。そんなことになれば、この下司《げす》男を喜ばせるだけだ。「戻ってこなけりゃよかったのに。わたしなんか、ちっともおもしろくないわよ」

「いや、捨てたもんじゃない」デュプレは彼女のロープをほどき、扉のほうへ引きずっていった。「だが、残念ながら、いますぐってのは少しばかり難しくなった。向こうでずいぶんいい思いをしてきちまったもんでね。精力が回復してから、楽しませてもらうことにするよ、えっと……」いぶかしげに片眉を吊りあげた。「なんだったっけな、名前は？」

「教えてないわ」

「まあいい。それなら、おれが新しい名前をつけてやる。正義の女神ってことで、マドモアゼル・ジャスティスならぬ、シティズネス・ジャスティスってのはどうだ？」腫れぼったい男の唇の両端が、意地悪く持ちあがった。「法廷にはシンボルがつきものだからな。おまえになってもらおう。まさにぴったりじゃないか。無垢で汚れなきシティズネス・ジャスティス」

「法廷って？」

「おれたちはこれから裁判を行なうんだ。なんでも、ここの修道女たちは元支援者である王妃を助けるためにこの修道院を売春宿にしていたらしくてね。そういう情報がパリコミューンの耳に入ったんだ。彼女たちは自分たちや生徒の肉体をもって純情な若き愛国者たちをたぶらかし、革命の名のために闘うことをやめさせ、オーストリア軍に投降させようとしたんだと」

ジュリエットはあきれかえって男の顔を見つめた。「そんなのでたらめよ。誰も信じやしないわ」

彼は低く笑い声をもらした。「信じるさ。いまここにいる男たち全員が、レン修道院には処女なんてひとりもいないことを証明できるんだぜ」

ジュリエットは男の顔に向かって唾を吐きかけた。

デュプレがさっと顔をこわばらせた。「気に入らねえな」ポケットに手を差し入れ、レースで縁取りされたハンカチを抜きだすと、左頰についた唾をぬぐいとった。「せめてあと二、三時間でも生きていたけりゃ、もう少しましな態度を取ることだな」そう言って力まかせに彼女を引っぱった。「無礼な態度にはかならず罰が伴うってことだ。おとなしくしてりゃ、それなりに見返りはある。わかったか?」

「わからないわよ」

「それなら、わからせてやるよ、シティズネス。わからせてやる」

聖餐《せいさん》用のゴールドの聖杯には、縁までたっぷりと赤黒い液体が注がれていた。

「飲め」デュプレが低い声で命じた。「そうすりゃ、つぎの人間は勘弁してやる」

とても飲めたものではなかった。どうせ、こいつらの言うことは嘘ばっかりよ。誰のことも容赦するつもりなんかないんだわ。

ジュリエットは首を振った。

デュプレは、赤い縁なし帽をかぶった男にうなずいてみせた。帽子には革命を意味する三色の花形記章がついている。ただちに男は、判事用テーブルの前に裸でひざまずく修道院長のほうへ歩きだした。

「待って!」ジュリエットは杯を手に取り、すばやく唇に押しあてた。

中庭に集まった男たちから、やんやの喝采がわき起こる。

液体は銅にも似た不快な臭いがした。ああ、だめだわ。やっぱり無理。

彼女は目を閉じると、いっきに飲み干した。

「やるじゃないか」デュプレがつぶやくように言った。

たちまちジュリエットの胃が暴れだした。あわてて判事用テーブルから顔をそむけ、中庭の石の上に胃の内容物のありったけを吐きだした。

「そりゃ、まずいな」デュプレが残念そうに言う。「ごまかしを認めるわけにはいかねえな、シティズネス・ジャスティス。もう一度やり直しだ」

彼は赤い縁なし帽をかぶった男に、ふたたび指示を送った。

男はにやりとし、屈強そうな腕をこれみよがしに曲げ伸ばしながら、院長のほうへ大きく二歩、足を踏みだした。

ジュリエットの悲鳴が響きわたった。

裁判まがいのグロテスクな見せ物は終わりを告げ、棍棒と剣による残忍な虐殺があちこちではじまった。平然と殺人を働く男たちのいくつもの顔を、ジュリエットは呆然と眺めていた。彼女はかつてカトリーヌに、自分は醜さというものの名状しがたい微妙な色合いを理解もし、評価もするのだと語ったことがあった。だがいま、真の醜さについて自分がいかに無知であったかを思い知らされた気がしていた。

「くるんだ」デュプレがジュリエットの腕を取り、鐘楼へと引き立てていった。「刀にかける前に、シティズネス・ジャスティスの味を見ておかないとな」

ジュリエットはひと言もしゃべらずに、引き立てられるままについていく。

「急におとなしくなっちまったな。おれに向かって足を開くときにゃ、少しは嬉しそうな顔をするんだぜ」

デュプレは鐘楼の扉を閉めると、螺旋階段の段上に剣を置いた。「横になれ」

ジュリエットは冷えきった板石の上に手足をまっすぐに伸ばして横たわり、目を閉じた。

血。

デュプレの体の熱を感じたとたん、いきなり、二本の腕が絡みついてきた。

少女たちの悲鳴。シスターたちの絶叫。

血。

デュプレの手が、胸を鷲づかみにした。「目を開けろ。おれの顔から目をそらすんじゃない」

ジュリエットは言われたとおりに目を開けた。デュプレが真上におおいかぶさり、猫のようなその顔がわずか数インチ先にあった。彼は笑っていた。

「目がきらめいて見えるぞ。泣いているのか、シティズネ――」

ジュリエットの歯がデュプレの喉に深々と食いこんだ。またしても銅を思わせる味が口のなかに広がったが、今度ばかりは、むしろ快感だった。

デュプレは甲高い悲鳴をあげた。懸命に振り払おうとするものの、彼女のほうも必死に食らいつき、さらに歯を深く沈めていく。

「このくそアマ！」デュプレは悪態をついた。「野獣めが！」ジュリエットの体を抱えあげようとするが、彼女の両腕がしっかと体に巻きつき、身動きがとれない。

噴きだした血が肩にまでしたたり落ちた。ジュリエットは肉を引きちぎるほどの勢いで、乱暴に首を振った。相手が痛みにあえいだほんの一瞬をついて押しのけると立ちあがり、階段の上の剣をひっつかむ。デュプレが叫ぶよりも一瞬早く、剣の刃のひらがこめかみに振りおろされた。デュプレはどさりと脇にくずおれ、動かなくなった。

しまった。剣の刃先を突き立ててやるつもりだったのに。

ジュリエットはきびすを返すや、南庭に続く扉に突進した。庭に人の姿はない。彼女は丸石を蹴って門へと走り、菜園を抜け、丘をのぼり、墓地へと達した。

カトリーヌは地下聖堂で待っているはずだわ。祈るような気持ちで考えた。そうでなければ、ほかの人たちと一緒に、あのまがいものの法廷に引きずりだされていたはずだもの。

地下聖堂の扉は開いていた。

あまりの安堵感に、足元が一瞬よろめいた。カトリーヌはいつだって暗い場所を怖がっていた。それにしても、扉を開け放しておくなんてどうかしてる、人目を引いてしまうことぐらい、わからないのかしら。

「この売女！　ぼうっと横たわってんじゃねえ」体と体がぶつかりあう音が聞こえた。「動くんだよ」

ジュリエットはその場に立ちすくんだ。男の巨体が女性らしき人影におおいかぶさり、その青白い太腿のあいだで規則的に動いているのがかろうじて見てとれる。

カトリーヌだわ。あれはカトリーヌにちがいない。

「やめて!」ジュリエットは自分の口から叫び声が放たれたのにも気づかなかった。太った男が狼狽しきった形相で振り返った。「なんだ！　誰だ、きさまは――」

今度は間違いを犯すことはなかった。ジュリエットは剣の刀身を男の首めがけて、思いきり振りおろした。男はぶざまに倒れ、まるで汚れたブランケットのように、カトリーヌの細い体をおおいつくした。

ジュリエットは走り寄るや、男の巨体をカトリーヌの上から引きずりおろした。「けだもの！　クズ！」ひざまずき、胸が張り裂けそうになりながら、放心状態のカトリーヌの体をやさしく揺り動かした。「こいつらはみんな、けだものよ。怪我はない？」

カトリーヌは体を震わせるばかりで、答えない。

「まぬけな質問だったわ。傷ついてないわけないのに」ジュリエットはカトリーヌの顔から髪の毛をそっと払いのけた。「でも、もう大丈夫よ。わたしがついてるわ」

「けだもの」カトリーヌがささやいた。「あなたの言うとおりよ。汚らわしい。わたしは汚れてしまったんだわ」

「ばかなことを言わないで。汚らわしいのはあなたじゃなくてあいつらよ」ジュリエットは断固として言い返した。ガウンを下ろして太腿を隠し、体を起こしてやる。「よく聞いて。わたしたちには時間がないの。もうすぐ、あいつらが探しにくるわ。すぐにもここから出なくちゃ」

「もう遅いわ」

ジュリエットはかぶりを振った。「なにを言ってるの。あんなやつらに、やられてたまるもんですか。ぜったいにあなたを殺させたりしないわよ」

「汚らわしい。わたしはもう二度と元には戻れないのね？」

「しーっ」ジュリエットは短くカトリーヌを抱きしめると、ふたたび剣を拾いあげて立ちあがった。「立てる？」

カトリーヌは無言のまま彼女を見上げた。

ジュリエットは彼女の手首をつかみ、ぐいと引きあげてやった。「わたしがあいつらに捕まってもいいの？　あなたと同じ目に遭わされてもいいっていうの？」

カトリーヌがのろのろと首を振る。

「それなら一緒に来て、言うとおりにするのよ」ジュリエットは返事を待つことなく、足元の定まらない彼女を墓の外に連れだした。「さあ、急がないと。さもないと――」言いよどみ、修道院のほうに視線を走らせる。「大変！　あいつら、火をつけたんだわ」

修道院はまだ完全に炎に呑みこまれてはいなかった。礼拝堂の窓に断続的に炎が見え隠れしている。そうよ、予想できたことじゃないの。神に対するこの究極の冒瀆《ぼうとく》行為だって、さっきの恐るべき光景にくらべたら驚くに値しないわ。むしろ、ありがたいくらいのものよ。こうなった以上、デュプレはわたしもほかの生徒たちと同じように男たちの剣の犠牲になったか、この火事で焼かれたにちがいないと判断するに決まってる。そうなれば周辺の田園地帯まで捜索の手が伸ばされる心配もなくなる。ジュリエットは身を翻すと、カトリーヌの手をつかんだまま墓地の門を走り抜けた。「なんとか森に逃げこむわよ。そのあとは、あいつらが立ち去ったのを見はからって、パリまで歩くの」

「歌が聞こえるわ」

「だだっ広い田舎よりも、街なかのほうが隠れやすいし、それに――」ジュリエットは口を閉ざした。なんてこと。あいつら、歌を唄っているわ。いかにも士気を鼓舞するような旋律が、眼下の破壊行為の残骸に死の臭いに満ちた美しさを染みこませていく。もし自分がこのまま生きながらえて年老いても、この丘陵の斜面に立ち、殺人鬼たちが唄う自由と革命の歌を聞いたことをけっして忘れはしないだろう。

「汚れてるわ」カトリーヌが低くつぶやき、狂ったようにガウンの前面をこすった。

「しーっ。やつらが近くにいるのよ」ジュリエットは彼女の手を引くと、菜園を通り抜け、さらに修道院の塀を越えて南の森を目指した。「少しのあいだ静かにしていて。そうすれば――」

「待て。こっちはだめだ」

野太い男の声に、ジュリエットは飛びあがった。振り返ると、塀の陰にひとりの男が立っている。相手はひとり。それならまだ、なんとか立ち向かえる。彼女はカトリーヌの手首を握る手に力を込め、もう一方の手で剣を掲げた。「一歩でも近づいてごらん。心臓を叩き切ってやるから」

「襲う気はない」間があってから、男が言った。

「きみは……デュプレに法廷に引きだされていたシティズネス・ジャスティスだな。その手に握ってるのは、デュプレの剣か？」

「そうよ」

「彼を殺したのか？」

「いいえ。邪魔をしようったって、そうはいかないわよ。わたしはぜったい――」

「邪魔をする気はない」疲れきっているのか、男の声は物憂げだった。「道が間違ってることを教えてやりたいだけだ。デュプレは見張りを配置している。このまま進めば、いくらも行かないうちに捕まるぞ」

ジュリエットは疑うような目を向けた。「そんな話、信じるもんですか。ほんとうのことを教えるはずがないじゃないの。あなたはどう見たって、中庭にいたあの……」適当な言葉を探したものの、あの下劣さを言い表せる言葉など、とうていありえないような気がした。

「なぜこんなところにいるのよ？　罪もない女性たちを殺すのに飽きたとでも言うの？」

「おれは誰も殺しちゃいない。おれは――」男は口ごもった。「おれは、デュプレがきみを法廷から連れ去るほんの少し前に、中庭に入ったんだ。ことの次第を見届けるよう命じられて――あんなことになってるなんて、知らなかった」

ジュリエットはなおも疑惑に満ちた目で、男を見つめた。

「知らなかったんだ、ほんとに」男が激しい口調で繰り返した。「たしかに、貴族や教会は好きじゃないが、無力な人間を殺したりはしない」

「殺し？」カトリーヌの言葉は途切れとぎれにこぼれでた。「あの男たちが……みんなを殺した？」

「そう」ジュリエットは心配そうに彼女を振り返ったが、すでに正気を失いつつあるカトリーヌの精神状態にはその事実がさして影響を及ぼすようには思えなかった。

「ひとり残らず？」

「そうだと思うわ」ジュリエットの視線が、暗闇の男へと戻った。「彼のほうが詳しいはずよ」

「おれは死人を数えるために、あそこにいたわけじゃない」

「生きている人を助けるためでもなかったわ」

「助けられなかったんだ。きみだって、なにもできなかっただろうが」

「あなたは彼らの仲間なんでしょう。あなたの言うことなら、彼らだって耳を貸したかもしれない。どうして――」どこからか叫び声が聞こえ、ジュリエットは思わず体を固くした。

「急げ。一緒にくるんだ」男が暗闇から姿を現すと、ジュリエットはすばやく相手を値踏みした。身長は並みよりはいくぶん高く、顎がやけに四角くたくましい。とりわけ目が印象的だった。獰猛《どうもう》そうな明るい色の瞳が、若い男の顔のなかで唯一年寄りじみた光を発している。

「もうすぐ連中が、どっと門から走りでてくるぞ。四分の一マイルほど先に、馬車を待たせてある」

男は濃い茶色のモーニングコートに、脚にぴったり沿ったズボンと膝下まであるブーツ、それに上質の白いリネンのシャツを身につけていた。中庭にいた野蛮人の群れとはようすが違う。いいえ、デュプレだって紳士然とした身なりをしていたけれど、ほかの連中と同じどころか、さらにひどい残虐さをあらわにしたじゃないの。「あなたの言うことなんか、信じないわ」

「それなら、ここで死ぬんだな」男の声は無情な響きを放った。「おれにとっては、たかがふたりの貴族にすぎない。それが市場の牛のように棍棒で打たれようが、知ったことではない。そもそも、なぜ助けを申し出たのか、自分でも理解に苦しむよ」くるりと向きを変え、馬車が待っていると言った方角に向かって大股で去っていく。

ジュリエットは迷っていた。この男もデュプレと同類で、殺す前に自分ひとりでわたしたちの体をもてあそぼうとしているのかもしれないのだ。

またしても叫び声が聞こえた。今度はかなり近い。

「待って」彼女は片手でカトリーヌを引きずり、もう一方で剣の柄《つか》を握りしめながら、急いであとを追った。武器を持っているかぎりは、この男を信じてみても、取り返しのつかないことにはならないだろう。あの墓のなかでやったように、剣で引き裂いてやればいいのだから。「一緒に行くわ」

男は前を見つめたままで言った。「それなら、急げ。きみたちと一緒にいるところを見つかって、おれまで喉をかき切られちゃかなわないからな」

「急いでるわよ」彼女はカトリーヌをかえりみた。「大丈夫よ、カトリーヌ。もうすぐ安全な場所に行かれるわ」

カトリーヌは焦点の定まらないまなざしで、彼女を見つめている。

「どうしたんだ、その娘は？」若い男の視線が、カトリーヌの顔にひたと注がれた。

「どうしたですって？」ジュリエットは蔑《さげす》むような目を男に向けた。「ほかの生徒たちと同じように、手厚い扱いを受けたのよ。正気を保っていられたら不思議なくらいだわ」

彼はカトリーヌから顔をそむけた。「女ってのは、おれたち男が想像する以上に強い動物だ。いつもそれを思い知らされてきた。生き延びさえすれば、彼女もかならず立ちなおる」

「彼女はその方法を知らないのよ。わたしが教えてあげないと」ジュリエットはつくり笑いを浮かべた。「大丈夫。ちゃんと教えてあげるわ。それにいつかかならず、あんたたち全員を地獄に突き落としてやる」

「そう思うのも無理はない」悲しげな男の声に、ジュリエットは虚を衝《つ》かれた思いがした。曲がり角に近づき、男は足を止めた。「ここにいてくれ。ローレンを片づけてくる」

「ローレンって？」

「御者だよ。きみたちを助けたことがパリに知れたら、おれの立場もやばくなる。適当な口実をつくって、やつを修道院へ向かわせるさ」

「皆殺しは認められても、助けることは禁じられてるってわけ？」

「おれが戻ってくるまで、低木の陰に隠れていろ」振り返りもせず、男は曲がり角の向こうへ消えていった。

ジュリエットはカトリーヌの手を引き、道の脇に頃合いよく立ち並ぶホリーの茂みに身を潜めた。修道院からは、まだ安全といえるほど離れてはいない。人びとの叫ぶ声や、炎が建物を舐めつくす地鳴りのような轟きが、ここまで聞こえてくる。

「汚れてる」カトリーヌがうめくようにつぶやいた。

「そんなことないわよ」ジュリエットはカトリーヌの顔から、ひとすじの薄茶の髪をやさしく払いのけた。「あなたは汚れてなんかいやしないわ、カトリーヌ」

カトリーヌは首を振った。

ジュリエットはなおも言い含めようとしたが、結局、あきらめて口を閉ざした。いまのカトリーヌを絡めとっている茫然自失に染みこむような言葉がはたしてあるのか、自信がなかった。カトリーヌの精神状態のことはひとまずおいておき、いまはまず、生き延びることに全精力を費やすべきだ。

人影がひとつ、急ぎ足で角を曲がってくるのを見て、ジュリエットはびくりとした。ひょろりと背が高い。おそらく、御者のローレンだろう。人影はふたりのそばを走りすぎ、そのまま修道院のほうへ向かった。

三分後、今度はふたりの男が角から姿を現した。ひとりはがっしりした体つきで胸板が厚く、獅子を思わせる大きな頭をした巨漢だった。もう一方は、さきほどの若い男だ。彼は馬車用のランタンを手にしていた。ちらちらと揺らぐ炎が角ばった平らな頬骨を照らしだし、緑の瞳をさらに印象深く見せている。

ジュリエットは茂みから飛びだすと、ふたりの前に立ちはだかった。「もう出てきてもいいのかしら?」

大柄な男が驚いて足を止めた。「なんと! こりゃまたどういうことだ?」

ジュリエットはあからさまに、不快げな目を向けた。彼はこれまで出会った人間のなかで、間違いなくもっとも醜い男だった。上唇に走った傷跡のせいで口元はつねにせせら笑うようなかたちにゆがみ、鼻は顔のまんなかにめりこんでいる。加えて、天然痘の傷あとが醜さに輪をかけていた。「おしゃべりしている暇はないの。修道院はまだ、すぐそこなんだから」

「なるほど。おれの若い友人は状況を正確に説明してくれなかったものでね」

「時間がなかったんだ、ジョルジュ・ジャック」

「それじゃいま、おたがいにわかりあっておく必要があるな」年上の男はジュリエットが握っている剣に一瞥《いちべつ》をくれた。「お嬢さん方を紹介してくれ、フランソワ」

「名前は聞いてない。それより急がないと――」

「まあ、そうせかすな、フランソワ」醜い男の口調からは、穏やかながらも冷酷な響きが感じとれた。「この状況はおれにとってもきわめて危険な状況になりかねないんだぞ。わかってるだろうが」ふたたびジュリエットに目を戻す。「まずは、われわれのほうから名乗らせてもらっていいかな。おれはジョルジュ・ジャック・ダントン。こっちの血の気の多い若者はフランソワ・エシャレだ」

「ジュリエット・ド・クレマンよ。こちらはカトリーヌ・ヴァサロ」ジュリエットはダントトンの顔にじっと目を据えた。「あなたにとってどれほど危険かなんて、どうでもいいわ。わたしたちをあそこに戻したりしたら、承知しないから」

「ずいぶんと威勢がいいな。きみたちを親切なマルセイユの男たちの手に渡すとは言ってない。もっとも、可能性がないわけじゃないが」

「よせ、ジョルジュ・ジャック」フランソワ・エシャレがかぶりを振った。「可能性はない。彼女たちはパリに連れていく」

ダントンは目を剝いて彼を振り返った。「本気か？」

フランソワはジュリエットに向かって言った。「この先に馬車がとまっている。そこで待っていてくれ」

ジュリエットはいぶかしげに彼を見つめたが、ほどなくきびすを返し、カトリーヌを連れて指示された方向に歩いていった。

ふたりの姿が見えなくなるのを待って、フランソワはダントンと向き合った。「虐殺の話は、聞いてなかったぞ」

ダントンは押し黙った。「やっぱりそうなったか。デュプレのやつが強姦だけで満足してくれればと思ってたんだが」

「それどころじゃない。乱痴気騒ぎに虐殺。見ていて胸くそが悪くなった」

「そりゃまた妙だな。暴力なら見慣れたものだろうに」

エシャレの目が、燃えたつような光を放った。「あんな残虐な光景ははじめて見た。おれはいっさい、かかわらないからな」

「もう遅い。頼んだのはおれだが、おまえだって意気揚々と修道院に向かったじゃないか」ダントンは薄気味の悪い笑みを浮かべた。「まるで、森のなかで鹿の匂いを嗅ぎつけた猟犬みたいだったぜ」

「知らなかったんだ、あんなことになってるなんて……」エシャレは片方の手を苛立たしげに打ち振った。「そんなことはどうでもいい。とにかく、デュプレに気づかれる前に、あの娘たちをここから連れだすんだ」

「そうカッカするな」ダントンは肩をすくめた。「実際、おまえを送りこんだときには、ここまでひどいことになるなんて思っちゃいなかったんだ。おまえが血の気の多いことは百も承知してるからな。今回の件でやつらの残虐さに嫌気がさせば、マラーのほかの隊に加わろうなんて言いださなくなると思ったわけさ」

「ほかの隊？　ほかでもこんなことが？」

ダントンはうなずいた。「今日の午後にはサンジェルマン・デ・プレ修道院、夕方にはカーメル修道院を襲う。ほかにも予定されてる」

たったいま目撃した惨劇が脳裏によみがえり、フランソワは喉の奥に吐き気がせりあがってくるのを感じた。「いったい、なぜだ？」

「さあな。マラーによれば、フランスの貴族や聖職者は政府の転覆を図り、国家をオーストリア軍の手に引き渡そうとしているんだそうだ。だから、監獄にいる王室擁護派のクズを除去することが必要だというわけさ」

「それで先週、数千人もの貴族や聖職者が一斉逮捕されて、監獄にぶちこまれたわけか」

「だが、おれの記憶が正しけりゃ、おまえは逮捕に反対してなかったじゃないか、フランソワ。いつから、そんなに情け深くなった？」

「そんなんじゃない！」フランソワは内心の怒りを隠そうともしなかった。深々と息を吸いこんでから続けた。「修道院は監獄じゃない。修道女は貴族じゃないんだ」

「どこを襲撃するかはマラーが決めることだ」ダントンはつと目をそらした。「おれたちは取引をしたんだ。やつが議会内のジロンド党員に手出ししないかぎりは、おれもやつの邪魔はしない。ジロンド党員なくしては、議会内のバランスが保てないことはおまえだってわかるだろう」

「おれにはきみの考えが理解できない。どうして、これほどの残虐非道ぶりを許しておけるのか。おれは――」

「〝革命夫人〟は、一分《いちぶ》の汚れもない輝かしい貞女だと思ってたか？」ダントンは大きな頭を振った。「たしかに彼女の魂は純粋だ。だが、その体は卑しい淫婦そのもので、妥協という下品なガウンを着て、男から男へと渡り歩く」

「今回のような妥協には我慢ならない」

「おれだって同じだ」ダントンはふたりの少女が消えていった曲がり角を眺めやった。「だからこそあえて、おまえの良心の機嫌を取るようなまねをしているわけだ。ま、それも危険が伴わないうちの話だが。デュプレはどういう名目で、修道院の女たちを虐殺したんだ？」

「売春と反逆罪だ」

「ふん、見え透いたことを。だが、パリは戦争の高揚感で異常な雰囲気だからな。マラーの言うことならどんなことだって受け入れちまう——となると、追いつめられてるおまえのレディたちも、革命の敵として糾弾されるかもしれないぞ」彼は肩をすくめた。「デュプレの見張りを抜けるときには、おれが御者役をつとめてやろう。この醜い顔はよく知れわたってるから、止められることもあるまい。万一、止められたら、そのときはおまえがなんとかしろ」

「まかせてくれ」

「いやに力が入ってるな」ダントンはちゃかすような笑顔を見せた。「まだ機嫌は直ってないと見える」曲がり角に向かって歩きだした。「せいぜい、おまえの高貴な宿なし娘たちの隣りにおとなしく座ってるんだな。これ以上、無駄な死を招きたくない」

「彼女たちは、おれの宿なし娘じゃない。パリに連れていってやれば、あとは自分たちでなんとかするだろう。おれの役割は終わりだ」

「なるほど」ダントンはなにやら言いたげな目つきでフランソワをちらっと見やり、御者の席にのぼった。「まさかおまえが、貴族の娘のために騎士に変身してみせるとはな。今夜は驚きの連続だ」

馬車ががくんと動きだし、ジュリエットとカトリーヌの向かいに腰を下ろそうとしていたフランソワは大きくうしろによろめいて、クッションの上に倒れこんだ。

ジュリエットは彼が口火を切るのを待った。

だが、フランソワは話しだす気配もない。

ジュリエットは腹立たしい思いで彼の顔に目を凝らした。フランソワ・エシャレが放つ頑《かたく》なで荒々しい強さは、ふだんならおそらく、彼女の芸術家としての興味をそそらずにはいなかっただろう。だがいまはそれも、不快感を煽《あお》るだけだった。「それで？」

ようやく彼はジュリエットと目を合わせた。「ジョルジュ・ジャックが見張りをうまくかわしてくれる」それだけ言うと、ふたたび押し黙った。

「うまくいかなかったら？」

「大丈夫。彼はダントンだ」

ジュリエットは苛立ちを抑えて訊いた。「だからなんだって言うの？」

「彼は革命の英雄だ」

彼女は軽蔑しきった目を向けた。「英雄っていうのは、虐殺なんかに荷担しないんじゃないの？」

「彼は法務大臣にして最高執行委員会の委員長、偉大な男だ。今日だって議会を前にして演説をやってのけ、革命を救ったんだ。プロイセンがヴェルダンを落とし、いまにもパリに攻めこんできそうだというんで、議員連中はみんな脅えきった羊みたいだった。議会を解散し、降伏しようとまで言いだしかねない状態だった。それを彼が押しとどめたんだ」

「革命なんて、わたしにはどうでもいいわ」彼女はカトリーヌの肩を抱いた腕に力を込めた。

「わたしにとって大切なのは彼女……それにわたし自身と、修道院長や仲間の生徒たち――」

「きみは世のなかがわかってない」

「そういうあなたは、どうなのよ？」

「いつもはわかってるつもりだ」彼は弱々しく首を振った。「だが、今夜はだめだ。だいたい、なぜ修道院に残ってたんだ？　修道女たちによる授業が禁じられた時点で、警告を受け取ってるはずだろうが。いまのフランスで貴族であるってことは、危険を意味することなんだぞ。それなのに――」

「カトリーヌは貴族じゃないわ」ジュリエットが遮って言った。「彼女の一族はグラースで香水商を営んでるの。でも、あなたのお友達の愛国者たちは、そんなこと尋ねもしないでレイプしたのよ」

フランソワの視線がカトリーヌに向けられた。「彼女は貴族じゃないだと？」

ジュリエットは首を振った。「いまとなっては、そんなことどうでもいいことだけど」

「ああ、どうでもいいことだ」カトリーヌを見つめる彼のまなざしに意味ありげな熱っぽさを感じ、ジュリエットはどぎまぎした。たしかにいまのカトリーヌは、どれほど冷酷な人間にも同情の念を呼び起こさずにはおかない姿だった――車窓から射しこむ月明かりのごとく青白い顔で、口もきけない状態で座っている。その姿はジュリエットに、シスター・ベルナデットの肖像を思い起こさせた。

だけど、とジュリエットは思う。フランソワ・エシャレは女性によって簡単に心を動かされるような人間には思えない。それでも、カトリーヌにとって当面の脅威とはならない点は間違いない気がした。突如、眠気に襲われ、ジュリエットは無理やり背筋を伸ばして座りなおした。いま、眠気に屈するわけにはいかない。これからもまだ、立ち向かわなくてはならない脅威が現れるだろうし、決断を迫られる場面もあるにちがいない。

それにこのフランソワ・エシャレだって、じつはもっとも危険な人間のひとりかもしれないのだ。どういう動機でふたりを助けたにしろ、それが騎士的な勇敢さでないのは確かだし、彼が救世主の役割を負わされるのを快く思っていないことも明らかだった。「わたしたちをどこへ連れていく気?」

エシャレは依然としてカトリーヌの顔に目を据えたまま、同じように質問で応じた。「パリに家族は?」

「母がいるわ。セレスト・ド・クレマン侯爵夫人よ」

「侯爵夫人? それなら、ふたりが隠れる場所ぐらい、なんとか都合つけてくれるだろう。そこへ送り届けるとしよう」

「そんなことをしても無駄よ。彼女が受け入れやしないわ」

「急に娘に帰ってこられたら迷惑かもしれないが、受け入れないはずはない」

「あなたはわかってないのよ。母さんはぜったいに――」彼の表情が閉ざされたのを見て、ジュリエットは口をつぐんだ。彼は聞いていなかった。なにごとも耳にしたくない、とその顔が語っている。座席にもたれると、疲れきって目を閉じた。「行ってみればわかるわ」

「住所は？」

「リシュリュー通り十四番地」

「パリの一等地じゃないか。侯爵夫人ってのはたいしたもんなんだな」フランソワは身を乗りだし、厚みのあるベルベットのカーテンを引いて窓をおおった。「だがな。リシュリュー通りはもう存在しない。政府がラロイ通りに改名した。いまじゃパリは、こうした変化であふれてる」

痛烈な批判の言葉がジュリエットの喉まで出かかったが、もはや重苦しい疲労にのしかかられて口が開かない。母の家に着けばまた、ひと騒動だ。そのためには少しでも力を温存しておいたほうがいい。

一度だけ、馬車はデュプレの見張り小屋で止められた。ダントンは、修道女の粗末なもてなしじゃ満足できなかったから一刻も早くパリで待つ妻のもとへ帰りたいのだ、などと卑猥《ひわい》なユーモアを浴びせて見張り番の矛先をかわした。彼らはすんなり通してくれた。

夜明けまで二、三時間というころになって、ようやく馬車はラロイ通り十四番地に到着した。その三階建ての豪華な私邸は、街路樹が植わった道沿いに、同じように優雅な家々に挟まれるようにして堂々とそびえていた。時間が時間だけにほかの家々の窓はまっ暗だというのに、その屋敷だけは煌々《こうこう》と明かりが灯っている。

「厄介なことにならなきゃいいが」ジュリエットを馬車から降ろしているフランソワに、ダントンがちゃかすような笑みを向けた。

「これまでだってずっと、厄介の連続だ。べつに今回にかぎったことじゃない。きみも一緒に来るかい？」

ダントンは首を振った。「いや、おれはここに残る。誰であれ、おれがかかわっていることを知られたくないもんでね。それに、あまりぐずぐずしちゃいられないからな」

言葉とはうらはらに、明らかにダントンがこの状況を楽しんでいるように、フランソワには思えた。彼はジュリエットを待たずに、六段の石段を大股でさっさとのぼり、手の込んだ彫刻のほどこされた扉を叩いた。

室内はしんと静まっている。

彼はもう一度、今度はいくぶん強く叩いた。

なおも返事はない。

三度めのノック音は、通りの先まで轟きわたった。

いきなり扉が開き、黒いガウンを着た背の高い痩せた女が顔を出した。「なんだい、いったい？」声をひそめて鋭く言う。「近所の人たちが起きたらどうするつもりだね？　さっさと立ち去りなさい」

「ド・クレマン侯爵夫人にお会いしたい」

「こんな真夜中にかね？」女は怒りをあらわにした。「いったい何時だと思ってんだい？」

「母さんに会わせて、マルグリット」ジュリエットがフランソワを押しのけて、明かりのなかに踏みだした。「どこにいるの？」

「寝室だけど、あんた――」

ジュリエットは彼女を払いのけ、ヴェネチアンタイルの敷きつめられた気品あふれる玄関につかつかと入っていった。「二階ね？」

「そうだけど、邪魔したらいけないよ。気の毒なあの方はただでさえ、心労で疲れきっていらっしゃるんだ」マルグリットの蔑むような視線が、惨めに引き裂かれ、血の跡までついたジュリエットの灰色のガウンの上を舐めるように移動した。「修道女たちが何年もかけて淑女に仕立ててあげるって言うから、どんなにか変わったかと思ったら！ 今度はなにをやらかしたんだ？」

「これがマルグリット、母さんの忠実なる僕《しもべ》よ」ジュリエットはフランソワに言うと、さっさと階段に向かった。「あなたも一緒にいらっしゃいよ。自分の目で確かめないと納得しないでしょうから」

彼女は背筋をぐっと起こし、足早に階段をのぼっていった。

「あの方はあんたに会ってる暇なんかないよ」マルグリットが階段の下から声を張りあげた。

「いま、召使いに馬車を呼びにいかせてるんだ。あの方を連れて、こんなおそろしい街とはおさらばするんだから」

階段をのぼりきった先の扉が、勢いよく開いた。「マルグリット、いったいなんの騒ぎ――」セレスト・ド・クレマンはジュリエットの姿を目にして、口をつぐんだ。「まあ、あなた、こんなところでなにをしてるの？」

母親とは修道院に入って以来一度も会っていなかったが、その姿は以前と少しも変わってはいなかった。いや、むしろ、美しさに磨きがかかったというべきかもしれない。海緑色のベルベットのガウンが細いウエストを引きたて、クリーム色のレースのショールがオリーヴ色のなめらかな肩を縁取るようにおおっている。パウダーのはたかれていない艶《つや》やかな黒髪は、流行りの長い巻き毛スタイルに整えられ、ハート形の顔を取り囲んでいた。

「情け深い母さんに匿ってもらおうと思って、やってきたのよ」ジュリエットの口調には皮肉の色が混じっていた。「レン修道院が今夜、暴徒に襲撃されて、わたしも友達のカトリーヌも隠れるところが必要なの」

「監獄に入れられた人たちも次つぎに殺されてるわ」セレストは身震いした。「でも、修道院まで襲われたなんて知らなかったわ。誰もそんなことは言ってなかったし」

「こんな状況下ですもの、まっ先に娘の身を案じるのが親ってものよね。もし知っていたら、母さんのことだから、すっ飛んで来てくれたはずよね？」

母親は下唇を噛みしめた。「どうしてここへ来たの？　わたしじゃ助けにならないことぐらい、わかってるでしょう。わたしは自分のことで手いっぱいなの。あのろくでなしのバートホルドに、こともあろうにこの屋敷から出て行けって言われたのよ。不穏な情勢になってきたから、これ以上侯爵夫人を匿ってはいられないんですって」スミレ色の瞳が怒りにきらめいた。「自分を貶《おとし》めてまで、あの薄汚いブルジョアをベッドに迎え入れてやったのに、よりによっていちばん働いてもらわなくちゃならないときに見捨てられるなんて。それで、すぐにもスペインに戻って、つぎの身の振り方が決まるまで、あのアンドラの退屈な屋敷にとどまっていなくてはならなくなったのよ」

ジュリエットの後方にフランソワが立っているのに気づき、急に顔をこわばらせる。「どなた、その方は？」

「フランソワ・エシャレ。修道院からここまで連れてきてくれたのよ」

「それなら、彼に助けてもらえばいいじゃないの」母親は海緑色のベルベットを翻してうしろを向くと、部屋のなかに戻り、ばたんと扉を閉めた。

「納得した？」ジュリエットは無表情な顔でフランソワに訊いた。

「いや」苛立ちと憤激のせいで、フランソワの声がうわずっている。「きみのことは彼女が責任を負うべきだ。彼女が面倒を見るべきなんだ」残りの階段をいっきにのぼりきり、寝室の扉を乱暴に開けた。

セレスト・ド・クレマンは荷造りをしていた旅行鞄から顔を上げ、脅えたように目を見開いた。

「なにをするつもり？　いま説明したはず――」

「彼女はあんたの助けを必要としてる」フランソワはぶっきらぼうに言い放った。「二、三日じゅうに見つかれば、彼女は逮捕されるぞ」

「わたしはどうなるの？」セレストは金切り声を発した。「わたしのような人間が保護もなしにこの街にいることが、どれほど危険なことかわかってるの？　先週一週間に、大勢の貴族が逮捕されていったわ。それにあのいまわしい野獣どもときたら、いまじゃ人殺しや――」

「強姦でしょ」ジュリエットが戸口に立って、言葉を引き継いだ。

「あなたはそんな目に遭わずにすんだんでしょうね」母親は黄色いタフタ織りのペティコートを鞄のなかに投げ入れた。「しょせん、美人とは違うんだから」

美人？　修道院でのあの恐ろしい出来事が容姿とどう関係しているというの？　ジュリエットは信じられぬ思いで母親を見つめた。幼いヘンリエッタや修道院長の顔が脳裏によみがえってくる。彼女はフランソワをかえりみた。「もう行きましょう」

フランソワはセレストから目を離さずに、頑なに首を振った。「彼女はあんたの娘だ。一緒に連れていけ」

「それは無理よ。貴族は、街を離れる許可証を受け取れないことになってるの。わたしだって、あの人でなしのマラーと取引して、ようやくひとり分を手に入れたんだから。あの業突《ごうつく》ばり、わたしが例のものを送ると思ってるだろうけど、このわたしがそうやすやすと脅しに屈するわけが――」ふと口を閉ざし、荷造りに戻った。「ジュリエットも、そろそろ自分のことは自分で面倒見るようにしてくれないとね」

いつ、あなたに面倒を見てもらったことがあって？　ジュリエットは部屋から歩み去ると、階段を下りていった。

階下に達するころには、フランソワもすぐうしろに追いついてきていた。「彼女にきみを拒否する権利はないんだ。きみたちふたりに関しては、おれはこれ以上責任を負うつもりはないからな」彼が荒々しい口調で言った。

「それじゃ、わたしたちを通りに置き去りにして、さっさと仕事に戻ったらいいわ」ジュリエットも負けずに喧嘩腰でまくしたてた。母親に会っただけでこんなにも心の奥が疼くのは、自分でも意外だった。彼女の反応は予想どおりだったし、今夜のあの惨劇を目にしたあとではどんな痛みにも無感覚になっていいはずなのに。

マルグリットがとり澄ました笑みを浮かべ、彼らを促すように扉を開けて待っていた。「だから言ったでしょうに。あの方に会っても無駄だと。だいたいあんたは――」

突如、エシャレの口から激しい喘鳴《ぜんめい》のような息がもれた。ジュリエットの目には、ほんの一瞬彼が動くのが見えただけだった。気づいたときには、マルグリットは壁に背中を押しつけられ、その長い首筋には短剣が押しあてられていた。「そうだったか？　おれの耳にはなにも聞こえなかったがな」

マルグリットは喉の奥を短く鳴らし、いまにも転がり落ちそうな目でナイフを凝視した。

エシャレはなおも手を離さない。一筋の血がマルグリットの首をつたい落ちた。「なにか言ったか、シティズネス？」

「なにも」マルグリットは悲鳴のような声をもらした。「なにも言いません」

エシャレのはりつめた顔に狂気じみたものが走ったように、ジュリエットには見えた。そのまま突き刺すのではないかと思ったつぎの瞬間、彼はゆっくりと短剣を下ろし、戸口のほうへとあとずさった。そして乱暴に扉を閉めた。

フランソワは短剣をブーツのなかにおさめた。「つい、頭に血がのぼっちまった。修道院に着いて以来ずっと怒りを抑えてきたもんだから、とうとう爆発した。それにしてもあいつを脅すことはなかったな。串刺しにしてやりたかったのは、女主人のほうだった」

「母さんのことが気に入らなかったの？」ジュリエットが訊いた。「なんてめずらしい人。たいていの男の人はひと目で夢中よ」

「ほかにパリに友達や親戚はいないのか？」

ジュリエットは首を振った。

「誰かいるだろう。ヴァサロのほうはどうだ？」

「カトリーヌの後見人にジャン・マルク・アンドリアスって人がいて、ロワイヤル広場に屋敷を持ってるわ。でも、いまは留守だと思うけど」

「ロワイヤル広場じゃない」フランソワは思案げに額に皺を走らせながら、熱のない口調で言った。「いまは連帯広場だ」

「なんですって、あそこまで？　よくそれで、みんな道に迷わないものね。なんてばかなことをするのかしら」ジュリエットはわざとはっきりと発音した。「ロワイヤル広場十八番地よ」

「使用人はいるのか?」

ジュリエットは肩をすくめた。「さあ、どうかしら。カトリーヌに訊くのは難しそうだし」

「ああ、無理だな」フランソワの視線が馬車に向かい、ふたたびジュリエットは、彼の顔に妙に熱っぽい表情が宿るのを見てとった。「彼女は……具合がよくなさそうだ」

ふたりが馬車に近づいていくと、ダントンが不審そうな目で見下ろした。「侯爵夫人は応じなかったのか?」

フランソワは首を振った。「あの女はクズだ」

「それは気の毒に。となると、この家なき子たちはおまえが妻にでもして、面倒見るんだな」

「それはない」フランソワは馬車の扉を開けると、ジュリエットの体を持ちあげてカトリーヌの隣りの席に座らせた。カトリーヌのはかなげな表情に短く目を据えてから、ダントンに告げる。「きみの期待を裏切って悪いが、ジョルジュ・ジャック。もうひと頑張りしてもらえるなら、ロワイヤル広場まで行ってもらえないか?」

ダントンの口元がぴくりと引きつった。「ロワイヤル広場だと? おまえ、この貴族の女たちに骨抜きにされちまったんじゃないのか?」

「連帯広場だ」フランソワは叩きつけるように扉を閉めた。

7

三十六の屋敷が、気品あふれる美しい広場を囲んで建っていた。鋭く傾斜したスレート葺《ぶ》きの屋根とドーマーウィンドウという似かよった構造ながら、装飾——そして、各家の抱える秘密——に関してだけはおのおの独自性を発揮していた。煉瓦《れんが》と石でできたファサードの奥には、感じのよい中庭や魅惑的な庭園が広がり、優雅な噴水が水をほとばしらせるなか、住人の誰もが思いおもいに大理石のベンチに腰掛け、薔薇《ばら》やスミレのうっとりするような香りを楽しむことができた。

この庭園を見たことがあるのはどうしてかしら？　カトリーヌは痺《しび》れるような頭の奥でぼんやりと考えた。それからやっと思い出した。そう、ジャン・マルクがこの広場の周辺に住んでいるんだったわ。でも、どうしてロワイヤル広場の彼のお屋敷の前に立っているのかしら。誰かが扉をノックしている。最後にここを訪れたのは、たしか三年前のクリスマス。ジャン・マルクに招待されてやってきたんだったわ。彼は修道院長からわたしの寸法をこっそり聞きだし、鮮やかなブルーのガウンを用意して待っていてくれた。だけど、フィリップが一緒でなくて、ひどくがっかりしたのよね。だって、以前フィリップは、わたしにはブルーがとてもよく似合うって——

フィリップ。

胸に鋭い痛みを覚え、急いでカトリーヌは無感覚という霞《かすみ》の奥に逃げこんだ。

何度目だかフランソワがノックをしたとき、ようやくほんの少し扉が開き、人生の黄昏《たそがれ》どきを迎えつつある男の脅えきった顔がのぞいた。痩せ細った顔には幾すじもの皺が刻まれ、まばらな白い髪が艶やかなピンクの頭皮に筋状に張りついている。彼は隙間からフランソワの姿を見てとるや、急いで扉を閉めにかかった。

フランソワは力ずくで扉を押し広げると、大理石の床に足を踏み入れた。「寝室をふたつ、用意してくれ」言いながら、ジュリエットとカトリーヌを玄関に引き入れる。「こちらのお嬢さん方がここで二、三日厄介になる。ほかの人間は世話になるつもりはない。了解かな？」

「ちょっとお待ちを。なかに入られては困ります。それに……」フランソワと目が合うと、彼は言葉の最後を濁し、ジュリエットとカトリーヌのほうに目をそらした。とたんにはっと顔をこわばらせ、手にした枝つき燭台《しょくだい》を高く掲げる。「マドモアゼル・カトリーヌ？」

ジュリエットが前に歩みでた。「彼女は怪我をしていて看護を必要としているの。あなたの名前は？」

「ロベール・ダムローです。ムッシュ・アンドリアスに雇われてる庭師の頭でして、あの方がマルセイユにいらっしゃるときには家のなかのお世話もさせてもらってます」彼はなおもカトリーヌの顔から目を離さずに言った。「おかわいそうに《パーブレ》。顔色がまっ青だ……」「ロベール」カトリーヌは頼りなげなまなざしで、男の皺だらけの顔にどうにか焦点を定めた。「スミレ。あなた、わたしに白いスミレをくださったわ」

老人がうなずいた。「幼いころは、わたしの育てた花が大好きでいらっしゃった」

「どの花もみんな、とても……清らかだった。まるで世界のはじめから、なにものにも触れられていないみたいに。わたし——」カトリーヌの体が大きくよろめき、若い男がつかまえて支えなかったら、あやうく床に倒れるところだった。その男が誰なのか、彼女は思い出せなかった。フランソワ。そう、たしかそんな名前だったわ。馬車のなかでジュリエットと言い争いをしていて……。

「寝室だ」彼はそっけなく繰り返し、両腕でカトリーヌを抱えあげた。

ロベールはうなずき、先に立って急ぎ足で玄関の間《ホワイエ》を横切り、階段をのぼっていった。

フランソワはカトリーヌの体を抱える手に力を込めると、ホワイエを進んでいった。カトリーヌは、奥の壁に掛かった金縁の鏡に映る自分たちの姿を眺めやった。ぼろぼろの服を着た薄汚れた姿が自分だとはとても思えない。一方、男の体は浅黒くてたくましく、このうえなく男らしく映っている。激しい恐怖に駆られ、カトリーヌは思わず体を固くした。彼に体を触れさせるなんて、男の人に体を触れさせるなんてだめよ。痛烈な痛み。汚らわしさ。わたしは二度と清らかになれないんだわ。

「震えなくてもいい。傷つけたりしないから」男の低い声は無骨な印象を与えたが、その言葉には不器用な力強さがにじんでいた。カトリーヌは全身から力が抜けるのを感じた。ジュリエットが彼のうしろから階段をのぼってくる。もし、この男が危険な存在だったら、ジュリエットが黙っているわけがないわ。この男は信じられないとしても、ジュリエットのことは信じることができる。

それにしても、この人、すごく力がある。見た目よりもずっと力持ちだわ。彼女は遠のく意識のなかで思った。筋ばった筋肉がウールのコートの下で固くなっているのがわかる。男の喉はほんの数インチ先にあり、そのくぼんだ部分が心臓の鼓動に合わせて脈打つのが見えるほどだ。彼女はそのリズミカルな律動に引きつけられるように眺め入った。命。カトリーヌは、これほどたくましい命の鼓動を目にしたのははじめてだった。男の顔は真剣で、なんの感情も映してはいない。けれどもそのきらめく緑の瞳は、無表情な顔の下に隠された耐えざる男のエネルギーを意識させずにはおかなかった。

男。

カトリーヌが身震いするや、その鋭い目が彼女の顔を捉えた。そのままひたととどまったかと思うとたちまち離れ、階段の上の踊り場に達したロベールのほうを向いた。

ロベールは左側の三番めの扉を開き、部屋のなかへ三人を案内した。「この部屋は覚えていらっしゃるでしょう、マドモアゼル？　いつもそこの窓から、わたしの庭を眺めていらっしゃった」

そうだった。あの壁掛け布も、ライラック色と銀色の縁取りがほどこされた波形模様のあるブルーのシルクのベッドカバーも、壁に掛かったセーブルの飾り額も、たしかに見覚えがある。あそこの窓の下の長椅子に座って、庭で働くロベールの姿を何時間も眺めていたんだったわ。

「いやだわ。この部屋、黴《かび》臭いじゃない」ジュリエットはつかつかと部屋の奥に進むと、観音開きの窓を勢いよく開け放った。

「この屋敷は一年以上も使ってなかったものですから」ロベールが弁解するように説明した。

「前もってご連絡でもいただいていれば、それなりの――」

「温かいお湯と清潔なリネン、それにわたしたちふたり分の寝間着に、明日身につけられるような服を用意してちょうだい。どんなものでもけっこうよ」間をおいてから、ジュリエットは訊いた。「あなたのほかには使用人はいないの?」

「わたしの妻、マリーがいますが、なにぶん、まだ眠っていまして――」

「わたしひとりじゃ、マドモアゼル・カトリーヌの面倒は見られないわ」ジュリエットは大股で戸口へ向かった。「一緒に来て。奥さんをベッドから引きずりだすのよ」

またはじまったわ、とカトリーヌはぼんやりと考えた。誰かれかまわず命令するのは、ジュリエットの悪い癖よ。かわいそうなロベール。わたしが彼女をたしなめられればいいんだけれど。

「なぜそんなところで、彼女を抱いたまま突っ立ってるの?」ジュリエットは肩ごしにフランソワを振り返った。「ベッドの上に下ろしなさいな」彼の答えを待つまでもなく、さっさと部屋を出ていった。

フランソワは小声でなにごとかつぶやきながら、ベッドへ近づいていった。

「彼女のこと、怒らないであげて。あれが彼女のやり方なの」シルクのベッドカバーの上に下ろされながら、カトリーヌがささやいた。

「口やかましい女だ」

「そんな。悪気はないのよ」わたしったら、どうしてジュリエットのことをかばったりするのかしら？　この見知らぬ男がどう思おうと、どうでもいいはずなのに。彼女は目を伏せると、馬車のなかで見いだした心地よい無意識の世界へとふたたび沈んでいった。

立ち去ったとばかり思っていた男の声が、突然その静寂を破った。「まるで死体のようだ」

目を開けると、彼がじっと自分のことを見下ろしている。「なんですって？」

「死んだ人間のように見えると言ったんだ。傷は癒えるさ」痛みはいつか去る。女性はもともと、男を体内に受け入れるようにできているんだ。

カトリーヌは首を振った。たしかに傷は治るだろう。けれども、自分はもう二度と以前の自分には戻れない。このいまわしい汚点を、一生引きずっていかなくてはならないのだ。

「そうは思わないわ」

「いや、そうだ。ばかなことを考えるな。悪いのはきみじゃない。恥じる必要はないんだ。きみの中身はなにも変わっちゃいない。人間の価値は体で決まるわけじゃないんだ」

カトリーヌはおずおずとしたまなざしで彼を見つめた。彼の言葉は、さきほど階下で彼女の心を揺さぶったときと同じ激しさとやさしさに満ちていた。

「聞いてるのか？　きみは少しも変わっちゃいない。大事なものはなにも奪われちゃいないんだ」

「なにをそんなに大声で叫んでるのよ」ジュリエットが、お湯の入った洗面器と清潔な布を手に部屋に戻ってきた。「気でも狂ったの？　ただでさえ苦しんでる彼女に、なんてことをするのよ」

「べつに叫んじゃいない」

ジュリエットはベッドの上のカトリーヌのそばに腰を下ろした。「さあ、もう出ていって。彼女の体を拭いて、寝かせるんだから。下で待っていてちょうだい」

フランソワは動じたようすもなく彼女を一瞥《いちべつ》すると、きびすを返して部屋を出ていった。

自分だけ横になって、ジュリエットに世話をさせるわけにはいかないわ、とカトリーヌは思った。ジュリエットの目のまわりはくっきりと黒ずみ、洗面器のお湯に布を浸すときの手も震えている。彼女は明らかに疲れきっているし、今晩のあの恐ろしい事件のせいで本来の気丈さも根こそぎ失われてしまったのだ。カトリーヌは手を伸ばして布をつかもうとした。

「自分でできるわ」

ジュリエットはぴしゃりと彼女の手を払いのけた。「いいから、おとなしく横になっていて」一瞬きつくまぶたを閉じ、あらためて開くと、涙に濡れた彼女の瞳があらわになった。

「わたしったら……ごめんなさい」

「なにを言うの。謝るのはわたしのほうだわ」カトリーヌがささやいた。「あなたに迷惑をかけてばっかり。すこしは役に立たないと――」

「しーっ」ジュリエットは頼りなげに顔をほころばせた。「それなら、黙ってわたしの思うとおりにさせてちょうだい。いまのわたしには、言い争うほどの力が残ってないの」

カトリーヌの口元に微笑みらしきものがわずかに浮かんだ。「めずらしいこともあるものね。あなたの口からそんな言葉を聞くなんて思ってもみなかったわ」

「あら、笑ったのね。笑える力が残ってるなら、そう捨てた状況じゃないわ。さあ、おとなしく横になって看護を受けなさい」

カトリーヌは目を閉じてふたたび無意識の霞を引き寄せ、ジュリエットのなすがままにじっとしていた。

「それで、あなたはどうするつもり?」一時間ほどたって大股でサロンに入ってくるなり、ジュリエットはフランソワの前に立った。「彼女を無防備のまま放っておいて、帰ったりしないでしょうね?」

「彼女にはきみがついてる」フランソワが言った。「きみがほかの人間の助けを必要とするとは意外だな」

「自力で無事にパリを脱出できると思うほど、わたしはばかじゃないわ」彼女はフランソワの目をまっすぐに見つめた。「それに、ここにいたって安全じゃない。そうでしょ? あなたはさっき、ダントンは革命の英雄のひとりだって言ったわね。それほど立派な人たちが今夜のことにかかわっているとしたら……」言いよどみ、押し寄せてくる記憶を懸命に押しやって、深々と息を吸う。「世のなかが狂ったとしか思えないわ」彼が答えないのを見てとると、さらに意を強くしてたたみかけた。「わたしは敵の正体を知りたいの。修道院を襲ったあの男たちは何者なの？　デュプレはマルセイユ人って呼んでたわ」

「マルセイユやジェノヴァで金で雇われた男たちだ。おおかたは刑務所上がりの連中だ。ジロンド党はああした連中を雇ってパリへ連れてきて、パリコミューンの国民軍から自分たちを守らせようとしたんだ。ところが残念ながら、彼らがパリへ到着すると同時に、マラーがジロンド党を上まわる額を彼らに提示した。そこで、彼らはいまやマラーの兵隊ってわけだ」

「ジロンド党って？」

「いくら修道院にこもってたからって、ジロンド党の名前ぐらいは聞いたことがあるだろう」

「なぜわたしが、あなたたちの愚かな政治遊びなんかに興味を持たなくちゃいけないの？　いいから、説明してよ」

「立法議会は、さまざまな政治クラブに属するメンバーによって運営されているんだ。ま、実際のところは、主要党派は三つだがな。まずはジロンド党。これは中道路線を歩み、憲法と君主制の両方を維持しようとしている。そしてジャコバン党。これは急進派で、君主制の排除を唱えている」

「パリコミューンっていうのは？」

「ほとんどがコルドリエクラブのメンバーだ。彼らは国民軍を統制し、ゆえにパリを支配してる」彼は怪しげな笑みを浮かべた。「剣による脅威は、どれほど雄弁な演説よりも説得力があるってことだ」

「デュプレはコルドリエクラブのメンバーなの？」

フランソワはうなずいた。「ジャン・ポール・マラーがパリコミューンを支配し、デュプレは彼の情報要員ってわけだ」

「それで、あなたの偉大なるダントンはどの党に所属してるの？」

「彼はコルドリエクラブのリーダーで、パリコミューンに所属してる」彼はあわててつけくわえた。「だが、彼は急進派じゃない。彼はいつだって、革命にとって最良のことを行なおうとしているだけだ」

「女性たちを虐殺することが、革命にとって最良ってわけね」反論しようと意気ごむフランソワを、ジュリエットは手を打ち振って退けた。「それじゃわたし、そのジロンド党に保護を願い出ようかしら」

「やつらじゃコミューンに太刀打ちできないさ。あいつらは口ばかり達者で少しも行動がともなわない」

「結局、政府の人間には助けは期待できないってことね。カトリーヌとわたしは自分で自分を守るしかない」ジュリエットの額に一筋の皺が走った。「それじゃ、あなたにお願いするわ。わたしたちがここにいるってこと、ぜったいに誰にも知られないようにして。それからできるだけ早い時期にパリから連れだす手はずを整えてちょうだい」

「とんでもない。なぜ、おれがそんなことを引き受けなくちゃならないんだ？　今夜、おれが気まぐれに助けてやっただけでも、きみたちはじゅうぶん幸運なんだぞ」

「幸運ですって？　笑わせないで」ジュリエットは体の両脇に下ろした手をきつく握りしめた。「わたしは怒ってるの。誰かに償ってもらわないと気がすまないの。だからあなたが償うのよ」

「どうして、おれが？」

「あなたがあそこにいたからよ。あの残虐行為を償う気がなかったなら、今夜、あの修道院に行くべきじゃなかったのよ」彼女は冷ややかに微笑んでみせた。「それにもうひとつ、あなたがわたしたちを助けなきゃならないわけを教えてあげましょうか。わたしは今晩、カトリーヌをレイプした男を殺したのよ。仲間のひとりを殺した女を助けただなんて知れたら、コミューンの人たちにどう思われるかしらね」

フランソワはくるりと向きを変えると、大股で出口へ歩いていった。

その背中に向かって、ジュリエットが叫んだ。「それからもうひとつ、頼みたいことがあるわ。帰る前に、あの年寄りのロベールと話をしておいて。少しぐらい脅しておいても、悪くはないでしょう？」

「おれは年寄りを脅すのには慣れちゃいない」

「そうかしら。あなたは自分の邪魔をする人間を脅すのは得意だと思ってたけど」

フランソワはサロンの扉の前で足を止めた。「あの老人は危険じゃないさ。きみの友達のことを気に入ってる」

「愛情よりも恐怖のほうが、彼の舌を用心深くさせられるんじゃやなくて?」

「ほんとにいい性格をしてるよ、きみは」

「いい性格なのはカトリーヌのほうよ。でも、それが彼女を救ったかしら?」ジュリエットは疲れきった顔で、両手の指でこめかみのあたりを揉《も》んだ。「誰のことも信じられないわ。もはやすべてが変わってしまったんだもの。そうでしょ?」

フランソワはしばし、彼女の顔に目を据えた。「そのとおりだ」そしてふたたびきびすを返した。「ロベールには話をしておく」

彼が立ち去るのを見届けると、ジュリエットは全身の筋肉から緊張が溶けだすような感覚を覚えた。疲労の波がどっと押し寄せ、足元がふらつく。腕を伸ばし、手探りで近くのテーブルを探りあてるとしっかとしがみついた。いま、倒れるわけにはいかない。カトリーヌがわたしを必要としているのだから。彼女にはわたししか頼る人間がいない。フランソワ・エシャレなんて結局はしぶしぶ応じているだけで、いつ何時《なんどき》、手を引くとも言いだしかねない。ダントンは助けてくれるにしても、エシャレの説得に応じて動くのがせいぜいだろう。それにジャン・マルク・アンドリアス。彼ときたらカトリーヌがこれほど助けを必要としているときに、どこかの田舎町を飛びまわっているのだ。エシャレとダントンはしょせんは他人にすぎないが、ジャン・マルクはカトリーヌに関して責任を負う立場の人間だ。今夜のような途方もなく恐ろしい事件が起きる前に、どうして彼女を迎えにきてくれなかったんだろう。

ジャン・マルクに対する激しい怒りが湧きあがり、つかのまにせよ、疲れを忘れることができてジュリエットはありがたく思った。恐怖や苛立ちは扱いづらいけれど、怒りならまだなんとか対処できる。そう、もう少しだけ頑張ればいいのよ。そのあとはゆっくり休むことができる。マリーとロベールによく言い聞かせてから、自分の寝室に向かおう。体を洗ってぐっすり眠れば、明日にはまた活力がよみがえってくるはずだ。

ジュリエットはテーブルから枝つき燭台を拾いあげ、戸口へ向かおうとした。と、部屋の隅でかすかに光を放つものが目にとまった。歩みを止め、戸口の左側の壁に目を凝らす。燭台を高く掲げながら、ゆっくり近づいていくと、そこにあったのは壁に飾られた一枚の小さな絵だった。

ウインドダンサー。

いまならもっと上手に描けるのに、とジュリエットは思った。これはこれで、そう悪くはないけれど。でもやっぱり、ほかの壁を飾っているブーシェやドイエンやフラゴナールたちの作品にくらべたら、まだまだお粗末なものだわ。彼女は戸惑いながら、ぐるりと部屋を見まわした。サロンは控えめなセンスのよさで統一されていた。白い鏡板のはまった壁にはため息が出そうなほど美しいゴールドのアラベスク（アラビア風装飾模様）がほどこされ、家具はどれも最上の木材を使い、このうえない配慮を持ってつくられたものばかりだ。この部屋のなにもかもが、ひそやかなうちに最高の美しさを放っている。それなのになぜジャン・マルク・アンドリアスは、この絵をここに飾ったりしたか。ジュリエットは落ち着きなく肩を動かした。そもそも、なぜわたしは彼のためにこの絵を描いたのだろう。彼がほしがっていたのは本物のウインドダンサーであって、そっくりの絵ではなかったはずだ。あのときは、修道院に入れるよう手を尽くしてくれたことへのお礼だと言ったけれど、ほんとうにそれだけ？　たとえどれほど時間がたとうとも、あの宿で過ごした日々の記憶が完全に消え去ることはなかった。もしかすると、自分が彼のことを忘れずにいるように、彼にも自分のことを覚えていてほしいと思ったのではないだろうか。

そんなばかな。わたしが心を奪われているのは、彼のあの魅力的な顔立ちだけ。それ以外にはないはずよ。それにすでに借りは返したのだから、彼とはもうなにも関係ない。

ジュリエットは足早に部屋をあとにし、ウインドダンサーの絵はふたたび闇のなかに残された。

「落ち着いたのか、おまえの傷ついた羊たちは？」馬車に戻ったフランソワに、ダントンが尋ねた。

フランソワはそっけなくうなずいた。

「厄介払いができたわりには、浮かない顔つきじゃないか」

「厄介払いどころじゃない。たったいま、ジュリエット・ド・クレマンから聞かされたんだ。彼女は修道院で男を殺したそうだ」

ダントンが低く口笛を吹いた。「ということはつまり、おれたちは党の敵どころか、革命の英雄を殺した女を助けたことになるのか」低い笑い声をもらした。「われらが小さな貴族もなかなかやるもんだな。彼女は鉤爪《かぎづめ》を持っているし、それを使うのに躊躇《ちゅうちょ》もしない」

「しかも、われわれ相手に」

「デュプレは取引を得意とする男だ。彼女たちを引き渡せば、今回の件にかかわったことにも目をつぶってくれるぞ」

フランソワの脳裏に、カトリーヌ・ヴァサロの緊張しきった不安げな表情がよみがえった。デュプレの手に渡れば彼女がどんな運命をたどるのかは、わかりきっている。

「どうする?」

フランソワはダントンの隣りの御者席によじのぼった。「そんなことをすれば、これからずっと、デュプレに頭を押さえつけられることになる。彼女たちを無事パリから追い払うほうが、理にかなった方法ってもんだろう」

ダントンは彼に鋭い一瞥をくれた。「おれたちはふたりとも理屈を重んじる男だからな」口元をゆがめ、皮肉っぽい笑顔をつくる。「だからこそおれたちは、国家を守ろうとする〝理屈を重んじる〟男たちと一緒に闘っている」鞭を振るうと、馬がぐんと前に傾《かし》いだ。「ま、やりたいようにやるんだな。ただし、おまえのせいでおれの立場もあやうくなるようなら、遠慮なく切り捨てさせてもらうぜ」

「キリストを否定したペテロみたいにか？」

「そういうことだ」

フランソワはゆっくりと首を振った。「いや、きみはおれのことを切り捨てたりしないさ」

「ほう、そう思うか？」

「おれのことを罵ったり、棍棒でおれの頭を叩き潰すことはするかもしれない。だが、おれを裏切ることはない、ぜったいに」彼は横目づかいにダントンに視線を投げ、かすかに微笑んだ。「二年前にはじめてパリに来たとき、なぜきみのもとを訪れたと思う？　誰もがきみの忠誠心を噂していたからさ、ジョルジュ・ジャック」

ダントンは顔をしかめた。「人生はかならずしも、いつもそう単純にいくとはかぎらないぜ。試練のときには、忠誠心だって揺らぐ」

フランソワは答えなかった。

「この強情者め。よく聞くんだ。おれはほかの人間と変わりはない。怖じ気づくこともあれば、疲れたり欲に目がくらむこともある。おれが賄賂に弱いことは、おまえがいちばんよく知ってるはずだろう？　おれを信じるんじゃない。誰のことも信じるな」

フランソワはただ笑っているだけだった。

ダントンはため息をもらした。「まあ、いい。それで、どうやってあの娘たちをパリから連れだすつもりだ？」

フランソワは肩をすくめた。「なにか手を考えるさ」

「いつもみたいな複雑きわまる計画はごめんだぜ。バスク人は単純な民族だなんて誰が言ったんだ？　まっすぐな道があるときも、おまえはかならず曲がった道を選ぼうとする」

「曲がった道のほうが退屈じゃないし、長い目で見れば安全なんだ」

ダントンは首を振り、ふたたび鞭を入れて馬を駆りたてた。


「シティズネス・ジャスティスの手掛かりは見つかってません」ピラールはデュプレに報告した。「周辺の村にも人を送って捜させてはいるんですが。しかし、心配にはおよびませんよ。かならず見つけてみせます」

「心配はしていないさ。徒歩じゃ、そう遠くへは行かれまい」ピラールの手に握られたゴールドのネックレスは細い鎖が切れ、点々と血の跡がついていた。デュプレはネックレスを受け取ると、鎖からぶら下がっている丸い飾り部分を手のひらでもてあそんだ。「これはマルパンと一緒に墓のなかに転がっていたんだったな？」

マルセイユ人がうなずいた。「やつの死体の下で」

「ほかには？」

「修道院を描いた絵が一枚」ピラールがいかにもおかしそうに笑った。「修道女の墓に絵とは、変わってますぜ。しかしまあ、修道女になろうって女は少しばかり変わっていてあたりまえだ。そうでしょう？」

「ああ」デュプレはうわの空で答えながらネックレスを掲げ、夜明けを迎えたばかりの淡い陽光にかざしてみた。それは、えもいわれぬほど美しく繊細なネックレスだった。王妃が身につけていたとしても不思議ではない。実際のところこれを身につけていた人物は、たとえ王妃ではないにせよ、かなり身分の高い人間だったにちがいない。伯爵か侯爵か、あるいは公爵の娘か。

「あの絵は、コミューンのほかの略奪品と一緒に荷馬車のなかに放っちまっていいですか?」

「なに?　ああ、そうだな。そうしてくれ」

「そのネックレスは?」

デュプレは手放すまいとするように、細いゴールドの鎖を握りしめた。これはおそらく、高貴な身分の娘、貴族の娘、国王や王妃とも当然のように懇意にしている娘のものだったのだろう。手放してしまえば、溶かされるか、あるいはこっそり処分されて、どこかの商人の妻の太った首を飾ることになるのだろう。このネックレスにはそんな惨めな運命は似つかわしくない。「ネックレスを見つけたことは忘れてくれ。これはおれの手で処分する」

ピラールがずる賢そうににやついた。「そんなことを言って、そのうち、目下ご執心のあの小柄な女優の胸にかかってたりするんじゃないですか?」

デュプレはばかにしきったような目つきをピラールに向けた。これほどの貴重な品はそれなりの光輝あふれる人間に与えるべきだということを、こいつはわかっていないのだ。たしかにカミーユ・カドーは彼の生活でなくてはならない場所を占めてはいるが、その場所は暗く秘密めいていて、光輝などという言葉はあてはまりようもない。ピラールは利口じゃないばかりか、副官に選んで以来、無礼なほど馴れなれしい態度を取るようになった。そろそろ、この男もどうにかしなければなるまい。

「いや、カミーユにやるつもりはない」彼は鎖を修理させたうえで、おそらくはヴェルサイユで身につけられていたときと変わらぬ輝きを取り戻すまで、丹念にゴールドを磨かせようと決心していた。「胸を張ってこれを身につけることのできる汚れなき女性、フランスで唯一のそうした女性にプレゼントするんだ」

「ほう、そんな人がいましたかね？」

デュプレはレースで縁取りされたハンカチをポケットから取りだすと、ゴールドの表面に刻まれたライラックの小枝を見つめ、そこにこびりついた乾いた血痕を慎重にこすり取った。

「おれの母親だよ」


カトリーヌの悲鳴が響きわたっていた。

ジュリエットはベッドから跳ね起き、完全に目が覚めないまま部屋を突っきっていった。これは夢じゃないのかしら。だって、さっき寝る前にのぞいたときには、穏やかな顔でぐっすり眠っていたのに。

開け放っておいたカトリーヌの部屋の扉の前に、ロベール・ダムローが立っていた。彼は

両手を揉みしぼった。「マドモアゼル・カトリーヌが――」「わたし
「熱が出たのね」ジュリエットは彼を押しのけるようにして扉に近づいて言った。「わたし
が世話をするから、あなたはベッドへ戻って」

「ベッド？」彼は甲高い声で訊き返した。「わたしはベッドになんかおりませんよ。妻のマリーと一緒に夕食を取っていたんで。そしたらマドモアゼル・カトリーヌの悲鳴が聞こえてきて……」

夕食ですって？　ということは、廊下を満たしているこの薄明かりは、夜明けではなくて夕暮れのものだというの？　わたしたちはまる一日、眠っていたということ？

カトリーヌがまたしても悲鳴をあげた。

「とにかく、あなたはいいわ」ジュリエットは乱暴に扉を開けた。「夕食を終えてからでいいから、マドモアゼル・カトリーヌにスープとワインを持ってきてあげて」うしろ手にぴしゃりと扉を閉じると、その音がただでさえずきずきするこめかみに響き、思わずびくりとした。舌がねばついて、不快な味がする。わたしだって疲れているのよ、いいかげんにしてもらいたいものだわ。

カトリーヌが低くうめき、寝苦しそうに体を横に倒したが、目覚めてはいないようだった。

ジュリエットは背筋を伸ばすと、部屋を横切ってベッドに近づいた。「窓が開いているのよ。近所の人たちに、わたしたちがここにいることを知られてもいいの？　さあ、目を覚ますのよ」手を伸ばし、カトリーヌの肩をつかんで揺さぶる。と、カトリーヌのまぶたがはじ

かれたように開き、おののいたような瞳がきらめいて見えた。たちまちジュリエットの苛立ちは、あとかたもなく消散していった。「ここなら安全だから安心して。狂った人間が大勢いる街だから、完全にとはいかないけど」

「ジュリエット？」カトリーヌが消え入るような声で言った。「わたし、夢を見ていたの……」とたんに体を震わせる。「でも、あれは現実だったのよね。そうなのよね？」

ジュリエットはベッドの脇に腰を下ろした。「現実よ」

「わたしは男たちに傷つけられた」カトリーヌの声は頼りなげで、まるで子供の声のように聞こえた。「ヘンリエッタやシスター・マチルダと同じように」

ジュリエットはカトリーヌの手をきつく握りしめた。「そうね」

「洋服を引きちぎられ、切り裂かれたの……わたし自身を」

「ええ、わかってるわ」ジュリエットの手にひときわ力がこもった。「でも、あなたは生きているし、あの薄汚い男ならわたしが殺したわ」

「殺し」カトリーヌの目が涙で光った。「取り返しのつかない罪だわ。わたしはそんな恐ろしい罪を、あなたに犯させてしまったのね」

「あなたのせいじゃないわ。わたしが自分で選んだのよ」

「いいえ、わたしのせいよ。わたしがあんな目に遭わなければ――」

「わたしはやりたくてやったのよ」ジュリエットが遮って言った。「楽しんでやったの。いまだって、あいつら全員を殺してやればよかったと思ってるんだから」

「嘘よ。本気じゃないくせに」

「いいえ、本気よ」ジュリエットは断固として言いはった。「あいつらはみんな死ねばいいのよ。地獄の炎で焼かれればいいんだわ。あんなことをした連中を、あなたは許せって言うの？　あなたをレイプしたいまわしいクズ男を、許すつもり？」

「あのときのことは……考えたくないわ」カトリーヌは窓のほうへと視線を漂わせた。「彼らのことは考えたくない」

ジュリエットの胸がドキンと音をたてた。彼らですって？　彼女自身あまりに疲れていたために、さっきからずっとカトリーヌが複数形でしゃべっているのに気づかなかったのだ。

「カトリーヌ、あなたを傷つけた男は……何人だったの？」

 カトリーヌの声はほとんど聞きとれないほどだった。「ふたり」

 怒りがジュリエットのなかでうねりとなって盛りあがり、呼吸を奪い、全身の血をどっとこめかみに送りこんだ。「わたしが行ったときは、男はひとりしかいなかったわ」

「もうひとりいたの。その男は立ち去ったのよ、わたしに……」カトリーヌの声が途切れた。

「でも、残ったほうはそのあとも、何度も何度もわたしを――」

「しーっ。さあ、寝るのよ」ジュリエットは彼女の体をきつく抱きしめた。「もう誰も、あなたを傷つけられないわ」

「いいえ、あの男が夢に出てくるの。わたしの上におおいかぶさって、わたしを傷つけるのよ。のっぺらぼうの顔でわたしを見下ろして」カトリーヌは抑えがきかないほどに体を震わせた。「顔がないの。彼には顔がないのよ」

「顔はあったわよ。お墓のなかは暗くて、はっきりとは見えなかったけど」

「いいえ、影だけしか見えないの。彼らには顔がないの。顔の表情でも見えれば、どうしてわたしにこんなひどいことをするのかわかるかもしれないと思ったのよ。少しは納得できるかもしれないって。でも、彼らには顔がなかったわ」彼女はまるで走っているかのように、激しくあえいだ。「それから気づいたの。わたしにも顔がないんだって。わたしはつまらない存在なのよ。利用されて捨てられるだけの存在。彼らがわたしになにをしようと、そんなこと、もうどうでもいいのよ。だってわたしはすでにもう汚れてしまっていて、なにをされてもこれ以上汚れることも、辱められることも――」

「そんなの嘘よ」ジュリエットが言いきった。「そんなの全部、でたらめよ。あなたは悪くないわ」

「だから、どうだと言うの？　将来結婚する夫のために純潔を守るのは、女性のつとめでしょう？　使い古しの女なんて、誰が妻に迎えてくれるというの？」

ジュリエットは返答に窮した。嘘をつき、そんなことはたいした問題じゃないなどと気休めを言うわけにはいかなかった。世間は往々にして女性に対して不公平で厳しく、ことに貞操に関しては男たちは理不尽な要求を押しつけるのだ。「誰にも知られなければいいのよ。ヴェルサイユじゃ、花婿に処女だと信じさせるための手口があたりまえのように横行してたわ。わたしたちだって――」

「嘘はつきたくないわ。わたしはもうじゅうぶん汚れてしまっているのよ。これ以上、罪は重ねたくないの。それに、どのみちわたしは結婚できないわ」まぶたの下からのぞいたカトリーヌの瞳が、脅えきった獣《けもの》のようにぴくりと動いた。「また男の人に傷つけられると思ったら、結婚なんてできっこない。わたしはもう二度と、誰にも触れられたくないの」

ジュリエットは唾を呑み、喉の奥の締めつけられるような不快感をやわらげてから言った。「誰もあなたを傷つけたりしないわ。さあ、もう横になって眠るのよ。ロベールがあとでスープとワインを運んできてくれるから」

「お腹は空いてないわ。あなたはそばにいてくれるわよね？」カトリーヌはささやきながら、目を伏せた。「怖いの。また夢を見るんじゃないかって……」

すでに彼女が半分眠りに落ちていることに、ジュリエットは気づいた。あれほどのおぞましい体験をしたあとだ。眠りのなかにでも逃げこもうとするのは当然のことかもしれない。とはいえ、必死になって眠りにすがりついている彼女の姿は、どことなくジュリエットを不安にさせた。

カトリーヌがふいに目を開け、心配そうに彼女を見つめた。「ジュリエット、あなたは傷つけられなかったんでしょう？　逃げられたのよね――」

血。

判事席の前でひざまずく修道院長。

聖餐用のゴールドの聖杯。

赤い縁なし帽の男に指図するデュプレの繊細な手。

ジュリエットはきっぱりと記憶を締めだすと、カトリーヌに笑いかけた。「もちろんよ。わたしがそう簡単に捕まると思うの?」

カトリーヌの体から力が抜けていった。「そうよね。あなたが傷つけられるはずはないわね。あなたは強いもの」

血。

ジュリエットはカトリーヌの手をしっかりと握りしめた。「あなただって強いのよ、カトリーヌ。かならず乗り越えられるわ」

「彼もそう言ってたわ」カトリーヌの言葉はかろうじて聞きとれるほどだった。

「誰が?」

「あの男の人。フランソワ」

ジュリエットは内心の驚きを押し隠した。フランソワ・エシャレは慰めの言葉を吐くような男にはとても思えなかった。生まれながらに精神的な頑強さを身につけ、相手が誰であれ、いかなる逆境にも同じような頑強さを持って闘うよう要求する男。そんな気がしていた。

「それじゃ、思ってたよりまともな男だったってことね」

「彼は怒ってたわ。どうしてかわからないけど……」

「気にすることはないわ」ジュリエットはカトリーヌの手を離し、立ちあがった。「なにも心配しないでいいのよ。わたしはあそこの椅子に座って——」

「ないわ」カトリーヌの手がナイトガウンの襟元をまさぐった。「わたしのロケット。なくしちゃったんだわ！」

ジュリエットの体が恐怖にこわばった。なぜ昨晩のうちに、カトリーヌの首にロケットがかかっていないことに気づかなかったのだろう。もしデュプレが墓地の死体の下であれを見つけたら、カトリーヌの肖像が彼の手に渡ってしまう！　いいえ、落ち着くのよ。もしかしたらロケットはほかの場所でなくしたのかもしれないし、たとえ見つかったとしても肖像画までは気づかれないかもしれない。ロケットのつまみは見つけにくいし、合わせ目だってめだたないからきっと気づかれないわ。

「あのロケット、とても気に入ってたのに。一生身につけていようと思ったのに、なくしちゃうなんて」

カトリーヌは、なくしたロケットと墓地の死体が結びついたらどれほど危険かということに気づいていないようだった。それならば、このまま気づかせないでおこう、とジュリエットは判断した。「細密肖像画なら、また描いてあげるわ」

「でも、同じものじゃないわ」カトリーヌは目をつぶり、顔を横に向けた。「なにもかも変わってしまうのね」

ジュリエットは椅子に腰を下ろし、焦燥しきったように高い背もたれに頭をもたせかけた。カトリーヌのその言葉は、はからずもジュリエット自身が昨晩、サロンでつぶやいた言葉と同じだった。できることなら彼女の言葉に反論したかった。だが、それは不可能だった。なぜなら、その言葉はまぎれもなく真実だったのだから。

蠟燭の炎は、まるで暗闇のベルベットに飾られた涙形のトパーズかなにかのように、ベッドの上方からほのかな光を投げかけていた。炎を描くには集中力を持って観察することが必要だわ。眠気で朦朧《もうろう》としながらジュリエットは思った。これまでに一、二度描いてみたことはあったが、そのつど細かな部分を描ききれずに断念したのだ。炎はゴールドからエメラルド色へ、そしてまた琥珀《こはく》色からルビーレッドへと、めまぐるしく色をまとう。人物なら、いったんその内面に踏みこんでしまえば、案外簡単に描けるのに……。

「きみは大丈夫なのか？」

低く力強い声、だが緊張にはりつめた声が、炎の後方から聞こえた。

ジュリエットの視線がさっと動き、蠟燭のうしろに立つ顔を捉えた。魅力的な高い頰骨、自信に満ちた黒い瞳、それに嘲るようにゆがんだ口元。

ジャン・マルク！

彼が帰ってきた。自分でも戸惑うほどの強烈な喜びが全身を駆け抜けた。何年も待ち望んでいた彼が、ついに帰ってきたんだわ。

「どうなんだ！」

ジュリエットはベッドのなかでびくりと飛び起き、われに返った。と同時に、辛辣《しんらつ》な彼の口調に腹が立ってきた。「なぜ、カトリーヌを迎えにこなかったの？　彼女を守るのはあなたの責任でしょう。それなのに――」

「しーっ」ジャン・マルクの指は、唇の上でかすかに震えていた。「頼むから、怒鳴らないでくれ。たったいま、修道院から戻ったところなんだ。ふたりとも死んだと思っていた。そのまま大急ぎでここへ走りこんで――そういえば、フィリップはどうした？　間にあわなかったのか？」

「フィリップ？」

「フィリップを送りだしたんだ――」ジュリエットの顔に不思議そうな表情が浮かぶのを見て、彼は口を閉ざした。「まさか。彼は迎えにいかなかったのか？」

「言ったでしょう。誰もカトリーヌを迎えにこなかったって」ジュリエットは断固とした目を向けた。「あなたのせいで、彼女はレイプされたのよ。もし殺されていたら、それだってあなたのせいよ。何週間ものあいだ、何台もの馬車が到着して、大勢の生徒たちを連れ帰ったわ。でもカトリーヌには迎えがこなかった」

ジャン・マルクは衝撃のあまり、すぐには言葉が出てこなかった。「レイプ？」艶やかなオリーヴ色の肌が瞬時にして土色に変わったのが、蠟燭の明かりの下でも見てとれた。「そんな。あんな……子供が」

「やつらは老女だろうが子供だろうが、片っぱしから襲ったわ」

「きみは？　きみはどうなんだ？」

「あんなひどい目に遭ったあとで、平気でいられるわけが――」

「そうじゃない！　ジュリエット、きみは傷つけられなかったのか？」

「カトリーヌはふたりの男にレイプされて――」

「カトリーヌのことはわかった。おれはきみのことを訊いてるんだ」彼はジュリエットの肩をつかみ、自分のほうに顔を向かせた。「教えてくれ。きみもレイプされたのか？」

「いいえ」

ふうっと大きな吐息が彼の口からもれ、彼女の肩をつかんでいた両手から力が抜けていった。「とりあえず、安心した。きみまで襲われたなんて聞いたら、おれは自分の罪深さに耐えられなくなる」

「もうじゅうぶん、罪深いわ。どうしてこなかったのかって訊いてるでしょう？」

「トゥーロンで緊急の仕事があったんだ。だから修道院長から知らせを受け取ったとき、ヴァサロに立ち寄って、フィリップにきみたちふたりを修道院まで迎えにいくように頼んだんだよ。彼は何日も前に到着しているはずなんだが」

「たぶん彼も〝仕事〟で忙しくて、カトリーヌの身の安全なんて、仕事を潰してまで駆けつけるほどじゃないと思ったのよ」

「どうして彼が行かなかったのか、見当もつかない」ジャン・マルクは唇をぐっと引き結んだ。「いずれにせよ、あとではっきりさせるさ」

「もう遅いわ。二日遅かったのよ」目の奥に涙がせりあがってくるのを感じ、ジュリエットはあわててまばたきをした。「あの男たち、彼女を傷つけたのよ、ジャン・マルク」

「ああ、わかってる」ジャン・マルクは射るような目で彼女を見つめた。「いまさら言ってもしかたのないことだが、おれはこれから一生、そのことを悔やんで生きていくだろう。おれにできることは、生じてしまった傷をできるかぎり癒してやることだ。ほんとうにきみはなにもされなかったんだな？」

「ええ、たいしたことは」ジュリエットはふと顔を曇らせた。「そう、忘れてた。男をひとり殺したわ」

ジャン・マルクの真剣そのものの顔が、かすかにほころんだ。「男を殺したことがたいしたことじゃないと？」

「あいつはけだものよ。カトリーヌをレイプしたんですもの」

ジャン・マルクの顔から笑みが引いていった。「けだもの。そのとおりだ。おれがこの手で殺してやりたかったところだ」

「もうひとり、別の男がいたのよ。そいつをつかまえられたら、今度はあなたが殺していいわ」

彼がお辞儀をしてみせた。「それは寛大なことで。それにしてもきみたちは、いったいどうやって無事にあの修道院から抜けだせたんだ？」

ジュリエットはあの晩の出来事と、フランソワ・エシャレとダントンの活躍ぶりを、手短に話して聞かせた。

「フランソワ・エシャレ」ジャン・マルクはなにごとか考えこむようにしてつぶやいた。

「彼には借りができたな」

「言っておくけど、彼はいやいや助けてくれたのよ」

「それでも、助けてくれたのに変わりはない」

「そりゃそうだけど」ジュリエットはベッドカバーをはねのけると、ベッドから飛び降りた。

「それじゃ、相談しましょ。まずは台所へ行って、なにか食べられそうなものを用意するわ」

「食事をさせてもらえるのかい？　今回の失態は一生許してもらえないものと思ってたのに」


からかうようなジャン・マルクの口調には、深い悲しみと疲労がにじんでいるように聞こえた。はじめてジュリエットは、彼の目の下に黒々とした隈ができているのに気がついた。深いブルーの上品なマントにも、うっすらと埃《ほこり》が張りついている。たちまち怒りや恨みが消し飛び、かわりにいたわってあげたいという思いがこみあげてきた。「あなたはカトリーヌのこと、大切に思っているはずだもの。彼女が傷つくようなことをわざとするわけがないわ。少しばかり、考えがたりなかっただけなのね」


ジャン・マルクの口の端がかすかに持ちあがった。「忘れてたよ、その生意気な口のきき方。いつも思い出していたのは……」途中で言葉を呑みこみ、じっと彼女を見つめた。「怒りをおさめてくれたのはありがたい……ばか扱いされようともね」

「彼女を迎えにこなかったんですもの、しょうがないわ。でも、それほど大切な仕事って、いったい——」

「去年一年間に、おれの船が八隻、議会に没収されたんだ。海軍のためという名目でね」ジャン・マルクが遮って説明した。「それでトゥーロンの倉庫に保管してある貨物も、一刻も早く引き揚げないとまずいと思ったんだ。いつあの貪欲《どんよく》な連中に奪われないともかぎらないからな」弱々しく頭を振る。「あのときは、そのことで頭がいっぱいだった」

「八隻も？ それはひどい痛手だわ」

「二年前、おれは事態を察してアンドリアス家の船のほとんどをチャールストン港へ移したんだ。そうでなきゃ、被害はその程度じゃすまなかった」

「彼らが船を盗みにくるとわかってたの？」

ジャン・マルクはずる賢そうな顔でうなずいた。「もちろん。先手必勝だからな。高名な議員だかなんだか知らないが、あいつらの多くは自分たちがつぶそうとしている宮廷の貴族となんら変わりない。金に汚い連中だ。やつらと渡りあう方法はただひとつ、賄賂と裏をかくことだ」

ジュリエットは体を震わせた。「この世のなか、泥棒と殺人鬼だらけみたい。修道院がどうして襲撃されたのかフランソワが説明してくれたんだけど、わたしには理解できなかった。これからだって、理解できるとは思えないわ」

「すべて狂気さ。狂気を理解できるやつなんか、いるもんか」ジャン・マルクは彼女の目を正面から見据えた。「誓って言うが、修道院が襲撃されるなんて思ってもいなかったんだ、ジュリエット。フィリップをやったのも、念のためきみたちふたりをヴァサロへ避難させてもらおうと思っただけでね。なにせ、パリが不穏な雰囲気になってきたからな。危険が迫っているとわかってたら、おれが自分で行っただろう」彼の唇がゆがんだ。「きみの言うとおりだ。おれは考えがたりなかった」

その苦しげな慙愧《ざんき》の言葉を耳にするうちに、ジュリエットは奇妙に胸が痛むのを覚え、思わず言った。「たぶん、あなただけのせいじゃなかったのよ」

「慰めてくれるのか?」ジャン・マルクは首を振った。「すべておれのせいだ。きみにはおれを非難するだけの権利がある」手を伸ばし、彼女の左のこめかみに垂れたきつい巻き毛の束のひとつに、人差し指を巻きつけた。「きみはその棘《とげ》の下に、驚くほどやさしい心を隠し持ってる」

ジャン・マルクは人差し指の先端を、彼女の頬骨にかすかに押しつけたまま、絹のような巻き毛の感触を、親指と人差し指でゆっくりと確かめた。あまりに親密なそのしぐさに、ジュリエットはじっとしているのが耐えがたくなり、ごくんと唾を呑みこんだ。「おかしなことを言うのね」

「でも、そのやさしさはけっして見せるんじゃない。このおれにはな」彼は催眠術でもかけるかのように、一心にジュリエットの目を捉えた。「きみにとって危険だからだ。おれにはけっして弱みを見せるな、ジュリエット」

「よくわからないわ……あなたの言ってること」

「そりゃそうだろうな」ジャン・マルクは皮肉っぽい笑みを浮かべると、手を引っこめた。髪の毛はすぐさま弾けるように戻り、元どおりの形におさまった。「どうしてこんなことを言ったのか、自分でもわからないんだから。たぶん、罪の意識とショックのせいで、こんなおれらしくないことをしてしまったんだろう。少し眠れば、いつものおれに戻る。きみのよき喧嘩相手にね」

「喧嘩相手ですって？」ジュリエットはしかめっ面を見せた。「あなたと喧嘩をするつもりはないわ」

「いや、きみは喧嘩をふっかけてる」彼は穏やかに言った。「はじめて会ったときから、ずっとそうだ。ようするにゲームの一種さ」

「ゲーム？」

ジャン・マルクはきびすを返し、戸口へと向かった。「いまはだめだ」

その言葉を、ジュリエットは以前にも聞いたような気がした。いまはだめだ。そのうちにいつか。「さっきから、わけのわからないことばかり言って。腹が立つったらないわ」急いで彼を追いかける。「まだ話は終わってないわ。食事を用意するから、そのあとカトリーヌのことを相談しましょう」

「いまはカトリーヌのことも、ほかのことについても話をするつもりはない。食べものも飲みものも受けつけないぐらい疲れきっているんだ」ジャン・マルクはそう言い放ち、いっこうに足を止めようとはしない。「トゥーロンを発って以来、馬車に乗りっぱなしだったんだ。

道中拾った泥の半分は、まだ体にこびりついてる。さっさと洗い落としてから、ゆっくり十時間は寝かせてもらうよ」

「十時間ですって？　だめよ！　カトリーヌのことをどうすべきか、すぐにも話し合わないと」

「いとしのジュリエット」わざとらしいほどのやさしげな声音も、彼の無情な決意をおおい隠すことはできなかった。「きみにも、早いところ覚えてほしいものだな。おれは自分のやりたいことをやるし、〝だめ〟という言葉は好きじゃないってことを」

その気持ちはよくわかるわ、と苦々しい思いでジュリエットは考えた。わたしだって、その言葉は好きじゃない。「わたしだって同じよ。でも――」

「明日だ。おやすみ《ボン・ニュイ》、ジュリエット」彼の背後で、音もなく扉が閉まった。

ジュリエットは啞然として扉を見つめた。あとを追いかけて、無理やり話を聞かせてやろうかしら。だが、そのままゆっくりと体の向きを変えると、ベッドに潜り、ベッドカバーを体の上に引きあげた。ときとして彼がいかに頑固になるかということを、すっかり忘れていた。ジャン・マルクはなにごとにせよ、けっして人に押しつけられてやるような人間ではないし、執拗《しつよう》に責めたてれば、まるで正反対のことでもやりかねない男なのだ。

ジュリエットは寝がえりを打った。くるくるまわる回転花火のような小さな興奮が、彼女の体を駆けめぐっていた。彼が戻ってきた！　美しくて華麗で、それでいて記憶に残っているとおりの神秘的で得体の知れない存在。憎まれ口を叩いているときでさえ、彼女はそのいっぷう変わった頬骨の形に見とれ、きらめく黒い瞳の奥に押しこめられた秘密を暴きたいと思っていた。手を伸ばし、そのたくましい頬骨に、引き締まった太腿の筋肉に触れたい……。

触れるですって？　あわててその思いを振り払ってから、あらためて引き戻し、じっくりと分析してみた。たぶんわたしは、彼の体を調べてみたいと思ったのよ。単に、芸術家としての肉体に対する純粋な好奇心にすぎないわ。

ジュリエットは目をつぶり、なんとか眠ろうとした。そうよ、いま感じているこの気持ちも興奮なんかじゃない。魅力的な素材にふたたび出合えた芸術家の喜び、そしてジャン・マルクの到着によってカトリーヌの今後に光が射したという安堵感、それだけのことなんだわ。

立ちつくし、カトリーヌの顔を見下ろしながら、ジャン・マルクはゆっくりと拳を握りしめた。なぜ、自分はここにいるのだろう？　ジュリエットに言ったように、まっすぐベッドに向かうべきだったのに。カトリーヌの目を覚まさせてしまい、その無言の非難を受けるような事態は避けたかったはずなのに。

いや、カトリーヌはけっして罵ったりはしないだろう。おれの過失を非難するようなことはしないはずだ。彼女はやさしい人間だ。親父と同じように。彼女は親父のように、咎《とが》めるような言葉をいっさい口にせず、苦しみを自分ひとりで抱えこんだまま死んでいくのだろう。

間違いなく、責められるべきはこのおれなのだ。そして、おれはなぜ自分がここに立っているのかを知っている。自分の不注意のせいでカトリーヌが死んではいないか、それをこの目で確かめて安心したかったのだ。だが、安心などできるはずもなかった。横たわるカトリーヌは、いかにも生気に欠けた脆弱《ぜいじゃく》さを感じさせた。ジュリエットの生気にあふれた力強さとは、残酷なほど対照的だ。

ジュリエット。

おかしなこともあるものだ。あの宿で過ごした日々はもう何年も前の話だというのに、運命に引き寄せられるかのように、ふたたび彼女が、おれの力と保護のおよぶ範囲に戻ってきた。奇妙であると同時に、いまいましいほどじれったい思いがこみあげた。かつての若さと同様、いまはあの無防備さが盾《たて》となり、おれが近づくのを拒んでいる。無垢な人間は守護天使に守られているという話も、まんざら嘘じゃないのかもしれない。

いや、そうとも言えない。カトリーヌもまた純粋な人間にちがいないのに、天使は彼女を守ってくれやしなかった。

ジャン・マルクは手を伸ばし、枕の上に広がったカトリーヌの薄茶色の髪をそっとなでつけた。考えてみれば、おれは親父が期待したような後見人ではなかった。忙しさにかこつけて、カトリーヌのそばにいてやったためしがない。彼女を招待してわざわざ修道院から呼び寄せたときでさえ、ぞんざいなもてなしをしただけで、思いやりに満ちたやさしい言葉を必要としているのではないかと気にかけてやることなどなかった。

ジャン・マルクは唾を呑み、喉の奥にせりあがってきた息苦しさを取り去ると、きびすを返した。自己非難をしてみたところで、いまさらどうにもならない。少なくとも、カトリーヌとジュリエットは生きている。

彼女たちは起こってしまった事実を受け入れ、生きつづけるための道を見つけなくてはならないのだ。

8

翌朝早く、フィリップ・アンドリアスが到着した。まっ青なこわばった顔つきで、だが、カトリーヌとジュリエットが修道院での虐殺を免れたことをジャン・マルクから知らされると、一転して心から安堵した顔になった。

「きみが怒るのも当然だよ、ジャン・マルク」フィリップはみじめな声を出した。「街に入ってすぐ虐殺のことを知って、そりゃもう――きみに言われるまでもなく、自分で自分が許せないよ」

「そりゃそうだろうな。で、遅れた理由はなんだ?」

フィリップはぱっと赤面し、下唇を嚙みしめた。

ジャン・マルクはまさかというように、彼を見つめた。「女か?」

「うちで働いている女のひとりなんだ。彼女とはその……べつにかまわないと思ったんだ。ほんの二晩ぐらいって……」

ジャン・マルクは冷めた笑い声を響かせた。「花摘み女といちゃつくこととカトリーヌの身の安全は、たいした違いがないと思ったわけか」口元がぐっと引き締まった。「悪かったというだけじゃすまされないぞ、フィリップ。なぜ、頼んだとおりにしなかったんだ？」

「こんなことになるなんて思ってなかったんだ」フィリップは正直に打ち明けた。「ヴァサロがどんなふうか、きみもわかるだろう？　あそこにいると、戦争や革命が起きているのが信じられなくなる」

「言いわけはいい。おれはすぐにも出発しろと――」フィリップの絶望しきった表情を目にし、ジャン・マルクは口をつぐんだ。なぜ、おれはフィリップに向かって怒鳴り散らしているんだ？　自分こそ、みずから直接修道院へ行くべきだったのだ。フィリップは革命の騒乱から遠く離れた〝エデンの園〟にいて、ほんの少し遅れることがどれほどの損害を引き起こすか、想像もできなかったはずだ。対しておれには、ひと言の弁解の余地もない。狂信者や議会の金の亡者たち、町なかや田舎道をうろつきまわる腹を空かせた暴徒をずっとこの目で見てきたのだ。

　ジャン・マルクは背中を起こすと、握りしめた拳からふっと力を抜いた。「わかった。もうすんでしまったことだ。いまは損害を修復することに力を注ぐべきだな。ジュリエットの話だと、フランソワ・エシャレという男がジョルジュ・ジャック・ダントンと一緒に彼女たちを助けてくれたそうだ。ぜひとも彼に会いたい。探しだし、連れてきてくれ」

「それはやめといたほうがいいんじゃないのか？　ダントンは今回の虐殺を承認すると、公に宣言したんだぞ」

「われわれには助けがいるし、エシャレにはそれを提供せざるをえない理由がある」

フィリップは立ち去るそぶりを示し、ふとためらった。「カトリーヌに会ってからでもかまわないかな？　彼女に謝りたいんだ。心から――」

「彼女は会わないと思うわよ」ジュリエットが戸口に立ち、咎めるようなまなざしを向けていた。「あなたのことは覚えてるわ。フィリップでしょ。わたしはジュリエット・ド・クレマン」

フィリップはうなずき、腰をかがめてお辞儀をした。「ぼくも覚えてますとも、マドモアゼル。今回はなんて――」

「いったいなぜ、彼女を迎えにこなかったの？」

彼の顔が赤く染まりあがった。「出発が……遅れてしまって」

「そのせいでカトリーヌはレイプされたのよ」

「ジャン・マルクから聞いた。なんて謝ったらいいのか――」

「行ってくれ、フィリップ」ジャン・マルクが口をはさんだ。「夕食前にエシャレを連れてきてくれ」

フィリップはジュリエットに向かってもう一度腰をかがめると、逃げるように部屋を立ち去った。

ジュリエットはジャン・マルクを振り返った。「エシャレを呼びにやったの？　いい考えだわ。どうせなら――なにを見てるの？」

「きみだよ」

「いやだわ。顔が汚れてるんでしょう」ジュリエットは片手で頬に触れた。「今朝、玄関の床を磨いたし、それに——」

「床を磨いただって？」

「そうよ、悪い？　ロベールとマリーはもう若くはないし、ほかに人を雇うわけにはいかないもの。それに床磨きなら得意なの。修道院じゃ、しょっちゅうやってたから慣れたものよ」彼女は手を下ろして、なおも言った。「あとで顔を洗えばいいでしょ。汚れぐらいたいしたことじゃないわ」

「ああ、たいしたことじゃない」たとえジュリエットが、アメリカ荒野の原住民のような派手な化粧をしていたとしても、自分は気づかなかっただろう。彼女の肌……まるで情愛のこもった手によって磨きつくされたかのように、薔薇色やクリーム色の輝きを放つきめ細かなその肌を、ジャン・マルクはつねに夢見てきた。昨晩は蠟燭の明かりのもとで襟の高い長袖の白いガウンをまとい、艶やかな巻き毛を振り乱して、好奇心あふれる茶色い瞳を勇ましくも苛立たしげにきらめかせていた。だが今朝は、窓を射し貫く強烈な日差しがジュリエットのそそるような美しさを浮き彫りにしている。着古した茶色いウールのガウンがくびれたウエストにぴったりとよりそい、わずかに盛りあがった胸を包みこんでいた。実際よりずっと背が高い印象を与えるのは、自信に満ちて堂々とし、衝動的で傲慢ながらもどこか品のよさを感じさせる、その物腰のせいだろう。

こうして彼女を眺めているだけで、気持ちが高ぶってくるのをジャン・マルクは感じた。

無防備さと純粋さの盾なんて、しょせんおれには効きめはないのだ。

つと顔を上げたジュリエットの視線は、物腰と同様に挑戦的な光を放っていた。「どうして昨晩、話を聞いてくれなかったの？」

「おれは無理強いされるのが嫌いでね。そういうときは相手にしないことにしてるんだ。もちろん、懇願された場合には親切に対応するぞ」ほんの少し微笑んでつけくわえる。「きみもこう言えばよかったんだ。『ジャン・マルク、お願い《シル・ヴ・プレ》』ってな。あるいは『ジャン・マルク、やさしくして』でもいい。そうすれば、きみの願いを聞き入れないわけにはいかなかったはずだ」

　意外にも、彼女の頬がまっ赤に燃えあがった。「ばかなことを言わないで。そりゃ、あなたの愛人ならそう言うかもしれないけど、わたしは口が裂けたって言わないわ」

「ほう」ジャン・マルクは眉を吊りあげた。「そいつは残念だ。それじゃ、きみの期待には応えてあげられないな」

「わたしはなにも期待なんか――」ジュリエットははたと口を閉ざし、大きく息を吸った。「また、わたしをからかってる。あなたって、言葉遊びが好きなのね。強烈な一撃を加えたかと思うと、さっと引きさがって相手の反応を観察する。そうやって楽しんでるんだわ」

「おれが？」いまこの瞬間、ジャン・マルクの闘争心の矛先はジュリエットとの言葉のやりとりではなかった。これほど対抗心剝きだしではなく、はかなげな態度のひとつでも見せてくれればいいのだが。さもないと見苦しいほどの欲望に目がくらみ、彼女がつい数日前、悲惨な体験をしたことさえ忘れてしまいそうになる。

「そうよ」ジュリエットの両手は、体の両横できつく拳に握られていた。「あなたって人間が理解できない。なにを考えてるのかわからないのよ。あの宿で一緒に過ごしたときよりも、ますます不可解になったわ」

「鏡。たしかあのとき、きみはおれのことをそう表現した」ジャン・マルクは首をかしげた。「ようするに、鏡の間のようだと言いたかったんだろう？　おれのなかの多面性を認めてくれたんなら、それほど光栄なことはない」

「わたしをばかにしているのね」彼女は顎を突きだした。「いいわ、いまに見てなさい。あなたの正体を見抜いてみせるから」

「それなら、その目的達成のための方法をいくつか伝授してやろう。まずは手はじめに、『お願いよ《シル・ヴ・プレ》、ジャン・マルク』だ」

ジュリエットはあわてて目をそらした。「いやよ。そんなことぜったいに――」言いよどんで視線を戻すと、相手はまだじっとこちらを見つめている。彼女は思いきり息を吸いこみ、ゆっくりと吐きだした。「カトリーヌのことはどうするつもり？」

ジャン・マルクはふいに自己嫌悪にかられた。いったい自分はどうしたというのだろう？四方八方を危険に取り囲まれているというのに、ジュリエットへの欲情だけで頭のなかがいっぱいだというのは。ちゃかすような笑みが引いていった。「できるだけ早く、彼女をパリから連れだすつもりだ。ヴァサロなら安全だ」

言ってすぐ、自分がカトリーヌのことにしか触れなかったことを、いやというほど意識した。もちろん実際はジュリエットとて、このままパリに置いておくわけにはいかない。自分が彼女に対して欲望を抱いているというだけでも、彼女はつねに危険にさらされることになるのだから。

「そうかしら。かならずしもそうとは思えないけど」ジュリエットは身震いした。「あなたはデュプレのことを知らないから、そんなことを言うのよ」

「ああ、市庁でマラーと一緒にいるところを一、二度見かけたが、たがいに自己紹介はしなかったからな」ジャン・マルクは目を細めて彼女の顔をうかがった。「きみは彼のことに詳しそうだな。レン修道院でなにがあった、ジュリエット？」

「話したでしょう、カトリーヌのこと」

「きみのことは聞いてない」

ジュリエットの視線がするりとそれていった。「話すほどのことはなにもないわ」

「いや、あるはずだ」

「どうしてそんなことばかり訊くのよ。いま、肝心なのはカトリーヌのことでしょう？」

「そうだったな」短く沈黙した末に、ジャン・マルクは言った。「いいだろう。それじゃカトリーヌの話をしよう。きみはデュプレがヴァサロまで彼女を追いかけていくことを心配してるわけだな？」

「もし彼女がレン修道院の生徒だってわかったら、それもありえるわ。あの襲撃事件の目撃者を放っておくはずがないもの」

「それじゃ、やつに見つかってないことを確かめてからでないとまずいな。安全が確認されたら、すぐにヴァサロへ送り届けよう」

「いいえ、いますぐこの街から出すべきよ。いまの彼女は、修道院を思い出させるあらゆることから距離を置くことが必要だわ。わからないの？」ジュリエットの歯が下唇にきつく食いこんだ。「彼女をここに置いておくのは心配よ。昨日も一昨日も、まるで幽霊みたいに夢うつつで歩きまわるの。わたしの言うことなんか聞きもしない。誰の話にも耳を貸さないのよ」

「そのうち回復するさ。とにかく、安全とわかるまでは脱出させるわけにはいかない」

「どうやって安全を確保するっていうの？」

ジャン・マルクは顔をしかめ、首を振った。「いまのところはわからない。状況を調べてから考える」

「考えるですって？　すぐに行動してよ」

「手は打ったさ。エシャレを呼びにやった」

ジュリエットはためらった末、これ以上言い争うことをあきらめた。「彼が到着したら、呼んでちょうだい。カトリーヌのようすを見てくるわ。今朝も朝食に手をつけなかったのよ。なんとかなだめて少しでも食べさせないと」身を翻したものの、すぐにもう一度振り返ってジャン・マルクに向きあう。「なぜ、あれをとっておいたの？」

「なんのことだ？」

「わたしが描いたウインドダンサーの絵よ」ジュリエットは絵が飾ってあるサロンの奥のほうへ、手振りしてみせた。「べつに出来がよくないって言ってるわけじゃないのよ。ただ、この部屋のほかの絵みたいな圧倒的な力はないわ」

ジャン・マルクは部屋の奥の絵を眺めやった。「気に入ってるからさ。パリに帰ってきて、あの絵を見るたびにほっとする」

「ウインドダンサーの絵だから？」

「さあ、どうかな」彼はわずかに笑みをもらした。「たぶん、おれの〝鏡〟の下には、親父と同じような家宝に対する思い入れが潜んでいるんだな」

ジュリエットは疑うような目を向けた。

「おれに感傷的な思いなどあるわけがないって顔だな」

ジュリエットはその言葉を無視して部屋を横切り、絵の前に立った。「いま、どこにあるの？」

「彫像か？　さあ、誰も知らないんだ。王室が群衆によってヴェルサイユを追われ、パリに連れられてきた日を境に、忽然《こつぜん》と姿を消してしまった。噂《うわさ》によれば、革命家連中の手に渡るぐらいならと、王妃が宮殿のなかか庭のどこかに隠したらしい」

「当然じゃない。なにが悪いの？」ジュリエットはむきになって言った。「あれは王妃さまのものなのよ。あいつらはあの方からすべてを奪ったんじゃない。ウインドダンサーぐらい隠し持ってたって、どうしていけないのよ？」

「そのせいで、彼女に対する議会の目はますます厳しくなった。ああいう紳士面をした連中のなかには、ウインドダンサーを革命のシンボルにしようと狙っているやつもいるからな」

「シンボルなら、もうじゅうぶん手にしているはずでしょう。あの方にはいま、なにも残ってないのよ」

「あいかわらず君主制擁護派か？」彼の顔から笑みが消えた。「そういう考えは、いまじゃ危険だぞ。おれなら、考えなおす」

「わたしは君主制も共和制もどうでもいいの。政治なんかくそくらえよ。ただ、修道院にそっとしておいてほしかっただけ。あの人殺しのごろつきどもが襲ってこなければ、あのままいられたのに」

「頭からすっぽり布をかぶって、肩衣を垂らしているきみの姿は想像できないがな」

「べつにシスターになりたいと言ってるわけじゃないわ。ただ、あいつらに邪魔されずに平和に――いやだわ。また笑ってる」ジュリエットは絵から目を戻した。「あの彫像がなくなったこと、あなたは少しも気にしてないみたいね。もうほしくはなくなったの？」

「もちろん、ほしいさ。親父が死ぬ前に約束したんだ。いつかかならず、アンドリアス家に取り戻してみせると」彼は短く押し黙った。「でも学んだんだ。辛抱強く待っていれば、たいていのものは手に入れられるとね」

「わたしは我慢なんてしないわ。ものごとが起こるのをただ待ってるなんてまっぴら」

ジャン・マルクがにやりとした。「それはおれだって同じさ。だが、自分がほしいものの価値と、それを待つ苛立たしさを秤《はかり》にかけることも必要なんだ」

もはや彼が話しているのはウインドダンサーのことではないと察し、ジュリエットは息苦しさを覚えた。あわてて本来の話題に引き戻す。「とにかく、カトリーヌにはいますぐ手を打つ必要があるのよ。それがわからないなんて大ばかだわ」

「またその話か？　たとえきみにばか扱いされようと、一度決めたことを変えるつもりはない」ジャン・マルクは皮肉っぽく笑った。「きみのありがたいアドバイスを受け入れられなくて残念だがな。きみの言うことがいつも正しいとわかってれば、こんな楽なことはないんだが」

「わたしはかならずしもいつも正しいわけじゃないわ」ジュリエットはくるりとうしろを向くと、サロンの戸口へ向かった。「だいたいいつも、よ」

「なによ、これ？」三時間後、ロベールがカトリーヌの部屋に運んできた箱の山を眺め、ジュリエットは目をまるくした。

「お召しものだそうです。ムッシュ・フィリップが戻っていらして、ムッシュ・エシャレとご一緒にゴールドサロンでお待ちです」

「フィリップ！」カトリーヌの目がさっとジュリエットに向いた。「フィリップが来てるなんて聞いてないわ」

「あとで言おうと思ってたのよ」

「ムッシュ・フィリップのお話ですと、勝手ながらあなたとマドモアゼル・カトリーヌのために、何点かお召しものを買っていらしたそうです」窓際のクッションを張ったベンチの上に箱を下ろしながら、ロベールはカトリーヌに微笑みかけた。「どうやら、マリーのガウンじゃお気に召さなかったみたいでして」

「でも、こんなものをどこで手に入れたのかしら。ほんの数時間出かけていただけなのに」包装を解くと、なかには鮮やかな黄褐色のシルクのガウンが入っていた。手の込んだゴールドの刺繍が低い襟元を飾り、繊細なレースの縁取りが七分袖の袖口にほどこされている。かつてヴェルサイユで目にしていたものに引けをとらない美しさだ。これだけの刺繍を完成させるにはどれほど時間がかかるか、ジュリエットはよく承知していた。王妃お気に入りの仕立屋のローズ・ベルティンなら、この手のガウンを一枚縫いあげるのに何十日もかかっただろう。「これはきっと、誰か別の人のために用意してあったものだわ。それを断ってまで売ってくれるなんて、いったいどうやって、そんなにものわかりのいい仕立屋を探しだしたのかしら」

「ご婦人方はいつだって、ムッシュ・フィリップの願いなら快く応じてくれるんですよ。お召し替えが整いしだい下りていかれると、紳士方におつたえしておきますか？」

「いいえ」ジュリエットはきびすを返すと、そのまま戸口へと向かった。「わたしはこれで結構。あなたの奥さんのガウンでじゅうぶんです」

ロベールがうなずいた。「そうおっしゃると思ってました。ムッシュ・アンドリアスには、すぐに下りていらっしゃるとつたえておきました」

ジュリエットは足を止め、驚いたような顔で振り返った。あまりに機転の利きすぎる使用人を抱えることは、かえって危険かもしれない。「なんて気が利くこと」

ロベールは穏やかに微笑んだ。「わたしを警戒する必要はありませんよ、マドモアゼル・ジュリエット。あなた方が修道院から逃げていらしたことは、けっして口外しませんから」

ジュリエットは鋭い目で彼の顔を見つめた。「修道院で起こったことをどの程度知っていて?」

「市場で耳にしたことだけですが」

「どんなこと?」

「ご存じのことばかりですよ。パリじゅうが虐殺の噂で持ちきりです。でもご心配にはおよびません。わたしはマドモアゼル・カトリーヌを傷つけるようなことは金輪際、誰にもしゃべったりしません。それに、あの方や修道女たちに対する中傷にもいっさい耳を貸しません。だいいちわたしは、あの偉そうな議会の連中が気に入らんのです。あいつらときたら、今後誰に対してでも〝あなた〟ではなく〝きみ〟という言葉を使えと命令するんですから。そのうえ、自分のことは〝シティズン〟と呼ばなくちゃならんそうです。六十年間、〝ムッシュ〟を使うのがあたりまえだと思ってきましたのに」

ジュリエットは胸のあたりがふっと温まるのを感じた。「ありがとう、ロベール。他人を信じるということが、いまはなかなかできなくて」口ごもり、カトリーヌのほうに目を向けた。「フィリップがあなたに会いたがってるわ」

「いやよ！」カトリーヌはベッドの上に起きあがり、背中を硬直させた。頰は燃えるように赤く、目はいまにも涙があふれんばかりになっている。「彼には帰ってもらって」

「カトリーヌ、たしかに彼は――」

「とにかく会いたくないの。二度と彼の顔は見たくないのよ。フィリップをここへ連れてきたりしないで、ジュリエット。そんなことをしたら、わたし――」

「もちろん、あなたがいやがることはしないわ」ジュリエットは心配そうに彼女を一瞥し、ふたたび戸口へ歩きだした。「すぐに戻ってくるわね」

「彼を連れてきたりしないで。彼には顔を見られたくないの。彼は――」カトリーヌは言いよどみ、涙がその頰をつたい落ちた。「ああ、ごめんなさい。赤ん坊みたいに泣きじゃくって、またあなたに嫌われちゃうわね。でもどうしようもないの。あなたに迷惑ばかりかけて、ほんとうにごめんなさい」

「ちっとも迷惑なんかじゃないわ。泣きたいなら好きなだけ泣くといいのよ。あなたにはそれだけの理由があるんですもの」

カトリーヌの目は雨に打たれたサファイアのような光を放っていた。彼女は声をひそめて繰り返した。「お願い。彼には会わせないで、ジュリエット」

「ここには連れてこないから大丈夫よ」喉の奥が締めつけられるような気がし、ジュリエットは思わず唾を呑みこんだ。すぐにロベールを振り返る。「奥さんを呼んできて、マドモアゼル・カトリーヌにつきそってもらって」

彼はうなずいた。「うちのマリーもマドモアゼル・カトリーヌのことをとてもかわいがっていたんです。大丈夫。ちゃんとお世話をしますよ」

「頼んだわね」ジュリエットはすでに廊下のなかばに達していた。「わたしが戻るまでに、食事をさせ、お風呂に入らせて、寝かしつけてあげてほしいの」

「最初のふたつについてはわたしどもにおまかせください、マドモアゼル」さりげないユーモアが、ロベールの口調にかすかににじんだ。

恐れるでも、あわてるでもなく命令に従う。この老人はじつは最初の印象よりも、ずっと勇敢な人間なのかもしれない、とジュリエットは感服する思いで考えた。勇敢な行為とは、忠誠心をともなわない場合、かえって障害になるときもある。それでも臆病な人間と渡りあうよりは、よほど心地よい。ジュリエットは肩ごしにロベールに向かってにやりとしてみせた。「残りはわたしがやるからいいわ」

背筋を伸ばすと、サロンで待つ三人の男に会いにまっすぐ廊下を進んでいった。

ゴールドサロンにいたのはフランソワ・エシャレとフィリップ・アンドリアスのふたりだけだった。まるでピューマと孔雀《くじゃく》ほどにもたがいに相容れない姿のふたりは、気まずそうな沈黙を抱えて立ちつくしていた。

ピューマと孔雀。その発想にわれながら興味をそそられ、ジュリエットはいっとき黙ったまま、アーチ形の戸口にたたずんでふたりを見守った。深紅のシルクのコートにくるまったフィリップは、あたかも日没の太陽のように黄金色のまばゆい光を放ち、パールグレーのズボンと磨きこまれた黒のブーツを身につけていた。一方エシャレは全身を黒、それも地味なサージで固め、巨大な猫が艶やかな毛皮をまとうように獰猛《どうもう》さを漂わせ、着るものなど自分にはなんの意味も持たないと言わんばかりだった。じつに興味深い眺めだ。

気づかぬうちに物音をたててしまったのだろう。フランソワが突然振り向いた。「マドモアゼル、きみにひとつ言っておくことがある。おれはな、言葉ひとつでどうにでもなる馬屋番のように、呼びつけられるのは好きじゃない」前に一歩踏みだすと、その目が蠟燭の明かりを受けてきらめいた。ピューマの目だわ、とジュリエットは思った。まっ黒な瞳、かすかに揺らいで見える危険な匂い。「たとえ手を貸すことになっても、それはきみに言われたからじゃない」

「あなたと話をする必要があったのよ」ジュリエットは言った。「それにフィリップにあなたを呼びにいかせたのは、わたしじゃないわ。ジャン・マルク――」

「やあ、ムッシュ・エシャレ」いつのまにかジャン・マルクが隣りに立ち、落ち着きはらった足取りでフランソワのほうへ歩いていった。「わざわざご足労いただき、申しわけない。ジャン・マルク・アンドリアスです。このたびはわたしのいとこと、マドモアゼル・ド・クレマンのために力を尽くしていただき、心から礼を言います」

「これは、ムッシュ・アンドリアス」エシャレは用心深い目を向けたまま、お辞儀をした。「状況が状況だけに、ほかにどうしようもなかったものですから」

「あら、自分がかかわりあいにならないですむなら、どんなことでもしたんじゃなくて？」ジュリエットがわざとにこやかに言った。「人殺しのお友達のところに連れ戻されなくて、わたしたちは運がよかったんだわ」

「マドモアゼル・ド・クレマンに悪気はないんです」フィリップがかばうように前に進みでた。「すさまじい恐怖を体験したために、すっかり打ちのめされてしまってるんですよ」

ジュリエットは声を荒げた。「冗談じゃないわ。わたしは打ちのめされてなんかいない。たしかに疲れきってるし腹が立ってるけど、この男ににらみつけられたぐらいでびびったりはしないわよ」

フランソワがふいに破顔した。「それはそうだ。きみをびびらせるには、相当な苦労がいるだろう」

「おれも同感だ」ジャン・マルクが冷めた口調で横やりを入れた。「つまらない諍《いさか》いはやめて、そろそろ目下の課題に集中したらどうだ？　そういう口の利き方はカトリーヌのためにならないぞ、ジュリエット」

フランソワは急に背中を見せると、窓際に歩み寄り、外の通りを眺めやった。

「フィリップによれば、正式な書類がないと検問所を通過するのは難しいとか」ジャン・マルクはフランソワの背中に向かって話しはじめた。「それをきみに手に入れてもらうことは？」

「無理です」

「ダントンなら？」

「おそらくできるでしょう。しかし、彼がそうした危険を冒すとは思えませんね。とくにいまは」

「どうして？」ジュリエットが訊いた。

「危険すぎるんだ。通常の警備に加えて、デュプレはあらゆる門に少なくともひとり、自分の部下を配置している。それに彼自身がいつ、どこに突然姿を現すか予想がつかない。ジョルジュ・ジャックはきみとかかわりを持つわけにはいかないんだ。さもないとこれまでに手にしたものを失うことになる」

「手にしたものとは？」今度はジャン・マルクが訊いた。

「ジロンド党ですよ。もし議会がジロンド党を失うようなことになれば、マラーやロベスピエールのような極端な急進派が力を持つことになりますからね」

「ジロンド党なんてどうでもいいわ」ジュリエットが息巻いた。「わたしはカトリーヌをパリから脱出させたいのよ。どうすればいいの？」

「待つことだな」

人ごとだからそんなことが言えるんだわ、とジュリエットは心の内で罵倒した。「待つなんて耐えられないわ」

フランソワがくるりと振り返った。「それなら、マルセイユ人を殺すべきじゃなかったな」

彼女はぎくりとした。「死体が見つかったの？」

「ああ、とっくに見つかってるさ。連中は犯人を捜して、あたり一帯をしらみつぶしにあたっている。ジョルジュ・ジャックによれば、デュプレはそうとう頭に血がのぼっているらしい。彼はなにごともきっちりやらないと気がすまないたちでな」

「その言葉、人殺しにあてはめるのはどうかと思うけど」ジュリエットは下唇を嚙みしめた。

「犯人の目星は？」

「きみの正体はつかんでないが、彼は〝シティズネス・ジャスティス〟が怪しいとにらんでる」

「ほかには？」

フランソワは首を振った。

ということは、あのロケットはデュプレの手に渡っていないんだわ。ジュリエットは胸の内でほっとため息をついた。「剣よ。デュプレはわたしが彼の剣を奪ったことを知ってるのよ」そう言って、眉をひそめた。「でも、カトリーヌがお墓にいたことまではわかってないはずよ。あいつがカトリーヌのことを見たのは鐘楼でのほんの一瞬だけ――例の裁判のときに彼女が中庭にいなかったことを覚えていなければ大丈夫よ」

「デュプレは細かいことまで恐ろしく正確に記憶している。今朝、きみたちふたりの首に懸賞金をかけたが、ふたりの特徴を詳細に把握していた」

「シティズネス・ジャスティスとは？」ジャン・マルクが訊いた。

「マドモアゼル・ド・クレマンのことですよ」フランソワが説明した。「デュプレが彼女について知っているのはその名前だけなんです」

ジャン・マルクのまなざしが急に熱を帯び、ジュリエットに向いた。「なぜ、シティズネス・ジャスティスなんだ？」

「デュプレがおもしろがってそう呼んだだけ。たいした意味はないわ」ジュリエットはしかめっ面になった。「わたしたちがパリにいるってこと、デュプレは知るわけがないわね？」

フランソワがうなずいた。「だから、待っていれば安全なんだ」

「待つってなにを？」

「ジョルジュ・ジャックに頼んでマラーに働きかけてもらい、できるだけ早くデュプレを街から出す。とにかく、きみの顔を知っているのは彼だけなんだから」

「中庭にいた大勢の男たちも、わたしの顔を覚えているかもしれないわ。現にあなたはわたしを知っていたじゃない」

「あのときのマルセイユの男たちは、おれなんかよりよっぽど忙しかったよ」

中庭で男たちが夢中になっていた行為を思い出し、ジュリエットは胃を鷲づかみにされたような不快感を覚えた。「そうね。すごく忙しかったわ」

「連中はいまだに忙しがってる」フランソワは腹立たしげに口元を引き締めた。「数日もすれば、あの修道院での出来事などまっ赤な靄《もや》のなかにかすんでいくさ」

ジュリエットは驚いて彼をかえりみた。「まさか、ほかの場所でも？」

フランソワはうなずいた。「あの朝、修道院を出た足で、連中はラ・フォルス監獄へ向かったんだ。ランバル公妃を殺して、その首を槍で突き刺し、マリー・アントワネットに見せにタンプル塔まで運んだ」

ジュリエットは喉の奥にせりあがってきた苦いものをごくりと呑みこんだ。母は、幼いころから王妃に愛と忠誠を捧げてきたあのやさしい公妃のことを、いつも目の敵にしていた。だがジュリエットにすれば、公妃の異常なほど神経質な性格は理解できないにしても、王妃に対する愛に偽りはないように思えてならなかった。

「なにもそんな話を彼女にしなくたって」とフィリップが横から言った。「ひどく動揺しているじゃないか」

「王妃さまは？」ジュリエットが訊いた。「王妃さまも殺されたの？」

「いや、タンプル塔は警備が行き届いている。王室のメンバーは全員無事だよ」

安堵感がジュリエットの全身を駆け抜けた。王妃さまとルイ・シャルルはまだ生きている。

「人殺したちは、さぞがっかりしたでしょうね」

フランソワは彼女と目を合わせようとはしなかった。「マラーは自分の仕事の達成具合に満足するまでは、デュプレを街から出そうとはしないだろう。やつに出くわす可能性が完全になくなるまで、きみはこの家から一歩も出るんじゃないぞ」

「賄賂は通用するかな？」ジャン・マルクが訊いた。

「いまは無理でしょう。もう少しあとなら、なんとか」

「それじゃ、デュプレがパリから出ていくまで、わたしたちはこの家にとどまっていなくちゃならないってことね」ジュリエットは頭のなかを整理するかのように、思案げな顔をした。「気に入らないわ。だってこの広場の周辺には大勢の人間が住んでるのよ。そんなに長いあいだ、誰にも気づかれずにいるなんてこと不可能よ。どれほど慎重に振る舞っても、そのうち知られてしまうわ」

ジャン・マルクはしばし考えこんでから、口を開いた。「ロベールに言って噂を広めてもらおう。ヴェルダンがプロイセンに占領されたことで、フィリップのふたりの姉妹が北部の自宅から避難せざるをえなくなった。そこでフィリップが彼女たちを連れてここへやってきているっていうのはどうだ?」

「いいですね」フランソワが同意した。「公式の調査さえ行なわれなければ大丈夫でしょう」フィリップを振り返って言う。「その話に信憑《しんぴょう》性を持たせるためにも、きみにはしばらく滞在してもらわなくてはならないが」

フィリップはうなずいた。「もちろん。必要とあらば、いつまでだって滞在しますよ」

「カトリーヌはあなたにいてほしくないと思ってるわ」ジュリエットが横やりを入れた。「あなたには会いたくないんですって」

「彼女の前には出ないように気をつけるよ」フィリップはこわばった声音で答えた。「でも、ぼくはここにいてジャン・マルクとカトリーヌを助けないと――」

「当面はそれでなんとか乗りきれるだろう」ジャン・マルクが遮って言った。「もしなにかまずい事態が生じたら、ぜひとも教えてくれ、エシャレ」

「ジョルジュ・ジャックもわたしも彼女たちが逮捕されることを望んではいません。そうなったらむしろ、厄介な事態になる」フランソワは戸口に向かった。「デュプレがパリを離れたら、すぐに知らせます」

「待って」ジュリエットが足を踏みだした。「それだけではじゅうぶんじゃないわ。フィリップはパリに不案内だし、ジャン・マルクの被後見人があの修道院にいたってことも知られているかもしれない。さっきの話に信憑性を持たせるにはあなたに手伝ってもらうしかないわ。ダントンのもとで働いているなら、あなたの顔はよく知られているでしょうし。少なくとも一日おきに、ここを訪ねてちょうだい」

「おれにはそんな暇は――」

「できるだけ頻繁に訪れて。すぐに帰ってかまわないから」彼女は嘲るような笑みを向けた。「三色の花形記章をつけてきてね。そうすれば、この家の人間はよほど政府に忠誠だと思われるでしょうから。どのみちあなたのようなご立派な革命の戦士は、あれをつけるように義務づけられているんでしょう?」

フランソワは彼女の目を見据えた。「おれにはあんなものは必要ない」

「でも今後数週間つけたからって、べつに問題はないはずだわ。安心して。わたしたちだってあなたの顔が見たいわけじゃないから。マリーに言って庭に案内してもらって、そこで考えごとでもしながら時間を潰せばいいわ」ジュリエットの顔から笑みが消えた。「そうね。なぜレン修道院にいたのか、じっくり考えてみるといいんだわ」

彼は黙ったまま、ジュリエットをにらみつけた。「このあたりに来たときには、ときどき立ち寄るようにしよう」

そう言うとくるりと背を向け、サロンを出ていった。

「待って」ふたたびなにごとか思い出し、ジュリエットは玄関まで追いかけていった。意外なことに、フランソワは螺旋階段の下に立ち、二階を見上げている。

「彼女の具合は?」声音を低く抑えて、彼が訊いた。

「よくないわ。あたりまえでしょう? 夢を見ては、叫び声をあげて目を覚ますの。なにも口にしようとしないし――」ジュリエットは大きく息を吸って、気持ちを落ち着けようとした。「わたしが殺したあの男。何者だったの?」

「マルセイユ出身の男だ。名前はエティエンヌ・マルパン」

「彼に会ったことは?」

「あるさ」

「どんな顔だか説明して」

「死人の顔だ」

「おもしろい表現ね」

「死んだあとは、誰もが同じような顔になる。なぜ突然、やつの顔なんかに興味を持つんだ？」

「お墓のなかは暗かったから、カトリーヌは襲われた相手の顔を見てないのよ。彼らには顔がなかったって言うの。しかも、そのことをとても気にしているのよ」

「そこで、彼女のためにやつらに顔をつけてやろうと？」一瞬、フワンソワは押し黙った。

「エティエンヌ・マルパンは色白で、歳は四十前後、でかくてがっちりとした体格の男だ」

「たしかに大男だったわ。目の色は？」

「さあな」

「調べてきて」

「墓地に行き、まだ埋められていないようなら、まぶたを開いてみろとでも？」

「彼女には顔が必要なのよ。完全な顔が。あなたは特別に怖がりには見えないけど？」

フランソワはあきれたように首を振った。「うんと言うまで、食らいつく気か？」

「彼女には顔が必要なんだったら」

フランソワは玄関の扉を開いた。

「やってくれるの？」

「しつこい女は好きじゃない」

扉の叩きつけられる音が、天井の高い広間に響きわたった。

「もっと慎重に振る舞うべきだぞ。彼は危険な男だ」

振り返ると、フィリップが険しい顔をして立っていた。

「住まいを突きとめようと思って、あちこちでエシャレについて訊いてまわったんだ。彼は議員のあいだでは有名な男だよ」

「どんなふうに有名なの?」

「表向きはダントンの情報要員兼事務官。だが、それが本来の仕事ではないらしい」

「べつに驚かないわ。彼は事務官っていうタイプじゃないもの」

「ダントンのために情報を集めてる」

「スパイってこと?」

「脅しまがいのこともやってる。過去二年間に五回も決闘に臨んでいる。すべて、ダントンが消えてほしいと思った男が相手だよ。言うまでもないことだけど、警告程度の傷を負わせるだけで満足したわけじゃない」

その情報も、ジュリエットを驚かすにはいたらなかった。「わたしに決闘を申し込んでくるとは思わないわ。わたしは彼がほしがるような情報は持っていないもの」

「二回の決闘には女が絡んでいたらしい。おそらくエシャレは、女を誘惑することで狙った獲物を刺激しようとしたんだろう。獲物のほうは自分から挑戦状を叩きつけた。そうすれば武器の選択権が得られるからね」フィリップは首を振った。「結局はそれも実を結ばなかったが」

「それじゃ彼は、ほしいものを手に入れるために女性を利用したってこと?」ジュリエットには、エシャレに女たらしの役目は似合わないような気がした。たしかにそれなりの魅力はそなえているが、そうした策略につきものの欺瞞《ぎまん》とは相容れない、粗野な正直さが感じられるのだ。「でも、あなただって同じことをしたんじゃないの？　ロベールが部屋に運んでくれたガウン、それ以外にどうやって手に入れられて？」

「あれは違うよ」フィリップが反論した。「ぼくは単に、あの店の女性たちに自分の入り用を説明しただけなんだ」

彼は本気でそう信じているんだわ、とジュリエットはあきれながら思った。実際のところフィリップは自分の魅力を見せつけ、お世辞を言い、官能的な笑みを振りまくだけで、目的が達せられたのだろう。「どこのお店で買ったの？」

「ジュレ・ラマルティーヌの店。以前、ジャン・マルクが彼女に仕立ててもらったのを思い出してね。たしか彼の――」ふと口ごもると、ぎこちない口調で続けた。「きみたちふたりのためにひととおりの服をつくってもらうことにしているんだ。だから、すぐにも寸法を知らせないと」

ジャン・マルクが愛人のために服をつくった店。フィリップはそう言おうとしたのだ。ジュリエットは突如、みぞおちを一撃されたような衝撃を覚えた。いいえ、これは痛みなんかじゃない。疲れているし、頭が混乱しているせいだわ。だいいち、金持ちの男はすべからく愛人を抱えているものだし、たいていの情婦は妻なんかよりよっぽど流行に敏感なはず。それほど優秀な仕立屋なら、パリを発つまでに急いでカトリーヌの服をつくってもらうにはぴったりじゃないの。「明日までにカトリーヌの寸法を測っておくわ」

フィリップはうなずいた。「きみのも頼むよ」

「わたしはマリーのガウンでじゅうぶんよ」

「ぼくの妹たちに粗末な格好をさせるわけにはいかない」

非のうちどころのない彼の装いに目を走らせると、ジュリエットはかすかながら無理やり笑みを浮かべた。「恥をかくのはあなたのほうですものね」階段をのぼりながら言う。「わかったわ。わたしの寸法も教えるわ」

踊り場に足を踏みだそうとしたとき、後方からジャン・マルクの声が響いてきた。「ジュリエット」

見下ろすと、彼がサロンの戸口に立っている。ジュリエットは無意識に体を緊張させた。

「なにかしら?」

ジャン・マルクは黒い瞳で射るようにジュリエットの顔を見据えた。「なぜシティズネス・ジャスティスなんだ?」穏やかな口調で訊いた。

ジュリエットは急いで目をそらした。「たいした意味はないって言ったでしょう?」

「なるほど。それじゃ、きみにとって重大な意味のあることとは、なんなんだ?」

「絵よ。それにカトリーヌ」

「ほかには?」

「なにもないわ」

ジャン・マルクの唇の両端が持ちあがり、わずかな笑みが浮かんだ。しかもその表情からは、どこか親密で挑発的な雰囲気が感じとれる。ジュリエットはふいに、彼の肉体からにじみでる風格に圧倒される思いがした。なめらかなラインを描くグレーのコートの下のたくましい肩、ぴったりした鹿のなめし革のズボンにおおわれた太腿の筋肉、少しのたるみもない腹部。ジュリエットは魂を奪われたかのようにうっとりとし、どうにも目をそらせずにいた。

ジャン・マルクの鋭い視線は、なおもしばし彼女の上にとどまった。「じつにおもしろい。それに意欲をかきたてられるよ。ぜひともきみの視野を広げてやらなくてはとね」彼は背中を向けると、大股でサロンへ戻っていった。

ジュリエットはふっと短く息をもらした。まるで彼が立ち去ったことで体じゅうの力が抜けきったかのように。

「会ってくれるかどうか、彼女に訊いてみてくれないかな」

なんと、ジャン・マルクが現れた瞬間から、フィリップの存在を完全に忘れていた。そのことに気づくと、ジュリエットは体の奥が疼くような落ち着きのなさを覚えた。屋敷に戻ってまだ一日だというのに、ジャン・マルクの存在はすでに周囲のあらゆる物や人をかすませてしまっている。

フィリップが近づいて言った。「やっぱり言っておきたいんだ。ぼくが自分の行為をとても恥じていること——」

「恥ですって？　そのことならわたしにも言いたいことがあるわ」ジュリエットはオーク材の手すりをつかむ手にぐっと力を込め、彼を見下ろした。「カトリーヌは自分をとても恥じていて、そのためにあなたの顔を見られないのよ。恥っていうのは犠牲者ではなく、罪を犯した人が感じるべきものだと、いくら説明しても納得しないの。どういうわけか彼女、あなたのことをよほど潔癖な紳士だと思ってるのね。すっかり嫌われたと思ってるわ」

「そうじゃないとぼくの口から説明させてくれ」フィリップはさらに足を踏みだしてくる。

「責められるべきはぼくなんだと」

「そんな言葉、信じないでしょうね。彼女の性格はよく知ってるでしょう？　あなたが自分の恥をさらけだせば、彼女はそれに自分の恥を重ねあわせて考えるだけよ」

「彼女につたえて――いや、もういい。ようするにぼくに言えることはなにもない。そうなんだね？」

「ええ、そうよ」言ってから、ジュリエットは戸惑いを覚えた。意外にも彼の寂しげな表情に心を動かされたのだ。フィリップが女性の心をつかむのに長《た》けていることは万人の認めるところだが、その魅力に自分自身がほだされるとは思いもよらなかった。「二、三日したら、話せるようになるかもしれないわ」

　フィリップの顔がぱっと輝いた。「ぼくにできることがあったら、どんなことでも言ってくれ。きみたちふたりの役に立てるなら、これほど嬉しいことはないんだ」

「なにかあったら、知らせるわ」すがるような彼の視線を背中に感じながら、ジュリエットは階段をのぼりはじめた。

　孔雀とピューマか。彼女は例の対比を思い出した。そして彼らふたりを支配しているのが、神秘的な光を放つ得体の知れない鏡、ジャン・マルク・アンドリアス。

ジュリエットははたと足を止めると、階段のいちばん上から見下ろして言った。「絵の具とカンバス」

フィリップが驚いて訊き返す。「なんだって？」

「しばらくこの家に閉じこめられるなら、わたしには絵の具とカンバスが必要だわ。手に入れてくださる？」

ジュリエットは答えを待たずにきびすを返し、カトリーヌの部屋をめざして廊下を進んでいった。


「ムッシュ・ジャン・マルクは外出なさっておいでです。よろしかったらサロンでお待ちになりますか？　すぐにマドモアゼル・ジュリエットを呼んでまいりますから」ロベールはそう尋ねながら、フランソワの帽子と手袋を受け取り、玄関の中央に据えられたテーブルの上に置いた。「おそらく二階にいらっしゃると――」

「いや」今日ばかりはジュリエット・ド・クレマンの生意気な口調を耳にしたくはない。さきほどまで議会に出席し、つい先日のデュプレの虐殺の話をさんざん聞かされただけに、すでにフランソワの気持ちはすさみきっていた。それなのになぜここを訪れたのか、自分でも理解できなかった。頻繁にロワイヤル広場を訪れるようにというジュリエットの指示に従うつもりなど毛頭なかったし、なによりも、扉を叩きつけるようにしてこの家の玄関を飛びだしてからまだ二日しかたっていないのだ。とはいえ、訪れてしまったからには、短時間なら滞在しても悪くはない。「庭に案内してくれ」

ロベールは目をぱちくりし、ようやくうなずいた。「なるほど。マドモアゼル・カトリーヌにご用でしたか。かしこまりました、ムッシュ。こちらへどうぞ」

戸惑うフランソワを尻目に、ロベールはさっさとホワイエを横切っていく。フランソワはカトリーヌ・ヴァサロと顔を合わせるのも気が進まなかった。これまで自分はきわめて冷淡で、哀れみや後悔の念に心動かされることなどありえないと思ってきた。だがカトリーヌの顔を見ると、彼女を慰め守ってやりたいという胸を刺すような奇妙な感情が湧きおこってくる。

ロベールが振り返り、探るような目で見つめていた。

フランソワはゆっくりと足を踏みだし、ロベールのあとから、庭へ続くガラスの両開き戸へ向かった。

カトリーヌ・ヴァサロは庭園の中央にしつらえられた噴水のそばで、大理石のベンチに腰掛け、両手を膝の上で重ねていた。遠目でも、やわらかいブルーの衣服を身につけているのがぼんやり見てとれる。陽光が彼女の薄茶色の髪に、金色の筋状の光を走らせていた。

「ムッシュ・エシャレがお見えです」ロベールはカトリーヌの前で足を止め、やさしく声をかけた。「あなたにお目にかかりにいらしたそうですよ、マドモアゼル・カトリーヌ」

「わたしに?」カトリーヌは顔を上げ、ロベールの肩ごしにエシャレに目をやった。たちまち、額に幾すじもの皺が刻まれる。「フランソワ。たしか、お名前はフランソワでしたわね？」

「そうです」立ったまま彼女と向き合うフランソワを残し、ロベールはきびすを返して屋敷へ戻っていった。今日の彼女は、このあいだよりもひときわ頼りなげに見える。目の下には暗い影が走り、体はいっそう痩せて、ウエストの細さといったらいまにも折れそうだ。「なにも口にしていないと聞いたが」

「少しは食べているわ。ただ、あまりお腹が空かないの」カトリーヌはふたたび手もとに目を落とした。「思い出したわ。あなた、このあいだわたしに怒っていらしたわよね。どうして怒ったりなさったの？」

「怒ってはいない」フランソワは小径をはさんで、向かい側の大理石のベンチに腰を下ろした。「いや、少し腹を立てていた」

「どうして？」

「きみがあきらめていたからさ。どんなときでもあきらめちゃいけない。どんなに傷つけられようとも、耐え抜くんだ。それが唯一、生き残って相手に復讐するための道なんだから」

カトリーヌはふいに顔を上げた。「でもわたし、復讐なんてしたくないわ」

「いや、したいはずだ」彼はぶっきらぼうに言い放った。「人間たればこそ復讐を望む。誰だって――」まるで外国語でも聞いているような目つきで彼女に見つめられ、フランソワは言いよどんだ。その譬《たと》えは大げさでもなんでもなかった。カトリーヌはどこか遠く、彼の仲間などは知るよしもない国からやってきた、穏やかでやさしい生きもののように見えた。デュプレも妥協も、権力をめぐる争いも、血なま臭い虐殺もない国。

彼女はこの世界では生き残れないかもしれない。不吉な予感に襲われ、フランソワは思わず目をそらした。この世界はやさしい人間に容赦はしない。寛容、すなわちそれは弱さなのだ。そして自分は、それを変えるだけの力を持ってはいない。

「ごめんな……さい」カトリーヌはおどおどと言った。「また怒らせちゃったのね?」

「おれが怒ることを、なぜそんなに気にする? きみは自分のことだけ心配していればいいんだ」

彼女の両手は、膝の上で神経質そうに開いたり閉じたりしていた。「怒ってるんじゃないのね。あなた……苦しんでいるんだわ」

「ばかな」

その言葉は彼女の耳には届かなかったらしい。「それなら、この庭が助けてくれるわ。ここ数日、毎日ここへ来て何時間も座っているの。日差しを顔にいっぱい浴びて、木陰でさえずる鳥の声を聞いて……ときには静けさがわたしを包みこんで、痛みを追いだしてくれるわ」穏やかな笑みがこぼれ、カトリーヌの顔は輝くばかりになった。「たぶん、あなたのことも助けてくれるはずよ」

なんということだ。彼女は自分自身、内なる苦悩と闘っている最中だというのに、このおれのなかに不安を感じとって、そこから解放してくれようとしている。フランソワはふと思いあたった。たったいまカトリーヌが語った庭の姿は、彼女そのものではないのかと。美しく穏やかで、太陽の恵みに満ち、そのくせ残酷な風が吹くたびに脅かされる。彼女の放つ落ち着きが自分をも取りこみ、さっきまでささくれだっていた心がしだいに慰められていくのをフランソワは感じた。

彼は黙ったまま座りつづけ、カトリーヌと同じように当惑と驚きの入り混じった表情で彼女を見つめた。自分はここにいることを楽しんでいる。突然、そのことに気づいた。この庭に座り、カトリーヌ・ヴァサロの顔を眺め、激動に満ちた外界を離れて平和と静寂を味わいたいと思っている。しかし、いったん戦場を選んだ以上、そんなことが許されるはずもない。

フランソワは唐突に立ちあがった。「いや、けっこう。おれはもう行かなくては。きみはここに座って、世のなかのあらゆることを閉めだして生きていくといい。だが、おれには人生においてやるべきことがある」

一瞬、捉えどころのない表情がカトリーヌの顔をかすめたかと思うと、彼女はふたたび、膝の上で重ねた両手に視線を落とした。

フランソワはじっとカトリーヌを見つめた。不可解な苛立たしさが体の奥で疼いている。やがて、彼はひと言も残さずに立ち去った。

気分の晴れぬまま、玄関でジュリエット・ド・クレマンに出くわした。

「いつ来てくれるのかと心配していたところよ」とジュリエットが言った。「わたしたちは——」

「ブルーだ」

ジュリエットは目をしばたたかせた。「なんですって？」

フランソワはテーブルの上から帽子と手袋を拾いあげ、正面の扉へと歩を進めた。「エティエンヌ・マルパンの目の色はブルーだ」

「あら、お墓まで行ってくれたのね」ジュリエットは階段のいちばん下の段で足を止め、彼の顔にじっと目を据えた。「もうひとりの男は？　あいつが何者か調べてもらえるかしら？」

「このうえまだ要求する気か？　あの晩修道院には、二百人以上の男がいたんだぞ」

「カトリーヌは毎晩、悪夢に苦しんでるのよ。あのふたりの男たちには顔がないって、取りつかれたように繰り返して」口元がこわばった。「それに、わたし自身が知りたいのよ」

「ひとつの顔はわかったんだ。それで満足すべきだろう」フランソワは扉に手をかけた。

「おれにはやるべきことがたくさんある。何カ月かかるかわからない、そのうえデュプレの仲間から疑いをかけられるような探偵ごっこは、これ以上ごめんだ」

閉まりかけた扉に向かって、ジュリエットが呼びかけた。「フランソワ」

「言っただろう。金輪際おれは――」

「ありがとう」

フランソワは警戒しきって振り返ったが、意外にもジュリエットの表情にはからかいの色は見られなかった。

「カトリーヌのために、あなたがここまでしなきゃならない理由はなかったんですものね」

彼女はそっけなく言った。「もうひとりの男のことは、わかるまで待つことにするわ」

「役に立ててなによりだよ」

「ええ、そうね」ジュリエットの目がふいに、いらずらっぽくきらめいた。「でも、頼んだはずのことを全部やってくれてはいないのね。その帽子、花形記章がついてないし――」

最後の言葉は乱暴に扉を閉める音に呑みこまれた。

9

「話があるの、ジャン・マルク」

ジャン・マルクは調べものをしていた書類から顔を上げ、書斎の戸口に立つジュリエットに目を向けた。エメラルドグリーンのガウンが、彼女の肌と無造作に垂れた黒い巻き毛を素晴らしく引きたて、瞳がきらめくたびに巻き毛も光を放っているように見える。ここひと月というもの故意にジュリエットを避けてきたというのに、いままた彼女の潔《いさぎよ》いほどの生気を目にして、気持ちが昂ぶるのを感じた。全身の筋肉が緊張し、例によってたちまち生じる肉体的反応をなんとか抑えこむ。

「あとにしてもらえないか？　いま、忙しいんだ」

「忙しいなんて言葉、通用しなくてよ」ジュリエットはまっすぐ机に向かって歩いてきた。「あなたはいつだって忙しいじゃないの。一日じゅうここに閉じこもって、わたしとは話をしようともしない。ここひと月に、一度だってフィリップやわたしと夕食をともにしたことがあって？」

ジャン・マルクは椅子の背にもたれかかった。「ジュリエット、いよいよあのいまいましいジャコバン党が政権の座に就《つ》いたんだ。財産を盗まれないよう、おれだって必死になるさ」にやりとした。「それにしても、寂しがってもらってたとはな。『お願い《シル・ヴ・プレ》、ジャン・マルク』と言ってくれさえすれば、おれだって――」

「カトリーヌが妊娠してるみたいなの」

ジャン・マルクは息を呑んだ。「まさか」

「いいえ、たぶん間違いないわ。二週間前にあっていいはずの生理がいまだにないの。最初はわたしもまさかって思ったんだけど」ジュリエットは苦々しげに顔をゆがめた。「神さまもどういうつもりかしら、ただでさえまいっている彼女にこんなこと。いったいどうする気？」

「考えてみないとな」

「考えるですって？　それより行動してちょうだい。カトリーヌは自分を恥じる気持ちでいっぱいで、そのなかで溺れそうになってるのよ。毎晩、自分の悲鳴で目を覚ますんだから」

「だから、考える必要があるって言ったんだ」

ジュリエットはさらに詰め寄った。「あなたがそうやって考えているあいだに、彼女が妊娠に気づいて、自殺でもしたらどうするつもり？　そうなってもいいって言うの？」

強烈な怒りがジャン・マルクの体を突きあげた。「それじゃ、どうしろと言うんだ？　その辺の裏通りで薄汚い老人を拾ってきて、腹のなかの子を殺させろって言うのか？　赤ん坊を殺せばカトリーヌをも殺すことになるってことぐらい、わからないのか？」

「ばかなことを言わないで――わたしはそんなことを言いたかったんじゃないわ。赤ん坊を殺すなんてこと、カトリーヌが認めるわけがないでしょう。でも、これ以上の屈辱には彼女は耐えられないわ。だからわたし、ずっと考えていたのよ」ジュリエットは息をついた。

「彼女に夫を見つけてあげればいいのよ」

「本気でそんなこと？　いったい誰を？」

「さあ、わからないわ。それはあなたの仕事でしょ。彼女が助けを必要としているときに、あなたはそばにいなかった。今度こそ、助けてあげなくちゃ」

ジャン・マルクは片眉を引きあげた。「このおれに、婚姻の祭壇にのぼれと言うのか？」

「まさか！　違うわよ。カトリーヌはあなたが眉をしかめただけで震えあがるのよ。あなたと結婚したら、ひと月もたたないうちに扇の骨のようにぽっきり折れちゃうわ」

「おれのことを人食い鬼みたいに言うな。だいたいきみは――」ジャン・マルクは口を閉ざし、思案深げに目を細めた。「だが、おれじゃないとすると、考えられるのは――」

「だめよ！」ジュリエットは、彼の論理の行き着く先を即座に察知した。「フィリップって言いたいんでしょう。だめよ。彼女はフィリップとは結婚しないわ」

「どうして？　彼のことは気に入ってたじゃないか」

「気に入ってた？　それどころか、崇めてるわ。彼に夢中なのよ。彼の名前を口にするだけで、まっ赤になるんだから」

「けっこうじゃないか。それなら決まりだ。フィリップもそろそろ身を固めるべきときだし、あのふたりならおたがいに都合がいいってもんだろう。彼はヴァサロを愛しているから、きっとすばらしい経営者になる」

「決まりだなんて、彼と話してもいないじゃない」

「すぐに話をするさ。なにも問題はない。フィリップはカトリーヌのことが好きだし、今回のことじゃ彼女に頭が上がらないはず――」

ジュリエットは頑《かたく》なに首を振った。「ほかの人にして。フィリップじゃなく」

「どうもきみの言うことはわからないな」ジャン・マルクは眉をひそめた。「フィリップなら、彼女を大切にしてくれるさ」

「わたしの話を聞いてなかったの？　カトリーヌはあの美しい孔雀を愛してるのよ。彼と同じ部屋にいることすらできないっていうのに、結婚なんてできると思う？」

「おれから話そう」ジャン・マルクは早くも戸口に向かいかけた。「素晴らしい解決策じゃないか。それを受け入れないというのは理屈に合わない――」

「カトリーヌは苦しんでるのよ。どうやって理性的に振る舞えって言うの？」ジュリエットは彼を追いかけた。「妊娠していること、彼女に話しちゃだめよ」

扉のノブに掛かった手がはたと止まった。「知らないのか、カトリーヌは？」

ジュリエットはうなずいた。「いまは彼女自身が子供みたいなものだもの。言えるわけがないわ。でも、例の一件を隠すために結婚するってことなら、彼女も受け入れると思うの。ほかに目的があることを悟られさえしなければ」

「いつまでも隠しておけるような問題じゃないだろう」

「そのうち、彼女も元気になるわ」ジュリエットは祈るような調子で言った。あふれかけた涙で瞳がきらめいている。「元気になるに決まってるわ。そうでしょう?」

ジャン・マルクはふいに心を揺さぶられた。そうか。ジュリエットもまた子供のように、安心させてくれる言葉を一心に求めているのだ。これまで、ことさら彼女の強さばかりに目を奪われ、その弱さを認めようとはしてこなかった。だが考えてみれば、彼女が慰めを必要としているのももっともなことだった。「かならず見つけてみせるさ、カトリーヌが元気になる道を」

ジュリエットはじっと彼の目を見つめたと思うと、唐突に顔をそむけ、あとずさった。唇を湿らせて言う。「彼女にはフィリップのこと、話さないでくれるわね? 泣かせるだけだもの」

「少なくともフィリップに話をするまではな」

「あら、さすがに人生を左右する問題だけあって、あなたでも本人の承諾を必要とするってわけね」ジュリエットの口調はひときわ辛辣だった。「誰もがあなたの望むとおりにするものとばかり思ってたけど」

ジャン・マルクは笑いを押し殺して言った。「たいていはそうだが、人としての礼儀だけは欠いちゃならないからな。まずはフィリップの承諾を得て、カトリーヌに話をする」

ジュリエットはため息をつき、首を振った。「うまくいきっこないわ」

ジャン・マルクは苦りきった顔で階段を下り、玄関で待っていたジュリエットとフィリップのもとへ歩いてきた。

「だから言ったでしょ。うまくいくはずがないって」彼の表情を読んで、ジュリエットが言った。「わたしの言うことを聞かないからよ」

「きみのそういう口調には、ほとほとうんざりしてるんだ」ジャン・マルクは早口で言い返した。「シスターたちは、よくも長いあいだ我慢できたもんだな」

「彼女たちはわたしのこと、悩みの種だと思ってたわ。気の毒に」

思わずはじけた笑みが、ジャン・マルクの顔から浮かない表情をぬぐい去った。「同感だ」その笑顔を眺めているうち、ジュリエット自身の苛立ちもいつのまにか消散していった。失敗が明らかになっても笑える男。そんな人を前にいつまでも怒ってはいられない。「カトリーヌを泣かせたんでしょう?」

ジャン・マルクは顔をしかめた。「あんなに動揺するとは思ってもみなかったよ。きみがそばにいてやってくれ。だいぶ取り乱しているみたいだから」

フィリップが前に進みでた。「ぼくが行って、この結婚はぼく自身が望んだことだと説明してこようか。なぜ突然、カトリーヌがこれほどまでにぼくを嫌うようになったのか、さっぱりわからないんだ。ぼくはただ、気の毒な彼女を助けたいだけなのに」

「そして、同情している姿を彼女に見せつけたいわけ?」ジュリエットは階段をのぼりはじめた。「あなたにくらべたら、まだジャン・マルクのほうがましな夫になるわよ」

「おれを不適格だと言ったこと、考えなおしたわけか？」ジャン・マルクが横やりを入れた。

「あなたが間違っていてわたしが正しかったからって、厭味を言いたい気持ちはわかるけど、カトリーヌを救う方法を、もっと真剣に考えてちょうだいよ。夫を見つけるぐらい、たいした問題じゃないはずでしょ。フランソワが言ってたわ、あなたは買収するのが得意だって。彼女のためにひと肌脱いだらいいのよ」

「それじゃ、カトリーヌのために夫をひとり、買ってくるとするか。巨大なアラビア砂漠の奴隷市場なんかどうだ？　それともほかに、都合のいい夫を手に入れられる場所があるかい？」

「それはあなたの問題でしょ。わたしはなにが必要か説明したわ。それを見つけてくるのはあなたの仕事よ」

カトリーヌの部屋の扉をうしろ手に閉めて立ちつくすと、ジュリエットは心中でジャン・マルクに対し、いや、男という生きものすべてに対して悪態をついた。カトリーヌはベッドに横たわったまま、痛ましいほどの激しさで泣きじゃくっていた。細い体が小刻みに震えている。

「もう泣きやんで」ジュリエットは大股で近づいていった。「泣く必要なんてないわ。あんなばかな話はもう終わりよ」

カトリーヌはすばやく寝返りを打って、起きあがった。「できないわ、ジュリエット。ジャン・マルクは怒るけど、わたしにはできない」

「わかってるわ」ジュリエットはベッド脇のテーブルからリネンのハンカチを拾いあげ、カトリーヌの頬をそっとぬぐった。「あなたがいやと言うなら、誰も無理やりフィリップと結婚させたりしないわ」

「ジャン・マルクはどうしてこんなこと、彼に頼むことができたのかしら」カトリーヌは不思議そうに訊いた。「彼はフィリップを愛してるのに。フィリップなら、純潔で汚れのない奥さんをもらうことができるし――」

「あなたと結婚したって、彼はこのうえなく幸せになれるはずよ」

「いいえ、わたしはふさわしくない――」

「もうこんなばかげた話はやめにしましょ」ジュリエットは内心の苛立ちをなんとかおさめようとした。「二度と、フィリップと結婚するよう説得したりしないわ。ただし覚えておいて。あなたは誰かと結婚しなければならないのよ」

カトリーヌはかぶりを振った。「わたしは結婚なんかしない」

「しなくちゃならないのよ」

「ジャン・マルクもそう言ったわ。それは、あの男たちがわたしにあんなことをしたから？　わたしが辱めを受けたから？」

「ええ、そう。やつらがあんなことをしたからよ」

「それって……不公平だわ」

「そうね」

「結婚なんかしたくない」

「気持ちはわかるわ、カトリーヌ」ジュリエットはベッドの端に腰を下ろし、両手でカトリーヌの手を包みこんだ。「でも、わかってるはずよ。あなたにとって最良の方法でなかったら、わたしが勧めるはずはないって」

カトリーヌは弱々しくうなずいた。

「それじゃ、頼んだとおりにしてくれるのね?」

「でも、フィリップはいや」

「もちろん、フィリップじゃないわ」ジュリエットは、いっそう強くカトリーヌの手を握りしめた。「誰か別の人よ」

瞬間、カトリーヌは体をこわばらせた。「その人、わたしのことを傷つけたりしない?」

憤激にかわり、激しい慈愛の情がジュリエットの体の奥から突きあげてきた。「もちろんよ。傷つけるわけがないわ」

カトリーヌはふっと緊張を解いた。「二度とあんなふうにされたくないの」

「大丈夫よ。わたしを信じてちょうだい」

「あなたのことは信じてるわ。あなたが望むことならなんでもする」カトリーヌは握られていた両手を引っこめた。すでに彼女が話を聞ける状態にないことを、ジュリエットは見てとった。

「そろそろ庭に行ってくるわ」

「ショールを持っていったほうがいいわね」ジュリエットは立ちあがった。「夕食は、わたしたちと一緒にする？」

「え？　ああ、けっこうよ。わたしは早く寝るつもりだから」

いまだって半分眠っているくせに、とジュリエットは胸中でつぶやいた。いつになったら、あなたは目覚めるの？「夕食のあと、髪の毛を梳《と》かしにきてあげましょうか？　そのほうがぐっすりと眠れるみたいだから」

「いいえ、けっこうよ。ひとりでいたいの」カトリーヌはジュリエットの顔から視線をそらした。「どうしてもって言うならべつだけど」

これがカトリーヌの言葉？　いつだってひとりでいるのをいやがって、シスター・ベルナデットのお墓まで追いかけてきた彼女の言葉だとは、とても思えなかった。「いいえ、いやならいいのよ。少しは気分が楽になるかと思っただけだから」ジュリエットは戸口へ向かった。「お部屋に夕食を運ぶようマリーに言っておくわね」

階段のなかばにさしかかったとき、ある考えが突然、ジュリエットの頭にひらめいた。

いくらなんでも突飛すぎるわ。

いいえ、案外そうでもないかもしれない。

ジュリエットは思案げに眉根を寄せたまま、階段をおりていった。

「仕事が忙しくて食事もできないなんて言わせないわよ、ジャン・マルク」

翌日の夕方、書斎の扉を開くなり、ジュリエットが言った。「今夜こそ、わたしたちと一緒に食事をしてもらいますからね」

「命令するつもりか？」ジャン・マルクがものやわらかな口調で訊いた。

ジュリエットがうなずく。「お客さまが見えてるの」

「客だって？」ジャン・マルクが椅子を押しさげると、耳ざわりなきしみが響いた。「きみとカトリーヌがいるかぎり、この家に客なんか呼べるわけがないだろう」

「とにかく、すぐにゴールドサロンにいらして」ジュリエットはそそくさと立ち去った。

フランソワ・エシャレは驚くほどエレガントな装いで登場した。濃い茶色の髪をうしろになでつけて黒のタイで結び、ダークブルーのコートはジャン・マルクやフィリップと同じように、ぴったりと肩に沿っている。いかにも上品なボウタイは、いくぶん如才のなさをうかがわせ、ジュリエットはふと、フィリップから聞かされたフランソワの女がらみの噂を思い出した。明らかに、ピューマには隠された一面があったのだ。

「お邪魔しています、ムッシュ・アンドリアス」フランソワはジャン・マルクに向かって挨拶し、もどかしげに言葉を続けた。「こんな堅苦しい晩餐など必要ないでしょうに。さっさと片づけましょう。今日はどういう用件です？」

「きみを呼んだのはおれじゃない」

「それなら、なぜわたしがここに？」

「さあ」ジャン・マルクはジュリエットの顔をうかがった。「マドモアゼル・ド・クレマンに訊いてみたほうがいい」

「あとで説明するわ」ジュリエットは言って、フランソワに目を向けた。「さあ、話をはじめて。わたしはまだ、考えごとの最中だから」

「仰せのとおりに。集中しているきみの邪魔はしたくないからね」ジャン・マルクはシルバーのピッチャーを手に取り、マリーが紫檀のテーブルに用意したゴブレットにワインを注いだ。「デュプレはまだパリに？」

「おそらくもう少しの辛抱ですよ。ジョルジュ・ジャックは戦況を憂えていて、まもなくみずから前線に赴《おもむ》くつもりでいます。その際、デュプレを彼の側近として派遣するようマラーに頼むそうですから」

「おそらく？」ジャン・マルクが皮肉っぽく顔をゆがめた。「おれは不確かなことをあてにするのが好きじゃなくてね。もう少し、早まらないものかな。検問所の見張りの態度を変えさせるには、いくらぐらいかかる？」

「それは無理ですね」

「金に糸目はつけない」

「不可能です」

「金に釣られない人間はいない」

フランソワはいくぶん前に小首をかしげた。「そのことなら、誰よりあなたがご存じでしょうからね。あなたは当の議員以上に、国民公会に顔がきく」

ジャン・マルクは表情をこわばらせた。「仲間の革命家の資産を増やしてやっているのに、不服なのか？」

「わたしは革命を、一点の汚れもない貞女だと思っていると、よくジョルジュ・ジャックにからかわれるんです」フランソワは首を振った。「でも彼は間違っている。議員のなかに買収される人間がいることぐらい、ちゃんとわかってます」

「そして、きみはそれに異議を唱えない？」

「受け入れてますよ」フランソワは言葉を切った。「革命の核心部分に影響を及ぼさないかぎりはね。買収相手が誰にしろ、賄賂は徴税や通商禁止令を欺《あざむ》くことになる。でもわたしはかまわない。〝人間の権利〟（トマス・ペインの政治論）と憲法にさえ抵触しないでもらえれば」

ジャン・マルクの目がせばまり、フランソワの顔に据えられた。「もしおれが、その尊い文書に修正を加える必要があると判断したら、きみはどうする？」

フランソワは愉快そうに微笑んだ。「あなたの心臓をえぐりだします」

ジャン・マルクは一瞬身がまえ、ほどなくゆっくりと緊張を解いた。さらに笑みまでももらす。「きみの大切な〝人間の権利〟に手を加える気など毛頭ないがな。あの本の内容には、おおかた賛成だ」

「それはおたがいにとって幸運だ」

ジュリエットはふたりのやりとりに興味津々で耳を傾けていた。このふたりは性格も人生観もまるで相容れないというのに、完全に打ち解けあったもの同士のように笑いあっている。だが、いまはこの言葉のメヌエットを打ち切らせ、肝心の話題に引き戻さなくては。

「検問所の兵士を買収することが、どうして不可能なの？」

フランソワはジュリエットを振り返った。「彼らのなかでは、ムッシュが提供してくれるフランへの欲望よりも、デュプレに対する恐れのほうが強いからさ。貪欲《どんよく》さというのはたしかに万人共通だが、ある種の限界もある」

「それほど堅固な限界じゃないだろう」ジャン・マルクは、ジュリエットのために用意したシルバーのゴブレットを手に取った。「きみなら彼らを説得して――どうした？」

「いいえ、べつに」ジュリエットはなみなみと注がれた深い色合いの赤ワインに、吸い寄せられるように見入っていた。締めつけられるような不快感が腹部を襲い、どうしようもなく胸がむかついてきた。ここで具合が悪くなるわけにはいかない。

「顔色が悪いぞ」ジャン・マルクが彼女の顔をのぞきこんだ。「まっ青だ。ワインをひと口飲むといい」

「いや！」ジュリエットはゴブレットを押しやり、あとずさった。「大丈夫よ。すぐによくなるわ」

「好きにしろ。だが、そんなにむきになることもないだろう。ワインをひと口飲めば、気分がよくなると思っただけなんだ」

「ジュリエットはワインが苦手なんだ」フィリップが口を差しはさんだ。「そのことでぼくはしょっちゅう、彼女をからかってるのさ。食事のときはいつだって水がお供だ」

「ずいぶん変わってるな」ジャン・マルクはなおもジュリエットの顔を観察した。「それに不健康だ。もっとも、修道院の水はパリの水よりも、はるかにきれいだったんだろうが」

ジュリエットはごくりと唾を呑み、ゴブレットから目をそむけた。「さあ、よく覚えてないわ」

「そういえばカトリーヌが言ってたな。修道院のワインはすばらしく上質なんだと。シスターたちがみずから葡萄を栽培して――」

「わたしがいただこう」フランソワは前に進みでると、ジャン・マルクの手からゴブレットを取りあげた。「われわれのような貧しい共和主義者には、豪商のワインセラーの一品を味わう機会などほとんどありませんからね」口元にカップを運び、ひと口すすった。「素晴らしい」

ジャン・マルクの関心はたちまちにしてフランソワに移り、ジュリエットはほっと胸をなでおろした。「共和主義者が〝人間の権利〟以外のものも正当に評価できるとは、うれしいかぎりだ」

フランソワが微笑んだ。「わたしはバスクの出身なんです。バスク人ほど、人生を楽しむことに長《た》けている人間はいないと言われてるんですよ」

フランソワはジュリエットのうろたえぶりを目にして、わざとジャン・マルクの注意を自分に引きつけたのだ。およそ彼らしくない行動。いいえ、案外彼はそういう人間なのかもしれない。ジュリエットは値踏みするようにじっとフランソワの顔を見つめた。「さあ、そろそろ食事にしましょう」唐突に告げた。「マリーの料理の腕はたいしたものよ、フランソワ。パリのどんなレストランでも、彼女ほどの料理人は見つけられないわ」

三人の男は驚いてジュリエットをかえりみた。

「行きましょう」彼女はきびすを返すと先頭に立ち、サロンからダイニングルームへ続くアーチ形の戸口へ向かった。「お食事をしながら、カトリーヌをパリから連れだす方法についてジャン・マルクと相談すればいいわ」

マリーが四品めの料理を配り終えたところで、それまでひと言も口をきかなかったジュリエットがようやく口を開いた。「フランソワ」

フランソワはテーブルの向かいからちらりと目を向けた。「なにか？」

ジュリエットは彼を無視したまま、今度は上席に座っているジャン・マルクを振り返った。

「フランソワを利用することに決めたわ」

「なんだい、その〝利用する〟ってのは。気に入らない」フランソワが言った。「きみたちに手を貸すことには同意はしたが、やり方は自分で決める。けっして〝利用される〟つもりはないからな」

「あら、その言葉に深い意味はないのよ。わたしってときどき、おかしな言葉遣いをしてしまうのね」

「ときどきだって？」ジャン・マルクが低くつぶやいた。「毎度のことじゃないか」

「そんなこと、いまはどうでもいいでしょう」ジュリエットは身を乗りだし、突如、熱のこもった表情を浮かべた。「あなた、結婚しているの、フランソワ？」

彼は警戒するように眉をひそめた。「いや」

「よかった。それじゃ問題ないわね。彼に申し込んで、ジャン・マルク」

ジャン・マルクは上体をのけぞらせ、まじまじとフランソワを観察した。「結婚を？　それはできない。彼はおれの趣味じゃない」

フランソワは口元をひきつらせた。「それはありがたい。〝人間の権利〟どころかわたしのあそこまでいじくられるのかと、一瞬ひやりとしましたよ」

「冗談を言ってる場合じゃないのよ」ジュリエットは腹立たしげにジャン・マルクに目をくれた。「カトリーヌよ」

ジャン・マルクのまぶたがそっと下がり、瞳をおおい隠した。「興味深い選択だな」

「冗談じゃない！」フィリップがテーブルにナプキンを叩きつけた。「どうかしてるよ、ジュリエット。彼は赤の他人だぞ。ぼくたちだって彼のことはよく知らない」

「カトリーヌのことなら、説得してみせるわ」

「彼女はぼくのことだって受け入れなかったんだ」

「それとこれは別よ」

「どう違うんだ？」フィリップが詰め寄った。「彼女は気分がすぐれないだけで――」

「なんの話か説明してもらえると助かるんだが」フランソワが横から言った。

「ぼくはいっさい協力しないからな」フィリップは耳ざわりな音をたてて椅子を押しさげ、立ちあがった。「カトリーヌだってうんと言わないに決まってるさ」

怒りにまかせ大股で部屋から出ていくフィリップを、ジュリエットは見送った。「さてと。これでゆっくり話ができるわ」深々と息を吸う。「まだわからないの、ジャン・マルク？これ以上の解決策はないわ。民事婚よ。ロベールから聞いたんだけど、新しい議会――いえ、いまは公会って言うんだったわね――公会は、結婚や離婚が簡単にできるようにする法律を可決したらしいわ。公吏の前に出て一定の書類に署名すれば、それですむんですってよ。ほんとうなんでしょう？」

「ああ、そう聞いた」ジャン・マルクは依然としてフランソワの顔を眺めている。

「それにもしフランソワと結婚すれば、カトリーヌは革命政府のメンバーの保護を受けることになるわけでしょう？　彼女の健康状態が思わしくないからパリを離れさせるって言えば、少しも不自然じゃないし」

「ちょっと待った」フランソワが鋭く口をはさんだ。「このおれにマドモアゼル・ヴァサロと結婚しろと？」

「もちろんそうよ！　あなたさっきからの話を聞いてなかったの？」ジュリエットはジャン・マルクに視線を戻した。「司祭が執り行なうわけじゃないから、カトリーヌも結婚式じゃなくて単なる契約だと割りきれると思うの。彼女にとってはただの偽装結婚ですむわ」

フランソワはつとめて落ち着いた声でゆっくりと言った。「どうやら話の主役はおれのようだが、それならおれも話に参加させるべきじゃないのか？」

ジュリエットは上体をそらし、椅子の背に寄りかかった。「そうね。彼の言うとおりだわ。申し込んでよ、ジャン・マルク」

ジャン・マルクはゴブレットを口元に運んだ。「ジュリエットの意見はなかなか鋭い。ひょっとしたらきみが解決策なのかもしれない。ダントンからはいくら受け取ってる、エシャレ？」

「必要じゅうぶんな額です。いったいどういう――」

「六十万リーブル」ジャン・マルクが低い声で言った。「花嫁の持参金としちゃ相当な額だぞ。きみはかなりの金持ちになれる。しかも結婚期間はカトリーヌとヴァサロの安全が確認されるまででじゅうぶん。離婚後もきみが持参金を所持する権利があることは、ちゃんと契約書に明記する。どうだ、気前のいい申し出だと思うが？」

エシャレの顔に驚きの表情が走ったが、すぐに彼はそれをおさめた。「驚くべきお話です」

ジュリエットがうなずいた。「この話がまとまればカトリーヌも晴れてパリをあとにできるわ。そうすれば彼女の存在に脅かされていたあなたとダントンも安心できる。あなたの妻ってことなら、検問所で止められてあれこれ尋問されることもないわけでしょう？　まさに完璧な解決策よ」

「慎重に準備すればうまくいくかもしれない」フランソワは熱のない口調で同意した。「それにきみも、使用人ということで彼女と一緒に街を出られるかもしれない」

「ああ、そうね。そうかもしれないわ」ジュリエットは勢いこんで訊いた。「それじゃ、引き受けてくれるのね？」

「そうは言ってない」フランソワはジャン・マルクに視線を移した。「もう少し待てば同じ結果が得られるというのに、いやに高価な解決策を提示なさる。なにかわけが？」

「必要だからだ」

「なぜです？」フランソワはなおも詰め寄った。

「カトリーヌは……」ジャン・マルクはわずかに顔をしかめ、語を継いだ。「カトリーヌはどうやら妊娠しているらしい」

フランソワは少しも表情を変えなかった。「そんなことだろうと思ってました。それなら早く結婚したほうがいい。でも、あなたの甥御さんはどうなんです？　彼なら喜んで引き受けてくれるでしょうに。数あるあなたのご親族を差しおいて、わたしが選ばれるとはどうも納得できませんね」

「じつは最初はフィリップを考えた。でも、さっきのやりとりを聞いただろう？　カトリーヌは彼を望まない」

「どうして？」フランソワはジュリエットに向かって訊いた。

「カトリーヌは彼を愛しているのよ。だから、汚れた女性を妻に持つような不名誉を彼にもたらしたくないと思ってるの。でもあなたになら、なんの感情も持ってないから、きっとうまくいくわ」彼女は軽く肩をすくめた。「彼女には、ジャン・マルクがあなたを〝買った〟って説明するから」

「宝石のついた扇や、羽根飾りのあるボンネットのように？」フランソワは皮肉っぽく言った。「どうもきみの言葉遣いは気に入らないね、マドモアゼル・ド・クレマン」

「いまはつまらないあげ足取りをしている場合じゃないわ。ジャン・マルクはあなたを買おうとしていて、価格はじゅうぶん満足いくもののはずよ。受けてくれるの？」

フランソワは答えなかった。

「もっとお金を積んで、ジャン・マルク」

「きみはよほどおれに金を使わせたいらしいな。ムッシュ・エシャレがためらっているのは、金額の問題じゃないと思うがな」ジャン・マルクはワインをすすった。「しばらく考えさせてあげたらどうだ」

「でも、どうしても彼が必要なのよ。カトリーヌには必要なの」

フランソワはワインの入った手元のグラスを一瞥した。「マドモアゼル・ヴァサロにはしばらく会ってないが。少しはよくなったのか？」

「いいえ。日を追ってますます殻に閉じこもるようになって、彼女は……」ジュリエットは口ごもり、なんとか声を保とうとした。「カトリーヌは妊娠していることを知らないの。もし知ったら、どうなってしまうか……」深く吐息をもらす。「あなたも彼女の姿を見たでしょう？　彼女にはこれ以上の苦しみは耐えられないわ。守ってくれる人が必要なのよ。あなたが守ってくれないと……」ジャン・マルクを振り返った。「金額を増やして」

ジャン・マルクは肩をすくめた。「八十万リーブル」

フランソワは考えこむように額に皺を刻んだまま、ひたすら沈黙している。

「なにを迷っているの？」ジュリエットが我慢できずに訊いた。「あなたは金持ちになれて、ダントンの安全が保障されるのよ」

フランソワがなおも答えずにいると、ジュリエットはまたしても口を開きかけた。

フランソワが片手を挙げて制した。「もうじゅうぶんだ」

「それじゃ、彼女と結婚してくれるの？」

フランソワはからかうような笑みを浮かべた。「断れるわけがないだろう？　ムッシュ・アンドリアスが言うとおり、誰でも金持ちになりたいからな」

ジュリエットはほっと安堵のため息をもらした。「それじゃ決まりね」

「きみの説得で、マドモアゼル・ヴァサロがおれを受け入れてくれればの話だ」フランソワが真剣な声音で言った。

「カトリーヌよ。彼女の名前はカトリーヌ。あなたってずいぶん堅苦しいもの言いをするのね。あの気取ったノアイユ伯爵夫人みたい。ヴェルサイユじゃみんな、あの人のことをマダム・エチケットって呼んでたのよ」

「自分より優れた人にはそれなりの敬意を表すようにしつけられたからね」

「自分より優れた人なんていないと思ってるくせに」ジュリエットは鼻で笑うと、立ちあがった。「カトリーヌに話してくるわ」

「おれも彼女に直接会いたい」フランソワが言った。

「明日にして。明日、あらためて来てちょうだい。彼女にもこの話を受け入れる時間が必要だと思うから」

ジュリエットが立ち去ったあと、部屋にはしばらく沈黙が落ちた。「ムッシュ・エシャレ、おれはカトリーヌのためなら、いくらだって持参金を用意する」ジャン・マルクは静かに口を開いた。「だが、それなりの見返りは要求する。騙されることだけは我慢ならない」

「このわたしがあなたを騙すと？」

ジャン・マルクは思案げに彼を見つめた。「きみは見た目以上に手ごわそうな人間だからな」

「それはおたがいさまだ……ジャン・マルク」

彼の口調に親しみとからかいの匂いを感じとり、ジャン・マルクはゆっくりとうなずいた。

「これだけは覚えておいてもらいたい。おれはカトリーヌを大切に思っている。もしジュリエットの解決策が彼女にとって不幸なものとなったら、おれもまた非常に不幸な思いをする」

「支払った金額なりの見返りは保証しますよ」フランソワはジャン・マルクの視線をまっすぐに受け止めて言った。「だが、わたしはあなたの操り人形じゃない。自分なりのやり方で進めさせてもらいます」

「きみが条件をつけてくるとは思ってもみなかったよ」

フランソワは立ちあがり、お辞儀をした。「それじゃ、おたがいに理解しあえたところで、そろそろお暇します。明日また」

カトリーヌはいつものように庭園の大理石のベンチに腰掛け、噴水の向こうに広がるピンクの薔薇の花壇へうっとりと視線を注いでいた。その姿はつい先日の午後、この庭で向かいあって座っていたときのことをフランソワに思い起こさせた。だが、今日のガウンはブルーではなく、飾り気のない白のモスリンで、目の覚めるような黄色の飾り帯を締めている。お揃いの黄色いリボンで、髪をうしろに束ねていた。

フランソワが庭園の小径を歩いていくと、彼女は振り返り、無邪気な視線を投げかけた。

彼はうやうやしく腰をかがめた。「ごきげんよう、カトリーヌ。マドモアゼル・ド・クレ——いや、ジュリエットから聞いていたんだね？　おれが今日訪ねてくると？」

カトリーヌはうなずいただけで、すぐに薔薇の花壇へ目を戻した。「すてきな午後だわ。そう思わないこと？　もうすぐ霜が降りるってロベールが言ってたけど、こんな日には信じられないわね」

「彼女から聞いたとは思うが——」フランソワは言いかけてやめた。カトリーヌは彼の存在などまるで気に掛けていないかのようだった。そのことが彼の内に疼《うず》くような痛みを引き起こした。彼女は変わってしまっていた。あの日の午後、この庭園で話をしたときはたしかに落ちこんではいたが、生きようとする気持ちや他人を気遣う思いを失ってはいなかった。だがいま、目の前にいる彼女は礼儀正しいながらも、まるで彼方の星のように遠い存在に感じられた。「カトリーヌ」

彼女は生気のない目で、ちらっと彼を振り返った。「以前、フィリップから聞いたことがあるの。ヴァサロではどこまでも果てしなくお花畑が続いて、この世のものとは思えないほど美しいんですって。でもわたし、ちっとも覚えていないの。お話ししたかしら。わたしがあそこを離れたとき、まだわずか四歳だったってこと？　この庭園もとても素晴らしいけれど、わたしはあの――」

「カトリーヌ、きみは二日後におれと結婚するんだ」ひと息ついてつけたした。「きみが望めばの話だが」

カトリーヌの顔から、ふっと夢見心地な表情が引いていった。「望みはしないけど、ジュリエットとジャン・マルクはわたしにとってなにがいちばんいいのかを知っているわ」背筋を伸ばすと顔をそむけ、背の高い石垣の下を指さした。「今度の春、ロベールはあそこに白いスミレを植えるのよ。スミレは育てやすい花らしいんだけど、今年の冬にかぎっては寒さが厳しすぎて死んでしまったんですって」そう言って眉根を寄せた。「過酷さは、生きものを殺してしまうのね」

「そんなことはない！」思わず拳に力が入り、フランソワはあわてて緊張を解いた。「闘えばいいんだ。闘えば、過酷さはかえってその人を強くしてくれる」

「スミレは死んでしまったわ」

「人間は花とは違う」

「でも、いまはスミレの話をしていたはずでしょう?」カトリーヌは不思議そうに尋ねた。

「そうよ。スミレの話だわ。ロベールがね――」

「おれは花の話なんかしたくない」フランソワが遮って言った。「知りたいんだ。きみは――」いったん言いよどんだものの、すぐに意を決したように口を開いた。「おれがきみにとって最良のことをすると、信じられるのか?」

「ジュリエットはあなたを信じてるわ。だからわたしも信じないと」

「ジュリエットは関係ない。きみの問題だ」フランソワは片手の指でカトリーヌの顎を持ちあげ、無理やり目を合わせた。「きみはおれを信じなくちゃならない」

触れられたせいで、彼女の心がいっきに閉ざされていくのをフランソワは感じた。まるで秋色におおいつくされた庭園に冷たい風が吹き抜けていくかのように。

「その手をすぐに離して。あなた……どうかしてるわ」

「おれを信じるかどうか、訊いているんだ」

「あなたとジュリエットのあいだで話はすんでるんでしょう。なぜ、そうやってわたしを困らせるの? わたしはただひとりでいたいだけなのに。わたしは――」カトリーヌはフランソワの手を振り払った。「わかったわよ。信じるわ。これで帰ってくださるわね?」

「おれの言うとおりにするか?」

カトリーヌは彼のほうを振り返りもせずに、ぎこちなくうなずいた。

フランソワは深々とため息をつき、一歩あとずさった。「それじゃ、ごきげんよう、カトリーヌ」

「ごきげんよう」

フランソワはきびすを返し、屋敷の入口へと大股で向かっていった。彼が戸口に達するのを待つまでもなく、すでにカトリーヌはふたたび夢のなかにいるようなまなざしで、今年の秋最後の薔薇の花を見つめていた。

二日後、フランソワ・エシャレは市庁において、その日の夕方にカトリーヌ・ヴァサロと結婚する旨を届け出た。午後四時を少し過ぎたころ、彼とダントンは打ち合わせどおりに、市庁の建物の外でジャン・マルクとカトリーヌと落ちあった。

「たいして時間はかからない」フランソワはカトリーヌにほんの一瞥をくれただけでその腕を取ると、市庁の扉を勢いよく開けた。部屋に足を踏み入れるなり、甲高い笑い声や騒々しいおしゃべり、安っぽい香水の匂いや粗野な人間臭さが、どっと彼らをおおいつくした。

「わざと、役人が大忙しのこの時間帯を選んだんだ。市当局はなんとか手間を省こうと、今日の午後は一回の式で、少なくとも四十組の結婚を執り行なう予定だ。役人が簡単なスピーチをして、そのあとわれわれひとりずつに、結婚の意思があるかどうかを確認する。そこでイエスと答えれば、それでおしまいだ」

「おもしろいな。きわめて事務的だが、おもしろい。結婚の幸福をもたらす〝イエス〟のコーラスか」ジャン・マルクはにやりと口元をゆがめ、花と松明《たいまつ》を手にしたヒュメナイオスの華麗な像の隣りに、ライフルを手にいかめしい顔つきで立っている国民軍兵士に目をとめた。「そしてやつらは、どんな不測の事態にも対応できるよう準備してるというわけか」

ダントンが長いテーブルを指し示した。一段高くなった台座から市の役人が監督するもと、数人の紳士があわただしく書類に目を通したり署名したりしている。「契約書だよ、紳士諸君。合法的に行なわれるように、おれがみずから作成したんだ」

ジャン・マルクがうなずいた。「法務大臣が作成した書類なら、その合法性を問題視する人間などいないからな」

ダントンはにやりとした。「さすが、わかってるじゃないか。それじゃ面倒な手続きはさっさと片づけて、この麗しきふたりの若者が結ばれる瞬間を楽しむとするか」

実際、ジャン・マルクが契約書に目を通して署名するほうが、カトリーヌとフランソワの結婚の儀式よりもよほど時間がかかったといってよかった。

短い儀式の最中ずっと、ジャン・マルクは心配そうな目でカトリーヌを見つめていた。だが、彼女は終始落ち着いたようすで、ほかの大勢の花嫁に混じっていても、少しも場違いな感じを与えてはいなかった。ジュリエットが選んだ地味めの濃いブルーのガウンを身につけ、髪はうしろに引っ詰めてひとつに結び、顔が隠れるほどつばの広い麦藁のボンネットのなかにたくしこんでいる。

カトリーヌはいま、なにを考えているのだろう、とジャン・マルクはいぶかしんだ。ジュリエットに二階から連れられ、彼の手に預けられて以来、カトリーヌは一度も口を開いてはいなかった。もっともここ数日はいつもこんな調子で、彼女がなにをどう感じているのか想像のしようもない。ジュリエットの言うことは正しかったのだ。カトリーヌはかつての無垢な少女のまわりに堅い殻を張りめぐらし、相手が誰であれけっしてそれを突き破ることを許さなかった。

結婚の儀式が終わりに近づき、カトリーヌは求められるまま、なんの表情もない低い声で同意の言葉を口にした。

たちまち部屋じゅうが騒がしくなったかと思うと、儀式を終えたばかりのカップルが散会し、かわって別の花嫁と花婿がどっと部屋のなかになだれこんできた。

ダントンは轟きわたるような声で豪快に笑いながら市の役人の肩を叩き、ひと言ふた言、下品な冗談を交わすと、そそくさと自分の連れを部屋から追い立てて通りへと導いていった。たちまち真面目な顔つきに戻り、一行とともにグレーヴ広場へ向かう。「うまくいったな」

ジャン・マルクがうなずいた。「あの混雑のなかで市当局の印象に残った顔があったとすれば、きみだ。カトリーヌじゃない」

彼らが近づいてくるのを目にするなり、ジャン・マルクが雇っておいた馬車の御者が急いで扉を開けた。

ジャン・マルクはちゃかすような視線をダントンに向けた。「きみが来てくれるとは驚いたよ、ダントン。かなりの危険がともなっただろうに」

「フランソワがおれの部下であることは誰もが知ってる。その彼の結婚式に出ないとなれば、かえって不自然に思われるさ」ダントンが応じた。「やるとなったら、徹底してやるのがおれの流儀だ」

ジャン・マルクはカトリーヌの腕を取って、馬車に乗せようとした。「なるほど。あとは明朝、カトリーヌとジュリエットが無事パリを発つことを祈るばかりだな。それできみは――」突然、フランソワが目の前に立ちはだかった。ジャン・マルクはフランソワの顔に鋭いまなざしをくれた。「どいてくれないか、エシャレ」

フランソワは御者に向かって席に戻るよう身振りで示した。「そうはいきません」カトリーヌの腕を取ると、自分のほうへ引き寄せる。「カトリーヌは、今晩はあなたの屋敷には戻りません」

「ほう？ それじゃ、どこで過ごす？」

「ジョルジュ・ジャックの義理の父親が経営する、カフェの隣りの宿で」

ジャン・マルクの顔つきがこわばった。「そんな話は聞いてないぞ」

フランソワはちらっと御者のほうをうかがい、彼の耳に入らないことを確認した。「ダントンと打ち合わせをして、明日検問所で警備にあたる予定の人間を、今夜その宿の談話室に集めることにしたんです。カトリーヌとわたしが一緒にいるところを見せたいものですから」

「その必要があると?」

「この結婚が本物であると、あらゆる人間に信じこませる必要があります」フランソワは無表情で説明した。「それに、花婿が結婚式の晩にひとりで過ごすというのは不自然でしょう」

「おれの屋敷にくればいい」

「いえ」フランソワはくるりと背を向け、二、三ヤード離れたところで待機するダントンの馬車のほうへカトリーヌを引っぱっていった。「わたしのやり方でやらせてもらいます。カトリーヌは朝にはお返ししますよ」

「それがカトリーヌにとって最良の方法なら」ジャン・マルクの穏やかな声音には脅迫じみた響きが感じられた。

フランソワはジャン・マルクを一瞥し、嘲るように顔をほころばせると、カトリーヌの体を持ちあげてダントンの馬車に乗せた。「夫というものはつねに、妻にとって最良の方法を知っているものでしょう?」

「そうだといいがな」ジャン・マルクは額に皺を寄せたまま、馬車に乗りこむ彼の姿を見守った。フランソワの行動は不安をかきたて、また、油断につけこまれたようで不愉快でもあった。だがその一方で、彼の計画は理にかなっており、検問所の護衛たちに対して周到な備えをしておけば、カトリーヌたちの脱出計画がさらに安全なものになることは、認めざるをえなかった。

フランソワとカトリーヌの待つ馬車に乗りこもうとしてダントンは足を止め、いかにも愉快げな目でジャン・マルクを振り返った。「まごついているようだな、シティズン。どうやらきみは、おれの友人の性格をよく知らなかったとみえる。あいつは相手の意表をついた行動に出ることを、喜びとしているんだ。ときどきおれも、悩まされる」彼が乗り終えると、御者が勢いよく扉を閉めた。

まもなく、ダントンの馬車は左右に揺れながら敷石の上を進んでいった。

ジャン・マルクはなおも渋い顔で、遠ざかっていく馬車のうしろ姿を見つめて立ちつくしていた。今回のエシャレの行動がまたも彼の頭痛の種になることは明らかだった。

なぜなら、カトリーヌが結婚式の晩をアンドリアス家の屋根の下で過ごさないことを、これからジュリエットに話さなくてはならないのだ。

「すぐに彼女を連れ戻して」ジュリエットはジャン・マルクをにらみつけながら命令した。

「あなたがそこまでばかだったなんて。よりによってあの男に――」言葉を切り、思いきり息を吸った。「二度と誰にも傷つけさせないって、彼女に約束したのよ」

「大丈夫。彼女は傷つかないさ」

「あなたが行かないなら、わたしが自分で行ってくるわ」

「やめておけ」ジャン・マルクは穏やかに言った。「ばかなことをして、カトリーヌときみ自身を危険にさらしたくないならな」

「彼女は脅えてるにきまってるわ。もし彼が――」

「花婿の権利を行使したら？」ジャン・マルクが言葉を引きとって言った。「エシャレはそんなことはしない。彫像みたいに生気のない女を手込めにするなんてのは、野蛮人の行為だ」

「野蛮人かもしれないじゃない。あなたは彼とは知り合ってまもないのよ。彼がどんな人間か知らないわ」

「どこかで聞いたせりふだな。いいか、エシャレを選んだのはきみなんだぞ」

「それは、彼ならわたしたちの言うとおりに動くと思ったからよ」

「エシャレはおれたちの言うとおりに動くような人間じゃない」

「それならどうして、そんなところに突っ立ってるのよ？　さっさとカトリーヌを連れ戻してきてちょうだい」

「彼らは結婚したんだ。おれにその権利はない。カトリーヌに関して権利を保持しているのは彼のほうだ」

「権利ですって？　もし彼がカトリーヌをレイプしたらどうする気よ？」

ジャン・マルクは冷静な声音で言った。「そのときはやつを殺す。ゆっくり時間をかけてな」

「そんなことをしたってカトリーヌが助かるわけじゃないわ。あなたは――」

「ジュリエット。カトリーヌは今夜ひと晩エシャレと一緒に過ごす。なぜなら、それがきみたちふたりにとって最良の方法だとおれが判断したからだ。そういう確信がなかったら、エシャレに彼女を連れてはいかせない。この話はもう終わりだ」

「終わっちゃいないわ」ジュリエットはきびすを返し、戸口に向かった。「フィリップに言って――」

「よせ」ジャン・マルクの手が彼女の腕を鷲づかみにした。「おれを信じるんだ。めったにないことだが、今回ばかりはきみの判断は正しくない。あきらめるんだ」

ジュリエットは彼の手を振りほどこうとする。「あきらめるもんですか。わたしはカトリーヌに約束したのよ。もし彼女になにかあったら、裏切ったことになるのよ。彼女はわたしを必要としているの。だからわたしは――」

「しーっ。彼女は大丈夫だ」意外にもジュリエットの体が震えていることにジャン・マルクは気づいた。彼女の緊張感がつたわってくる。つかんだ手首が激しく脈打ち、肌は熱を帯びたように熱い。「エシャレは言ってみれば、冒さざるをえない危険なんだ」

「危険ですって？　あなた、自分がなにを言っているのかわかってないのよ。あなたはあそこにいなかったもの。知らないんだわ、彼らがどんなにひどい……」ジュリエットは彼の手を振りほどくと身を翻し、階段に向かって走りだした。

「ジュリエット！」

彼女は肩ごしにジャン・マルクにちらっと目をくれた。「もし彼がカトリーヌを傷つけたら、わたしはあなたを許さないわ」蒼白な顔で、目だけがらんらんと光っている。「わたしに二度までも罪を犯させたことを、けっして許さない。聞いてるの？　一生、許さないから」

ジュリエットは階段を駆けあがった。つぎの瞬間、部屋の扉が叩きつけられる音が響いた。

ジャン・マルクは眉根を寄せたまま、階段を見上げていた。二度までも罪を犯させるだと？

10

「わたし、あの人たち好きじゃないわ」カトリーヌが唐突に言った。宿のメイドが夕食を運び終えて立ち去って以来、彼女がはじめて口にした言葉だった。

フランソワはワインを口に含んだ。「誰のことだ？」

「下の談話室にいた男の人たちよ。あの人たちを見てると思い出すの——とにかく好きじゃないわ」

「そう言うだろうと思ってたよ」フランソワはカトリーヌの目をじっと見つめた。「なにか怖いことをされたのか？」

その言い方は、礼儀としてとりあえず訊いた、という程度にしか聞こえなかった。わたしがあの男たちになにをされようとどうでもいいんだわ、とカトリーヌは腹立たしい思いで考えた。彼はどう見てもわざとぐずぐず長居し、見るからに冷酷そうなあの男たちと、花嫁を肴《さかな》にして露骨な冗談に興じていた。しまいには猥褻《わいせつ》の度が増して、耳をおおいたくなったほどだ。そんな彼らの存在も最初のうちは、今日一日のほかの事柄と同様にぼんやり意識していたにすぎなかった。ところがフランソワはそうした毒舌から守ってくれるわけでもなく、しだいにカトリーヌは男たちの言葉のひとつひとつが耳につきはじめ、心の奥にかすかに憤慨の念が湧きおこるのを感じたのだった。彼女はもう一度繰り返した。「あの人たち、好きじゃないわ」

「二度と会う必要はないさ」

「安心したわ」カトリーヌは食事の皿に目を落とした。

「ほんの二、三口しか食べてないじゃないか。さあ、牛肉を食べるといい。ソースの味がとてもいいから。これはみんな、ジョルジュ・ジャックが隣りのカフェ・シャルパンティエから運ぶように手配してくれたんだ。彼があのカフェを頻繁に訪れるようになった理由のひとつは、この料理なんだよ」ふいに彼が微笑んだ。「もうひとつの理由は、経営者の娘。これを料理してくれた女だ。いまや彼は両方を手にしてる」

カトリーヌはフォークを手にしようともしなかった。「わたし、これ以上ここにいるのは耐えられないわ。帰ってもいいかしら？」

フランソワはゴブレットの縁ごしに、彼女の顔を見据えた。「だめだ」

カトリーヌの長いまつげが持ちあがった。「ここじゃ落ち着かないのよ。ジュリエットに会いたいわ」

「明日会えばいい」フランソワはゴブレットをテーブルに下ろした。「おれがジャン・マルクに話したこと、理解してたんじゃないのか？」

カトリーヌは首を振った。

「そうだろうと思った。きみは一日じゅう、ぼうっと歩きまわっていただけだからな」ゴブレットの脚を握るフランソワの手に、力がこもった。「理解していなかったのに、どうしておれと一緒にきた？」

「あなたはわたしを傷つけたりしないって、ジャン・マルクとジュリエットが言ったからよ」

「おれがどう行動するか、なぜ彼らにわかる？」

カトリーヌの目が見開かれた。「わたしを傷つけるつもりなの？」

「そうじゃない」フランソワはゴブレットを口元に運び、ぐっと飲み干すと、耳ざわりな音をたててテーブルに置いた。「頼むから、そんな目でおれを見るのはやめてくれ。きみを傷つけることはしない」

「それじゃ、どうしてさっきから怒鳴ってばかりなの？」

「それはきみが――」彼は唾を呑みこんだ。言葉を探すようなそぶりを見せ、やがてうんざりしたように言った。「きみを傷つけないと約束するよ。おれを信じてくれると言ったからな」

「でも、わたしはあなたのことを知らないわ」

「いま、目の前にいる男がおれだ」

「どういうこと？」

「怒りっぽいバスク人。貴族を嫌い、ダントンのためにスパイを働く男。そういう男なら知ってるだろう、カトリーヌ？」

「意味がよくわからないけど」

「おれたちはみな、ひとりのなかに何人もの人間を抱えているってことさ」フランソワは、まるでカトリーヌが理解するよう念じてでもいるかのように、一心に彼女の顔を見つめた。「おれを信じてくれなければ、助けてやることもできない」フランソワは空になったゴブレットに目を落とした。「もうすぐ、皿を下げにメイドが戻ってくる。彼女には、おれたちが一緒にあのベッドに入っているところを見せる必要がある」カトリーヌがひそやかに息を吸いこむのが聞こえたが、顔を上げずに続けた。「彼女はくすくす笑って下に降りていき、そのことをほかの連中に話すだろう。するとまた冗談とウインクの応酬がはじまるってわけさ」ひと息ついた。「そして明日、検問所に到着すると、きみのお気に召さなかったあの男たちはフランソワ・エシャレの恥ずかしがり屋の妻を覚えていて、ベッドの上で戯《たわむ》れたあとだけにお疲れのようすだ、とかなんとか冗談を投げかける」彼はカトリーヌの目を見つめた。彼女は明らかに警戒している。「そして彼らはゲートを開き、めでたくきみはヴァサロへ帰れるというわけだ。それが望みなんだろう？」

「そうよ」と、彼女は消え入りそうな声で言った。

フランソワは椅子を押しさげて立ちあがった。「それじゃ準備をするとしよう」片手を差しだした。「くるんだ。怖がることはない」

カトリーヌはまるで襲いかかろうとするヘビを見るような目つきで、彼の手を凝視し、やがてこわごわと自分の手を預けた。

「ほら、なんともないだろう？」フランソワはその手を引っぱり、彼女を立ちあがらせた。

「それじゃつぎだ。自分で服を脱げるか？　それとも手伝おうか？」

「自分でできるわ」

「よし」フランソワはカトリーヌの背中を押してベッドのほうへ向かわせると、自分は椅子に戻ってふたたびワインを注いだ。「ベッドに入ったら教えてくれ」

彼はまるで小さな子供を相手にしているかのような話し方をした。どうしてやさしいふりなんかするのかしら？　ほんとうはやさしくもなんともないくせに。「こんなことまでする必要があるとは思えないけど」

「必要なんだ。もし自分のためにおれの指示に従えないんだったら、ジュリエットのためだと思うんだな。彼女も明日同じ馬車に乗る。彼女の場合は捕まったら、きみより危険は大きい」まっすぐ前を見つめたまま言う。「全部だ」

「なんですって？」

「全部脱ぐんだ」

「そんなこと――」

「脱ぐんだ！」

あまりに鋭い口調に、カトリーヌは思わずガウンを脱ぐ手を速めた。静まりかえった部屋に自分の荒々しい息づかいだけが響いている。なぜわたしはこんなことをしているの？　やっぱりここにはくるべきじゃなかったんだわ。ああ、あのロワイヤル広場のお屋敷に走って帰りたい。ジュリエットならきっとわたしを助けてくれるわ。ジュリエットなら、こんな無礼で野蛮な男がわたしに命令するなんて放ってはおかないはずよ。ジュリエット。そうよ、ジュリエットはわたしのために男を殺したのだから、なんとしても守ってあげなくては。言われたとおりにすれば、検問所で尋問を受けなくてもすむってフランソワは言ったけど、ほんとうかしら？　突然、カトリーヌはわれに返り、全裸の自分に気づいた。あわてて部屋を突っきってベッドに飛びこみ、首まですっぽりとシーツを引きあげる。

フランソワはなおも前を見据えながら、ゆっくりとワインを味わっていた。

数分が過ぎても、沈黙は続いていた。

カトリーヌは急に苛立たしくなって言った。「いいわ。言うとおりにしたわよ」

フランソワが立ちあがった。たちまち苛立たしさは消し飛んで、激しい恐怖に襲われた。

「安心しろ、カトリーヌ。傷つけたりしないから」もはや彼の声音に鋭さはなく、さきほどまでのなだめるような口調に戻っていた。「全部、脱いだんだな」ゆっくりと振り返って彼女の姿を確認した。

カトリーヌは体を固くしたままベッドに起きあがっていた。シーツを顎まで引きあげ、疑わしげな目つきでじっと彼の顔を見つめている。

フランソワは剝きだしになった彼女の肩の艶やかな肌に目をとめた。「それでいい」

彼がゆっくりと近づいてくる。

カトリーヌはいっそう体を緊張させ、オーク材のヘッドボードにぎゅっと背中を押しつけた。

フランソワがすぐ脇に腰を下ろした。「急ぐことはない。まだ時間はある」

カトリーヌは無言のまま彼を見つめた。

「寒いか？　火を燃やすか？」

カトリーヌは首を振った。

「ワインは？」

「けっこうよ」

小声すぎて聞こえず、思わず彼が身を乗りだすと、びくりとカトリーヌが体をこわばらせた。

「いい加減にしろ《サクレ・ブル》！」激しい言葉とともに、フランソワが立ちあがった。「体を震わすのはやめてくれ。怖がることはなにもないと言っただろう？　これでもおれは一生懸命やってるんだ。だいたいきみは――」

「怒鳴るのはやめて！」乱暴な言葉のおかげで、カトリーヌの五感がいっきに目覚めたかのようだった。彼女はフランソワをにらみつけた。「もうこれ以上耐えられないわ。最初はあのいまわしい男たちに好き放題卑猥な言葉を言わせておいて、つぎはあれしろこれしろって命令する。そのうえ今度は目の前で、とても紳士が口にしそうにない言葉で罵倒する」

フランソワは呆然と彼女を見つめていた。

カトリーヌはベッドのほうへ身振りしてみせた。「たしかにこういうことは必要なのかもしれないけど、わたしにとっては簡単なことじゃないのよ」

「それはおれのせいじゃない。おれはあの礼儀正しいフィリップとやらのように、できるだけやさしく振る舞っていたつもりだ。女性に対してこれほどやさしい言葉を使った覚えは、かつて一度もないんだぞ」

「そうでしょうね。とても不自然な感じがするもの」

にわかにフランソワの表情が穏やかになり、目を細めてカトリーヌの顔をのぞきこんだ。

「無礼なおれのほうが好みだと?」

「少なくともそのほうが自然だわ。あなたが慣れない言葉を使っているのを聞くと、かえって不安な気持ちになるのよ」

「おれはそんなに口が悪いか?」

「そうよ。これまで指摘されたことがないの? それより、どうしてそんな目でわたしを見るの?」

「いや、ちょっと思いあたったことがあってね」フランソワはなにやら意味深な笑みを浮かべた。「質問の答えはイエスだ。おれが無礼であることも紳士でないことも、仲間うちじゃみんなが知ってる。ところで、ようやく体の震えが止まったようだが、ワインでも飲むか?」

「寝る前にワインを飲むと、よく眠れなくなるの」

「どっちみち、熟睡できてるようには見えないがな」短く沈黙した末に、彼が訊いた。「まだ夢を見るのか？」

「ええ」カトリーヌはつと目をそらすと、話題を変えた。「だから、ジュリエットが夜寝る前にときどき髪を梳かしてくれるの。そうすると……リラックスできるみたい」

「おれに彼女のかわりをしろって言いたいわけか？」

カトリーヌは驚いて彼を見返した。「まさか」

「いや、そうしてほしそうな顔だ」フランソワの顔に愉快げな笑みが広がった。「きみは命令されたことを怒ってるが、ようするにおれをへつらわせたいわけだ」

そんなばかな。誰かを平伏させて喜ぶなんて、自分にかぎってあるわけがないと思ってきた。けれどもたしかに、フランソワの尊大な態度は彼女を激しく苛立たせた。「さっきの話は、ただ言ってみただけよ」

フランソワはいかにもからかうような態度でお辞儀をしてみせた。「おれも愛国的な共和主義者のはしくれだ。卑しい仕事をすることに恥じらいはない」部屋の向かいに置かれた、高脚つきのタンスに歩み寄った。「今晩は、おれがジュリエットになりかわろう」タンスの上に置かれていた馬の毛のブラシを手に取って、振り返る。「ただし、彼女のように叱りつけたりはしないがな」

カトリーヌは不安げなまなざしで、近づいてくる彼の姿を見守った。片手でシーツの端をしっかりと握りしめる。「ジュリエットはわたしを叱ったりはしないわ」

「それじゃ、きみは唯一の例外ってことだ」フランソワはカトリーヌの髪を束ねているピンを、ひとつずつ外しにかかった。「なぜ、震えている？　ただ髪を梳かそうとしているだけだ」

髪の毛がばさりと背中に落ち、カトリーヌはきつく目を閉じた。

「体には触れないから安心しろ」彼は上から下へ、長くゆっくりとブラシを動かしはじめた。それからの数分間、部屋のなかには、彼女の豊かな髪のあいだを走るブラシのひそやかな音だけが響いていた。

「気持ちがいいわ」カトリーヌがささやいた。「ありがとう」

「どういたしまして」

「さっきあなた、わたしたちは誰でも大勢の人間を抱えているって言ったけど、あれはどういう意味？」

「言ったとおりさ」フランソワはこめかみからうしろへと髪を梳かしつけた。「きみ自身のことを考えてみるといい。きみはジュリエットの友達であると同時に、ジャン・マルクの従順でかわいいとこだ。彼らのきみを見る目は、それぞれ違うはずだ」

「あなたのことは、みんなはどんなふうに見てるの？」

「さあ、見たいように見てるだろう」フランソワは手を伸ばし、束になった髪をそっと右肩のうしろに引きよせた。と、温かな彼の指先がうなじをかすめ、カトリーヌは体の奥にかすかな疼きを覚えて、思わず身を震わせた。軽やかな指の感触はすぐに消え失せ、ふたたびブラシの毛が規則正しい動きを開始した。

「あなたはわたしのことをどう見てるのかしら？」衝動に駆られ、カトリーヌが訊いた。

はたとフランソワが手を止めた。「庭にいる姿が浮かんでくる」

「それは、そういうわたしの姿が気に入ってるってこと？」

「おそらくね。おれはこれまであまり、庭とは縁のない人生を送ってきたからな」

「でもこのあいだ、あなたは言ったわ。そういう生活はあえて選ばない――」

「おれの言うことは、かならずしもいつも理にかなっちゃいない」

「でも、あなたは見た目よりも賢いしやさしいって、ジュリエットが言ってたわよ」

「そしてきみはいつも、ジュリエットの判断を信じるわけか？」

「最近はそうね。だって、そのほうが……楽だし」

「その気持ちはよくわかる。きみがいつまでも子供のままでいたいというなら、しかたがない」

「わたしは子供じゃないわ」

「レイプされたからか？」

カトリーヌは体をこわばらせた。「よくもそんなことを――」

「おれにやさしさが欠けていると思うなら、ジュリエットの判断は間違ってることになるわけだろう？」

カトリーヌは顔をしかめ、肩ごしにちらっと目をくれた。「どうしてそうやって、喧嘩をふっかけるようなことばかり言うの？」

「ほかの連中がしないからさ。彼らはただ、気の毒で傷ついたマドモアゼルに同情するだけ。おれにもそうしてほしいのか？」

カトリーヌの口の両端が不機嫌そうに持ちあがった。「いいえ。でも、もしわたしがそう望んだとしても、どうにもならないじゃない。あなたは結局、自分のやりたいようにやるんだから」

「ほう？　ようやく、おたがいを理解できたようだな。同情はなしだ」

カトリーヌはふいに気持ちが軽くなったような気がした。まるでおびただしい量の重荷を、肩から持ちあげてもらったように。「同情はなし」

フランソワはナイトスタンドの上にブラシを置いた。「さてと。これで、きみを怒らせた償いはすんだぞ。ところでジュリエットは、いったいどんな罪を償おうとしてるのかな」

カトリーヌが当惑げに眉間を寄せる。「罪って？」

「だって、まるで小さな子供を扱うようにきみを甘やかして。不自然に思わないかい？」

「わたしからは、なにも要求してはいないのよ。彼女が言うには――」

「おっと、時間だ」彼はコートを脱いだ。「もうすぐメイドが片づけにやってくる。横になって、あっちを向いてくれ」

カトリーヌはどうしたらいいかわからずに、フランソワの顔を見つめた。

彼はシャツを脱ぎにかかった。「これでもおれは、きみの繊細な感情を傷つけないよう気を遣ってるんだぜ。それともおれの裸が見たいのか？」

「また意地悪を言うのね」カトリーヌは急いで横になり、背中を向けた。背後で、フランソワが動いている気配がする。服を脱いでいるのだ。もうすぐ裸の彼が、隣りに潜りこんでくる。ひどく脅えていいはずなのに、極度の困惑のせいだろう、自分の感情の正体さえつかめないでいた。

「少し向こうへずれてくれ」フランソワがベッドの脇に立っていた。

カトリーヌは大急ぎで、ベッドのいちばん端まで移動した。ひやりと冷気が体をなでたかと思うと、ベッドカバーが持ちあがり、フワンソワがその下に滑りこんだ。体を合わせてもいないのに、彼の体から熱を帯びた波が押し寄せてくるのが感じられる。なんてこと。やっぱりわたし、恐ろしいわ。カトリーヌはまたしても震えはじめた。

「震えなくていい」フランソワの口調はそっけなくも、どこか気持ちを落ち着かせる響きをともなっていた。「すぐに終わる」

「ええ」

「おれはきみに欲望を抱いちゃいない。ただ、ふりをするだけだ。痩せた女はおれの趣味じゃない。男ってのは、目の前の女すべてに欲情するとはかぎらないんだ」

「でも、修道院のあのマルセイユ人たちは――」

「あれは別だ。あれは病気、熱病だ」

「ヘンリエッタはまだ十歳だったのよ」

「すべての男が同じわけじゃない。ある一定のタイプの女にしか欲望を感じない男もいるし、ロベスピエールのように禁欲的な男もいる。あるいは女よりも男のほうを好むやつもいるんだ」

カトリーヌは目をまるくした。「ほんとう？　それじゃあなた――」

「おれは違う。男色じゃない」

「そう」彼女は言いにくそうにした。「ということはあなたも……」口ごもり、不快げに身震いする。

「女性を傷つけるのが好きなのね」

「傷つける必要はない。好みの女なら、おれは誠心誠意、相手を喜ばせてやるまでさ」

カトリーヌは押し黙った。

「いいか。けっして――」遠慮がちなノックの音が響き、熱のこもった彼の低い声音が途切れた。

「急げ！」フランソワが彼女の上におおいかぶさった。なにが起きているのか理解する前に、すでにカトリーヌの体の上には彼の体が重なっていた。「どうぞ」

扉が開き、さきほど食事を用意してくれた体格のいい女が入ってきた。彼女は足を止め、なにやらぶつぶつとつぶやいてから、テーブルの上を片づけはじめた。

「急いでくれ」フランソワの声には苛立たしさがこもっていた。女はくすりと笑い、わざとゆっくりと仕事を進めている。

さまざまな感情がまるで水しぶきをあげる滝のように、カトリーヌの頭のなかで暴れまわった。筋肉の盛りあがった温かなフランソワの胸が、やわらかな胸に押しつけられている。お墓！　悲鳴が喉の奥までせりあがってきて、思わず口を開きかけた。

フランソワが鋭く目で制し、ささやいた。「黙って！」

カトリーヌは口を閉じ、なすすべもなく彼を見あげた。やがてゆっくりとだが、恐怖が引いていった。たしかに状況はあのときに似ているが、じつはまるで違うことが肌で感じられた。この体は温かく艶やかで、わたしの体にひっかき傷をつくるような粗雑な服など着てはいない。頑丈でたくましいけれど、不必要に体に触れたり体重をかけたりしないよう慎重に気遣っている。わたしの上に乗っているのは、名前も知らない見知らぬ男ではない。この人はフランソワ。その顔はいかにも豪胆そうで、気性の激しさは蠟燭の明かりのもとでもはっきりと見てとれる。これほどの荒々しさがほっとするような親しみをもたらすとは、彼女は自分でも不思議だった。

「蠟燭を吹き消して、さっさと立ち去ってくれ」フランソワが肩ごしに命令した。

ふたたび押し殺した笑い声が響いたかと思うと、部屋は突然、闇に沈んだ。扉が閉められた。

フランソワは彼女の上から降りるなり、あわてて遠ざかった。「ほら、終わった。言っただろう、たいしたことじゃないって」

あんなに急いで体を離すなんて。きっと彼も同じように、体を重ねているのがよほど不快だったんだわ、とカトリーヌは考えた。温かな肌を押しつけられたうえ、彼の胸をおおう縮れ毛でこすられたせいで、乳首はなおもぴりぴりと痺《しび》れるようだった。しかもその感覚がまんざら不快でもないことに自分でも驚いていた。とにかく予想していたほど恐ろしい体験ではなかったし、フランソワも言ったように、いずれにせよ終わったのだ。カトリーヌはふうっと長い吐息をもらした。「あとは寝るだけ？」

「寝られるならね」

意外にも彼女は、今夜はぐっすりと眠れるような気がしていた。試練は終わったし、全身の筋肉が重たくてけだるい。「あなたはずっと、一緒にいるの？」

「あいにく、ほかにベッドがないものでね」

カトリーヌは目を閉じた。「そうね」

長い沈黙が部屋を満たした。しばらくしてカトリーヌが口を開いた。「ひとつ質問してもいいかしら？」

「なんなりと」

「どうしてあなたは、いつもわたしに怒ってばかりいるの？」

フランソワはすぐには答えなかった。あまりに長く押し黙ったままなので、無視されたのだと思いはじめたとき、ふいに答えが返ってきた。

「きみを見てると、心が痛むんだ」

「なんですって？」

「いいから、もう寝ろ」

ふたたびふたりのあいだに沈黙が落ちた。

「ごめんなさい。わたしがばかだったわ。なにもわかってなかったのね」

「なにを？」

「あなたがわたしを傷つけるつもりなんてなかったってこと」カトリーヌは体を倒し、壁のほうを向いた。「男の人って誰でも、女というだけで女性をほしがるものだと思っていたの。あなたに説明してもらってよかったわ。いまはあなたといても、ずっと楽な気持ちでいられるもの」

「そうか」

「ええ」彼女は眠たそうな声でささやいた。「それにしてもよかった。わたしはあなたの趣味じゃないから、欲望を感じないなんて」

「そう、おれはきみを抱きたいとは思わない」

カトリーヌは眠りへと落ちる意識のなかで、フランソワがその言葉を繰り返すのを聞いていた。奇妙なことに、彼の口を通して語られると、それはまるで修道女たちに教えられた神聖な連禱《れんとう》のひとつのように耳に届いた。

翌朝、ロワイヤル広場に到着したフランソワとカトリーヌを、ジュリエットが玄関先で出迎えた。

「大丈夫だった？」ジュリエットの視線が気遣うようにカトリーヌの顔を探る。彼女はとりあえず、ほっと胸をなでおろした。見たところ、カトリーヌに傷つけられたようすは見られない。実際、その表情には驚くほど生気がみなぎっていた。「傷つけられなかったのね？」

「彼は辛辣な言葉を浴びせられた以外は、なにもされなかったわ」カトリーヌが答えた。

「それにおれは、幼少時代を修道院で過ごしたわけじゃない」フランソワがかすかに微笑んだ。「彼女よりは二、三年多く、修行を積んでるからね」あなた以上に乱暴な舌の持ち主よ、ジュリエット」

カトリーヌは顔をしかめた。「それにしたってあなたの――」

「さあ、もういいわ」ジュリエットはカトリーヌの腕をとってホワイエに引き入れると、ボンネットの紐をほどいて脱がせてやった。「家に帰ってきたからには安心して。あとはわたしに任せなさい。疲れたでしょう？」

「そう、よかったわ。でも、とにかく休んだほうがいいわね。ジャン・マルクとフィリップはいま、ムッシュ・バルドーのところに行ってるの。あなたのヴァサロ滞在の資金を調達するために、仕事の打ち合わせをするんだとか。彼らが戻ってきたらみんなで一緒に夕食をいただいて、それから出発よ。さあ、急いで部屋に行って。わたしもすぐに行くから」

カトリーヌは頼りなげな目を向けた。「そうでもないわ。昨日はとてもよく眠れたから」

カトリーヌの顔から快活な表情が消え失せていった。「あなたがそのほうがいいと言うなら」おとなしく階段へ向かう。

「待て。行くんじゃない」フランソワが穏やかな声で引きとめた。「いやだと言うんだ、カトリーヌ」

ジュリエットが眉根を寄せた。「なにをばかなことを。彼女は具合がよくないのよ。出発の前に休んでおかないとならないでしょう？　見てごらんなさい。さっきよりまた顔色が悪くなってるわ」

「たぶん少し疲れてるのよ」フランソワのしかめっ面を無視して、カトリーヌは重い足取りで階段をのぼりはじめた。「ヴァサロに出発する前に、もう一度庭園に行きたいんだけど。時間はあるわよね、ジュリエット？」

「休んでからね」ジュリエットはフランソワと向きあった。「話があるの」

「そうくると思っていた」彼の視線は、ゆっくりと階段をのぼっていくカトリーヌのうしろ姿を追った。「おれもきみと話をしたいと思っていたところだ。こっちへきたまえ」

フランソワはきびすを返すと、大股でサロンに入っていった。

いやに堂々とした態度に気圧され、ジュリエットは一瞬躊躇したが、すぐに足早に追いかけて言った。「昨晩のことだけど、カトリーヌを連れていくなんてどういうつもり？　あなたにそんな権利はないはずよ。彼女を脅えさせるんじゃないかって気が気じゃなかったわ」

「脅えさせた」

ジュリエットは顔をこわばらせた。「彼女になにをしたの？」

「もちろん、無理やり押し倒したりはしないさ。きみの想像しているのはそんなことだろうが」フランソワはジュリエットの目をまっすぐに見据えた。「だが、彼女を怖がらせたことはたしかだ。それに怒らせたし、不快げに顔をゆがめさせもした」ひと息ついた。「修道院を脱出して以来、きみが毎日目にしてきたあの顔だよ」

「あんな顔をされたって、わたしは平気よ。カトリーヌはまだ、それをどうにかできるほど強くはないんですもの」

「いや、彼女はきみが思っているよりも強いさ。昨晩はぴんぴんしていたよ。きみの言うとおり精神的に脆《もろ》かったら、泣きだすか気絶するところだ。だが、そのどちらでもなかった。そこでおれは気づいたんだ。なぜ彼女はこれまで元気になるどころか、悪くなる一方だったのかってことをね」彼は短く間をおいた。「原因はきみだ」

「わたしですって?」

「きみは彼女を甘やかしてだめにしてるんだ」

ジュリエットは信じられないというように、彼の顔を凝視した。「そんなの嘘よ。あなたはカトリーヌのことをなにも知らないのよ。彼女はわたしを必要としてるわ」

「彼女がきみを?」フランソワが穏やかに訊きかえした。「あるいは、きみのほうが彼女を必要としているんじゃないのか?」

ジュリエットは両手をぎゅっと握りしめた。「ばかなことを言わないで。彼女はわたしの助けがないとだめなのよ。お腹に赤ん坊がいるんだから」

「昨晩は、きみがいなくても大丈夫だった」フランソワは冷めたまなざしでジュリエットの表情を観察した。「きみが彼女のことを心配していないとは言わない。だが、いまの彼女にとってきみは、最悪の存在だよ。彼女には他人に頼ることをやめて、自分の力で立つことが必要なんだ。きみは彼女にそれをさせることができない」

「嘘よ！　彼女の助けになることなら、わたしはなんだってできるわ」

フランソワはゆっくりと首を振った。「きみはあれこれ気遣って、彼女を甘やかす。そのうち彼女は、きみの助けなしでは生きられなくなる。きみは彼女をだめにしてるんだ。世話を焼きすぎて、彼女がひとりで立ちあがるのを妨げてるんだ」

「それじゃあなたは、まだひとりで立ちあがる力もない彼女が倒れたとしても、かまわないって言うの？」

フランソワはどうでもいいような顔で肩をすくめた。「そりゃそうさ。おれが持参金目当てで彼女と結婚したことはきみも知ってるはずだ。今日の午後にきみたちが発ったら、それできみたちとの仲も終わりだ。おれは単に第三者的な立場から、手助けしたにすぎないんだから」

「スパイとしてでしょ」ジュリエットの声が震えた。「フィリップが言ってたわ。あなたはダントンのスパイだって」

「いかにも」

「それに殺し屋」

「たしかに人を殺したことはある」

「そのくせわたしに意見するのね。わたしが――」

「なぜそんなに動揺しているのか、自分でよく考えてみることだ」フランソワは戸口へ向かった。「ほんとうにカトリーヌの幸せを願うんなら、ヴァサロでは彼女が自力で生活できるように放っておいてやることだな」

嘘だわ。フランソワはサロンから出ていった。すぐに扉の閉まる音が響いた。

フランソワはカトリーヌはわたしを必要としているのよ。

だけど、今朝帰ってきたときのカトリーヌは、たしかに驚くほど元気そうに見えた。昨日の午後、家を出たときはまるで心ここにあらずのようすで、生きているのか死んでいるのかわからないほどだったのに。そしてふたたび屋敷に戻り、ジュリエットが指示を与えたとたん、またしても無気力な状態に逆戻りしてしまった。

涙がこみあげるのを感じ、ジュリエットは腹立ちまぎれに何度もまばたきをした。いいえ、なにか別の理由があるはずだわ。フランソワの言うことが正しいとはかぎらないもの。それにたとえ彼の意見に一分《いちぶ》の真実が含まれているからって、わたしがカトリーヌを手放さなきゃならない理由にはならないわ。

きみは彼女を甘やかしている。

きみは彼女をだめにしている。

いまの彼女にとって、きみは最悪の存在だ。

あるいは、きみのほうが彼女を必要としているんじゃないのか？

ジュリエットはこれまで、つねにカトリーヌにとって最善のことをしてきたつもりだった。その自信がいま、揺らぎはじめていた。振り払っても振り払っても、フランソワの言葉が打ち鳴らす真実の響きが、耳から離れなかった。

ジュリエットは重い足取りでサロンをあとにし、階段をのぼっていった。

カトリーヌはベッドに横たわっていた。夢のなかにいるような無表情なまなざしで、じっと天井を見つめている。それは過去数週間、見慣れたはずの姿だった。だがいま、ほんの数分前にフランソワと帰ってきたときの快活な顔つきを目にしたあとだけに、その姿が新たな衝撃をともなって胸に突き刺さった。

ジュリエットはどうにか笑顔をつくると、ベッドの端に腰を下ろした。「フランソワから聞いたわ。昨夜、怖い思いをしたんですってね」

「ええ、宿にいた男の人たちを見ていたら、あのときのことを――」カトリーヌは言いよんだ。「ここへ逃げ帰りたかったのよ。でもフランソワが許してくれなくて。あなたなら、誰にもわたしを傷つけさせないってわかってたのに」

「わたしといると安心できる?」

「ええ、いつだってそうよ。あなたと一緒にいると、なにも心配する必要がないんですもの。どんな危険でもあなたが遠ざけてくれる」

きみは彼女がひとりで立ちあがるのを妨げている。

ジュリエットは最後の望みが消え失せるのを感じながら、手を伸ばし、カトリーヌの手を握った。「昨夜、なにがあったのか聞かせてちょうだい」

カトリーヌはジュリエットの顔を見ようとはしなかった。「その話はしたくないわ。それより、庭園に行ってもかまわないかしら？」

庭に出ていったカトリーヌは、夢見心地な静寂のなかでじっと腰を下ろしているだろう。そしてヴァサロへ行っても、その静寂はけっして彼女から離れようとはしないだろう。いったい、なぜ？　それはこのわたしが、静寂を破ろうとするいかなるものもカトリーヌに近づけさせまいとするからなのだ。

「そうね。行ってらっしゃい」ジュリエットは熱のない口調で答えた。

ああ神さま。エシャレの言うことが正しかったなんて。


ジャン・マルクはカトリーヌに手を貸して馬車に乗せてやってから、向かいの席のフィリップに目を向けた。「無事ヴァサロに着いたら、なるべく早く使いをよこしてくれ。一刻も早く知りたいからな」

フィリップがうなずいた。「まかせておいてくれ、ジャン・マルク」

「頼んだぞ。ところでジュリエットはどうした？」

「カトリーヌが庭に忘れたショールを取りに戻ったんだ」

「検問所の少し手前でエシャレと落ち合うことになってる。そうすればなんの問題もなく通れるはずだ。書類は持ってるな？」

「ぼくを信用してくれよ、ジャン・マルク」

ジャン・マルクはそれには答えずに背を向けると、石段をのぼりはじめた。最上段まで達したとき、ちょうど玄関から出てきたジュリエットと出くわした。深い緑の旅行用ガウンとお揃いのボンネットを身につけ、ブルーのシルクのショールを左腕にかけている。「よし。それじゃ、早く馬車に乗るんだ」

「なぜあなたが一緒に行かないの、ジャン・マルク？」ジュリエットの声音は低く、その顔はボンネットのつばの下に隠れていた。「あなたが一緒に行くべきでしょ。彼女の面倒をみるのは、あなたの責任なんだから」

「前にもそんなことを言われたな」ジャン・マルクはそっけなく言った。「おれはいま、パリを離れるわけにはいかない。国民公会が、海軍用にさらに船を没収するかどうか審議しているまっ最中なんだ。ここで阻止しなければ、連中は建設中のうちの船まで根こそぎ持っていきかねない」

「またお仕事？」

「なにか問題があったら、すぐにフィリップが知らせてくれる。検問所を抜けてしまえば安全だ。ヴァサロは別世界だよ」

「安全かどうかを心配してるんじゃないのよ」ジュリエットは頭を垂れ、馬車を見つめたまま階段を下りはじめた。「ただあなたが――」

「こっちを見ろ」ジャン・マルクの手が彼女の腕をつかんだ。「顔を見せるんだ。いやに元気がないじゃないか」

ジュリエットが顔をあげ、ジャン・マルクはその目に涙があふれているのを見てとった。

「カトリーヌにはあなたが必要なのよ、ジャン・マルク」

ジャン・マルクは首を振った。「彼女にはきみがいる。それに二、三カ月もすれば、おれもヴァサロへ行く。これが最善策なんだよ。どのみちこれ以上、このままの生活は続けられない。きみはまだ傷が癒えてないし、おれはおれで高潔な道を歩むのに慣れてない」

「なにを言ってるのか、よくわからないわ」

彼は意味ありげな笑みを浮かべた。「いまはそうだろう。だがもし、おれがきみと一緒にヴァサロへ行ったら、二、三日後にはわかるようになる。フィリップの〝花の館〟を借りるのもいいかもしれないな」

ジュリエットは彼の目を見ずに言った。「わたしは傷ついてなんかいないわ」

「誘ってるつもりか？」

ぱっと頬に血がのぼり、ジュリエットはふたたび階段を下りはじめた。「カトリーヌとは関係のない話ばかり。あなたの言うことは、まるで謎かけだわ」

「ただし、その気になればきみにも簡単に解けるような謎だ。きみはとっくに答えを知っているのに、知らないふりをしているんだ」ジャン・マルクはジュリエットを追いかけ、馬車の前で彼女の脇にぴたりと立った。「これまでおれは、きみに手を出さずに放っておいた。そしていままた、ヴァサロに向かわせることで、しばらくきみから遠ざかることにした」ジユリエットの体を持ちあげ、カトリーヌの隣りの席に押しこむ。「きみならおれがいなくても、ヴァサロでうまくやっていけるよ」彼はかすかに微笑んだ。「オウ・ルヴォアール、ジュリエット」

「オウ・ルヴォアール」ジュリエットの視線はすがるように彼に据えられていた。「あなたがいないと不安だと言ってるわけじゃないのよ。ただ、カトリーヌのそばにいるのは、わたしじゃなくてあなたの責任だって言いたいの。あなたは――」

「オウ・ルヴォアール、ジュリエット」ジャン・マルクは繰り返すと、ばたんと扉を閉め、御者に合図を送った。

ジュリエットが窓から顔を突きだした。さきほどまであふれんばかりだった涙がいまや頬をつたい落ちているのを目にし、ジャン・マルクは愕然とした。これほどまでに自分の弱さをさらけだすとは、まるでジュリエットらしからぬ行為だった。「わたしの話をなにも聞いてないのね。わたしが言いたいのは――」

馬車が大きく揺れ、ジャン・マルクは車輪を避けて飛びのいた。ジュリエットも席に腰を落ち着けたようだった。ジャン・マルクは通りに立ちつくしたまま、去っていく馬車を見送った。

すべてうまくいくさ。検問所を通過したら、エシャレから連絡が届くことになっている。なにも心配することはないはずだ。そうわかっていても、ジュリエットのあの切羽詰まった表情を思い出すと、不安で落ち着かない気持ちをぬぐい去ることができなかった。やはり、自分も一緒に行くべきだったのか。

なにをばかなことを。おれの居場所はジュリエットのいるヴァサロではなく、このパリのはずだ。そして目の前には、片づけなければならない案件が山積みになっているのだ。


戸外に闇が迫ってきたころ、ひたすら仕事に没頭するジャン・マルクの書斎をロベールが訪れ、蠟燭に火を灯した。「ムッシュ・エシャレから使いが届きました」

ジャン・マルクは体を緊張させた。「なんて?」

「馬車は無事、検問所を通過したそうです」

ほっと体の力が抜けていく。「それはよかった」

ロベールがうなずいた。「夕食のご用意をするようにマリーにつたえましょうか?」

ジャン・マルクはペンを手に取った。「もう少しあとにしてくれ。片づけてしまいたい仕事が残ってるんでね。あと一時間ってところかな」

ロベールは扉に手をかけたまま、なにやら躊躇している。「じつはどうしようかと思っているんです。あの絵のことなんですが、ムッシュ?」

ジャン・マルクが顔をあげた。「絵って?」

「マドモアゼル・ジュリエットがわたしを描いてくれた絵なんです。イーゼルに立てかけたまま庭に置いてあって。たぶんお忘れになったんだと思うんですが」

「なるほど」ジュリエットは自分の作品の扱いには、ことのほか神経を遣っていた。その彼女が描きかけの絵を忘れていくとは、まず考えられなかった。おそらく思った以上に、動揺していたのだろう。「彼女の部屋に入れておけばいいだろう」

「かしこまりました、ムッシュ」ロベールは扉を閉めた。

彼女の部屋だって？　ジュリエットはほんの短期間、この屋敷に滞在した客でしかないはずだ。それなのに、彼女が触れたあらゆるものが、まるでぬぐうことのできない刻印を押されてしまったかのように思える。強情で、怒りっぽくて、わがまま。ジュリエットはこれまでのどんな女性とも違ったやり方で、彼の心に入りこんできた。つねに文句ばかり並べる生気あふれた彼女の姿が見えないと、屋敷じゅうが奇妙に静まりかえっているような気がし、ジャン・マルクはバランスを失ったような落ち着きのなさを覚えた。そのとき、ふたたび扉が開いた。

「お腹がすいたわ。マリーに夕食を準備するように言ってくださる？」

瞬間、ジャン・マルクは凍りついた。やがてゆっくりと、机の上の書類から目をあげる。

ジュリエットが戸口に立ち、傲然《ごうぜん》としたまなざしで彼を見つめていた。深緑のボンネットのリボンをつかんで、振りまわしている。ジャン・マルクと目が合うと、乱れた黒い巻き毛に落ち着きなく指を走らせた。「にらまなくてもいいじゃない。言ったはずよ。カトリーヌと一緒に行くべきなのはあなただって。それなのにあなたは聞こうともしないで。いまごろ、彼女はフィリップとふたりきり。カトリーヌの彼に対する気持ちはわかってるだろうけど――」

「こんなところでなにをしてる？」

「ここに残ることに決めたのよ」

一瞬にして体の内に湧きおこった感情の正体を、ジャン・マルクはあえて突き止めることはしなかった。「それはだめだ」

「それじゃ、ほかにどこへ行けって言うの？」

「ヴァサロだ」

「ヴァサロには行かれないわ。フランソワに言われたのよ。わたしはカトリーヌを甘やかしすぎてだめにするって。はじめはそんなこと嘘だと思ったけど、でも――」はたと口をつぐんだ。「そのとおりなのよ。彼は正しかったわ」

「なにをばかなことを」

ジュリエットは首を振り、ボンネットのリボンを握る指を開いたり閉じたりした。「彼女を手放す方法がわからなかったの。そうしなきゃいけないことがわかってからも、はたして自分にできるかどうか自信がなかったのよ。ほんとうに簡単なことじゃなかったわ。だって、わたしにはカトリーヌしかいなかったから、フランソワの言うことを信じたくなかったんだもの」

「どうやら、ムッシュ・エシャレと話し合う必要があるようだな」ジャン・マルクはいかめしい顔つきで言いながら、ペンをホルダーにおさめた。「検問所からは彼に連れてきてもらったのか？」

ジュリエットはかぶりを振った。「フランソワは知らないわ、わたしが一緒に行かなかったこと。検問所に着く手前で、馬車を止めてもらったの。そこで降りて、カトリーヌが無事通過するのを見届けてから戻ってきたのよ。フランソワは護衛の人たちと話をしていて、馬車のなかをのぞくことはなかったから」

「それじゃ、どうやってここまで帰ってきた？」

「歩いたのよ。どうせあなたは怒るだろうから、それしかなかったのよ。そうすれば、あなたにばれるころには馬車は遥か彼方ってわけ。やっぱり怒ったのね？」

「猛烈に怒ってる」

「じゃあ、わたしの判断は正しかったわけ――」

「きみは正しくなんかない」ジャン・マルクは冷ややかな声で遮った。「きみは自分勝手で愚かで無鉄砲だ。これまでパリの通りを出歩かないよう、あれほど注意してきた理由がわかってないのか？　もし正体がばれて――」

「注意したわよ。ボンネットをかぶってたし、ずっと顔を伏せてたわ」ジュリエットは眉間に皺を寄せた。「それに道に迷っても、誰にも尋ねなかったし」

「まったく。捕まって投獄されなかったのが不思議なくらいだよ。おれたちが苦労して立てた計画をだいなしにしてくれて。いったい今度は、どうやってきみをパリから脱出させたらいいんだ？」

「わたしはパリを出るつもりはないわ。少なくとも、いますぐはね。カトリーヌをうろたえさせたうえに、街のほぼ半分の距離を歩いて戻ってきたのよ。それなのにまた方向転換して、彼女たちのあとを追うなんて、そんなばかなことをするわけがないでしょう?」

「それじゃ、なにが目的だ?」

ジュリエットは用心深い目で彼を見つめた。「それは夕食のあとに話すわ」

「いや、いまだ」

「お腹がすいてるのよ」彼女は言いはった。「それに疲れてるし、脚はぱんぱん。体を洗って食事をして、それから話しましょ」そこでくるりと身を翻す。「マリーに食事を用意するように言ってね」

「ジュリエット」

彼女は肩ごしに一瞥をくれた。

ジャン・マルクの声音は穏やかだったが、断固とした厳しさを帯びていた。「あとで話を聞こう。ただし、この屋敷できみがおれに命令するのは、これが最後だ」

ジュリエットの顔がピンクに染めあがった。反論しようと口を開きかけたものの、結局思いとどまる。そのままじっとジャン・マルクの顔を見つめたかと思うと、ふいにその顔から虚勢の色が消え、意外にもすがるような表情に取ってかわった。

ジュリエットはあわてて目をそらし、なにごともなかったかのように肩をすくめた。「さあ、どうかしらね」

11

「そろそろ話をさせてもらってもいいかな」ジャン・マルクはいやに丁寧な口調で言うと、ナプキンを皿の横に置き、上体を椅子の背にもたせかけた。

ジュリエットもしぶしぶスプーンを置いた。「あまり食べなかったのね。マリー特製のレモンシラバブ（泡立てた牛乳にワインなどを加えた飲みもの）でもいただいたらどう？　あれなら――」

「レモンシラバブはけっこう。それよりも、なぜきみがヴァサロに行かなかったのか、その理由を聞かせてもらいたいものだな。つい三日前はあれほどカトリーヌのことを心配していたのに、今日になったら見捨てるなんて」

「見捨ててなんかいないわ」ジュリエットはむきになって反論した。「なぜ一緒に行かなかったのか、さっき説明したでしょう？　彼女はしばらく、わたしの助けなしで生活したほうがいいのよ。二、三カ月したら、わたしもヴァサロへ行って、子供が産まれるまで一緒にいるつもりよ」

「もしきみがヴァサロに行く前に、カトリーヌが自分の妊娠に気づいたらどうする？」

虚を衝《つ》かれたのか、ジュリエットは一瞬、言葉を失った。「わたしの勘違いってこともありえるわ。妊娠していないかもしれない。確信はなかったんですもの」

ジャン・マルクは唖然としてジュリエットを見つめた。

「それにもし妊娠していたとしても、カトリーヌはその問題にひとりで立ち向かうべきなのよ。彼女にはヴァサロがあるし、フィリップもいる。フィリップが言ってたわ。到着したらすぐに、自分の母親を呼び寄せるって。わたしが一緒にいる必要はないのよ。この先ずっと、わたしに頼っていくわけにはいかないんだし。それに、カトリーヌはわたしたちが思ってるよりも強いみたい。今朝、フランソワに連れられて戻ってきたときの顔を見れば、あなたも——」

「ジュリエット」ジャン・マルクの声が、熱のこもった説明に水を差した。

ジャン・マルクの顔がぼんやりとかすんで見える。ジュリエットは懸命に涙をこらえながら小声で言った。「わたし、とても怖かったのよ、ジャン・マルク。もし間違っていたらどうしようって。ヴァサロには一緒に行かないって打ち明けたとき、彼女はひどくうろたえたようすだった。一生懸命に説明しようとしたのよ。でも理解してくれなかったみたい」

「おれだってまだ、理解できないでいる」

「わたしはずっと、カトリーヌには自分が必要だと思っていたの」

「彼女にはきみが必要だよ」

「そうかしら」ジュリエットは唾を呑み、かぶりを振った。「最初のうちはたしかにそうだったかもしれない。だけど、いまとなってはわたしのほうが世話を焼かずにはいられなくなってるのよ。わたしってとても利己的な人間なんだわ」

「利己的？」

「彼女にわたしを必要だと思わせたいのよ。彼女にとって大切な存在になることで、わたし自身が快感を覚えてるの」ジュリエットはひきつるように息を吸いこんだ。「今日一日ずっと考えたわ。そしてようやく納得したの。フランソワの意見は正しかった。カトリーヌにとってわたしは好ましくない存在なのよ。それでも最初はヴァサロには行こうと思ってたわ。でも、それじゃなにも変わらない。だってわたし、自分のほしいものをなかなか手放せないたちだもの。だから心を鬼にして、彼女をひとりで行かせようと決心したのよ」なんとか笑顔をつくって言う。「それに、もしわたしの判断が間違っていたとしたら、フィリップが連絡をくれるでしょ。そしたらすぐにも飛んでいくわ」

「ひとつ指摘させてもらうと、ふたたび無事にパリから脱出できるようになるまで六週間近くかかる。それまできみは、この屋敷で監禁生活を送ることになるんだぞ」

「わたしひとりなら、それほど用心深くなる必要はないわよ」

「なるほど」皮肉っぽい表情を浮かべたかと思うと、ジャン・マルクは急いで目をそらした。

「きみには誰の保護も必要ないってこと、うっかり忘れていたよ」

ジュリエットは勢いこんでうなずいた。「そうよ。だから、わたしがここに滞在するっていうのも、それほど無謀な考えじゃないでしょう？　二、三カ月ここにいて、デュプレがパリを離れたら、フランソワにまた書類を手に入れてもらって――」

りじゃないの」

「どうして？　わたしがここに残ることがカトリーヌにとっても最善だって、説明したばか

「おれにとって最善だという説明は聞かされてない。なぜおれが、共和主義の敵を匿《かくま》わなきゃならないんだ？　きみが家にいるかぎり、おれの財産はつねに危険にさらされることになるんだぞ」ジャン・マルクは意地悪そうににやりとした。「おれの首も含めてな。おれはどうも、ギロチンこそもっとも情け深い殺し方だという主張には賛成できないんだ。あれには品位というものが感じられない」

ジュリエットは、自分の存在がそれほど具体的な形でジャン・マルクに危険を及ぼすことになるとは、考えたこともなかった。かといって、ここで引きさがるわけにはいかない。

「そういうときのために、あなたには政府内に大勢お友達がいるんじゃないの」

「家が倒れるとなれば、誰もが散りぢりに逃げていく。支えようなんてするやつはいない」

「でもなにか方法が――」

「これまで見つからずにきたことだけでも幸運なんだ」ジャン・マルクの口元がきつく結ばれた。「こともあろうに、まっ昼間にパリの通りを歩いてくるとはな」

「しかたがなかったって説明したでしょう？」

「きみの理論には明確さも思慮深さも欠ける」彼は首を振った。「思慮深さ？　なにを言ってるんだ、おれは。きみがその言葉の意味を知るわけがないのに」

ジュリエットは眉をひそめた。「それじゃ、どこかほかに住む場所を探すわ。ロベールに頼んで——」

「だめだ！」ゴブレットの脚をつかむジャン・マルクの手に、ぎゅっと力がこもった。「きみはすぐにヴァサロへ行くんだ」

「そうね。ロベールじゃ、あなたとのつながりがすぐばれちゃうわね。彼を危険に巻きこみたくはないし」ジュリエットは、テーブル越しに彼の目を見つめて続けた。「わかったわ。わたしがあなたにとって危険な存在になることは認めざるをえないわね。それじゃ、なにをすればその危険を引き受けてくれるかしら？」

ジャン・マルクはグラスのワインに目を落とした。「取引はしない」

「ほしいものがなにかあるはずよ。それだけ貪欲なんだから」

「それはどうも」

「あら、誉めたつもりよ。優れた芸術家はおしなべて貪欲なのよ。必要とあればなんであれ奪いとる。そしてそれを作品に生かすの。かわりに彼らが与えてくれるものを考えれば、不正でもなんでもないわ。むしろ、もっとも崇高なかたちの貪欲さよ」

彼は目を剝いてみせた。「それじゃ、おれの貪欲さが崇高だと？」

「崇高とまではいかないけど、あなたが誰かを騙したという話は聞いたことがないから、健全で正直な貪欲さってところね」

ジャン・マルクはかすかに微笑んだ。「その貪欲さを満たしてくれるものをきみが持っていないんだから、しかたがないだろう。やはりきみは――」

「ウインドダンサーよ!」ジュリエットの瞳が突然輝き、椅子の端に身を乗りだした。「そうよ、あなた。ウインドダンサーをほしがっていたじゃない。「しかし、きみは持っていないじゃないか」

ジャン・マルクはきょとんとした顔で言った。「しかし、きみは持っていないじゃないか」

「手に入れる方法を考えればいいことよ」

彼は鋭いまなざしを向けた。「たしかきみは、あの彫像はマリー・アントワネットが所有すべきだと言っていなかったか?」

「タンプル塔にいるのに、あれを持っててもしかたがないでしょう?」ジュリエットはすばやく考えをめぐらした。「ウインドダンサーを取り戻したら、いくら払ってくださる? あなたが王妃さまに申し出たのがいくらだったか、もう覚えてないわ」

「二百万リーブルだ。それに国王への融資」

「もちろん、その融資分も返ってくるとは思ってなかったんでしょ?」

彼は肩をすくめた。「危険があることはわかってた」

「二百万リーブルか」ジュリエットは下唇を嚙みしめた。「大金だわ。ウインドダンサーを渡せば、わたしに二百万リーブルをくれる?」

ジャン・マルクは短く押し黙った末に答えた。「いいだろう」

ジュリエットは彼の顔をとくと見つめた。「あなた、よほどあの彫像を手に入れたいのね。一族にあれを取り戻したいと思ってたのは、あなたのお父さまだけじゃなかった。あなたもそう思ってたんでしょう？」

ジャン・マルクはワインをひと口に流し入れた。ジュリエットの視線は依然彼の顔にとどまったままだ。「でも、どうしてもほしいのね？」

どうしてなの？」

「思いどおりにならないのが我慢できないんだ」

「いいえ、それだけじゃないはずだわ」

「だとしても、きみには言いたくない。男というものは、少しぐらい秘密を持っていたほうがいいからね」

いいえ、あなたはもうじゅうぶん秘密めいているわ、とジュリエットは思った。その秘密を暴きたいという思いが、強烈に湧きあがった。皮肉の色を帯びた彼の黒い瞳が蠟燭の明かりを受けてきらめき、整った形の唇はからかうようにゆがんでいる。だが、その下に得体の知れないなにかが隠されていることを彼女は感じとっていた。

ジャン・マルクが苛立たしげに肩を揺り動かした。「この話はこれ以上続けても意味がない。きみは、手にしてもいないものを売りつけようとしているんだから」

「その彫像と引き換えに二百万リーブルを手に入れたいの」ジュリエットはひと言ずつゆっくりと口にした。「それにあなたの保護のもとで、必要なかぎりこの屋敷にとどまりたい。それがウインドダンサーを手に入れた場合の見返りよ。払ってもらえる？」

ジャン・マルクはじれったそうに眉根を寄せた。「無茶なことを言うな。きみは、あの彫像がいま誰の手にあるのかさえ知らないんだろう?」

「払ってくれるの?」

「革命政府だって、あれが消えて以来、血眼《ちまなこ》になって探しているんだ」

「払うのかって聞いてるの」

「払うよ」彼が吐き捨てるように言った。

「それじゃ、取引成立ね」ジュリエットは安心しきったように微笑んだ。「あとはどうやって見つけるか、その方法を考えればいいんだわ」

ジャン・マルクがふいに、笑い声を低くもらした。「一瞬、おれは本気にするところだったよ」

「あら、わたしは本気よ。笑うようなことはなにもないわ」

「不可能だ」

「どうしてわかるの?」ジュリエットは眉間に皺を寄せた。「もちろん、方法はこれから考えなくちゃならないけど」

「せいぜい考えてくれ。そのあいだ、おれはおれで、すぐにもきみをヴァサロへ送りだす計画を練るさ」

「そんな。少しは時間を――」

「猶予はない」ジャン・マルクの顔から笑みが消え失せた。「必要以上にきみをこの屋敷においておくような危険は冒したくない。一週間以内にヴァサロへ行くんだ」

「たった一週間？」

「それだけあればじゅうぶんだろう？　たったいま、不可能じゃないと断言したんだから」彼は冷ややかな笑いを浮かべると、つと身を乗りだし、ワインを差しだした。「きみの成功を祈って乾杯だ」

ジュリエットはびくりと体をのけぞらせた。「ワインは好きじゃないの」

「これほど申し分のない取引を前にしても、乾杯はなしか？　ひと口だけどうだ？」

「いやよ！」ジュリエットはなんとか声を落ち着けようとした。「また、わたしをからかってるのね？」

「いや」彼はゴブレットを口元に持ちあげた。「だが、興味があることは認める。おれは複雑なものに惹かれるんだ。きみはおれがこれまで出会ったなかで、もっとも興味をそそられる謎だよ、ジュリエット」

「わたしはそれほど複雑な人間じゃないわ。カトリーヌみたいに本だってあまり読まないし」ジュリエットは椅子を押しさげて、立ちあがった。「あなたのほうがよっぽど謎よ」

思わせぶりで淫《みだ》らな匂いのする笑みが精悍な顔に浮かび、ジュリエットはどきりとした。

「それじゃ、おたがい複雑なもの同士が合体すれば、完全なものができるってことだな」

射すくめられたように彼の顔に見入っていたジュリエットは、突然、胸苦しさを覚えた。優雅で怠惰《たいだ》な雰囲気の奥に秘められた肉体のしなやかな力強さ。そして、クリスタルのゴブレットの細い脚をもてあそぶ日焼けした長い指。「合体って、どうやるの？」

「普通のやり方さ。おれは変わったやり方を要求する男じゃないし——」相手の表情に気づき、ジャン・マルクは口をつぐんだ。「ほかになにがある?」穏やかに訊く。「もし謎を解く気がないんだったら、あのままヴァサロへ行くべきだったんだ。おれと一緒にいたらなにが起こるか、知らなかったわけじゃあるまい」間をおいて問いかけた。「そうだろう?」

そう、わかっていた。ただ、認めたくなかっただけのことだ。彼の言うとおり、わたしはわかっていたのだ。「あなたは……わたしと情交したいんでしょう?」

「あけすけな言い方だな。だが、そういうことだ」ジャン・マルクは椅子の背にもたれかかった。「もっと正確に言うと、おれは長い時間をかけてじっくりときみと情交したいんだ。それも、きみの想像もつかないやり方で」

心臓が激しく胸を叩き、ジュリエットは息苦しくなってきた。「さあ、どうかしら。わたしはカトリーヌとは違うわよ。宮廷でいろんな話を見聞きしてきたし……」ごくりと唾を呑みこむ。「でもどうして? わたしはちっともきれいじゃないわ」

「なるほど。それじゃなぜ、おれがきみをほしがると思う?」彼の声が熱を帯びてきた。「きみを見ているだけで、なぜこんなに硬くなるんだ?」

ジュリエットの目が大きく見開かれ、反射的に、ダマスク織りのテーブルクロスに隠された彼の下半身をとらえた。「そんなふうになってるの?」

ジャン・マルクはにやりとし、椅子を押しさげた。「自分の目でたしかめてみるといい」

彼女はあわてて目前の皿に目を落とした。「けっこうよ。わたしは情交なんて、誰ともしたくないの」

ジャン・マルクはいよいよ大きく顔をほころばせ、立ちあがった。「ほう？　いいから見てみろ」大股に歩みより、ジュリエットの椅子のそばに立ったかと思うと、強引に腕を引っぱって立ちあがらせた。そうしてみずから椅子に腰掛け、膝の上に彼女を座らせる。「見るのがいやなら、感じればいい」

ジュリエットはびくりと体をこわばらせた。ふたりのあいだを隔てている何枚もの衣服を通してでも、いきりたった硬いものが敏感な部分にあたっているのがわかる。そのうえジャン・マルクの体に触れている部分が、どこもかしこも、奇妙な痛みに疼いている。彼の手を振り払って立ちあがらなくちゃ。ジュリエットはかすむ意識のなかで思った。だけど、ジャン・マルクはグラモン公とは違う。わたしがいやがることはしないはずよ。「なんだか間抜けな格好だわ」

「いかにも」ジャン・マルクは彼女のガウンの襟の部分をはだけ、喉をあらわにした。「しかも、これはほんのはじまりにすぎない。最近、おれの頭のなかを占領してるもっとユニークな格好を試したら、きみはなんて言うかな」頭を垂れ、ジュリエットの喉のへこみで脈打っている血管を舌先でそっと舐める。

ジュリエットがハッと息を吸うのを見て、彼はゆっくりとうなずいた。「気に入ったか？　胸もはだけてくれれば、ほかにも気に入りそうなことをやってやれるぞ」

ふいに抱きすくめられ、ジュリエットはジャン・マルクの全身の筋肉が緊張しているのを感じとった。こめかみが激しく脈打っているのが見える。「どうしてこんなことを？」

ジャン・マルクはジュリエットを見下ろした。「きみが理解しようとしなかったからだ」静かに言う。「おれたちはひとつだってことを。五年以上も前、きみがあの宿でおれを介抱してくれて以来、おれたちはずっとひとつだったんだ」両手でヒップをつかみ、いっそう強く彼女の体を引きよせる。「警告したはずだぞ。おれの好きにさせたら、きみのすべてを奪いつくすと。それがおれのやり方だ」

体に押しあたる硬い部分はいまや激しく脈打って、彼女を突きあげていた。ジャン・マルクの目がはりつめた顔のなかで荒々しい光を放っている。ジュリエットは身動きできずにいた。目をそらすこともできなかった。熱いけだるさのようなものが体の隅ずみまで広がっていき、胸が高鳴ってはり裂けそうになる。

ふいにジャン・マルクの視線が、ガウンの身頃部分をとらえた。「胸を見せてみろ。おれをほしがっているんだろう？　そんなに硬くなって――」

「そういう言い方はやめてちょうだい」

ジャン・マルクが低い声で笑った。「きみの言葉遣いだって慎み深いとは言いがたい。よくそんなことを言えたもんだな」

「わたしはべつに見せてほしいなんて頼まなかったわよ、あなたの――」ジュリエットは言いよどみ、ひときわ顔を赤らめた。「つまりその――」

「言いたいことはわかってるよ」瞳がきらめくと同時に、その歯が彼女の左の耳たぶに触れた。「頼む必要はないさ。おれはいつだってきみの意のままだ」

硬い歯がやわらかな耳たぶをそっと噛んだ。温かな舌先が耳をかすめる。とたんに、ぞくっとするような熱いさざ波がうなじを駆け抜け、ジュリエットの全身を貫いた。「放して……ちょうだい」

ジャン・マルクは即座に彼女を解放し、けだるげに椅子の背に寄りかかった。「この椅子できみを抱こうとは思わない。ロベールとマリーが入ってきたら、卒倒する」

ジュリエットはジャン・マルクの膝から飛びおりて向き合った。黒髪はわずかに乱れ、きらめく瞳は悪びれもせずにじっと彼女を見つめている。ぴったりとしたシルクのズボンの一部が硬く盛りあがり、ついいましがた、自分の体を突きあげていた感触を疼くような感覚とともに思い出させた。こんな優雅な服の下にあれほどの荒々しさが隠れていたなんて。その瞬間、ジュリエットは理解した。こうしてわたしと戯れているところを、たとえ街じゅうの人間に見られようと、この人は気にしない。そのことは、いくぶん恐ろしいような奇妙な興奮をもたらした。「嘘よ。あなたがそんなこと――気にするはずがないわ!」

「それじゃきみはどう感じるか、試してみるか?」ジャン・マルクは穏やかながら、挑戦的な物言いをした。

ジュリエットはジャン・マルクの顔に目を据えたまま、あとずさった。というより、目をそらすことができなかったのだ。いままで見たことのないジャン・マルクの姿がそこにあった。彼はいつもそばにいて、待っていてくれる存在だった。その視線をあえて無視することさえ、許してくれていたはずだった。

だがもはや、無視することなどできなかった。数えきれない愛人から哀願や懇願の言葉をささやかれてきた男。どれほどの荒々しい激情も官能的な振る舞いも受け入れられる男。彼の瞳はますます邪悪さを帯び、危険な光を放ち、部屋全体を……彼女を完全に支配下においたように思えた。「いえ、わたしはそんなこと――」ジュリエットは言いよどみ、かぶりを振った。「こんなことのために、パリに残ったんじゃないわ」

「だが、残ったからにはこういう事態になる」ジャン・マルクは自分の下半身を見下ろした。

「あらゆる場所で、つねにだ。おれがぜひ試したいと思ってるやり方を、ひととおり説明しておこうか？」

ジュリエットは心もとない笑い声をもらした。「怖がらせれば、ヴァサロに行くと思ってるのね？」

「なかなか鋭いな」ジャン・マルクは顔をあげ、彼女の顔を見つめた。「一週間だ。一週間以内にヴァサロへ行かなかったら、きみはおれの愛人になる」軽く肩をすくめてみせる。

「いずれそうなるんだから、いまこの場でそうなってもらってもかまわないがな。おれが一日千秋の思いで待っていたことを、神は知っていらっしゃる」

「あなたはばかじゃないはずだもの。それまでには正気に戻ってくれるに決まってるわ」

「そうともかぎらない。五年のあいだに、正気なんてものはどこかに吹っ飛んじまった。きみがつねに、心の奥にいたからな」

「それじゃ、その心の奥にもう一度戻してほしいものだわ。わたしは誰の愛人にもなりたくないの。わたしはただ絵を描いて――」

「一週間だ。それを過ぎたらヴァサロに送りだす」ジャン・マルクは立ちあがり、ぐっと一歩迫った。「当然のことだが、そのあいだは自由に、きみのその魅力的な体を観賞させてもらう」指を伸ばし、ジュリエットの喉をなでる。「きみがこの家にいることで被《こうむ》る危険を、償ってもらう必要があるからな。それによってきみも、いずれ生じる濃密な肉体関係のそなえができるってわけだ」

ジャン・マルクの指先の動きは、まるでこのうえなく貴重でいとしいものを愛撫するようにやさしく、やわらかだった。いつまでもこうしていたい。彼になでられて、独占欲をあらわにした熱っぽいまなざしで見つめられたい。ジュリエットはそう願った。

「そんなふうに顔をあげてると、まるでキスをねだってる子供みたいだぞ」ジャン・マルクがささやいた。

「わたしは子供じゃないわ」

ジャン・マルクはまじめな顔に戻って言った。「わかってるとも。きみははじめて会ったときからそうだった。その点がつねに問題だった。助けを必要としてる子供だと思いこもうとしても、どうにも欲望を抑えることができなかった。きみのせいで、おれはいつも体が引き裂かれるような思いを味わってきたんだ」

「わたしは誰の助けも必要としてこなかった。いつだって自分のことは自分で面倒見てきたわ」ジュリエットはぷいと顔をそむけると、戸口へ歩いていった。「疲れたわ。それに考えなくちゃ。部屋に戻って――」

はたと口をつぐむ。ジャン・マルクが低く笑い声をたてている。猛然と怒りがこみあげ、彼女はにらみつけた。「笑うのはやめて。不愉快だわ」喉を震わせ、大きく息を吸った。「あなたって、ときどきひどく残酷になるのね、ジャン・マルク」

「自分じゃ気づいていないようだが、きみだって同じだ。きみをこの家におきたくない理由には、それもある。たがいに罵りあってひどく傷つくこともありえるからな。きみはまだ、それに耐えられるだけの強さを持っていない。奇妙なことだが、おれはきみを傷つけたくはないんだ」

ジュリエットはお腹のあたりに一撃をくらったような衝撃を覚えた。息苦しくなり、ふたたび顔に血がのぼるのがわかる。いったいわたしはどうしちゃったの？　いいえ、こんなに動揺しているのはジャン・マルクのせいなんかじゃない。彼にそんな影響力があってたまるものですか。膝ががくがくと震えだしたのは、きっと今日の午後、長い距離を歩いたからだわ。

「ばからしいったらないわ。わたしはこんなことにつきあってられないのよ」ジュリエットは低くつぶやくと、きびすを返して部屋を出ていった。

妻が書斎の扉を閉めるのを確認するや、ダントンは立ちあがり、失望をあらわに首を振った。「失礼ながら、二度ときみの顔は見たくはなかったよ、シティズネス・ド・クレマン。きみがまだパリにいるとは、フランソワからは聞いていなかったが」

「彼は知らないの」ジュリエットは茶色のマントのフードを払いのけた。「座ってもいいかしら。ロワイヤル広場から歩いてきたら、さすがに少し疲れたわ」

「もちろんだとも」彼女が書斎を横切り、クッションのきいた椅子にどすんと腰を下ろすのを、ダントンは見守った。「ということは、きみがここへくることはアンドリアスは知らないわけだな。そうでなきゃ、彼が馬車を用意するはずだ」

「ジャン・マルクはわたしがパリに残ることにしたと聞いて、かんかんよ。いまだってなんとかヴァサロに送ろうと画策していて、それがまとまるまでは、屋敷に監禁しておきたいと思ってるの。そこで彼の目を盗んで出てきたってわけ」彼女は肩をすくめた。「でも難しくはなかったわ。彼は一日じゅう書斎に閉じこもって書類の山とにらめっこしているか、馬車を駆って、誰かに会いにいくかですもの」

「残念ながらおれもアンドリアスと同感だ。きみにはめだたないようにしていてもらいたい」彼の表情が険しくなった。「それをおれの家にやってくるとはいただけない。きみが見つかったらおれまで被害を被ることになる。午後になると、毎日のようにラウル・デュプレがやってくるんだ。やつにあれこれ責めたてられる事態は好ましくない」

「あら、議会まで行こうかと思ったぐらいよ。どうしてもあなたに会いたかったんですもの」

ダントンは胸の前で腕を組み、暖炉の炉額にもたれかかった。「ぜひともその理由を聞かせてもらいたいものだな」

「助けてもらいたいの」

「パリを脱出するために？」

「いいえ」ジュリエットは苛立たしげなそぶりをした。「ジャン・マルクみたいなことを言うのね。わたしはまだパリから出るつもりはないわ。やらなくちゃならないことがあるんだから」

「ほう」

「王妃さまと話をしたいの」

ダントンは目を見開き、ついで低く笑い声をもらした。「それでおれのところに来たわけか？　どうしておれが助けになると思った？」

「なんとしても、彼女と話をする方法を手に入れたいの。あなただったら、わたしを無事タンプル塔に出入りさせてくれるはずだと思ったのよ」ジュリエットはにこやかに微笑んだ。

「だって、わたしに捕まってほしくないんでしょう？　そんなことになったらあなたの立場がないものね」

「なかなかいい読みをしてる。それで、王妃とはなんの話をするつもりだ？」

「それは言えないわ」

「教えないと手を貸さないと言ったら？」

「ほかをあたるだけよ」

ダントンは笑い声をあげた。「大胆なお嬢さんだ。気に入った」

「手を貸してくれるの？」

彼は真剣な顔つきに戻った。「まあ、そうせかさないでくれ。考えているところだ。王妃とは話をするだけか？　まさか、救いだそうだなんて考えてるんじゃあるまいな？」

ジュリエットは一瞬、答えに詰まった。「いまのところは考えてないわ」そう言って、すぐにつけくわえる。「だけど、彼女たちをあんなひどいところに入れておくなんて間違ってるわ」

「そうひどい場所でもない。彼らはそれなりに楽しんでる」ジュリエット・ド・クレマンは明らかになにかをたくらんでおり、しかも必要とあれば、王室メンバーの首を危険にさらしてまでも決行するだけの無謀さをそなえている。しかしながら、大胆さは往々にして成功を手にする。それに、ジャコバン党が国王ルイをギロチン台に送る前に王室一族が逃亡したほうがフランスのためにはいい、というのが、かねてからの彼の考えだった。国王が処刑されたとなれば、ただちにイギリスとスペインが宣戦布告してくるにちがいないからだ。「なぜ、おれがタンプル塔へ連れていってやれると思う？」

「あなたは周囲のあらゆることを把握していたいと思うような人間だわ。そうじゃなければ、フランソワ・エシャレのような人を雇うわけがない。王室はあなたたちの新しい共和制政府にとっては危険な存在ですもの。彼らに関する情報は逐一、把握しているに決まってるわ。

そうでしょう？」

ダントンはうなずいた。「みごとな読みだな。王室がチュイルリーを追われて以来、たしかにフランソワに命じて、タンプル塔の状況をある程度調べさせている」

「それじゃ、入れてもらえるのね？」

「フランソワによれば、タンプル塔に入るのは比較的簡単らしい。エベールの警備なんて屁《へ》みたいなものだ。実際のところ、頼めば誰にでも許可証が出るようだ」彼はひと息ついた。

「ただし、王室のメンバーを逃がすのは不可能だぞ。彼らは厳重に監視されている」

「出てくるのはわたしだけよ」

ダントンは短く考えてから説明した。「毎晩タンプル塔を訪れる点灯夫が、かならずと言っていいほど家族の誰かをともなっているそうだ。家族の顔ぶれなんてものは、金しだいでいくらでも変わるものだ。少額の賄賂でじゅうぶんだろう」

「わたしはお金を持ってないわ。かといってジャン・マルクに頼むわけにはいかないし。彼に知れたら大変だもの」

「どうして？」

「彼はわたしに通りにも出るなって言ってるのよ。それなのにタンプル塔へ行くなんて言ったら……」ジュリエットは顔をしかめた。「今回の件に関しては、まるでとりつく島がないのよ」

ダントンは笑いを噛み殺して言った。「金を用意してやりたいところだが、おれはしがない官僚なものでね」

「ちょっと待って」短い沈黙のあと、思いついたように言う。「フランソワ。そうよ、ジャン・マルクはカトリーヌとの結婚と引き換えに、彼に大金を渡したのよ。彼なら賄賂を用意できるわ」

「なるほど。ただし、彼がこの件にかかわることを望めばの話だ」

「すでにかかわってるわ」

「だからといって、きみに手を貸すとはかぎらない。フランソワはいいやつだが、ときおり、現実的なことが目に入らなくなる。二年前、バスク地方から出てきたその足で、おれの家の玄関に現れた。革命の熱に浮かされ、どんなことでもやるからおれのもとへおいてくれと言う」ダントンの口元がゆがみ、笑みらしきものが浮かんだ。「おれが頼んだ仕事は、かならずしもやつの理想のように純粋なものじゃなかったが、けっしていやだとは言わなかった。やつは信じているんだよ。〝人間の権利〟が理にかなったものであるかぎり、共和制は永遠に生きつづけるとね」

「あなたはそう思わないの？」

「共和制は良くも悪くもなる。おれたちがそれをどうつくるかにかかっているんだ」彼は小首をかしげた。「きみはどう思う、シティズネス？」

ジュリエットは立ちあがった。「誰もが平和のうちに、自分の好きなことをやれる社会になるべきよ」フードを頭に引きあげて言う。「それに、人びとからそれを奪いとった人間は罰せられるべきだわ。フランソワにはあなたが話してくださる？　それともわたしが？」

「おれはまだ協力するとは言ってない」

「でもしてくださるんでしょ？」

ダントンはためらいを見せながらも、やがてゆっくりとうなずいた。「フランソワにはおれから話そう。きみの言葉遣いじゃ、彼を説き伏せられるとは思えないからな」

ジュリエットは短くうなずいた。「それでいつ？　なるべく急いでほしいの」

「今日。もし彼との話がうまくいけば、明日の夕方、タンプル塔へ案内する。王妃には、日の沈むころ中庭に散歩に出れば、うれしい喜びに出会えるとでもつたえておこう」そう言って、ちゃかすように腰をかがめた。「もしきみのお気に召せば」

ジュリエットがうなずいた。「それじゃわたしがここへ――」

「いや、日の暮れる少し前にアンドリアス家のそばの通りで落ちあうよう、フランソワに説明しておく。きみには二度と、ここへ足を運んでもらいたくはない」彼の唇がゆがんだ。「見たところ、たいした変装もしていないようだし」

「そこまで考える時間がなかったのよ」

「今後もパリの街をうろつくつもりなら、その程度の手間を惜しんではだめだ」

「そうするわ」ジュリエットは戸口へ向かおうとした。「あなたの言うとおりね。これからは――」

控えめに扉をノックする音がし、ダントンの妻が扉を開けた。「ジョルジュ・ジャック、シティズン・デュプレがお見えですわ」彼女は妙に堅苦しい口調で告げた。「お通ししてもよろしいのかしら？」

「ああ、いいとも。ただし、彼にはこの訪問者のことは話すなよ」

「あの人と口をきくつもりはありませんわ。顔を見るだけでも不快ですのに」ガブリエルはぴしゃりと扉を閉めた。

自分の夫とさえめったに口をきくことはないじゃないか、とダントンは悲痛な思いとともに胸中でつぶやいた。ガブリエルは虐殺事件以来、あの件にかかわった人間は夫といえども避けるようになっていた。

ダントンは振り向きざまに、書斎の反対側にある扉を指さした。「あそこから小さな庭に出られるようになってる。奥にある門から通りへ出るんだ。急げ」

ジュリエットはすばやく部屋を横切って扉へ向かった。「それじゃ明日」

ダントンはうなずき、彼女がうしろ手に閉めた扉をぼんやりと見つめた。心に引っかかっているのはむこうみずな若い訪問者ではなく、妻のことだった。ガブリエルはいつかきっと自分を許してくれるだろう。革命のために失うには、おれたちの愛はあまりに深すぎる。二、三カ月もすれば、もとどおりのふたりに戻れるにちがいない、そう自分に言い聞かせた。

「ジョルジュ・ジャック、『デュシェーヌおじさん（革命期に発行された新聞の名前）』の最新号を持ってきてやったぞ」振り返ると、戸口にデュプレが立っていた。彼はずかずかと室内に足を踏み入れ、マラーが発行する煽動的な新聞を机の上に置いた。「近くまで来たから、おまえも読みたいだろうと思ってな」

「それはご親切に」

デュプレは肩をすくめた。「友達には親切にするのが、おれの流儀なんだ」言いながら、窓際に歩み寄った。「見返りを期待して――」言いかけてやめ、険しい顔でじっと通りを見つめている。

「どうした?」ダントンは足早に近づき、デュプレの隣りに立った。ジュリエット・ド・クレマンがいままさに角を曲がろうとしていた。だが、はっきりと確認できたのはマントを着たうしろ姿だけだ。彼はほっとして訊いた。「なにかまずいことでも、シティズン?」

「いや、べつに」デュプレは顔をしかめた。「あの女、どこかで見かけたような気がして」

「どの女だ?」

「茶色のマントを着た女だ。いま、見えなくなった」

「知り合いか?」

「あの身のこなしに見覚えがあるような気がしたんだ」

「きみはコメディー・フランセーズ(パリにあるフランス国立劇場)に通いつめてるからな。あそこに出演していた女優かなにかじゃないのか?」

「そうかもな」デュプレは肩をすくめた。「だが、そうだとすれば、覚えているはずだ。おれは記憶力には自信がある」

「それは認めるよ」ダントンはさりげなく机に近づき、新聞を手に取った。「今回のマラーのたわごとはなんだ?」

デュプレが急いで振り返った。「彼のことをそんなふうに言うもんじゃない。共和主義の真の友人だぞ」

「だがときとしてわれわれは、新しい友人ができたらそれまでの友人に対する忠義を捨て去る必要がある」ダントンは意味ありげに押し黙った。「おれはマラーは好きじゃない」

デュプレはためらうそぶりを見せたが、すぐに媚びるような笑顔になった。「わかるよ。おれもこれほどの地位に就く前なら、やつの下で働くなんぞうんざりだと言ってはばからないところだがな」

なんてこった。この男は高い地位さえ与えられれば、自分を売り渡すようなやつなんだ。ダントンは用心深く嫌悪感を押し隠した。「そりゃ、きみは慎重にならざるをえないさ」

「いま、この地位を捨て去るのは賢明じゃないからな。おれは明日、重要な任務でアンドラに発つ。帰ってきたら話し合おう」

「アンドラ?」ダントンがいぶかしげな顔をした。「スペインか? マラーがスペイン人になんの用だ?」

「フランスにとってきわめて重大な用件だ。だから当然、おれ以外のやつにはまかせられないってことだ」

「そりゃそうだな」用件とやらの内容を打ち明ける気はないらしいな、とダントンは苦々しい気持ちで考えた。マラーのやつ、あの薄汚い指で外国を相手にいったいなにをしようとしているんだ?「明日発つって?」

デュプレがうなずいた。「マラーの許可を得て、途中おふくろのところに立ち寄り、二週間ほどゆっくり過ごすつもりなんだ。彼女はいま、パリ郊外のクレールモンという村に住んでいてね。それにしても、ピレネー山脈を越えていくのはしんどいぜ」

ということは、重要な用件はさほど緊急を要さないということだ。「先月あれだけ働いたんだ。少しは休んでもらわないとな」ダントンは冷めた声音で言い、帽子と手袋を手にとった。「さてと。そろそろ国民公会に出かける時間だ」


マリー・アントワネットの髪はまっ白だった。

「頭を下げてろ」点灯夫が声をひそめて命じた。「中庭に入ったら、顔をあげるなと言っただろうが」

ジュリエットはあわてて視線を落とすと、顎下に手をやり、ウールのハンカチの結び目をいっそうきつく結びなおした。両手が震え、涙がこみあげて喉が締めつけられた。王妃さまの髪の毛が白い。香水やパウダーをはたいたわけではなく、ジュリエットがはじめてヴェルサイユを訪れたころに流行っていたウィッグをかぶっているわけでもなかった。マリー・アントワネットはまだ三十六歳だというのに、もはやその二倍の年齢といってもおかしくないほどの姿だった。

「大口を開けて見とれてるんじゃない」点灯夫は門の左側にあるランプに明かりを灯した。

「あの女と一緒に、塔に放りこまれたいのか？」

「あの方は変わりはててしまったわ」

「その陰にじっと立ってるんだ。これからおれが彼女のところに、あんたからの伝言をつたえにいってくる。だが、五分だけだぞ。いいな？　おれがすべてのランプに明かりを灯し終えたら、一緒に帰るんだ」

ジュリエットは言われたとおり、不気味にそびえる塔の陰に身を潜めた。タンプル塔の中庭はすっかり闇に呑みこまれ、くすんだ茶色のガウンとハンカチを身にまとった姿はよほど近くに寄らないかぎり、それとわかるはずはないだろう。

王妃の身なりは驚くほど粗末だった。黒のマントは見るからに仕立てがよさそうで、手にしたマフもテンの毛皮だったが、そのほかの衣服はどれも、羽振りのよい宿屋の主人の妻が身につけたほうが似合いそうなものばかり。気の毒なマリー・アントワネットはすべてを奪われ、いまや家族だけが心の支えだった。だが、その家族も何人かは彼女のもとを去っていた。国王の兄弟であるプロヴァンス伯爵とアルトワ伯爵はオーストリアに、独身の妹たちはイタリアに逃亡していた。マリー・アントワネットが産んだ最初の息子であり王太子であったルイ・ジョゼフはすでに一七八九年に悲劇的な死を遂げ、ちょうどそのころを境に、王妃を取り巻く世界は音をたてて崩れはじめたのである。

いまマリー・アントワネットとともにいるのは、大柄で心やさしい夫、義理の妹エリザベート夫人、娘のマリー・テレーズ、それにいまや王太子であり王位継承者である幼いルイ・

シャルルのみだった。

「ジュリエット?」マリー・アントワネットは塔の陰に目を凝らした。「ほんとうにあなたなの? そんな泥だらけの顔をして……」

ジュリエットはお辞儀をしようとして、思いとどまった。共和主義者の点灯夫の娘が王室に対して敬意を表すことなどあるはずがない。「わたしです。身ぎれいすぎると怪しまれるので、頬に泥を少しなすりつけたんです」

「少しなんてものじゃありませんよ。まるで浮浪児のようだわ」王妃は前に進みでて手を伸ばし、ジュリエットの左頬にやさしく触れた。「でも、間違いない。この自信に満ちた目はたしかにあなたのものだわ。あなたは死んだものとばかり思っていましたよ。修道院での虐殺の話を聞かされていたから、てっきり……」言いよどんで、体を震わせた。「あの人でなしたちがランバル公妃にどんな仕打ちをしたか、知っていて?」

「はい」

「公妃の首を槍で突き刺したのよ。手足は大砲でばらばらにされたって……」王妃の目が涙に潤んだ。「彼女はイギリスにいれば安全だったものを、わたくしのそばにいたいがために戻ってきて、殺されたんですよ。彼らは片っぱしから殺しまわって……いまにひとりもいなくなるわ」きつく目を伏せ、ふたたび開いたときには、涙は消え失せていた。「それで、いとしいセレストはどうなさってるの? お母さまはご無事なんでしょうね、ジュリエット?」

「はい」

「無事なのね？」

「あの虐殺のさなかにスペインへ脱出しました」

「それはよかった。彼女のことはたびたび思い出して、無事でいるようお祈りしていたのですよ」

「ここの生活はご不便ではありませんか？」

「ええ、たしかにね。でもそれほど悪くはないわ。じゅうぶんな食事が用意されているし、護衛たちの態度も我慢できないほどじゃないから。ルーブルからクラヴィコードも運んでもらったし」王妃は顔をしかめた。「もちろん、いつも大勢の目に見張られてはいるけれど。その点だけが苦痛ですよ」

そういえば王妃さまは、注目されることを極端にいやがっていたっけ、とジュリエットは懐かしく思い起こした。そのために立派な宮殿を抜けだしてプチ・トリアノンや田舎家へ足を運んでは、花や贅沢なおもちゃを相手に戯れていた。「たぶん彼らは、王妃さまの姿を直接目にするのがはじめてなんですわ」

マリー・アントワネットは顔をあげた。「なるほど、ようやく本物を目にすることができたというわけね。そういうことなら、王妃たるものの振る舞い方を存分に示してあげなくては」だが、その王妃らしい堂々とした顔つきは瞬時にして消え、彼女はふたたび、実年齢よりもずっと老けて見える悲しげな顔の女性に戻ってしまった。「さあ、もう行きなさい。わざわざ会いにきてくれたのはうれしいけれど、長居をしては危険ですよ。あの残忍なエベールがここの責任者なんですから。あの男こそ、本物の悪党よ。あいつなら、あなたを傷つけることでわたくしを苦しめようとするに決まっています」

ジュリエットは深々と息を吸った。「ここへ来たのにはわけがあるのです」間をおかずいっきに言った。「ウインドダンサーを手に入れたいのです」

王妃の表情がにわかにこわばった。「あなたはいつもそうだった。子供のときですら、わたくしのあの像をいやに気に入って」表情がさらに冷たさを増す。「ウインドダンサーはわたくしのものですよ。ぜったいに渡しません」

「ジャン・マルク・アンドリアスがまだあの像をほしがっているのです。彼のことを覚えていらっしゃいますか?」

「忘れられるものですか」マリー・アントワネットは冷淡に言い放った。「人の記憶から簡単に抜けだすような男ではないでしょう」

「彼はあの像のためなら、二百万リーブルを支払ってもいいと言っています。それだけのお金があれば、王妃さまをここから救いだし、オーストリアに逃亡させる手助けもできるんじゃないでしょうか?」

王妃ははたと押し黙った。「そうね。護衛たちはこれまでも少額の賄賂を手渡せば、なにかと特別な待遇をしてくれましたからね」

「ウインドダンサーの在処《ありか》を教えてくだされば、わたしが取ってきます。そしてそれをジャン・マルクに渡して、こちらへお金をお持ちします」

「わたくしではだめよ」王妃は思案げに眉根を寄せた。「ここにいては、わたくしにはなにもできないわ。わたくしに忠誠を示してくれるグループが街にいるの。その人たちなら助けになるかもしれないわ。ポンヌフのカフェ・デュ・シャに行って、ウィリアム・ダレルに頼みなさい」

点灯夫がすべてのランプに明かりを点け終えたらしく、ゆっくりと中庭を横切ってこちらへ歩いてくる。

「もう時間がありません。ウインドダンサーはどこにあるんです?」

マリー・アントワネットの視線がジュリエットの顔の上を探るように動いた。「あなたを信用してもかまわないのかしら、ジュリエット? わたくしはあの像を、幼いルイ・シャルルのために残しておくつもりだったのよ。彼はフランス国王になれないかもしれないけれど、あれがあれば食べるのには困らないでしょうから」

「そんなことより、ご自分や残りの王室の方々を救いだすことを考えたほうがいいに決まってます」

「そうね、わたくしも……」

「彼が戻ってきます。急いでください」

「ベルヴェデーレよ。最初にあれを設計するとき、ムッシュ・ミンクに頼んでスフィンクスの像の下に秘密の隠し場所をつくってもらったのよ。暴徒がヴェルサイユに向かってきていると聞いたとき、ウインドダンサーをそこへ隠させたの」

ジュリエットは懸命に思い出そうとした。ベルヴェデーレはプチ・トリアノンの裏手にある東屋《あずまや》のことだが、階段の側面には幾体ものスフィンクスが並んでいたはずだ。「どのスフィンクスです？」

「池に面した扉の左側にあるスフィンクスよ」

王妃は両手を毛皮のマフのなかに差し入れた。「わたくしを裏切らないで、ジュリエット。わたくしにはもはや、信頼できる人間は数えるほどしか残されていないのですから」

王妃は身を翻すと、足早に去っていった。一瞬ののちに、その姿は巨大な塔の入口へと呑みこまれていった。

ジュリエットは千々に乱れた心を抱え、そのうしろ姿を見つめていた。これほど心が痛むとは、思いもかけないことだった。過去数年のあいだに、王妃に対する愛情は捨て去ってきたつもりだった。田舎家の羊ほどにも自分を気にかけてくれない相手を想うなんて愚かなこと。自分にとって大切なのは絵だけであって、マリー・アントワネットなど自分の人生にはなんのかかわりもないと言い聞かせてきた。それなのに今夜脳裏によみがえってきたのは、遥かむかしのあの夜、マリー・アントワネットにはじめて会ったときのことだった。王妃はジュリエットを抱き寄せ、友達になってくれるように頼んだのだ。気の毒な蝶々。彼女の庭園を彩っていた鮮やかな花々はすでに萎《しお》れ、いまや彼女自身も色褪《いろあ》せつつあった。

「さあ、終わった。ぼさっと突っ立ってんじゃない。行くぞ」点灯夫が低く耳ざわりな声音で言った。

ジュリエットはうしろ髪を引かれる思いで、マリー・アントワネットが消えていった入口から目を離した。そして点灯夫のうしろを歩調をあわせて歩き、中庭を横切って門へと向かった。


タンプル塔からの帰り道、フランソワ・エシャレは行きと同様、いかめしい顔つきのままひと言もしゃべろうとはしなかった。明らかに、彼はジュリエットに対して腹を立てていた。最初のうちは、そうした沈黙もかえって好都合だった。王妃に会って以来、心に重くのしかかっていた憂鬱感がいっこうに晴れる気配がなかったのだ。いよいよロワイヤル広場が近くなり、ジュリエットはようやく気持ちを奮い立たせ、口を開いた。「あなたがどうして怒っているのかわからないわ。わたしにカトリーヌと一緒にいるべきじゃないと言ったのは、あなたなのよ」

「ヴァサロに行くなとは言ってない」フランソワは前を見つめたままで答えた。「ましてや、パリにとどまって、反逆罪にも匹敵するようなこんな行動にわれわれを巻きこめなどとは言ってない」

「反逆行為に巻きこもうだなんてしてないわ」ジュリエットは小首をかしげ、抜けめのない目を向けた。「わたしが王妃さまに会いに行くことにそれほど反対だったら、なぜ買収工作に手を貸してくれたの？」

「ジョルジュ・ジャックが決めたことだからだ。こんなばかげたことでもやらせておいたほうが安全だと彼は考えたんだろう」フランソワはジュリエットの顔をまっすぐに見据えた。「それでシティズネス・カペーとの会話は、われわれ全員の命を危険にさらすほど価値のあるものだったのか？」

「陛下よ」ジュリエットが指摘した。「それもまた、あなたの尊い共和制政府が変更した呼び名だなんて言わないでちょうだいね。わたしはそんなの信じないから。シティズネスなんて呼び名はあの方にはそぐわないわ。あの方は王妃以外の何者にもなれない方なのよ」

「おれが彼女をなんて呼ぼうと――」途中で言葉を呑みこみ、肩をすくめる。「おそらく、それが彼女の悲劇なんだろう。彼女とは親しいのか？」

「子供のころからよく知ってるわ。とても親切にしてもらったの」

「助けることはできないぞ」

ジュリエットは答えなかった。

「中庭には大勢護衛がいるし、コミューンの行政官らが昼も夜もなく彼らの部屋を見張ってる」

「まるでヴェルサイユと同じね」ジュリエットが静かに言った。「あの方はいつも、朝起きてから夜眠るまで、大勢の人間に見られていることをいやがっていた。宮廷の女性のなかにはばかみたいな人たちもいて、目覚めた王妃さまに誰がシュミーズを手渡すかで喧嘩をすることもしょっちゅうだったわ」

「行政官は侍女たちのような態度では接しないと思うがな」皮肉っぽい口調で言うと、急にまじめな顔になってジュリエットと向き合った。「これでおしまいだ、ジュリエット。ジョルジュ・ジャックもおれも、今後いっさいきみに手を貸すつもりはない。危険すぎる。昨年王族がチュイルリーを脱出しようとして以来、陰謀や策略の匂いがしないか、コミューンがあらゆるところに目を光らせてるんだ」

「わたしが助けを要求したかしら?」

「いや、まだだ。だが、今後しないともかぎらない。アンドリアスがきみをヴァサロに送り届けてくれれば、おれにとってこれほど嬉しいことはない。そういえば明日屋敷を訪ねるよう、今朝彼から連絡が入ったよ」

「たぶん、わたしがパリを発つための書類を用意してくれって頼むつもりよ」

「そういうことなら、喜んで手助けさせてもらうよ。検問所の突破も今度はそれほど難しくないはずだ。今朝、デュプレがパリを発った」

「ダントンが仕組んだの?」

フランソワは首を振った。「マラーから任務を受けて出かけたんだ。アンドリアスももう数日待てば、あんな法外な持参金を支払わずにすんだだろうに」

「でも、こんなことになるなんてわからなかったんですもの」ジュリエットは渋い表情になった。「わたしがタンプル塔に行ったってこと、ジャン・マルクには言わないでしょうね? そんなことをしてもなにもならないわ」

「黙ってるよ」フランソワは間をおいてから、言いそえた。「もしきみが、パリにいるあいだに二度と王妃に会おうとはしないと約束したらな」

ジュリエットはうなずいた。「約束するわ。もうあそこへ戻る必要はないもの」ぶるっと身震いした。「それに、ひどく悲しい気持ちになってしまうの。あの方はヴェルサイユにいたときとはまるで別人のようだったわ」

フランソワはじっと彼女の顔を見つめた。「永遠に変わらないものなんて存在しない。誰も過去を呼び戻すことはできないんだ。そんなことをしようとする人間にはギロチンが待っている」

ジュリエットは鼻に皺を寄せてみせた。「そしてあなたが執行役をつとめるってわけ？」

「必要とあればね」彼はまじめな顔でつけくわえた。「でも、それはおれの本意じゃない。いろいろあったが、きみにはいささか感心してるんだ」

ジュリエットは驚いて彼の顔を見つめた。

「きみの勇気にね」フランソワはかすかに顔をほころばせた。「良識はともかくとして」

彼女は笑いだした。「それじゃわたしも言わせてもらうわ。あなたの正直さには感心してる、気配りはともかくとしてね。わたしの首をはねるのがあなたの本意じゃないって聞いて、安心したわ」

彼の顔から笑みが消えた。「きみは自分で思ってる以上に、ギロチンに近い立場にいるんだぞ。ジョルジュ・ジャックから聞いたんだが、昨日デュプレが、一瞬だがきみの姿を目にしたんだそうだ」ジュリエットが顔をこわばらせたのを見て、首を振る。「いや、きみだとは気づかなかった。だが、危ないところだった」

ジュリエットは肩をすくめた。「いつまでも隠れてなんかいられないわ。わたしらしくないもの。この数週間だって、カトリーヌの世話という仕事がなかったら、屋敷に閉じこめられたっきりでとっくに気が狂ってたわ」

馬車がジャン・マルクの屋敷の前にとまると、ジュリエットはマントを体に巻きつけた。「通りでとめてもらうように言っておけばよかった。でもまあ、いいわ。ジャン・マルクはまだムッシュ・バルドーのところから帰ってないみたいだから。オウ・ルヴォアール、フランソワ」

ローレンが扉を開け、彼女に手を貸して道に降りたたせた。

「ではまたじゃない《オウ・ルヴォアール》」急ぎ足で階段をのぼるジュリエットの背中に、フランソワがいくぶんすごみのきいた声音を浴びせる。「ぜひともさようなら《アデュー》にしてもらいたいものだな、ジュリエット」

玄関の扉の両側、アルコーブの壁にそなえられたランタンが、ジュリエットの泥にまみれた顔を浮かびあがらせた。彼女は肩ごしに、いたずらっぽいまなざしを向けた。

「でも、こんな世のなかじゃ自分の希望は簡単に叶わないものなんじゃなくって、フランソワ？」

ジュリエットは屋敷に入ると、細心の注意を払って静かに扉を閉めた。

12

ジュリエットはホワイエを走り抜け、いっぺんに二段ずつ階段を駆けあがっていった。

「ずいぶんおかしな格好だな。まさかそのガウンも、ジュリー・ラマルティーヌの店のものだなんて言わないだろうな?」

ジュリエットは八段めで足を止めた。しまった! すべてがあまりにうまくいきすぎて、すっかり油断していた。ため息をついて振り返ると、ジャン・マルクがサロンの脇柱によりかかり、両腕を胸の前で組んでいた。

彼の視線がジュリエットの体の上をゆっくりといったりきたりした。「それがジュリーの店のものだとしたら、まんまと大金を騙し取られたってことだな」

「これはマリーがむかし着ていたガウンよ」

「ようするにぼろきれか。それが最新のファッションとは知らなかった。おれは女性の奇抜な服には目がないんだ。おりてきて、もっとよく見せてくれ」

ジャン・マルクの口調は穏やかだったが、その口元は不快げに引き締まっている。ジュリエットは一瞬、ためらった。が、すぐにそろそろと階段を下りはじめた。ホワイエを横切って、彼の前に立つ。「わかってるくせに。出かけてたのよ。これを着て変装してね」

「ほう」ジャン・マルクは手を伸ばして彼女の頰に触れてから、指先についた煤《すす》をまじまじと観察した。「誰に変装したつもりだ？　煙突の掃除人か？」

ジュリエットはただ黙って彼を見つめた。

ジャン・マルクはポケットからリネンのハンカチを取りだし、慎重に指先をぬぐった。

「きみがこの屋敷から出ることについては、はっきりとおれの希望をつたえたはずだがな。で、どこに出かけていた？　広場を散歩か？」

彼女は答えなかった。

「あるいは馬車に乗って出かけたとか？　さあ、正直に言うんだ。きみが一時間以上も前に出かけたことを知って、おれは窓から外を見張ってたんだ。すると家の前に馬車がとまった」ジャン・マルクはひと息入れてから続けた。「たぶんダントンの馬車だろう。彼の御者が見えたからな。ダントンも乗ってたのか？」

「いいえ、乗ってたのはフランソワよ」

「われらが友人のフランソワと、いったいどこに行っていた？」

もはやごまかすわけにはいかなかった。ジャン・マルクは答えが得られるまでけっしてあきらめようとはしないだろう。「わたしが黙って家を抜けださなきゃならなかったのは、あなたのせいよ。あなたがもっとものわかりがよければ、そんなことをしなくても——」

「どこへ行っていた？」

「タンプル塔よ」

ジャン・マルクの顔が凍りついた。「タンプル塔?」

「そうよ。だって王妃さまに会わなくちゃならなかったんですもの。ウインドダンサーの隠し場所を突きとめるのに、ほかにどんな方法があって? あの像の在処を知っているのは彼女だけだって、あなたが言ったじゃないの」

「それで、彼女に尋ねにタンプル塔へ行ったっていうのか」ジャン・マルクはひと言ずつ吟味するようにして訊いた。「もし捕まれば、コミューンの前に引きだされてデュプレに正体がばれるということを、考えなかったのか?」

「どうしてそんなに怒るの? あなたが危険な目に遭ったわけでもないのに。もし捕まっても、あなたに匿ってもらってることはぜったいに言うつもりはなかったわよ」

「おれが危険じゃないだと? いったいきみは——」彼はいったん口をつぐみ、あらためて口を開いたときにはすっかり落ち着いた声音になっていた。「それを聞いて心から安心したよ」

ジュリエットは満足そうにうなずいた。「そうだろうと思ってたわ」くるりと背中を向ける。「これからお風呂に入って服を着替えるから、夕食はあとにしてくれるようにマリーにつたえてくださる?」

「いや、お断りだ」ジャン・マルクが両手でジュリエットの肩をがっちりとつかみ、彼女を振り向かせた。「このばかげたくわだてに協力するよう、フランソワを説得したのか?」

「ばかげてなんかいないわ。ちゃんと筋が通ってるじゃない」ジュリエットが身をくねらせ、彼の手を振りほどこうとする。「それにわたしが会ったのはダントン。彼がフランソワを説得したのよ。ダントンなら助けてくれると思ってたわ。彼ってすごく変わった人だもの。けっしていやだって言わないと——」

「彼にウインドダンサーのことを話したのか?」

「まさか。わたしはばかじゃないわ。革命政府もあの像をシンボルにしたがってるって、あなたから聞いていたもの。彼は法務大臣でしょ。自分で手に入れようとするかもしれないじゃない。彼には、わたしがタンプル塔に行って捕まったらあなたも困ることになるわよ、とだけ言ったのよ。そしたら同意してくれたわ」彼女はしかめっ面をした。「でももうこれ以上、あのふたりに頼みごとはできなくなっちゃったわ。ほんとうはフランソワを説得してヴェルサイユに一緒に行ってもらうつもりだったのに、彼はすごく頑固で——」

「ヴェルサイユ?」

ジュリエットはうなずいた。「王妃さまはやっぱり、ウインドダンサーをヴェルサイユに隠していたのよ」

「それじゃ、隠し場所を訊きだせたのか?」ジャン・マルクは信じられないとでも言うように訊いた。

「もちろんよ」

「もちろんなんて話じゃないぞ。彼女は過去二年間、誰にもあの像の在処を話さなかったんだ。それをまさか、きみがやってのけるなんて」ジャン・マルクは鋭いまなざしを向けた。

「なぜ、きみにかぎって彼女は打ち明けたんだ?」

「わたしが裏切らないことを知ってるからよ」ジュリエットは当然のことのように答えた。

「きみはその像をおれに売りつけると言ってたじゃないか」

ジュリエットは目を見開いて彼を見つめた。「でも、そのお金は彼女の手に渡るのよ。知ってたでしょう?」

「そんな話は聞いてなかった」

「わたしがあの方から盗むようなまねをするわけがないじゃない」

「悪かった」肩をつかんでいたジャン・マルクの手からいくぶん力が抜けた。「おれは人間性というものをあまり信頼していないからな。それに二百万リーブルはきわめて魅惑的な額だ」

ジュリエットの視線が彼の顔を探った。「わたしが誘惑されたらいいと思ってたのね?」

「ああ、たぶん」彼は弱々しく笑った。「おれはときどき、きみを手に入れたいと思うあまり、分別を失いかけることがある。きみにも不誠実な面があるとわかれば、いくぶん慰めになるだろうからね」

ジュリエットは目をそらした。「あの方は変わってしまわれたわ」消え入りそうな声で言う。「行かなければよかった。そうすれば、ヴェルサイユで一緒に過ごしたあの方の姿を、ずっと心に刻んでおけたのに。もうあの方を無視することはできなくなってしまったわ」

「無視したいと思ってたのか？」

「ええ、そうよ。だってわたしが修道院にいたあいだずっと、あの方はわたしのことを無視していたのよ。わたしはとても……傷ついたわ。お金を渡して、あの恐ろしい場所から助けだしてあげられれば、彼女を忘れることができると思うの」ジュリエットは息をついた。

「忘れなくてはいけないのよ。だってあの方が気になって、絵に集中できないんですもの」

「絵を描くことを邪魔するのは、なんであれ許さないというわけか？」

「あなただって、仕事を邪魔することは許さないでしょう？」

「こりゃ、一本とられた《トゥシェ》な」ジャン・マルクはにやりとした。「おれたちは似たもの同士ってことだ。そうだろう？」

ジュリエットはうなずき、落ち着かなげに両肩を動かした。できることならジャン・マルクの手を振り払い、彼から遠ざかりたかった。強く鷲づかみにされているわけでもないのに、触れられている部分に疼くような奇妙な痛みが走っている。一歩大きくあとずさると、彼の両手が離れていった。「ヴェルサイユには兵士がいるの？」

「せいぜい国民軍の中隊ぐらいだろう。こそ泥相手だからな」

「よかった。それじゃ、わたしひとりでもなんとかなりそうね」

「きみひとりでウインドダンサーを取りにいくのか？」

「だって、言ったでしょ？　フランソワは検問所突破のための書類を用意する以外は、いっさいわたしに手を貸してくれないって。それにいまなら安全なのよ。フランソワに聞いたんだけど、デュプレはマラーの任務でパリを離れたんですって。あなたもフランソワに頼んで――」

「おれが書類を手に入れてやれば、きみはヴェルサイユまでの検問所を通過できるし、そのあと、そのままヴァサロに行くこともできる」

このわたしをパリから追いだすという決意を、ジャン・マルクがそう簡単に捨て去るはずはなかったのだ。「ウインドダンサーをパリに持って帰ってあなたに渡さなくちゃならないんですもの。そのままヴァサロには行かれないわ」

「おれが一緒に行く」

「手伝ってくれるの？　それは助かるわ」言ってすぐ、彼女は顔をしかめた。「でもどうして？　契約にそれは含まれてなかったはずよ」

「おれが望めば、契約内容はいくらでも変えられる。ウインドダンサーを買い受けるのはこのおれなんだから」

「でも、たとえ助けてくれても、二百万リーブルは払ってもらうわよ。その契約内容は有効なんでしょ？」

ジャン・マルクはすぐには答えなかった。「おれがきみを騙すとでも？　おれの貪欲さは正直な貪欲さだと、認めてくれたものとばかり思っていたが」

まさか、わたしの言葉に彼が傷ついたというの？　いいえ、そんなはずはないわ。いまの彼の口調にはからかうような響きがにじんでいたもの。

「わたしも人間性というものをあまり信用していないの。だからあなたのほんとうの姿を理解していなかったんだわ」

「きみが理解すべきことはただひとつ。おれはウインドダンサーを手に入れたいということだよ」ジャン・マルクが言った。「もしあの像を手にしたまま きみが捕まったら、国民公会相手に取り戻さなければならなくなり、おそろしく手間がかかる。それよりもきみに手を貸して、確実に手に入れたほうが賢いってものだろう」

「それはそうね」ジュリエットは眉根を寄せて、じっと考えこんだ。「ヴェルサイユに行くってこと、フランソワには話しちゃだめよ。彼に書類を頼むときには、わたしたちを夫婦ということにしてもらってね。そうね……シティズン・ヘンリとマドレーヌ・ラ・クロアっていうのはどうかしら。ふたりともある貴族に仕えるためにヴェルサイユで働いているってことにするの。その貴族を誰にするかは、あとで考えるわ。わたしは飾り気のないガウンとケープを着て、あなたもいつもよりずっと質素なものを着ていかなくちゃ。ヴェルサイユに着いたら、門のところで護衛のひとりを買収することになるわね。あなたは買収するのが得意そうだから心配ないでしょうけど」彼女の瞳がふいにきらめいた。「これって、なんだか絵を描いているみたい。そう思わない？ 最初に背景を描いて、それから前景を描きこんでいくの。色や趣を少しずつ加えて。なんだかおもしろくなりそうだわ」

「おもしろい？」

「ええ、わくわくしてくるわ」

ジャン・マルクは微笑んだ。「まるで、仮面舞踏会に出るためにいそいそと変装している子供みたいだな」まじめな顔に戻って言いたした。「ひとつ、覚えておいてほしいことがある。ウインドダンサーと引き換えに金を渡す前に、あの像を王室が手放したという証明書がほしい。マリー・アントワネットの署名入りでね」

「そんなものがなんの役に立つの？　あなたがあの像を持っているとわかったら、どのみち共和制政府は没収するわ」

「ウインドダンサーは何千年もの時間を生き抜いて、いくつもの共和政体や君主政体の盛衰《せいすい》を見つめてきたんだ。今後、どれだけ生き続けるかわからない。おれは書類を手にしておきたいんだ」

「もう一度、タンプル塔へ行けってこと？」

「まさか！　冗談じゃない！　時間はかかるかもしれないが、なんとか方法を考えよう。お金と引き換えに王妃に署名してほしい、というきみからのメッセージを届ける方法を。それでいいかい？」

「いいわ」

「もうすぐ夕食だ。さっさと顔を洗ってこい。その顔を見てると気が滅入ってくる」

「わたしだって好きこのんでこんな格好をしてるんじゃないわ」ジュリエットは憤然と言い返した。「点灯夫の娘のふりをしなくちゃならなかったんですもの。つけぼくろがわりに顔を汚したわけじゃないのよ。これでも変装したつもりなんだから」

「きみにつけぼくろは必要ない」ジャン・マルクの視線が急に熱っぽさを帯びた。「邪魔なだけだ」

ジュリエットは得体の知れない熱がさざ波のように全身に広がるのを感じた。けっして美人ではないこのわたしを、彼は好ましく思ってくれている。それにしてもさきほどまで冷淡で辛辣なほどだったまなざしが、いきなり悩ましさを帯びるなんて。

「そうね」ジュリエットはさっと背中を向け、階段のほうへ歩いていった。「どうせわたしはカトリーヌや母さんと違って、あれこれ手を加えたってきれいにはなれないんですもの。そんなことしたくもないし。うっとうしいだけだわ」振り返りもせずに、足早に階段をのぼっていく。「わたしが美人でなくて、あなたは幸運だったわね。そうでなけりゃ、真夜中まで食事にありつけなかったはずよ。母さんなんか、三人のメイドの手を借りたって毎日身支度に四時間はかかったんだから」

「ああ、幸運だったな」

飽きあきしたようなその口調に、思わず振り返った。そこにはふたたび、冷めきった彼の顔があった。

門の頂きに据えられた太陽王の紋章が、月明かりを受けて黄金色に輝いていた。一瞬にしてジュリエットは、遠いむかしこの場所で立ちどまり、同じように見あげていたときの自分に戻っていた。その記憶がいささか鮮明すぎて、目の前にいるのがスイス人衛兵ではなく、革命の象徴である花形記章のついた黒い三角帽と、三色の飾り帯をこれみよがしに身につけた兵士であると知ったとき、しばし事態が呑みこめないほどだった。

護衛が軍人らしいきびきびとした足取りで、ジャン・マルクとジュリエットの乗った馬車に近づいてくる。ジュリエットは体をこわばらせた。護衛の手にするランタンの光が、日差しと時の流れに耐えてきた男の顔を浮かびあがらせている。長い鼻にひらたい頬骨。男は目を細め、ジャン・マルクが差しだした書類を調べた。

強烈な不安に体の奥がぞくりとし、ジュリエットは思わずウールのマントを体に引き寄せた。護衛は長い時間をかけて書類を調べていた。どうも簡単に買収に応じるような相手ではなさそうだ。よりによってこんな男にあたってしまうなんて。書類は大急ぎで捏造《ねつぞう》したものだったが、問題はないとジャン・マルクは請けあってみせた。そもそも門に複数の護衛がいる場合にそなえて、念のため用意したものだったのだ。たしかに読みどおり、護衛はひとりだった。この護衛がジャン・マルクの買収に応じさえすれば、こんなごまかしは必要ないはずだったのに。

「ずいぶん遅くに来たものだな、シティズン。さっき八時の鐘が鳴ったところだぞ」護衛は書類を掲げ、ランタンの明かりにかざした。

「ヴェンデに行く途中なんだ。二年前、われわれの主人が立ち去るのにあわせて、ここを去ったんだが、そのときに荷物を置いてきてしまってね。ついでにそいつを取りにいこうということになったんだ」

護衛の冷たい視線が、ジャン・マルクの顔を捉えた。「ここには、御者としてグラモン公に雇われていたと書いてあるが」

ジャン・マルクは肩をすくめた。「あのころはひどいご時勢だったから、餓え死にするよりはいいと思ってね。まったく、革命さまさまだよ。おかげでいまじゃこいつと一緒に、リヴォリ通りで洒落たカフェを開いてるんだ。もう誰に仕える必要もない」

「それじゃ、なぜヴェンデへ？」

「ちょっとばかり行ってみようと思いたっただけでさ。ヴェンデはおれの故郷でね。おれほど恵まれてない弟がいるもんだから、そいつにここの荷物を譲ってやろうと思ったのさ」

やはり、一筋縄ではいかない相手だった。男は次つぎと質問を浴びせてくる。

護衛はランタンを持ちあげ、ジュリエットの顔を照らした。「これがかみさんか？　彼女もグラモン公に雇われていたのか？　なんの仕事で？」

「メイドだよ」

いまや護衛の表情はこのうえなく疑念に満ちていた。

「どうして嘘をつくの？」ジュリエットが突然口をはさんだ。

ジャン・マルクはぎくりと体をこわばらせ、彼女を振り返った。

「グラモン公が女ったらしだったってことは、誰でも知ってるわ。彼は売春婦として、わたしを宮廷においていたのよ。彼が無理やりわたしのベッドに入ってきたのは、十一歳のときだったわ」ジュリエットは座ったまま、いとしげにジャン・マルクに身を寄せた。「あなたがわたしの恥を隠そうとしてくれてるのはわかるけど、この方はご存じよ。あの公爵が自分の欲望を満たすために、子供相手にどんなことをしていたか」

「たしかに。ここへ来て以来、あの公爵についての噂はいろいろ耳にしたよ」護衛は残忍な笑みを浮かべた。「それじゃ先月彼がラ・フォルスで首を切られたときは、さぞかし嬉しかっただろう、シティズネス」

「わたしが切り落としたかったのは、彼の首じゃないわ」

護衛は低く笑い声をもらし、ランタンを下ろした。「行っていいぞ、シティズン」ジャン・マルクに書類を返して言った。「王妃用の玄関へ行けば、荷物がしまってある場所を教えてくれるはずだ。場所はわかるな?」

ジャン・マルクはうなずいた。「もちろんですとも」

「もし護衛の姿が見えなかったら、大声で呼んでやれ。たぶん、護衛室でトランプでもやって遊んでるだろうから」

「そうするよ」ジャン・マルクが手綱をぴしゃりと叩きつけると、馬車はゆっくりと門を通って宮殿の敷地内へと入っていった。

車輪がきしみをあげ、馬車は巨大な庭の敷石の上をがたごとと揺れながら進んでいく。

「危ないところだったわ」ジュリエットがささやいた。

「買収がかならずしも通用するとはかぎらないさ。どんな事態も起こりえる。かえって脅えさせてしまうこともあるし、正義感を刺激してしまうことだってある」ジャン・マルクは肩をすくめた。「それにしても、きみがグラモン公の女好きな性格を知っていてくれて、助かったよ。あの護衛、嘘だとも知らずに、きみの話にすっかり警戒心を解いてたじゃないか」

「嘘じゃないわ」ジュリエットは、前方にそびえる巨大な宮殿の建物に目を凝らした。下のほうの階のいくつかの窓から光がもれているものの、そのほかの窓はすべてまっ暗で、人の気配はない。「あそこの東翼棟の陰にとめてちょうだい。馬車に乗ったままじゃ、ベルヴェデーレに着くまでにまた誰かに出くわさないともかぎらないわ。あとは歩いていきましょう」

ジャン・マルクの表情がさっきとはうって変わって険しくなっている。「どういう意味だ、嘘じゃないっていうのは？　グラモン公にレイプされたのか？」

「なんですって？　ああ、グラモン公なら母さんの恋人だった人よ。知ってるでしょう？」

「だからって、きみを――」

「つまらない話はあとにして」ジュリエットは苛立たしげに言って馬車から飛び降り、中庭を歩きはじめた。「急げば、四十分もあればベルヴェデーレに着けるわ。ランタンを忘れないで。でも必要なときまでは点けちゃだめよ」

「つまらないことだって？　子供をレイプすることがつまらないことだとは――」もはやジュリエットに声が届いていないことに気づき、ジャン・マルクは口をつぐんだ。馬車からランタンを拾いあげ、翼棟の端に達したところでようやく彼女に追いついた。「この件はあとで話し合おう」

「お望みなら」皮肉屋のジャン・マルクにしてはめずらしい反応だった。公爵のベッドに横たわるジュリエットを想像しただけで、明らかに胸が騒いでいるようすだ。一方ジュリエットは、彼のそんな反応を目にして言いようのない興奮を覚えていた。ネプトゥーヌスの池が目前に迫り、彼女の足取りはいっそう速まった。「小さいほうの宮殿の門にも護衛がいるのかしら？」

「おそらくな。疑われるから、あまり詳しい情報は集められなかったが。もしいたら、なにか問題が？」

ジュリエットはかぶりを振った。「プチ・トリアノンの庭のことなら、詳しいのよ」にやりとしてみせる。「マルグリットから逃げまわって、あらゆるところに隠れていたから。噴水や林や建物のなかにね」

「マルグリット？」ジャン・マルクがうなずいた。「ああ、あの魅力的な子守女か。そういえば、彼女はどうした？」

「修道院で虐殺があった晩、母さんと一緒にスペインに逃げたわ」ジュリエットは池に達すると左に曲がった。「フランソワはなんとか説得して、カトリーヌとわたしを一緒に連れていかせようとしたんだけど、母さんは頑として受けつけなかった。フランソワときたら、母さんにもマルグリットにも猛烈に腹を立ててたわ」

「彼の気持ちはよくわかるよ」

「だから言ってあげたのよ。母さんにはなにを言っても無駄だって」そこで額に皺を寄せる。

「もう少し急がないとだめだわ。あなた、大丈夫？」

「大丈夫ってなにが？」

ジュリエットは彼の視線を避けながら言った。「だって、あなたはたぶん三十歳は過ぎてるでしょう。それにふだん、体を動かしてないみたいだし」

「三十二だ。それほどの歳じゃない」ジャン・マルクは冷ややかな口調で訊いた。「おれが体を動かしてないなんて、どうしてわかる？」

ジュリエットの体の内が、かっと熱くなった。「どこへ行くにも馬車に乗っていくし、毎日、何時間も書斎にこもってるわ。体力があるわけないじゃない」

「一日じゅう、帳簿と向きあってるわけじゃない。それじゃひとつ、体力のあるところを見せてやるかな」彼はものやわらかな口調で言った。「言っとくが、グラモン公には負けちゃいないぜ」

依然ジャン・マルクはグラモン公の件へのこだわりを捨てきれず、しかも自分の年齢をかなり気にしている。いまや形勢は逆転した。ふだんは防戦一方のジュリエットは、彼の冷静沈着さが揺らぐのを愉快な気分で眺めていた。「それはそうでしょ。公爵は五十代だったはずだもの」そこでちょっと考えこむふりをする。「でも、彼はしょっちゅう狩りに出かけていたから、体は驚くほどたくましくて――」

「いいから、急いで行くぞ」ジャン・マルクは歯の合間から吐きだすように言った。「おれのことなら心配にはおよばない」

ジュリエットは彼の険しい顔つきを横目でそっとうかがい、これ以上刺激しないほうが賢明だと判断した。静まりかえった噴水や不気味にそびえる彫像の類いを横目に、ふたりはほとんど走るようにしてプチ・トリアノンの門へと急いだ。

ベルヴェデーレはこぢんまりした魅惑的な東屋で、草深い小山の頂きに位置していた。その優美な八角形の建物からは、プチ・トリアノン裏の池から流れでる細流を一望できる。周囲は四段の階段で囲まれ、対になったスフィンクス像がいくつも据えられていた。

「池に面したところにあるスフィンクスだって、王妃さまはおっしゃってたわ」池のまわりをめぐる曲がりくねった遊歩道を歩きながら、ジュリエットがささやいた。「左側よ」

「埋めてあるのか？」

「いいえ、秘密の隠し場所があるんですって」

ようやく東屋の四段の階段に達し、ジャン・マルクがスフィンクスの脇で立ち止まった。

「見たところじゃ――」

「しーっ！　なにか聞こえるわ」ジュリエットは肩ごしに振り返り、小川の先のプチ・トリアノンのほうを眺めやった。いくつもの小さな明かりが闇に浮かんで見える。「大変！　ランタンだわ！　早くこっちへ来て」彼女は大急ぎで階段を駆けあがった。扉に鍵がかかっていたらどうしよう。だが、ノブは手のひらのなかで簡単にまわった。ジャン・マルクをなかに引き入れ、ガラスのはめこまれた扉をうしろ手に閉める。

ジャン・マルクはジュリエットを脇に押しやり、ガラスを通して外のようすをうかがった。

「兵士だ」

ジュリエットの心臓が激しく胸を打ち叩いた。「わたしたちを探しに来たのかしら？」

「おそらくな」ジャン・マルクはなおも目を凝らし、やがて首を振った。「いや、緊急の用件じゃなさそうだ。たぶん、通常の見回りだろう。宮殿から出てくるときにやつらと出くわさなくて幸運だったよ」

じつのところ東屋のなかは、隠れ場としてはいささか心もとない状況だった。ガラスのはめこまれた四枚の扉があるばかりか、細長い窓はほぼ天井から床までを占め、そのあいだにわずかに細い壁があるだけなのだ。ようするにふたりは、クリスタルの箱のなかにいるようなものだった。

「こっちへ向かってくる？」

「わからない――いや、くるぞ！」ジャン・マルクが扉から頭を引っこめると同時に、鋭い光線がガラスの上で躍り、東屋の内部を照らしだした。彼はジュリエットの体を扉の左側に引き寄せ、ぴたりと壁に押しつけた。

外で人の声がし、ほどなく敷石を踏みつけながら階段をのぼってくる足音が聞こえた。と、ふたりのすぐそばの扉が勢いよく開いた。

ジュリエットは息を殺した。大柄な人影が戸口に現れた。向かい側のガラスの扉の上で、光が躍る。ランタンの炎がガラスに映っているのが、彼女の目にも見えた。

それどころかジャン・マルクと彼女自身の影も、うっすらと闇に浮かんでいるではないか。いまにも飛びださんばかりにジャン・マルクの筋肉が緊張したのを、ジュリエットは感じとった。

「異状ないか、伍長?」

「異状ありません」兵士はあとずさり、扉を閉めた。ふたたび階段を下りていく耳ざわりな足音がし、そのまま仲間のもとへ戻っていったようだった。

ジュリエットの心臓は、いまや外にいる男たちの耳に届かないのが不思議なほど、強烈な音とともに脈打っていた。

ジャン・マルクは右側の窓ガラスから、そろそろと外をうかがった。「去っていくぞ」

「いや、村里のほうだ。完全に立ち去るまで待ってから動こう。だが急がないと、やつらが門のほうへ戻るときに出くわすことになる」

「宮殿のほうへ?」

「見つかったかと思ったわ」

「パトロールなんて名ばかりのものさ。自分が見たいものだけを見ていたにすぎない」

ジュリエットは床に座りこんで壁にもたれかかり、呼吸が落ち着くのを待った。体が震え、モザイク模様の大理石の床からつたわる底びえのする冷気が、ウールのガウンを通して体の芯まで凍えさせるようだ。自分がこれほど脅えていることを悟られてはいまいかと、ジャン・マルクの視線を鋭く感じながら思い、唇を湿らせて口を開いた。「同じだわ」

「なにが？」

「この東屋よ。それにヴェルサイユ。あのころと変わらず庭の隅ずみまで手入れされてるわ」彼女は壁に描かれた精妙なアラベスクを手で示した。頭上のクーポラ（半球状の屋根）には、青々とした空に雲が流れていくさまが描かれている。「すっかり変わりはてたとばかり思ってたのに。だってパリはあまりにも変わってしまったんですもの。王妃さまはよくトリアノンの庭で盛大なパーティを開いていたわ。この東屋の周囲にはね、外から見えないように溝が掘ってあるの。そこで薪を燃やすと、まるで輝く雲のなかに東屋が浮かんでいるように見えるのよ」言いながら、ジャン・マルクが目をそらしてくれるようにとジュリエットは願った。彼はきっと、わたしがひどく気弱になっていることを見抜いているにちがいない。自分の弱さを他人に、それもこともあろうにジャン・マルクに見せるなんて危険すぎるわ。「一度、その光景を絵に描こうとしたことがあるの。でもわたし、そもそも炎を上手に描けないのよ」

「人をかっとさせるのは得意なのに？」ジャン・マルクがようやく目をそらしたのを見て、彼女はほっとした。「めずらしく感傷的になってるみたいだな」

　ジュリエットは首を振った。「たしかにここは美しいけれど、わたしは修道院のほうが気に入ってたわ」短い沈黙のあとで訊いた。「なぜ、わたしをあそこに入れるように王妃さまを説得したの？」

「どうしてだと思う？」

「カトリーヌのため」

「それもある」ふいにそっけない口調になって、ジャン・マルクは彼女の顔に視線を戻した。「おしゃべりは終わりだ。怖がることは恥ずかしいことじゃない」

やっぱり、彼の目をごまかすことはできなかったようだ。「ほんの少し怖いだけよ」

「だが、きみはけっしてそれを認めようとしない。誰にもその姿を見せようとしない」彼はジュリエットのそばに膝をつくと、両手で体を引き寄せ、胸に抱きかかえた。「隠さなくてもいいんだ」

ジャン・マルクの体はたくましく、スパイスの香りがした。ジュリエットは彼の肩に顔をうずめた。「あなたに弱みを見せたらだめだって言ったのは、あなた自身よ」

「おれが？」彼の手がジュリエットの髪をそっとなでた。「ああ、そうだった。忘れていたよ。おれはめったに他人に警告したりしないんだがな。気にするな。あれは戦場においての話だ」

「すぐに立ちなおるわ。ただちょっと驚いただけ……」

「おれも震えあがったよ」

ジュリエットは驚いて彼の顔を見あげた。「あなたが？　そんなふうには見えなかったわ」

「感情を押し隠す訓練に関しては、きみより少し経験を積んでるからね」

自分のなかの恐れを認めてみせる男の人になんて、はじめて出会った気がした。だが、そもそも彼はほかの男の人とはどこか違っているのだ。彼はつねにジャン・マルクでしかない。

そして今夜ジャン・マルクがジュリエットに与えてくれたのは、じつに彼らしいユニークな贈り物だった。彼は自分の恐れを認めることで、彼女のプライドを守ってくれたのだ。「あなたって変わった男の人ね」

「前にもそう言われたな」

「だって、ほんとうなんですもの」ジュリエットは彼の腕にぴったりと体をすり寄せた。

「つぎになにをするのか、まるで予想がつかないわ」

「いまはなにもしないさ。さあ、黙って」

ジュリエットはしばし沈黙し、彼の慰めと強さが心に染みわたるのにまかせた。温かいものが体の隅ずみまで流れていく。疼くような熱さではなく、もっと深く穏やかなもの。彼女は突然、笑いだした。「こんなところにふたりでひざまずいて、なんだかばかみたいね。きっと、オルゴールのなかの磁器の人形みたいに見えるわ」

「絵のことを考えるといい。そうすれば気分がよくなるよ」ジャン・マルクは窓の外に視線を投げると、立ちあがって扉を開いた。「もう大丈夫だろう」

ジュリエットも急いで立ちあがり、ランタンを手に取った。「点けてもいいかしら?」

ジャン・マルクはすでに階段を下りはじめていた。「いや、やめておいたほうがいい。連中に見つからないともかぎらないからな」彼はふたたびスフィンクスの脇にひざまずき、つぶさに観察した。「レバーのようなものは見あたらないな」台座の部分を押してみる。「台座は固定されてる」今度はスフィンクスの胴体を横に押してみた。

動いた!

彼はもう一度、さらに力を込めて押した。

彫像はするすると横に動き、ゆうに二平方フィートはありそうな深い空洞が現れた。

「暗くて見えない。ランタンで照らしてくれ」

ジュリエットは震える手を意識しつつも、その言葉にしたがった。スフィンクスのほうへ身を乗りだし、体で光を遮りながらランタンを暗い空洞へ近づける。

と、ジャン・マルクがなにごとか悪態をつくのが聞こえた。だが彼女自身は、衝撃のあまり言葉も出てこなかった。

隠し場所のなかは空だった。

ジャン・マルクは馬車の上から正門の護衛に向かって愛想よく微笑み、手までも振りながら、太陽王のゴールドの紋章の下を通っていった。

外へ出たとたんに勢いよく鞭《むち》をふるい、馬を加速させる。やがて町なかの通りに出ると、ジャン・マルクの顔から笑みが消えた。「いったい、どこにあるんだ?」

「わからないわ。王妃さまはベルヴェデーレにあるとおっしゃったのよ」

「それじゃ、彼女がきみを信用しているというのは、きみの思い違いだったってことだな。無駄足を踏まされたんだ」

「そうは思わないわ」

ジャン・マルクは苛立たしげな視線を向けた。「事実、ウインドダンサーはあそこになかったんだぞ、ジュリエット」

「でも、王妃さまはあそこにないことを知らなかった――」ジュリエットははたと押し黙った。王妃の言葉を思い出すうちになにごとか思いあたったらしく、目をまるく見開いた。

「そうよ、彼女は自分であそこに隠したんじゃないのよ」

「なぜわかる?」

ジュリエットは首を振った。「彼女は言ったんですもの。『ベルヴェデーレに隠させた』って。きっと誰か別の人間が、かわりに隠したんだわ」

「そして、彼女に気づかれないように持ちだしたってわけか? いったい誰が?」

「彼女が信頼している人間よ」ジュリエットは肩をすくめた。「いくらでも考えられるわ。王妃さまはあまり洞察力があるほうじゃないから、宮廷内の人間を片っぱしから信用してしまうの。侍女に召使いに家族。彼女に直接訊いてみないと」

「どうやって?」

「もう一度タンプル塔に行くのよ」

「だめだ」ジャン・マルクの口調は大鎌のような鋭さを帯びていた。「それだけはぜったいにだめだ」

「だってそうしないと――」ジュリエットは言いよどんだ。「でもフランソワはもう二度と手を貸してくれないと言ってたし。あなたの言うとおりかもしれないわね。彼女のもとを訪れることは無理だわ。でもなにか別の方法があるはずよ」額に皺を寄せて考えこむ。「ウィリアム・ダレルなら、王妃さまと連絡を取れるかもしれないわ」

「誰だ、そのウィリアム・ダレルってのは？」

「さあ、わからないわ。でも名前からするとイギリス人みたいね。王妃さまに言われたのよ。あなたから受け取ったお金は彼に渡すようにって。もし彼が王妃さまを救いだそうとしているなら、彼女にメッセージを届けることもできるはずよね」

「おそらくな。どこへ行けば会えるのか聞いたのか？」

ジュリエットはうなずいた。「ポンヌフのカフェに行って彼に頼んでみるわ。明日にでもさっそく行ってみる」

ジャン・マルクは小ばかにしたようににたりと笑った。「煙突掃除人の変装でか？」

「まさか。今回はあれは似つかわしくないわ。別の変装を考えなくちゃ」

「おれが行こう」

ジュリエットはかぶりを振った。「わたしも一緒に連れていってくれるんでなきゃ、カフェの名前は教えないわ」

「その場所は明らかに、王党派のシンパの温床なんだ。コミューンの役人たちが嗅ぎつけてるに決まってる」

「あなたの言うことは大げさすぎるわ。コミューンなんて、間抜けとのろまばかりじゃないの。このあいだだって簡単に王妃さまに会えたし、今夜は今夜で門の護衛を軽くあしらえたし――」

「もう少しで見張りの兵士に見つかりそうになった」ジャン・マルクが引きとって言った。

「やつらは間抜けなんかじゃないぞ。おれたちの友人を考えてみろ。フランソワとダントンを」

「でも、彼らは脅威でもなんでもないわ。大丈夫よ。危険を冒すだけの価値はあるわ。あなたはウインドダンサーを手に入れたいし、わたしは二百万リーブルがほしい」

馬車が街の郊外にさしかかり、ジャン・マルクはパリに向けて馬を走らせた。「きみを連れて帰るなんておれもどうかしてる。本来なら、ヴァサロに行かれるだけの金を持たせて、このあたりの宿に下ろしていきたいところなんだが」

「そしたら、追いかけるだけよ」

「歩いてか？」

「もちろん。だってわたしは若くて体力があるし――」

「よぼよぼのおやじとはわけが違うって？　どうせおれは三十――」

「三十二でしょ」

「そう言おうとしたんじゃないか」

「怒鳴らなくてもいいじゃない」

ジャン・マルクは横目でジュリエットを一瞥した。「怒鳴るぐらいかまわんだろう。どうやらきみはすっかり落ち着きを取り戻したようだし、おれをからかって楽しんでさえいる。

さぞかし満足だろうな」意地悪そうな笑みを浮かべた。「せいぜい楽しんでいるといい、ジュリエット。いまに、なぜ自分がそんなことをするのか気がつくさ。そのときにはその喜びも消え失せる」

ジュリエットは薄々ながら、とうに気づいていた。なぜ、彼を怒らせることで、自分のうちにこれほどまでの高揚感が生まれるのか。だが同時に、あの東屋で彼の腕に抱きしめられて以来、そうした興奮や満足感がすっかり影をひそめてしまったことも意識していた。彼女は目をそらして言った。「そんなこと、どうでもいいわ。とにかくわたしは今夜あなたと一緒にパリに戻って、明日の晩、カフェでウィリアム・ダレルに会う。話は終わりよ」

「いや、まだだ」

ジュリエットは用心深く、彼に目を向けた。

「パリまではまだ長い旅になる。楽しまなくちゃな。ヴェルサイユでのむかし話でもいくつか聞かせてもらおうか」

「そんなもの、おもしろくもなんともないわ。わたしは絵ばかり描いていたんですもの」

「でも、魅力的な知り合いは何人かいたんだろう?」ジャン・マルクは穏やかに言った。

「ちょうどいい。この際、さっきの〝つまらない話〟とやらを聞かせてもらおうか。グラモン公ってのは何者だ?」

13

当世風にセットされたウィッグの髪はゴールドがかった白っぽい色で、玄関のシャンデリアの蠟燭《ろうそく》の下では銀色に光って見えた。

「そんなもの脱いでこい」ジャン・マルクがにべもない言い方をした。

「ばかなことを言わないで。これも変装の一部なのよ」ジュリエットはワイン色のベルベットのマントを体にぴったりと巻きつけながら、階段をおりてきた。「それにすごく気に入ってるの。マリーの話だと、マダム・ラマルティーヌはこのウィッグをつくるために、わざわざスウェーデンの村から髪の毛を取り寄せてるんですって。そこの女性たちはみんな、こんな色の髪をしてるんだそうよ」

「カフェの客の注目を浴びるぞ」

ジャン・マルクの視線が自分に注がれている。ジュリエットの心臓が早鐘を打ちはじめ、突然、昨晩感じた興奮がよみがえってきた。彼の表情に不快感以外の感情がにじんでいるのを、ジュリエットは感じとった。「でも、彼らが注目するのはジャン・マルク・アンドリアスの新しい愛人よ。シティズネス・ジャスティスじゃないわ」

「ダントンに言われたの。わたしの変装はあまりにも貧弱だって。あなたにも汚れた顔を侮辱されたし」ジュリエットは壁にかかった豪華な金縁のヴェネチアンミラーの前に進みでると、剝きだしの肩に垂れさがった艶やかな巻き毛をなでつけた。「今日は見違えるようでしょう？　このあいだの点灯夫の娘よりはよほどいいわよ。これからはずっと、この変装でいくことにするわ」

「おれの愛人？」

「どちらも似たりよったりだ。とにかく、その金髪は気に入らない」

ジュリエットは鏡に映ったジャン・マルクの顔を、じっと見据えた。「あら、どうして？　とてもすてきなウィッグだし、完璧な変装よ。あなたは愛人を大勢囲っているお金持ちで、わたしはあなたの屋敷に住んでいる。ふたりがベッドをともにするのは、当然じゃなくて？」

「きわめて当然だ」ジャン・マルクは目を細めて彼女の顔をうかがった。「いったいどういうつもりだ、ジュリエット？　おれをからかって、ただですむと思うのか？」

「べつにからかってなんかいないわ。あなたをからかうなんてめっそうな。それとも、わたしがあなたの愛人のふりをすることに文句があるのかしら？」ジュリエットはいきなりパチンと指を鳴らした。「わかった。わたしに魅力がたりないって言いたいのね。たしかにわたしは美人じゃないわ。でも気にすることはないわよ」

「ほう？」

ジュリエットは首を振った。「ヴェルサイユにも、それほどきれいじゃないのに男の人を惹きつけてやまない女性が何人かいたわ」と言って顔をしかめる。「身のこなしを、もっと観察しておくべきだったわね」ふいにパッと顔を輝かせた。「大丈夫、ちゃんと演じてみせるわよ。頭は悪くないんですもの。なにかおかしな振る舞いをしたら、あなたに注意してもらえばいいわ。あなたはわたしよりもずっと、売春婦の扱いに慣れているんですもの」

「おれに教師になれと？」

「そうじゃなくて、あなたはただ――」鏡のなかのジャン・マルクと目が合い、ジュリエットは言葉を濁した。いやだわ、つい調子に乗ってしゃべりすぎちゃったみたい。いったいどういうわけで、ジャン・マルクを刺激するような方向に話が進んでしまったのかしら。わたしを見つめる彼の目、あの晩ダイニングルームで見せたまなざしと同じだわ。

ジュリエットはまたしても、得体の知れない熱さを覚え、胸のあたりが息苦しくなった。急いで目をそらして言う。「気にしないで。わたしひとりでもじゅうぶんやれるから」

ジャン・マルクの黒い瞳が怪しげな光を帯び、獲物に忍びよるかのようにそろりと一歩、歩み寄った。「いや、その役には、おれの全面的な協力が必要だ」

「そうでもないわ」ジュリエットはあわてて方向転換し、正面玄関へ向かった。「人前に出たときだけ、いかにもわたしに夢中って顔をしてくれればいいわ。それならできるでしょ？」

ジャン・マルクは扉を開いてやった。「ああ、もちろんだとも」

カフェ・デュ・シャの店内は真昼のように明るいばかりか、おそろしく騒々しかった。学生や労働者、上等な服に身を包んだ商人らが入りまじった常連客が、それぞれに女を連れている。しかもこの女たちがまた、貧しい身なりをした覇気《はき》のない農民がいるかと思えば、極楽鳥さながらのけばけばしい女もいるという多彩な顔ぶれだった。

「ほらね。この姿もちっとも場違いじゃないわ」ジュリエットは店の隅に据えられた、ダマスク織りのリネンのかかった小さなテーブルに腰を下ろした。「あそこの背の低い太った紳士と一緒にいる赤毛の女性。どう見ても奥さんじゃないわね」小首をかしげて言いたした。「彼女を観察していれば勉強になるわ、きっと」

「やめておけ。おれはああいう女は愛人にしない」革のベストに白のエプロン姿で、お盆を手にテーブルのあいだを縫っているたくましい体格の男に、ジャン・マルクが手で合図をした。「それに、売春婦になる勉強をしに来たわけじゃないだろう」

「彼女のどこがいけないの?」ジュリエットはマントの紐をほどき、肩から椅子の背へするりとすべらせた。「ちょっときつい顔立ちだけど美人だし、それに――なによ? なにがおかしいの?」

ジャン・マルクは、ワイン色のガウンの大きくえぐられた四角いネックラインを、食い入るように見つめている。「変なことを訊いて悪いが、ひょっとしてきみ――詰めものをしてきたのか?」

「あら、ちょっとやりすぎたかしら。わたしの胸は小さいから、ハンカチを六枚も押しこんで持ちあげてみたの。少しは女らしく見えるかと思って。だって、男の人は胸の大きな女性のほうが好きなんでしょ？」

「ハンカチなんかなくてもじゅうぶんだ」ワイン色のベルベッドに映える、赤くほてった肌に、ジャン・マルクの視線がじっと注がれている。「大きな胸など必要ない」

「それを聞いて安心したわ」言ってすぐ、ジュリエットは顔をしかめた。「このハンカチ、不愉快このうえないのよ。レースの縁がちくちくして、すぐにも取りだしたい気分だわ」

「それにしてもおかしな――」例のたくましい男が近づいてきたのを見て、ジャン・マルクは途中で口を閉ざした。「ワインをボトルで。このシティズネスにはフルーツジュースを持ってきてくれ」声音を低く抑えて言いそえる。「それから、シティズン・ウィリアム・ダレルに伝言を頼む」

まるまる太った愛想のいい男の顔は、みじんも表情が変わらない。「ご一緒にラムのシチューはいかがです？　パリ一の味と評判ですよ」

「いや、けっこう」

男はきびすを返して店内を縫うように進み、壁に並んだいくつもの樽《たる》のところまで行った。そして戻ってくると、ワインのボトルとグラスをふたつ、テーブルに置いた。「あいにく、今年はもうフルーツジュースの時季は終わりました」

「それじゃ、水でいいわ」ジュリエットがもどかしげに繰り返した。「それとウィリアム・

ダレル」

「水ですか？」ウェイターは肩をすくめ、ふたたび背を向けた。「承知しました」

「いったいどうしたっていうのかしら、あの人？　わたしたちの言うことにまるで耳を貸さないじゃない」

ジャン・マルクがグラスにワインを注ぎながら言った。「きみのそのワイン嫌いは、なんとかしたほうがいいな」

ジュリエットの視線は、依然ウェイターを追いつづけている。「あの人、別の客の相手をしてるわ。どうしてわたしたちに――」

「こちらのシティズネスに美しい扇はいかが？」艶やかな栗色の髪をした背の高い女が、ジャン・マルクとジュリエットのあいだの椅子にどすんと腰を下ろし、紙でできた扇の載った麦藁《むぎわら》のお盆をテーブルに置いた。「シティズネスはみんな、忠誠心を示すためにすてきな扇を持ちたがるものよ」一枚の扇を手にとって広げてみせる。「これはかの有名なバスティーユ監獄の襲撃を描いたもの。わたしが自分で描いたのよ。このまっ赤な松明《たいまつ》の炎を見てちょうだい。それに――」

「彼女は扇はいらないそうだ」ジャン・マルクが突っぱねた。

「それなら、ダントンかロベスピエールはどう？」女はお盆の上を手探りしたかと思うと、得意げに一枚の扇を引き抜いた。「これがシティズン・ダントン。どう？　立派な眉毛でしょう？」

「ずいぶんへたくそな絵ね」ジュリエットは安っぽいつくりの扇を手に取り、かぶりを振った。「ちっともダントンに似てないじゃないの。ダントンはもっと醜いわ」

「でも立派な考えを持ってるわ」そばかすだらけの女の顔に、愛嬌のある微笑が広がった。

「わたしはその人の理念を描いてるわけ。外見じゃなくて」

「それにしても、こんないいかげんな描き方はないわ。色も形もめちゃくちゃで、理念だなんて言いわけにもならない。だいたい、自分の作品に対する誇りが感じられないわよ。こんなものをよくも――」

「ダントンが気に入らないなら――」女はまたしても商品をあれこれいじくりまわし、別の扇を引っぱりだして、これ見よがしな身振りで広げてみせた。「タンプル塔よ。愛国者たちがあのクソ暴君たちを収容している場所よ」

「尖塔の釣りあいがなってないわ。ほとんどみんな同じ大きさに描いてるじゃないの。実際はこの尖塔はずっと大きいはずよ」

「ちょっと待った」ジャン・マルクは扇を手に取り、間近に顔を寄せた。「これはなかなかよく描けてるぞ。ほら、この鳩を見てごらん」顔を上げ、ジュリエットと視線を絡ませる。

「この大きな尖塔から四羽の鳩が飛びたっている」

ジュリエットは驚いて扇売りの顔を振り返った。

女はにこりとして訊いた。「買ってくださるの？」

「まだ決めてないわ」ジュリエットはひときわ注意深く、女の姿を観察した。

なるほどよく見ると、この女もなかなか捨てたものじゃない、とジャン・マルクは心の内でつぶやいた。三十歳の少し手前といったところだろうか。もはやはちきれるほどの若さはないものの、黄色のウールのガウンが艶やかな栗色の髪と均整のとれた豊満な体を引きたてている。顔立ちもさしたる特徴がなく、頰とし鼻のあたりはそばかすだらけだが、薄茶色の瞳ははつらつとした表情を湛《たた》え、その笑みにもユーモアがあふれていた。

ジャン・マルクは椅子から身を乗りだした。「ほかのも少し見せてもらえないか、シティズネス——?」

「ナナ・サルペリエよ」

「おれはジャン・マルク・アンドリアス。こちらはシティズネス・ジュリエット・ド・クレマンだ」

女はもう一枚、別の扇を引き抜いた。「これも気に入ってもらえると思うわ。わが国の栄えある海軍の船を描いたものよ。ほら、風を受けて帆が孕《はら》んでるのがわかるでしょう? それに天使の船首像も」

「船首に船の名前も見えるな」

「ダレル」ジュリエットが鋭く口をはさんだ。「彼はどこ? 彼に会いたいの」

「誰に言われてここへ?」ナナ・サルペリエは新たな扇を取りだして扇ぎながら、媚《こ》びるように長いまつげをぱちぱちさせた。

「タンプル塔にいる女性だ」ジャン・マルクが答えた。

扇売りはさらに別の扇を開く。「そんな話を信じられるとでも？」

「ほかにどうやって、この場所を見つけられるっていうの？」ジュリエットが言い放った。

「とにかくウィリアム・ダレルに会わせてちょうだい」

「ウィリアム・ダレルは実在しないの。その名前は単なる合い言葉よ」扇売りは扇を閉じた。「でも、あなたたちと同じように扇に興味を持ってる人たちならいるわ。彼らなら役に立てるかもしれないわね。伝言があればつたえておくわ」

「王妃さまに訊きたいことがあるんだけど、もう一度タンプル塔まで会いにいくわけにはいかないの」ジュリエットが説明した。「でもあなたの仲間ならそれができるはずだわ」

「よほど重要な用件じゃなけりゃ、直接会うなんていう危険は冒さないわよ」

「おたがいの共通の目的のために二百万リーブルが手に入るとしたら？」

ナナ・サルペリエはぴくりとも表情を変えなかった。「大金にはちがいないけど、話し合ってみないことにはわからないわね」

「いつ？」

「さあ。彼女につたえたいメッセージの内容は？」

「訊きたいことがあるの」ジュリエットは身を乗りだした。「誰があの品物を隠し場所にしまったのか、ジュリエットが知りたがっているとつたえて。その人物の名前が知りたいの。名前よ」

扇売りはタンプル塔が描かれた扇をジャン・マルクの手から取りあげると、かわりにダントンの顔の扇を手渡し、手のひらを上にして手を差しだした。「二、三フランでけっこうよ」受け取るなり、金をお盆の上に載せて立ちあがる。「メルシー、シティズン。その扇を持ってれば、彼女はみんなの羨望の的になるわ」

「いつ?」ジュリエットが執拗《しつよう》に食いさがった。

「手を貸すという話になったら」ナナ・サルペリエはお盆を拾いあげた。「仕事が終わった時点でこちらから連絡するわ。レイモンドに住所を教えといて」

「レイモンド?」

「レイモンド・ジョルダノ。給仕をしてた男よ。彼はこのカフェのオーナーで、わたしたちの仲間なの」ナナはお盆を手に、客でごった返すテーブルのあいだをぶらぶら歩いていき、ときおり立ちどまっては笑顔と愛想のよい言葉を振りまいた。

「やるだけのことはやった」ジャン・マルクはワインを口に運んだ。「あとは待つだけだ」

ジュリエットはうなずき、ダントンの顔が描かれた紙の扇を手に取った。「それにしてもひどい絵だわ。こんなもの、ほんとうに売れるのかしら?」

店のなかをうろつくナナ・サルペリエの姿を目で追いながら、ジャン・マルクは笑いを押し殺した。「おそらく、かなりいい稼ぎになってるよ」

「でもこんな安っぽい扇じゃ――」ジュリエットはジャン・マルクの顔にちらりと目をくれ、ついで彼の視線をたどってナナの姿を捉えた。彼女はちょうど、例の赤毛の売春婦を連れた肥満ぎみの紳士のそばにかがみこんでいた。「あの人、扇を買おうとしているわ」

「ああ」ジャン・マルクはもうひと口、ワインを飲んだ。「そのようだな」

「彼もウィリアム・ダレルを探しているのかしら？」

ジャン・マルクは含み笑いした。「いや、彼が探しているのは、適当なベッドかアルコーブでの戯れだろう」

「あら」ジュリエットはあらためて扇売りを眺めた。「なぜ彼女となの？　赤毛の女性がいるのに。彼女のほうがずっと美人じゃない」

「男というものはな。相手の女が金のために脚を開いているのか、あるいは心から喜んで脚を開いているのか、わかるものなんだよ」

「それがそんなに重要な違いなの？」

ジャン・マルクはワインを飲み干し、さきほどのウェイターに手で合図した。「そうだ、ジュリエット。重要な違いだ」

「返事がくるまで、どれだけ待たなくちゃならないのかしら」ジャン・マルクが玄関の扉を閉め終えると、ジュリエットは向きなおって訊いた。「彼女をせっついたほうがよかったんじゃないの？」

ジャン・マルクはホワイエを奥へ進み、楕円形の鏡の下に据えられたゴブラン織りのベンチの上にマントと手袋を置いた。「そんなことをしても無駄だよ」振り返り、まっすぐジュリエットのほうへ歩いてくる。

「そうは言っても——ちょっと、なにをするつもり？」

「マントの紐をほどいてあげようと思ってね」

「そんなこと、自分でできるわ」ジャン・マルクの体が発する熱をジュリエットは感じとった。その体から立ちのぼる香りも。それは宮廷の男たちの香りとは別物だった。甘すぎず、爽《さわ》やかで……心地よい香り。

「いや、こういう些細《ささい》な気遣いにも慣れてもらわないとな」ジャン・マルクはゆっくりとマントを肩から落とした。ベルベットの艶やかな感触が剝きだしの肩の上をすべりおりるのをジュリエットは感じた。マントがベンチの上に放り投げられる。「こういうことは、おれを喜ばせてくれた女性にしかしないものなんだ。親切にしてもらったらこちらもお返しをしないと。ようするに礼儀だよ。それにきみに快適な思いをしてもらうのが、おれのつとめだからな」

ジャン・マルクはいっこうに立ち去る気配を見せない。その顔を見上げながら、ジュリエットは全身にけだるい温かさが広がっていくのを覚えた。「さっきのは……愛人のふりをしただけよ」

「ほう？　おれはそうは思ってない。きわめて真剣に自分の役割を受け止めてるよ。たとえば、きみはカフェである種の不快感を覚えていた。あのときはそれを解消してやるわけにはいかなかったが、いまなら躊躇《ちゅうちょ》する理由はない」

「不快感ってなんの——」ジュリエットははっと息を呑んだ。

ジャン・マルクの親指と人差し指がガウンの身頃部分に差しこまれ、乳首をかすめるように動いたあとで、一枚のハンカチを探しあてた。乳房の下側のやわらかな場所に温かく引き締まった肌が触れたかと思うと、つぎの瞬間ハンカチが引きぬかれ、繊細なレースのごわごわした感触がゆっくりと乳首の上をすべっていった。

お腹の筋肉がぎゅっと固くなる。腹部に触れられたわけではないのだから、それは理屈に合わない反応だった。実際のところ、胸にだって触れられたわけではないのだ。それなのに、いまや両方の乳房とも熱を帯び、疼くような痛みをもてあましている。ジャン・マルクがガウンから二枚めのハンカチを抜きとった。次つぎと波のように襲いかかる強烈な興奮に、ジュリエットはどうすることもできないまま、じっと彼の顔を見つめていた。

ジャン・マルクの頬はうっすらと上気している。三枚めのハンカチを引きぬく彼の顔を見つめながら、そのこめかみあたりが激しく脈打っているのにジュリエットは気づいた。

「もうすぐ終わる。あと三枚だ。たしか全部で六枚だったよな?」しゃがれて耳ざわりな声。ジャン・マルクはもう一方の乳房の下を探りながら、手のひらのふくらみをわざと乳首にこすりつけた。

ジュリエットは思わず体を前に折り、下唇を嚙んで声を押し殺した。

ジャン・マルクがジュリエットの顔に目を据えたまま、乳首の上をすべらせてハンカチを抜きだす。けだるさと興奮が同時に彼女を襲った。

「さっきも言ったが、こんなもの、きみには必要ない。女らしく見せたいなら、おれが手を貸してやる」言いながら、さらにもう一枚、ハンカチを引きぬく。「自分で見てみるといい」ジュリエットは自分の胸を見下ろした。ガウンの上からでもわかるほど、つんと上を向いている。

「今度カフェに行くときには、馬車のカーテンを閉めることにしよう」ジャン・マルクはいかにももったいぶった手つきで、そろそろと最後のハンカチを引っぱりだした。「この手が役に立つはずだからな」いきなり勢いよくハンカチが引きぬかれる。かっと燃えるような刺激が乳首を走った。「それにこの口も。試してほしいかい?」鼻孔がかすかにふくらみ、黒い瞳が蠟燭の明かりに怪しくきらめいている。「興味ありそうな顔だな。やってみせようか?」

ふたりを包む空気がじょじょに重たく、暗く、そして揺らめきはじめたような気がした。

「なんだか……変な感じ」

「でも嫌いじゃないんだろう?」

「いいえ……ええ。よくわからないわ」

ジャン・マルクはジュリエットの体を押しやって階段の三段めに座らせると、自分も隣りに腰を下ろした。「おれにはわかる。きみはゲームを楽しみたいと思ってるんだ。今夜階段をおりてくる姿を見たとたん、ゲームに参加する覚悟ができたんだと直感したよ」ジャン・マルクの頭がゆっくりとおりていき、その唇がガウンからはみでた肌の上をかすめるように動いた。彼の息は肌を焦がすほど熱いわけではなかった。けれど、それはたしかにジュリエットを燃やし、まるで発熱したかのように体をぞくりと震わせた。「震えているな」

ジャン・マルクの唇が肌に押しあてられた。

ジュリエットは低くうめくと、思わず弓なりに体をのけぞらせた。「ジャン・マルク……」

「しっ、黙って」温かく湿った舌が左胸のふくらみから谷間へとすべりおり、ついで右の乳房を愛撫した。「ずっと想像していたんだ。きみはどんな味がするのかと。温かくて甘くて……」彼の両手がガウンの身頃をそっと押しさげた。「きみを見たい」

乳房がガウンの縁から転がりでた。乳首は彼に向かって固く突きだしている。頬も喉も肩も、突如焼きごてを押しあてられたように熱を帯び、ジュリエットはふらふらと階段の上に倒れこんだ。いっきに速くなった呼吸に合わせ、胸が激しく上下している。

ジャン・マルクはベルベットのガウンを慎重にいじり、襟ぐりが下から胸を押しあげるようにした。「みごとな眺めだ」熱っぽい声をもらして、ジュリエットの体を見下ろす。「まるで白いベルベットに美しいピンクの花が浮かんでるようだ。だが、べつにピンクのままでいる必要はない。ガウンと同じワイン色に染まるか、見てみるとしようか？」

ジャン・マルクの口がジュリエットの右の乳首をすっぽりと包んだ。

強烈な渇望感が全身を貫く。

ジャン・マルクはしゃぶり、嚙み、舐めまわした。ジュリエットは無意識のうちに体をのけぞらせながら、彼の喉の奥から低いうめき声のような音がもれでるのを聞いていた。両手が乳房をつかみ、揉みしだく一方で、その口は魔法のような官能的な動きを繰り返している。

ジャン・マルクは顔を上げ、潤んだ目で彼女を見下ろした。「自分で見てみるといい」

ジュリエットの乳首はいまや濃い赤に染まり、誇示するかのようにつんと突きでている。

ジャン・マルクは片方の乳首をそっと歯ではさむと、やさしく引っぱった。

熱い快感が全身を貫き、ジュリエットは思わずあえいだ。

「喜んでもらえたようだな」彼は赤く染まった乳首を巧みな舌使いで舐めた。「今度はおれが喜ばせてもらう番だ」

ジュリエットは当惑げなまなざしで彼を見上げた。

「難しいことは言わない。喜ばせてくれと、せがんでみせてくれればいい」ジャン・マルクがささやいた。「それならいいだろう？　おれが言葉を教えてやるから、きみはそれを口にすればいいだけだ」

「でも、わたし——」ジュリエットは口をつぐんだ。ジャン・マルクの表情に欲情と渇望とは別のもの、苦々しくて暗い、捨てばちともいえるような感情が垣間見えた気がしたのだ。

「なぜこんなことをするの？　なぜわたしにこんな思いをさせるの？」

「どんな思いだ？」

「体が震えて、自分ではどうしようもないの。まるで——」満足げな表情の彼を見て、ジュリエットは言いよどんだ。「狙いどおりというような顔ね？」

ジャン・マルクのオリーヴ色のかたちのいい手が、透きとおるように白い彼女の乳房を繰り返し握っては離す。「ああ」

ジュリエットの視線が彼の顔の上を探るように動いた。「情欲のようだけど、そうじゃない。ほかにもなにかあるわ」彼を押しのけて起きあがり、大きく息を吸う。「あなたはわたしを傷つけたいのよ。どうして?」

「傷つけたくなんかないさ」

「どうしてなの?」

「なぜ、きみを抱きたいかって?」ジャン・マルクは意地悪そうな笑みを浮かべた。「きみがおれを挑発して、喧嘩をふっかけてくるからさ。それにきみは、守ってあげたくなるような幼い子供に見えることもあれば、守る必要などないような大人の女性に見えることもある」間をおいて、さらに言いつのる。「なによりきみが、これまで出会ったなかでもっとも強い女性だからだろう」

ジュリエットはガウンを胸の上まで引きあげた。「それがあなたにとって重要なことなの? 強いというだけで、わたしを傷つけたいと思うの?」

「言っただろう。きみを傷つけたいなんて思っちゃいない。これはただのゲームさ」

「なんのゲームだっていうの?」

ジャン・マルクはにやりとした。「あらゆる男と女のあいだで繰り返されてきたゲームだ。そういうきわめて愉快なゲームにも、やはり勝者と敗者が存在する。おれはいつも勝者でいたいだけさ」顔を伏せ、ジュリエットの肩にかすめるように唇を這わせた。「誰も傷つく必要はない。おれは敵を傷つけずに勝利する方法を心得ている」

「いいえ、あなたはわたしを傷つけたいのよ。わたしの体じゃなく、なにか別なかたちでわたしを傷つけようとしているわ。あなたのなかにはっきりとした怒りを感じるもの」ジュリエットは唇を湿らせた。「あなたは女性に対して愛情を感じることはできないのよ。ただわたしを征服したいだけ。母さんが、片っぱしから男の人をベッドに引きこんで征服していたようにね。彼女にとってもあれはゲームだったのよ」立ちあがり、落ち着かなげに両手でガウンのスカートをなでつけた。「そんなゲームの戦い方なら、わたしは知りたくもないわ」

「いや、きみは知ることになるさ」ジャン・マルクも立ちあがりながら、皮肉っぽい口調で言った。「きみはおれが出会った誰よりも、生まれながらにそのゲームを勝ちぬく力をそなえている」

ジュリエットはウィッグを押さえているヘアピンを探して、髪をいじくった。「でも、わたしは興味ないわ。邪魔になるだけですもの」

ジャン・マルクの唇の両端が意味ありげに持ちあがった。「ああ、もちろん邪魔になるだろう」

「そんなに満足そうな顔をする必要はなくってよ。わたしはなんにも感じてないんだから。いいえ、ちょっとは感じたかもしれないけど、それだって演技のうちよ」わけ知り顔でジャン・マルクに胸を一瞥され、ジュリエットは内心ぎくりとした。「このガウンやハンカチみたいなものよ」そう言いながら、ブロンドのウィッグをいっきに脱いだ。「それにこれも。どれもほんとうのわたしじゃないわ」

「そうかな。おれはまた――」視線を上げるや、ジャン・マルクははたと口をつぐんだ。

「いったいどうしたんだ、その髪は？」

「マリーに切ってもらったのよ」短くカットされた黒い巻き毛に片手を走らせると、巻き毛が指に絡みつき、額や頬骨のあたりでいくつもの束になった。「ウィッグをかぶってみたら暑いったらなかったわ。これから何度もかぶらなくちゃならないことを思ったら、自分の髪はできるだけ少ないほうが快適でしょ？」

「まるで八歳の子供のようだよ」

「切ってもらって正解だったわ」ジュリエットは部屋の奥の鏡を横目でちらりとのぞいた。たしかに驚くほど若く見える。髪の短さが目の大きさを強調し、上を向いた鼻と剝きだしになった喉のあたりが、いかにもはかなげな幼い雰囲気を醸《かも》しだしている。「すっきりしたわ」

突如、ジャン・マルクが高らかに笑いだし、ジュリエットはびくりと視線を向けた。

「心配するな。戦いはおしまいだ」彼は肩をすくめた。「すっかり戦意喪失だ。幼い子供を誘惑するわけにはいかないだろう？　おれはグラモン公とは違う。たしかにきみは、生まれながらにしてゲームに勝つ術《すべ》を心得てる」

ジュリエットは心もとない笑みを浮かべた。「今夜のことをなかったことにしたら、ふたりとももっといい気分になれると思うんだけど」

「忘れられるのか？」

「もちろんよ」ジュリエットはさっと身を翻し、階段をのぼりはじめた。

「ジュリエット」

　彼女は肩ごしに振り返った。

　ジャン・マルクは口元にかすかに笑みを湛えていた。「おれは忘れるつもりはない。きみは今夜その階段をおりてきたときに、なにがはじまるかをちゃんと知っていたはずだ。きみはもう子供じゃない。見た目と違ってね。そのギャップをおれが越えられたら、そのときにゲームは再開だ」

　怒るべきなのだろう、とジュリエットは思った。彼はこと女性に対しては少しも敬意を払おうとせず、女性の貞操を奪うことなどなんとも思っていない。

　けれど、彼女は怒ってはいなかった。彼女を捉えていたのは怒りよりももっと複雑な感情――恐怖と期待、それにきたるべき挑戦に対するめまいがするほどの興奮だった。

　ジュリエットはまつげの奥に瞳を封じこめ、たったいましりぞけた挑戦がもたらした興奮を押し隠した。そしてきびすを返すと、急いで階段を駆けあがった。


「彼女はすごく焦ってたわ」ナナ・サルペリエはウールのガウンを脱ぎながら言った。「わたしたちが情報を渡さなければ、自分でなんとかしようとするわね。じっと待ってるような子じゃないわ」

「名前はなんて言った?」ウィリアム・ダレルは額に皺をきざみ、ベッドの上で物憂げに体を起こして片肘をつくと、服を脱ぐ彼女の姿を眺めた。そんな彼の視線は、いつだってナナを興奮させた。ちくちくとした痛みが早くも太腿のあたりで疼いている。

「ジュリエット・ド・クレマンよ」彼女はくるりとウィリアムに背を向けた。「最後のフックがはずれないの。やってもらえる、ウィリアム？」

ウィリアムの器用な指先がすばやく動き、ガウンは肩からするりとすべり落ちた。ナナは、ベッドカバーの上に置かれた彼の手を惚れぼれと眺めた。がっしりとしてたくましく、兵士の手か、あるいは農業に携わる人間の手のように見える。それらの指がこれから自分の体にどんなことをするのかを想像すると、熱い期待に体が震える思いがした。ウィリアムほどセックスの上手な男ははじめてだった。あるいは女性の反応を正確に読みとることのできる男、といったほうがいいのかもしれない。かつて自分の倍も年上の男と五年間結婚生活を送ったナナは、晴れて独り身となったとき、もう二度と結婚はするまいと心に誓った。けれどもウィリアムと一緒にいると、もし彼にこの体を独占したいと迫られたら自分はどうするだろう、などとときどき考えたりもした。

とはいえ、ウィリアムはけっしてそんなことを要求する男ではなかった。彼女が望まないことはけっして要求しない。ふたりは誰にも怪しまれることのない、このうらぶれた小さな宿でときおり落ちあい、情報を交換し、おたがいの体にこのうえない喜びを見いだす。心が通いあったり、心からくつろいで大笑いする瞬間はあったとしても、しょせんは、単なる一時の戯れにすぎないのだ。「男はジャン・マルク・アンドリアス。彼女は愛人ね」

ウィリアムはナナの肩胛骨《けんこうこつ》にキスをした。「たしかか？」

ナナがうなずく。「ふたりのあいだにはなにかあると感じたわ」いったん彼から体を離し、ガウンを脱いだ。「危険を冒すだけの価値があると思う？」

「おそらくな。そのブツがなんなのか、彼女は言わなかったんだな？」

「ええ。しつこく聞きだすべきだった？」

「いや、無駄だろう。取引できるだけの情報を手に入れさえすれば、そんなことはいくらでも突きとめられる」

「それじゃ、王妃につたえるつもりなのね？」

「二百万リーブルと引き換えなんだろう？　やるしかないさ。金はいつだって必要だ。ムッシュはあまり気前がよくないし、実際、厳しい状況なんだ」

「あなたはロンドンとはつねに連絡がつくんでしょ。それも首相に」ナナは肩ごしにきらめく瞳を向けた。すでにドレスは脱ぎ終えている。「イギリス紳士ってみんな、あなたみたいにいくつもの隠し技を持っているものなの？」

「ベッドへくれば、そのうちのひとつかふたつ、実際に体験させてやるぞ」

「さあ、どうだか。わたしはフランスの男が好みだってこと、知ってるはずじゃない。彼らは女の喜ばせ方を心得てるのよ。それにくらべてイギリスの男って――」ウィリアムにベッドに押し倒され、ナナはかん高い笑い声をあげた。彼は両脚をぐいと開き、ひと突きに彼女を貫いた。じらすような前戯などなく、ひたすら激しく突きあげる。ほどなく彼女はむずがるように鼻を鳴らした。今夜の自分がこんなやり方を望んでいたなんて知りもしなかった。

けれど、ウィリアムは知っていた。彼にはいつもわかっているのだ。やがてクライマックスが訪れ、ナナは下唇を噛んで叫びたい気持ちを押し殺した。強烈な快感に、頭がまっ白になる。

数分が過ぎ、ようやく話ができるほどに呼吸が落ち着いてきた。「なかなか興味深い〝隠し技〟だったわ」ナナはウィリアムに寄りそい、肩のくぼみに頬を載せた。「もう少し、一緒にいられる?」

「ああ」ウィリアムの指先が彼女の頬に触れた。「今夜はひとりでいたくない」

ナナは頭を上げて、彼の顔を見やった。ウィリアムの言葉にしてはめずらしかった。これまで彼が性的な満足を得る以外に、誰かを求めるそぶりを見せたことなど一度もなかったのだ。的確な情報を集め、ムッシュから与えられた仕事をこなす。その情報の正確さゆえに、彼はグループの誰からも一目置かれるリーダー的存在になっていた。その彼が仕事に関してなんらかの感情をあらわにするのは、はじめてのことだった。そういえば、ムッシュから最新の情報が届いて以来、どことなく落ち着かないようすではあったが。

「いったいどうして——」いっさい質問は受けつけないとばかりのウィリアムの表情に、ナナは口を閉ざした。そう、彼がわたしに求めているのは、好奇心でも手助けでもなかったはずよ。ただ一緒に働き、たがいに喜びを与えあうだけ。それだけでじゅうぶんだった。彼女はウィリアムの肩にキスをし、つとめて明るい声音で言った。「そうね。もう少し一緒にいるっていうのはいい考えだわ。こんな状態のまま放って帰られちゃ困るもの」

ウィリアムは驚いて彼女の顔を見つめた。「満足しなかったとでも？」

「たしかになかなか頑張ったわ」ナナは片目をつぶってみせた。「イギリスの男にしてはね」寝返りを打ち、両手を差しだす。「さあ、いらっしゃい。パリの女の本領を見せてあげるから」

玄関の扉が開いた音がした。

ジャン・マルクは眉間に皺を寄せ、帳簿から顔を上げて、書斎の炉額に飾られた時計に目をやった。真夜中だ。こんな時間にいったい誰が？　書斎の扉を通じて、かすかに音が聞こえた気がした。いや、おそらく聞き間違えだったのだろう。ジュリエットが階段を駆けあがり、眠れないほど強烈な欲求不満のなかにひとり取り残されたあとで、玄関には鍵をかけたはずなのだから。

いや、違う。聞き間違えじゃない。たしかに扉が開いている。

彼は帳簿を押しやって立ちあがると、大股で書斎を突っきり、まっ暗なホワイエへ足を踏みだした。

「ロベールか？」

答えはない。

玄関の扉が大きく開かれ、身を切るような冷たい雨が室内に降り注いでいた。すでに大理石の床にはいくつも水溜まりができている。

泥棒か？　いや、まさか。間違いなく鍵はかけたのだ。ジャン・マルクはホワイエを横切って戸口に立った。風が叩きつけ、シャツが体に張りついた。彼は人けのない通りに目を凝らした。

なにかが見える。

ほんの二、三ヤード先の暗闇に、白いものがぼんやりと浮かんで見える。

ジュリエット！

白いナイトガウン姿のジュリエットが、強風にガウンを煽られながら、決然とした足取りで一歩ずつ通りを歩いていた。

「なんてこった！」ジャン・マルクは外階段を駆けおり、通りを疾走して彼女を追った。角まで達したところで、ようやく追いついた。肩をつかみ、無理やり振り向かせる。「なんだって、こんなばかなまねをしているんだ？　靴も履いてないじゃないか！　いったいどこへ行くつもりだ？」

「修道院よ」

「なんだって？　よく聞こえない」ジャン・マルクは片手をジュリエットの腰にすべらせ、背筋をしゃんとさせた。「病気になりたいのか？　え？　こんなばかな女ははじめて――」

「修道院よ。修道院に行かないと」

「修道院なんてもうないじゃないか」彼は体の向きを変え、ジュリエットを屋敷のほうへ引っぱっていこうとした。

「だめよ。行かなくちゃ。まだ終わってないわ……今度はきっとうまくやってみせるから」

ジャン・マルクは彼女の体を引きずって階段をのぼり、なんとか屋敷のなかに転がりこんだ。

「放して。修道院に行かなくちゃ」

勢いよく扉を閉め、うしろ手に鍵をかける。「いいから静かにするんだ。おれは全身びっしょりで凍えそうだ。こんなゲームは少しもおもしろくないぞ、ジュリエット」ポケットから火打ち石を取りだして火を点けると、扉の脇のテーブルに置かれた銀製の枝つき燭台の蠟燭に明かりを灯した。「きみは衝動的な振る舞いはするが、こんなわけのわからない行動をする女じゃないはずだぞ。なにか目的があってこんなことをしたんだろう？　さあ、いったいどこへ――」そこではじめてジュリエットの顔を目にし、彼ははっと口をつぐんだ。

ジュリエットの表情は虚ろで、その目はなにも映していないかのように、ただまっすぐ前を向いていた。ずぶ濡れの白いナイトガウンが細い体に張りつき、頰からは雨のしずくがしたたり落ちている。だが彼女は、それらにまるで気づいていないようだった。

と、くるりと身を翻し、扉へ向かうと鍵をがちゃがちゃといじりだした。「修道院よ。今度はちゃんとできると思うの。だから行かないと……」

ジャン・マルクはジュリエットの前に割って入り、行方を遮るように扉にもたれかかった。そしてしげしげと彼女の顔を観察する。たちまちぞくっと背中に悪寒が走った。雨に濡れそぼった服のせいではなかった。

なんてことだ。彼女は眠っているのだ！　眠ったまま歩いたりしゃべったりする人の話を聞いたことはあったが、現実にはありえないと思っていた。いや、眠っているのではなく、もしかしたら彼女は精神になんらかの異常をきたしているのかもしれない。

「血よ」ジュリエットは鍵をはずし、狂ったように扉を開けようとしている。「血を止めないと」激しく動揺し、目には涙さえも浮かんでいる。「どうしてわたしには止められないの？」

「ジュリエット、よすんだ」ジャン・マルクが彼女の肩をつかんだ。「頼むから――」

突然、ジュリエットが悲鳴をあげた。

苦しげで痛々しいその声は彼の魂を引き裂き、思わず体をこわばらせた。勘弁してくれ。ジャン・マルクは彼女の肩を、激しく揺さぶった。もう一度、さらに強く。

「くそっ！　起きろ！　いいかげんにしてくれ。頼むから起きて――」

「ちょっと、その手を離してちょうだい」ジュリエットが傲慢《ごうまん》な口調で言い放った。「わたしを傷つけたいという気持ちはわかるけど、いくらなんでもこれはひどいわ」

「目を覚ましたのか？」安堵感がジャン・マルクを包みこんだ。彼女の目には力が戻ったばかりか、怒りに輝いてさえいる。彼は両手を離し、あとずさった。「よかった。脅かさないでくれよ」

「驚いたのはこっちのほうよ。どうしてこんなところまで引きずりおろしたりするの？」

ジャン・マルクは唖然《あぜん》として彼女の顔を見つめた。「おれじゃない。きみが自分でおりてきて、外に――」

「ばかなことを言わないで。眠りながら歩く人なんているわけがないでしょう。ましてやわたしがそんなこと」

「好きに言ってろ」彼は探るようにジュリエットの顔をのぞきこんだ。「ほんとうになにも覚えてないのか？」

「なにを思い出せっていうのよ。あなたはわたしの部屋に来て、なんの目的か知らないけどわたしをここまで連れだした」体に張りついたずぶ濡れのガウンに気づいて、ジュリエットは顔をしかめた。「どうして扉を開けたりしたの？　雨が吹きこんで、こんなにびしょびしょだわ」

「申しわけない」ジャン・マルクはなおも彼女の顔をうかがった。明らかに、彼女はさきほどまでのいっさいを覚えていなかった。しかも、そのことを取りつくろおうともしていない。

「さあ、もう部屋に戻ってガウンを着替えたほうがいい。マリーを起こして、お茶を用意させるから」

「そんなこと必要はないわ。このままでもちゃんと眠れるから。あなたさえつまらない遊びをやめてくれれば」

「わかった。もう終わりにするよ」

ジュリエットはくるりと背中を向けた。階段へ向けて足を踏みだすたび、コットンのナイトガウンが波のようにうねった。

「修道院の夢は見るかい、ジュリエット？」

彼女は足を止めたが、こちらを向こうとはしなかった。「いいえ。もちろん見ないわ。覚えてないの？　悪夢に苦しんでるのはカトリーヌよ。わたしはあんな人でなしどものことなんか、とっくに忘れたわ」

「それならいいんだ」ジャン・マルクは階段の下に立ったまま、ジュリエットが階段をのぼり終え、部屋のなかに入るのを見守った。

まだ終わってないわ。

修道院に行かないと。

今度はきっとうまくやってみせるから。

あの日のことを忘れ去った人間にしては、奇妙な言葉だった。

ジャン・マルクは蠟燭を吹き消して、階段をのぼりはじめた。濡れた服を着替え、書斎に戻って仕事に取りかからなくては。だが、仕事に集中できるかどうか自信がなかった。かといって、もはや欲求不満が肉体だけにとどまらなくなったいま、眠ることはさらに困難に思われた。

これまでの彼の人生は、あらゆる謎を解き明かすことへの情熱で成り立っていたと言っても過言ではなかった。だがその情熱はいま、ジュリエットが投げてよこした、ただひとつの謎を解くことだけに傾けられていた。

アン・デュプレはしゅす織りの長椅子にゆったりと腰掛け、たっぷりとしたブロケードのスカートを大仰に広げていた。「ずいぶん元気そうね、ラウル。二カ月間もわたしをほったらかしにしていたくせに。忙しいと聞かされてなかったら、とっくに腹を立てているところよ」

「抜けだせなかったんですよ。マラーに見込まれてしまいましてね」ピンクのブロケードのガウンをまとった母親は、まるで公爵夫人のような気高さを感じさせた。しかも、背が高くやや太り気味の体格が、堂々とした風格さえも生みだしている。ラウルはそんな母親をうっとりと眺めた。アン・デュプレの白髪混じりの髪は、ラウルが昨年用意したメイドによって流行のスタイルに整えられ、ふっくらとしたその唇は朱色に染まり、ハート形の小さなつけぼくろが唇の左脇に添えられていた。つけぼくろは彼女の大のお気に入りで、それがいくぶん流行遅れになりつつあることをことのほか嘆いていた。母親は灰色の瞳を期待に輝かせて、じっと息子を見つめている。その瞳はかならずしもいつも穏やかなわけではないが、今日のところはとりあえず、やさしさを湛えていた。

「だけど、もしわたしが迎えをやったら、マラーなんか放って会いにきてくれたはずだわね？」

ラウルはうなずいた。母親を目の前にすると、心の底から喜びがこみあげてくる。「じつは贈り物を持ってきたんです」と彼はためらいがちに切りだした。「ある王女の持ちものだったんですがね」ネックレスの持ち主など知るよしもなかったが、王族が身につけていたというだけで母親がありがたがることを、彼は承知していた。

母親の熱を帯びた視線が、息子が手渡したシルクの包みにじっと注がれた。「ランバル公妃ね？　あなたがあの娘を殺したという話は聞きましたよ」

「いえ、別の王女です」母親が包みを解くようすを、ラウルは期待をこめて見守った。すでに豪華な家やメイドなどを浴びせるほど贈ってしまったいまとなっては、彼女を喜ばすことは至難の業《わざ》だった。だが、今回のネックレスは喜んでくれるにちがいない。「レン修道院から持ってきたんですよ」

「あの不信心な売春婦たちね」母親が微笑んだ。「あのときもみごとな活躍ぶりだったそうね、ラウル」

彼は天にものぼるほどの喜びに満たされた。「マラーがあまりにぼくのことを誉めるものですから、ダントンまでぼくと組みたいなんて言いだしましてね。どう思います？」

「その件は、あなたがスペインに行っているあいだに、ゆっくり考えておくわ」母親はネックレスを持ちあげた。「悪くないわね」

デュプレはいっきに気持ちが沈むのを感じた。「気に入りませんでしたか？」

母親はにやりとした。「おばかさんね。からかってみただけよ。すばらしい贈り物だわ」息子に向かって両手を差し伸べた。「さあ、ここへいらっしゃい」

彼は急いで駆け寄り、母親のそばに腰を下ろした。彼女は息子を胸にしっかと抱きしめ、その体をやさしく揺らした。ラウルはうっとりと目を閉じ、甘美な安堵感に身をまかせた。

やはり喜んでくれたのだ。母親と離れていた数カ月間、彼はひたすらこの瞬間を待ち望んできた。母親の希望どおりに行動できているのか、その確信が持てないことは彼にとって耐えがたい事態だった。ときにはその不安が異常なほどに高まって、すぐにも母親のもとへ駆け戻り、彼女の口からたしかな言葉を聞かずにはいられないことさえあった。

彼女の両手は息子の髪をそっとなでつけ、その声はこのうえなく慈愛に満ちていた。ふっくらとした唇を息子の耳に近づけてささやく。「わたしに会えなくて寂しかった?」

デュプレの両腕が母親の豊満な体をきつく抱きしめた。彼が母親なしではいられないことをわかっているくせに、彼女はいつもそれを口に出して言わせた。「ええ、とても」

「だからって、淫らな女とおかしなことをしなかったでしょうね?」

「もちろん」ラウルは嘘をついた。おふくろにカミーユのことが知れたら一大事だ。おふくろときたら、あの修道院のときのように、名前も知らぬ女をレイプすることは気にしないくせに、カミーユのような特定の女と関係を持ったとなると、とたんに目の色を変えて怒りだすのだ。「ぼくはいつだって、あなたの言いつけを守っていますよ、母上」

「それにしちゃ、結果が見えてこないわね。ようやく偉大な男たちの仲間入りをしたからには、つぎは彼らに取ってかわらなくてはね」

デュプレは満足そうにうなずいた。なにも答える必要はなかった。彼女はいったい何度、その言葉を繰り返してきたことだろう。彼がまだほんの子供だったころから、息子はかならず偉大な男になるものと信じ、生活のすべてにわたって細かく行動を指導してきた。そのレッスンは厳しく、ときには理解できないものさえもあったが、飴《あめ》と鞭《むち》を巧みに使いわけたおかげで、ついに息子は自分になにが求められているのかを悟ることとなった。彼は金と権力を手に入れ、母親に女王のような生活を送らせてやらなくてはならなかった。そもそも母親はこんな辺鄙《へんぴ》な村に住み、あんな無学な商人と結婚するような女性ではないのだ。ブルジョアとしての囚《とら》われの身から彼女を解放することこそ、彼の使命だった。だが父親が死んだいまも、ラウルの使命はいまだ果たされないままだった。

母親はラウルの体を押しやって、ふたたびネックレスに目を落とした。「ロケットのなかには絵が入っているのね?」

「ロケット?」

彼女はぞんざいなまなざしを向けた。「ロケット以外のなんだっていうの?」彼女の爪がゴールドの飾り輪部分をこじ開けようとする。「見ればわかるでしょう?」

ロケットがぱっくりと開き、母親はなかの絵をしげしげと見つめた。「なんてかわいらしいんでしょう。これがその王女とやらなのね?」

ラウルはロケットを受け取り、細密画を見下ろした。そこには、鐘楼でほんの一瞬だけ見かけた少女の顔があった。彼はゆっくりと背中を起こした。「ええ、彼女ですよ」なんとよく描けた肖像画だろう。これならじゅうぶんに使える。パリに取って返し、これを参考に画家に似顔絵を描かせ、市庁の壁にでも貼っておけばいい。ラウルは黒髪の女に嚙まれてできた喉の傷跡を、うわの空でさすった。ふたりの少女は一緒にいたんだ。とすれば、ロケットのなかの少女を捕まえて締めあげれば、シティズネス・ジャスティスの居所を吐かせることができる。

「このロケット、返してもらえると――」言いにくそうに口を開いたとたん、母親の表情がこわばるのがわかった。彼はあわてて言いたした。「いや、ほんの少しのあいだでいいんです。すぐに――」

「わかったわ、ラウル」母親は立ちあがった。「どうぞ、持って帰ってけっこうよ。誰か別の人にあげたくなったんでしょう？ わたしよりもずっと大切な誰かに」優雅に微笑んでみせる。「そろそろ帰ったほうがよくてよ、ラウル。わたしも今週はとても忙しくなりそうだから」

「いや、ちょっと思いつきを言ったまでで」ラウルはすっかりうろたえて、急いで立ちあがった。いまや不吉な予感が迫り、暗雲がたれこめはじめ、黒い胆汁が舌をおおっていた。

「失礼なことを言って、謝ります。だけど、ぼくがどれほどこの時間を楽しみにしていたか、わかってるでしょう？ スペインに行ってしまったら、戻るまでまた会えなくなる。お願いだから、つれなくしないで」

母親は冷淡なまなざしを向けた。「それじゃ、さっきの傲慢な態度を謝りなさい」

「もちろんですとも」彼はロケットを母親の手のひらに押しつけ、指できつく握らせた。任務を終えて戻ってきてから、もう一度、少しのあいだ手放してくれるよう説得してみよう。どうせ、そのころまでにはこのロケットにも飽きているに決まっているのだから。

「そんな態度でじゅうぶんだとでも思うの?」

ラウルはあわてて膝をつき、母親のブロケードのガウンのスカートに顔をうずめた。頰にあたる生地はなめらかで、フランジパーヌの香水と、衣装ダンスの内側に張られたヒマラヤスギの香りがした。「許してください。ぼくが愚かでした。あなたの息子でいる値打ちもない」そう言って、ようすをうかがった。ときにはこの程度の卑屈な態度では、赦《ゆる》しの言葉を引きだせないこともある。彼は母親の手にキスをした。「お願いです、母上。心から後悔しているんです」

今回のご立腹は、それほどひどくなかったのだろう。彼女はいとしげなしぐさで、息子の髪をなでつけた。「それじゃ、わたしの息子として恥ずかしくないようにもっと頑張らねばね」

「わかっています、母上。立ちあがっても?」

「ええ、いいわ」言うなり彼女は背中を向けた。「そうそう、考えていたんだけれど、そのウインドダンサーの件、もっとよく話し合う必要があるわね。あれほどの貴重な宝を手にすれば、いろいろと便利ですもの。マラーの手に渡すにはもったいないってものよ」スカートを整えながら、さらに言う。「でも、その話はあとにしましょう。今夜の夕飯はガチョウを用意してもらってるわ。わたしがヴィオラを披露してあげてよ。うれしくて?」

「ええ、母上」ラウルがガチョウが苦手なことを、母親が知らないはずはなかった。やはり、彼女はまだ怒っている。彼がガチョウの肉にかぶりつくところを監視して、まずそうな表情のひとつもさせないつもりなのだ。でも、その程度の罰ですむなら悪くはない。追い払われるよりは、ずっとましだった。

ザ・ミステリ・コレクション

女神《めがみ》たちの嵐《あらし》〈上〉

[著 者] アイリス・ジョハンセン

[訳 者] 酒井 裕美

[発行所] 株式会社 二見書房
東京都文京区音羽 1−21−11
電話 03(3942)2311[営業]
03(3942)2315[編集]
振替 00170−4−2639

[印 刷] 株式会社堀内印刷所
[製 本] 明泉堂

落丁・乱丁本はお取り替えいたします。
定価は、カバーに表示してあります。

ISBN4−576−02075−7
http://www.futami.co.jp